水利新闻宣传系列培训教材

水利优秀新闻作品赏析

水利部办公厅
水利部人事司　编
水利部新闻宣传中心

U0790427

黄河水利出版社
·郑州·

图书在版编目（CIP）数据

水利优秀新闻作品赏析 / 水利部办公厅，水利部人事司，水利部新闻宣传中心编.—郑州：黄河水利出版社，2014.6

ISBN 978－7－5509－0876－5

Ⅰ.①水…　Ⅱ.①水…　②水…　③水…　Ⅲ.①新闻－作品集－中国－当代　Ⅵ.①I253.3

中国版本图书馆CIP数据核字（2014）第182186号

出 版 社：黄河水利出版社　　网址：www.yrcp.com
地址：河南省郑州市顺河路黄委会综合楼14层　　邮编：450003
发行单位：黄河水利出版社
发行部电话：0371－66026940、66020550、66028024、66022620(传真)
E-mail：hhslcbs@126.com
承印单位：河南省瑞光印务股份有限公司
开本：787 mm×1 092 mm　1／16
印张：29.5
字数：440千字　　印数：1—5 000
版次：2014年6月第1版　　印次：2014年6月第1次印刷

定价：56.00元

编委会名单

主　　任： 周学文

副 主 任： 陈茂山　郭孟卓　孙高振　周文凤

成　　员： 李　洁　孙晶辉　孙　斐　梁延丽

主　　编： 周文凤

副 主 编： 郑胜利　邓修身

特邀专家： 夏　珺　张福民　韩爱平　郭　奇　黄雅玲　葛美英　凌宁宁　史丽娟

参编人员： 梁延丽　项晓光　祖士保　王继和　徐清华　都潇潇　黄　峰　韩　莹　孟非白　何　佳　杨　雪　曹辰波　卢昊杨　景　婷　严　壮　孙聪利　朱立芳　张　婉

一本生动的水利新闻写作教材

（代序）

恩格斯说过，新闻记者的最大荣幸就在于他们能够目睹历史怎样形成。我觉得当代中国记者的荣幸不止于此，他们不仅目睹着中国改革开放当代历史的形成，而且为这番巨大的民族命运复兴的历史变迁贡献着自己的专业力量。

看到这部中国水利新闻报道文集的时候，我感到如同面对滔滔黄河，滚滚长江，面对遍布中国大地的血脉一般的复杂水系，观看着与我们民族的生息发展密切相关的一部浩瀚的水利文明演进的画卷，聆听着一个以农业为生的民族在水利建设的漫长历史中饱含艰辛的不懈奋争的故事，从而陷入对我们民族伴随着水的命运而兴衰的深深思考。

这部新闻报道文集聚集了当代中国职业记者关于水利报道的精品之作。他们中有些人是我的朋友，更多的是我只读过其报道而未谋其面的同仁。当他们关于水利的报道聚合在这样一本书的空间之时，我看到了他们观察的细致，思考的深入，看到了他们对人民的热爱，看到了他们在强烈责任心之下对于国家命运的关注。

新闻报道的基本任务就是要真实地向公众描述他们生存环境发生的最新的、关系到他们切身利益的变动状况，从而为公众抉择自身的行为提供信息参考。

要实现这一职业使命，我们就要了解新闻报道的基本规律，遵循新闻报道的基本原则，掌握新闻报道的基本方法。《水利优秀新闻作品赏析》，就是一部告诉我们如何写好水利新闻报道的生动教材，尤其是对水利新闻宣传工作者，则更具针对性。

在这些报道作品和创作札记中，我们能够看到从事新闻报道的基本原则与核心技术。

一是坚持用事实构成报道。这是进行新闻报道的基本原则。新闻报道的全部力量蕴藏在事实的叙述之中，新闻报道不是在议论中完成的，而是在对与新闻相关的各种事实的描述中实现的。任何题材、任何方式的新闻报道，它们的任务是要用各种具体的事实对新闻进行多角度、多层面的说明，让人们从各种事实和事实间的相互作用中去了解新闻的细节、全貌和意义。一个高明的记者应该通过对事实的叙述去解释你想说明的事情，编织起能够帮助公众形成科学认知的事实逻辑，这才是高质量新闻报道的价值所在、力量所在。

二是全面掌握与新闻相关的事实资料。这是报道能否成功的关键。要想让新闻报道走向深入，变得深刻，一个重要的前提条件是要充分掌握尽可能充分的资料，以此对新闻进行解释和说明。从事高等级新闻报道的关键技术就是用相关事实去说明新闻在特定背景下的过程、状态、原因和意义。

三是深刻理解报道涉及的专业领域知识。要想准确清晰地对主体新闻进行解释，记者就必须对主体新闻涉及的专业和相关知识有透彻的了解。记者要想对公众解释清楚专业领域发生的新闻变动，前提就是让自己先成为专家。在这部报道文集中，我们能够看到，职业记者一定是善于学习的，在他们的作品中，可以看到他们对社会科学和自然科学方方面面专业知识的细心学习，以及在这番学习的基础上向公众进行的通俗、有趣、深刻的讲述新闻故事的技巧。

四是不断地追究新闻的深层因果关系。任何事物都是由无数的因果链环关系构成的。要想把新闻解释清楚，剖析深刻，就必须注意说明构成新闻的前因后果。美国新闻出版自由委员会20世纪40年代后期提出：

“要在环境中赋予每日事件以意义，对其进行真实、全面、睿智的报道。仅仅真实地报道事实是不够的。现在需要报道关于事实的真相！”他们的意图非常明确，不能只报道新闻事件本身，一定要说明新闻事件生成与发展的环境，从而真正揭示出新闻事件的真相。真相与表象之间是有深刻关系的，但是两者毕竟是大不相同的。无论是事件新闻还是人物特稿，就是要对人们不了解、不理解而又需要清晰了解和透彻理解的事情进行说明、分析和解释。因此，就需要新闻工作者深入追寻事件的因果关系，对所要说明和解释的问题进行全面细致的考察和研究，这是写好新闻报道的关键环节。

五是用通俗的语言完成对新闻的解释。新闻报道不是说教，不是论理，不是公文报告，它是要对公众讲述一个大家有兴趣从头听到尾的自身生存环境变化的故事。因此记者应该是一个会讲述真实故事的人。高等级新闻报道还需要对那些公众并不熟悉的专业领域发生的新闻进行解释。这就需要记者能够在深刻理解新闻的全貌与意义之后，用通俗、生动的语言将新闻的情态真实地描述出来，将新闻的公共利益关联深刻地剖析出来。

中国在改革开放的历史进程中已经发展到今天，新闻传播已经构成对社会文明进步的重大推进力量，信息环境已经成为一个行业、一个区域乃至一个国家和民族生存和发展的基础环境要素。因此，新闻传播的社会责任是重大的。中国新闻界需要向我们的人民提供能够帮助他们全面了解生存环境，从而为自身利益进行智慧抉择的高质量的新闻报道。

读着这部水利专业领域的新闻报道文集，我在想，水利作为专业性较强的行业，能够专门编辑出版新闻作品赏析，请作者撰写稿件采写过程及体会，邀专家对作品进行点评，这说明他们对新闻宣传工作的重视，体现了他们凝聚各方力量推动我国水利事业改革发展的强烈责任感。《水利优秀新闻作品赏析》，不仅为初学新闻写作者提供了生动的教材，而且能够让人们更多地了解水，了解水利，了解水利与经济发展和民生改善的密切关系。

我们期待能够看到更多领域都有这样的专业报道文集，她将帮助我们更加深刻地了解中国，了解我们民族的命运之路，从而更加深入地感悟新闻工作的职业责任，更加清晰地认知实现我们职业责任的专业方法和技术路线。

高　钢

2014年5月

作者简介：

高钢，中国人民大学新闻学院教授，博士生导师。中国人民大学“新闻与社会发展研究中心”专职研究员。历任新闻学院院长，常务副院长、党委书记。出版《新闻写作精要》专著。曾任教育部高等学校新闻学学科教学指导委员会副主任委员，中华全国新闻工作者协会常务理事。

期待更多水利新闻佳作涌现
为水利改革发展鼓与呼

（前言）

这是一个水利新闻佳作不断涌现的时代。

改革开放30多年来，我国水利事业成就辉煌，特别是进入新世纪，中央从战略高度，加大治水兴水力度，水利迎来了前所未有的发展机遇。波澜壮阔的治水实践，为水利新闻宣传提供了丰富的素材，搭建了广阔的舞台。中央、地方及行业媒体记者，以犀利的目光和智慧的笔触，采写出一大批具有深刻思想内涵、富有时代气息的水利优秀新闻作品，生动再现了盛世治水的恢宏画卷，为水利改革发展营造了良好的舆论氛围。

水利部党组对新闻宣传工作高度重视，陈雷部长强调“要加大水利新闻宣传人才培养力度”，“努力创作出更多水利新闻宣传精品佳作”。为充分发挥水利优秀作品的示范、引导作用，给水利行业新闻宣传工作者提供一个可供参考、学习、研究的范本，水利部办公厅、人事司和新闻宣传中心决定编辑出版《水利优秀新闻作品赏析》。对出版本书，部领导十分重视，分管新闻宣传工作的水利部党组成员周学文，亲自担任编辑委员会主任。

编委会本着具有代表性、指导性、启迪性原则，遴选了56篇入选作品。这些作品，有的题材重大，围绕中央加快水利改革发展重大决策部署，深入解读中央水利方针政策的丰富内涵和精神实质；有的立意高远，以国际视野，全局高度，审视中国水利发展，阐释水的重要，传播先进治水理念；有的鲜活生动，以小见大，深入挖掘基层治水兴水典型经验；有的思考深刻，围绕水利工作的热点和难点，深入剖析，寻求对策；有的论述精辟，用事实说话，客观辩证，说理透彻；有的聚焦人物，用朴素的文字、真实的情感、发现的眼光，宣传水利先进典型事迹，弘扬水利行业精神。这些作品，有的荣获了国家最高奖中国新闻奖，有的获得省部级新闻奖，既有消息、评论，也有通讯、特写、访谈，还有一部分深度报道，不论是思想内涵还是写作方法技巧，均可经受时间检验。这些作品的作者，既有中央新闻媒体的“大手笔”，也有省、部新闻媒体的新闻领军人物，还有很多新闻后起之秀。

为引导读者准确、透彻地把握作品的思想内涵，汲取其中的精华和学习作者的写作方法技巧，本书在编辑中，除特邀专家、教授对每篇作品进行精心点评外，还邀请作者本人撰写了创作札记，讲述他们如何慧眼发现水利新闻线索，体现新闻价值；如何立意、谋篇、炼句等等。绝大多数作者出于对水利新闻工作的挚爱，以及对培养水利新闻晚辈的责任感，在忙碌的工作之余，拨冗精心著文，将多年积累的新闻创作经验和从业心得，倾囊相授。

作为本书编辑出版的承办单位，黄河水利出版社给予了全力支持与积极配合。他们从历届“中国新闻奖”近千篇获奖作品及中央、省部级媒体千余篇作品中初选出200余篇入选作品，再经编辑委员会复选，最终甄选出有代表性的作品56篇。他们组织10余名骨干编辑力量，与原作者进行联络，发放创作札记约稿函，编辑整理创作札记。与此同时，邀请河南大学新闻传播学院多名教授对入选作品进行全方位阐述、多角度解析，完成作品评析。中国人民大学新闻学院教授、原院长高钢，对于本书编辑出版，给予了大力支持，欣然为本书作序，体现了对水利新闻宣传工作的高度重视与亲切关怀。

值此《水利优秀新闻作品赏析》结集出版之际，谨向参加作品征集评选活动的记者及所有为本书编辑出版工作付出辛勤劳动的领导和同志们表示衷心的感谢！

新形势下，水利改革不断深化，水利事业加快发展，水利新闻宣传任务十分繁重。我们期待有更多的新闻媒体记者和水利新闻宣传工作者报道水利，更期待有更多的水利新闻精品佳作涌现，更好地为水利改革发展鼓与呼。

编 者

2014年6月

目录

消 息

评论　述评

通讯　特写　访谈

深度报道

消　息

中国召开最高规格治水会议动员全党全社会大兴水利

◇ 车玉明 姚润丰 于文静

新华社北京7月8日电　中央水利工作会议8日至9日在北京召开。胡锦涛、吴邦国、温家宝、贾庆林、李长春、习近平、李克强等主要党和国家领导人悉数出席，这是新中国成立以来首次以中共中央名义召开的水利工作会议。这个有史以来最高规格的治水会议阐述了新形势下水利的重要地位，对事关经济社会发展全局的重大水利问题进行了全面部署，动员全党全社会掀起大兴水利的热潮。

在中国历史上，“治国必先治水”，兴水利、除水害历来是治国安邦的大事，甚至决定着一个朝代的兴亡更替与几千年文明史的走向。新中国成立以来，中国始终把水利建设作为经济社会发展战略的重要组成部分、作为治国理政的一件大事，把水利摆到了国民经济基础设施建设的首位，投入大幅度增加，水利工程建设步伐明显加快，三峡工程、南水北调工程等一批重大工程相继开工建设。

据统计，中国先后投入上万亿元资金用于水利建设，水利工程规模和数量居世界前列，水利工程体系初步形成，江河治理成效卓著。截至目前，中国已建成各类水库8.7万多座，堤防长度29.41万公里，长江中下游干堤工程全面达标，黄河干流重点堤防建设基本达标，治淮19项、治太11项骨干工程全面建成。过去5年，中国6240座大中型及重点小型病险水库、东部地区1116座重点小型病险水库完成除险加固，还投资1009亿元解决了2.1亿人的饮水不安全问题。

但随着经济社会持续快速发展，中国水资源形势深刻变化，水安全状况日趋严峻。目前中国人均水资源量不足世界人均水平的1/3，目前正常年份中国年缺水量500多亿立方米，近2/3城市不同程度存在缺水，地下水超采区面积达19万平方公里，还有近2亿中国人饮用水不安全，中国有一半以上耕地缺少基本灌排条件，农田水利很大程度上还在“吃老本”。尤其是，中国传统水资源开发利用方式较为粗放，单方水GDP产出仅为世界平均水平的1/3左右，中国城市废污水处理率仅为70%左右。2009年中国废污水排放总量达到768亿吨，水功能区达标率仅为47.4%，北方部分地区的水资源开发利用率已超过100%。

今年初，中国公布了一号文件《中共中央　国务院关于加快水利改革发展的决定》，这是新中国成立62年来第一个关于部署水利全面工作的中央文件。文件强调，水是生命之源、生产之要、生态之基，加快水利改革发展，不仅事关农业农村发展，而且事关经济社会发展全局；不仅关系到防洪安全、供水安全、粮食安全，而且关系到经济安全、生态安全、国家安全。

刚刚闭幕的中央水利工作会议认为，强调加快水利改革发展，是事关中国社会主义现代化建设全局和中华民族长远发展重大而紧迫的战略任务，是保障国家粮食安全的迫切需要，是转变经济发展方式和建设资源节约型、环境友好型社会的迫切需要，是保障和改善民生、促进社会和谐稳定的迫切需要，是应对全球气候变化、增强抵御自然灾害综合能力的迫切需要。

会议强调，加快水利改革发展，是关系中华民族生存和发展的长远大计。当前，要全力以赴做好六方面工作：一是着力加强农田水利建设。二是着力提高防洪保障能力，全面提高城市防洪排涝能力，从整体上提高抗御洪涝灾害能力和水平。三是着力建设水资源配置工程，实现江河湖库水系连通，确保城乡居民饮水安全。四是着力推进水生态保护和水环境治理，维护河湖健康生态，改善城乡人居环境。五是着力实行最严格的水资源管理制度。六是着力提高水利科技创新能力，加快水利科技成果推广转化。

这次会议确定了中国加快水利改革发展的主要目标，力争通过5~10年努力，从根本上扭转水利建设明显滞后局面。到2020年，基本建成防洪抗旱减灾体系、水资源合理配置和高效利用体系、水资源保护和河湖健康保障体系、有利于水利科学发展的体制机制和制度体系。

分析人士认为，从这次高规格的治水会议可以看出，随着工业化、城镇化的深入发展，全球气候变化影响加大，中国水利面临的形势更趋严峻，增强防灾减灾能力要求越来越迫切，强化水资源节约保护工作越来越繁重，加快扭转农业主要“靠天吃饭”局面任务越来越艰巨。中国将把水资源同粮食、石油一起作为国家的重要战略资源，从支撑经济社会可持续发展的战略高度把水利放在更为突出的位置。

（2011年7月8日新华社电）

创作札记

为盛事纪实　为历史留影

姚润丰

我们这一代新闻工作者是幸运的。作为曾经多年跑水利口的新华社记者，作为治水兴水历史的忠实记录者，我非常幸运地见证了、记录了一段不寻常、不平淡的盛世治水历史：

2011年1月29日，《中共中央　国务院关于加快水利改革发展的决定》正式公布，是新中国成立62年来中共中央首次系统部署水利改革发展全面工作的决定。2011年7月8日至9日，中央水利工作会议在北京举行，这是新中国成立以来首次以中共中央名义召开的水利工作会议，奏响了全面加快水利改革发展的新号角。

记录这些彪炳中国水利发展史册的重要事件，是新闻记者的责任和使命所在。为了报道并见证这些具有划时代意义的治水盛事，新华社高度重视中央水利工作会议的宣传报道，提前制订宣传报道方案，并与水利部提前沟通，精心策划了消息、通讯、会议解读等一批报道选题。我全程参加了7月8日至9日在京召开的中央水利工作会议，作为国家通讯社的记者，而且作为历史的见证人，应该不辱使命，力求拿出精品来：为盛世纪实，为历史留影，第一时间传递中南海最高决策层的权威声音。

会议消息是消息具体分类中的一个品种，一般属于动态消息。采写会议消息，看起来比较简单，也没有多少学问，但要把会议消息写得很精彩，写成新闻精品，的确不是一件容易的事。尤其是采写中央水利工作会议这样重要会议的消息，需要的是记者身临其境，也需要认真准备。要想写出新闻精品，需要有“能思考的心”和“有准备的头脑”。

为了采写这篇重要的会议消息，我进行了会议前的认真准备，搜集积累了大量的相关信息，会议召开当天我全程参会，深切感受到了这次会议规格之高、措施之实。会议结束后，我立即赶回新华社采写了消息《中国召开最高规格治水会议　动员全党全社会大兴水利》，对这篇消息的标题、导语、正文反复进行了字斟句酌的推敲和修改。从写作上看，我有两点采写体会愿意与同行们分享：

一是着力创新。这篇会议消息我没有按照会议内容和既定程序来写，而是按照新闻规律，遵循创新的思想来选取材料、确定主题和谋篇布局，力求摆脱会议程序本身的束缚，使会议新闻结构紧凑、主题鲜明、内容深刻，向海内外及时描绘了加快水利改革发展的“时刻表”、“路线图”。“看书先看皮，看报先看题”。在标题和导语的写作上下足功夫，用新闻的眼光发现新闻，“中国召开最高规格治水会议，动员全党全社会大兴水利”，突出这次会议的重要性，也突出新闻性和权威性，更突破了新华社时政新闻报道的常规。新华社通稿播发后，反响强烈，300多家各类媒体纷纷转载，很多门户网站以此稿做标题制作了专题，创造了水利新闻报道新华社通稿媒体采用率之最。

二是巧用背景。新闻背景是新闻写作中的一个重要因素。因此，这篇稿件的采写我极为重视背景材料的穿插运用，从历史上的“治国必先治水”，到新中国成立以来水利建设的成就、当前中国水问题等等，灵活应用这些背景材料，既达到了渲染和铺垫的作用，也增强了稿件新闻信息量和可读性。很多媒体用户采用新华社通稿后反馈信息说，这篇消息稿件背景材料的设置恰到好处，读起来并不感到累赘和多余，反而觉得信息量大、内容丰富、有深度，对突出这次重要会议的主题、意义、举措等，都起到了极为重要的作用。

作品评析

重大会议消息写作的典范

该作品是一篇高质量的重大会议新闻报道，主题鲜明，内容丰富，既翔实报道了会议内容，又有必要的新闻背景，深入宣传了中央关于加快水利改革发展的决策部署和我国水利建设取得的成就以及存在的问题，既有广度，又有深度。

会议报道在我国新闻媒体的报道中占相当大的比重，许多媒体上的会议报道连篇累牍，格式千篇一律，引不起读者的兴趣和共鸣，但这篇会议新闻的作者却不拘一格，创新写作手法，写出了新意。

首先，在写作形式上，打破了传统的模式化、程式化的会议新闻报道方式，没有一味地强调领导和会议议程，而是从会议中寻找新闻点，如“这是新中国成立以来首次以中共中央名义召开的水利工作会议”、“这个有史以来最高规格的治水会议”等新闻点，既增强了作品的新闻价值，又能够引起读者的关注。

其次，从内容上说，不是就事论事，而是运用立体、多向、动态的新闻思维，呈现了更加丰富、更有深度的新闻内容。

导语之后，作者插入背景资料，介绍了新中国成立以来水利建设所取得的成就，同时也指出了水资源形势、水安全状况令人担忧的现状，以及中央一号文件《中共中央 国务院关于加快水利改革发展的决定》等，指出了我国水利工作面临的挑战，但同时又给人以信心，起到了良好的舆论导向作用。

该作品语言简练，从大量的会议材料中选取最重要、读者最关心的内容，如会议的意义、加快水利改革发展需要做哪些工作、水利改革发展的主要目标以及专家的分析等，作者从传统的会议新闻的微观圈子里跳出来，变微观思维方式为宏观思维方式，在广阔的背景和时空跨度中，在宏观和微观的联系中，突出、深化了主题，增强了报道的广度、力度和可读性。

（孙聪利）

2001年2月5日我国河流水量统一调度首次获重大成功

黄河大旱年全线畅流　黑河跨省区分水成功　塔里木河下游迎来活水

我国河流水量统一调度首次获重大成功

◇ 王慧敏　高云才　彭　俊

本报讯　跨入新世纪的门槛，我国水利战线传来捷报：在党中央、国务院的亲切关怀下，黑河历史上首次成功实现跨省区分水，黄河在大旱之年实现全年不断流，博斯腾湖两次向塔里木河下游输入救命之水。这三件大事，标志着我国河流水量的统一调度和科学管理取得重大突破。

近些年，我国北方地区持续干旱，加上水资源的过度利用和无序管理，黄河自1972年开始出现断流，特别是到了90年代，几乎年年断流。1997年，黄河断流上延至距河口780公里的河南开封，利津水文站全年断流达226天。我国最长的内陆河塔里木河，从1974年开始，下游自大西海子水库以下363公里的河段全部断流，塔河下游绿色走廊岌岌可危；黑河，连续10多年汛期断流，下游地区胡杨林大片死亡。由水资源引发的生态环境问题、社会问题也日益突出。

北方河流水资源的紧张状况，牵动着共和国领导人的心。江泽民同志1999年视察黄河时，作出了水量统一调度的指示；朱镕基总理亲自部署黑河和塔里木河的调水问题。

跨省区调水，牵涉到上下游、左右岸方方面面的利益和关系，需要各方全力配合。为了保障黑河跨省区分水的成功，张掖地区尽管也有大面积农田和林草地受旱，但他们从大局出发，先后四次“全线闭口、集中下泄”，给下游内蒙古额济纳旗留够了6.5亿立方米水量；为了黄河畅流，黄河水利委员会水调局的同志精心编制调水预案，先后派出100个督察组，坚守在各个闸口。沿途各省（区）、各水利枢纽，通力协作，为保证黄河畅流大开绿灯，宁、蒙灌区大旱之年分别节水9.1亿立方米和3.8亿立方米支援下游人民，小浪底水利枢纽停止发电74天；为保证博斯腾湖向干涸的塔里木河下游绿色走廊输水3.5亿立方米，塔河管理局工作人员全体出动，避弯取直，强挖河道，日夜奋战在荒无人烟的戈壁滩。

黑河、黄河、塔里木河三河治理在世纪之交取得了辉煌的成就，这是水资源统一调度和管理的成功。目前，在总结经验的基础上，水利部、黄委等部门正针对存在的薄弱环节，研究制定相关措施，把今年的河流水量统一调度工作做得更好。

（原载2001年2月5日《人民日报》）

作品评析

创新写作手法

消息是新闻的主角，又因其篇幅、结构限制，难以写出彩、写出新意，但是这篇消息却创新写作手法，用严密的逻辑、紧凑的节奏、简洁的语言，报道了“我国河流水量统一调度首次获重大成功”这一重大新闻事实，这在水利新闻的行业报道中实属不易。具体来说，该作品呈现以下特点。

一、标题新颖整齐，且主题明确。引题“黄河大旱年全线畅流 黑河跨省区分水成功 塔里木河下游迎来活水”加上主题“我国河流水量统一调度首次获重大成功”，让受众一目了然地明白了作品的主要内容。这在网络快速发展、生活节奏逐渐加快、快速阅读渐成主流的时代，无疑更符合受众的读报习惯。

二、在结构上，该作品采用倒金字塔结构。在描述新闻事实的同时，穿插相关的新闻背景，通过对黄河、黑河、塔里木河在统一调水前状况的介绍，让受众从侧面了解到此次统一调水工程的重要性和必要性，无形中进一步增强了统一调水首获重大成功这一事实的新闻价值，更有利于在受众中产生良好的舆论影响，从而彰显人民日报作为我国最高级别党报的影响力和社会责任感。

三、在内容上，该篇作品立足于重要新闻事实。即使对时任国家领导人江泽民和朱镕基关于调水工作的指示和安排，也用简洁的语言一笔带过，这既突出了调水工程的重要性，又保证了新闻事实的主题鲜明。在介绍跨省区调水过程中各方全力配合的情况时，作品没有连篇累牍地说有关各方是如何如何达成利益一致的，而是用“为了”、“为了”、“为”的排比句式，加以必要的数字，简洁明了地介绍了沿岸政府、群众做出的牺牲，读起来节奏紧凑，气势较强，让受众对这一调水工程的艰辛程度产生一种身临其境、感同身受的感觉，对这一工程的理解和支持也会无形中增强，从而达到了传递事实、正确引导舆论的效果。

此外，该作品还为受众服务，换位思维，从贴近受众方面做文章。用不到1000字的篇幅，介绍了调水工程的背景、过程以及效果，简短精练，且没有晦涩难懂的字眼，更没有过于专业的用语和说法。作者坚持“三贴近”原则，把专业、难懂的技术用语通俗化、简练化，增强作品的可读性和趣味性，方便受众阅读和接受，也便于传播。这在一定程度上，也彰显了新闻媒体和新闻工作者较强的社会责任感和职业素养。

（孙聪利）

径流量多大？洪峰值多高？水资源多少？

百名专家叩问母亲河 端出明明白白一本账

为治理黄河水患提供了有力决策依据

◇ 鹿永建

新华社北京2000年2月20日电　经100多名专家近一年努力，黄河“水账”基本算清，为治理黄河水患，使其为中华民族造福提供了决策依据。

1998年年底以来，水利部及黄河水利委员会组织专家展开“黄河的重大问题及其对策”研究，吸取多年治黄规划和科研成果，采用最新水文等资料，力争拿出一份圆满的最新黄河“水账”。

新的“水账”首先搞清了水量。黄河多年平均年径流量580亿立方米，相当于全国河川径流量的2%，但是加上有限的地下水，承担着向全国15%的耕地、12%的人口、50多座大中城市的供水任务。

此外，计算出了下游千年和百年一遇洪水。小浪底水利枢纽建成前黄河花园口断面千年一遇洪水洪峰流量为4.23万立方米每秒，百年一遇洪水为2.92万立方米每秒。小浪底建成与三门峡、陆浑、故县水库联合运用，可将花园口断面千年一遇洪水削减至2.26万立方米每秒，百年一遇洪水削减至1.57万立方米每秒。这是黄河下游防洪设计的依据。

得出了黄河水资源供需平衡及缺水预测的数据。新的调查表明，黄河流域及相关地区国民经济各部门取用水量约500亿立方米，实际耗水量约400亿立方米，耗用河川径流量约300亿立方米。

黄河流域缺水的预测是：正常来水年份情况下，2010年黄河流域缺水40亿立方米，2030年缺水110亿立方米，2050年缺水160亿立方米左右，枯水年份还要增多。

（新华社2000年2月20日播发，次日（2000年2月21日）《经济日报》等众多纸媒和广电媒体采用）

创作札记

勾画数字黄河背后的生命与国是

鹿永建

翻看十四年前的这篇新闻作品，1993年到2000年初在新华社国内部负责水利新闻的日子，带着特有的气息，向我扑面而来。而我又惊奇地发现，此作居然发表于2000年2月20日这个看上去相当巧合的时间，数字与个人生命，数字与国家民族的关系因各种原因而显得意味深长。

近七年的水利新闻耕耘时光，始于采访专家型的水利部部长杨振怀写出《与水官谈水》这样的文章，成长于水利部钮茂生部长任上经历中国水利诸多大事，如长江三峡工程、黄河小浪底工程、“九八”中国大洪水。我执笔撰写的《灾后反思话水利》曾获得人民日报范敬宜总编辑的称赞。最难忘记的还是1998年大洪水期间，六次跟随时任国务院副总理的温家宝同志到长江防洪一线，经历了惊涛骇浪般的白天与夜晚。“九八”大洪水使全中国见识了洪涝灾害的狰狞面目，也客观上推动了治水事业的大发展，“黄河的重大问题及其对策”研究就是在这样的背景下推出的。而我作为一名水利记者撰写这篇黄河水账的报道时，也可以说是心中有了一些丘壑之后展开宣纸信笔直书。

关于水的报道可以是很简单直白的，因为水有时就是这样清澈见底，然而关于水的报道也可以是厚重而博大的，特别是黄河之水承载着太多中国的历史与现实、自然与人文、快乐与悲伤、期望与未来。所以“黄河的重大问题及其对策”研究宣告完成而面世时，我就嗅到那不同寻常的黄河之水的气味，剩下来就是把这些数字在我的心灵中浸润，然后再表达出来。

在具体的写作中，我选取总水量及供水、洪水及防洪工程、供需平衡和缺水预测这三个大的层面加以表达，也可以说是一种“删繁就简三秋树”的笔法。如果说总水量及供水是对于现实的描摹，洪水及防洪工程的作用则粗略勾画了黄河防洪的大脉络，而关于供需平衡及缺水预测的内容是否真正有很强和先知先觉的含金量，今天还不能最终定论。

的确，“2050年缺水160亿立方米左右，枯水年份还要增多”的预测是否准确，可能得等到我们的子孙后辈来作出回答。也许，就因为这个大胆指向未来的结尾，这篇新闻作品的信息量变大，不至于速朽，而值得后人再三再四地翻阅。

作品评析

精雕细琢炼字句

1998年底到2000年初，水利部及黄河水利委员会组织百名专家展开“黄河的重大问题及其对策”研究，历时近一年的时间，对黄河径流量、洪峰值、水资源等数据进行测算和研究，拿出一本最新黄河“水账”，为治理黄河水患提供了有力的决策依据。该报道就是对新黄河“水账”的新闻性解读。

该作品是一篇综合消息报道，虽然不足600字，但传递的信息量大，体现了报道概括性、全面性的特点。

导语部分语言简洁精练，仅用不足50字就点明了新闻事件发生的时间跨度（近一年）、人物（100多名专家）、事件（算“水账”）、原因（治理黄河水患）、效果（提供了决策依据），没有多余的字句，交代了新闻要素，由此可见作者锤炼字句的功夫。主体中第一部分是对导语进行补充，也可以称为背景性导语，仅用80余字就告知读者“水账”出台的背景信息。主体的第二到第五部分是对新“水账”进行详细的解读，用大量的数据来告知读者黄河年平均径流量、洪峰流量、黄河水资源供需平衡及缺水预测等新闻信息，数据的应用使读者了解“水账”更为具体，增加报道可信度和吸引力。报道既有全面的概述，又有典型事例，做到了点面结合，增强了报道的广度和深度。全面概述时言简意丰，惜字如金，如导语、主体中第一、二、四、五部分。写点时又浓墨重彩，泼墨如云，如主体中第三部分。这些写作特色，值得学习和借鉴。该报道概括全面的特点也彰显了作者在写作时立足全局，能围绕主题精选材料，用高度的概括能力对新闻事实进行全面的报道。

标题是新闻的眼睛，好的标题才能引起读者的阅读兴趣。这则消息的标题制作精良，别具一格，为新闻报道大为增色，也是该报道最为出色之处。

标题多行呈现，引题、主标题和副题，错落有致。引题

"径流量多大？洪峰值多高？水资源多少？"采用设问修辞手法，既设置了悬念又表现出了生动活泼，容易引起读者对新闻内容的关注。主标题"百名专家叩问母亲河　端出明明白白一本账"醒目庄重。句子虽采用陈述语气，但表达却动态传神。主要是"叩问"和"端出"两个动词的运用极为恰切，不仅使标题富于动感，而且将蕴藏在文字中对母亲河的那种尊重与厚爱之情生动形象地表现出来，使读者倍感亲切，有继续阅读下去的欲望。副题"为治理黄河水患提供了有力决策依据"为实标题，对主标题进行补充和解释。副题风格简洁明快，语言朴实自然。当前，一些新闻标题制作或哗众取宠、故弄玄虚，或严肃冷酷、拒人于千里之外。而这则新闻标题制作表达准确、生动与亲切，无疑具有标本意义。这则标题的精雕细琢也表现了作者驾驭新闻语言的功力。

（黄雅玲）

黄河变“长”了

◇ 侯严峰　董学清

新华社北京1992年1月6日电　从巴颜喀拉山脉奔涌而下的黄河正在悄悄变“长”。

黄河每年裹挟10多亿吨泥沙来到尾闾，在渤海湾与莱州湾之间的河海交汇处日复一日地填海造陆。于是，位于鲁北的黄河入海口，年均新增土地面积三万多亩，沧海成桑田。山东省水利厅总工程师戴同霞向记者介绍，近15年来，黄河尾闾自然变“长”35公里。

1989年岁末，黄河流域规模宏大的引黄济青工程建成通水，古老的黄河一夜之间陡“长”290公里。从鲁北打渔张沉淀池流向东南的清清黄河水，途经11个县市区，直奔黄海之滨工业城市青岛。这条“黄河”自此成为横亘鲁中的输水动脉，给青岛市及其沿线地区带来巨大的经济效益和难以估量的生态效益、社会效益。

这条山东省地图上未曾标示的“黄河”，每年还以2.42亿立方米的水量滋润着沿线万顷良田和勤劳的人民。据不完全统计，近两年沿线地区年均增加工农业产值70亿元，引黄灌溉的百万亩耕地年均增产粮食1亿多公斤，71万人口告别了饮用高氟水的历史。两年来，引黄济青工程供水量累计达6.2亿立方米。

纵横交错的引黄灌溉渠网也在改写黄河的“长度”。目前，山东省已建成灌溉面积万亩以上的引黄灌区70处，近10年年均引用黄河水76亿立方米，引黄浇地2500万亩，占全省现有水浇地面积的40%。

黄河还将继续变“长”。据透露，“八五”期间，山东省将次第建设引黄济济（南）、引黄济淄（博）、引黄济潍（坊）、引黄济烟（台）和引黄补湖、引黄入卫（河）等多项水利工程。届时，山东省境内的黄河河道将由617公里变“长”上千公里，全省有4344万人口和6268万亩耕地可享黄河之利。

（1992年1月6日新华社电）

创作札记

追新求奇才不落俗套

侯严峰

1992年初，我跟随山东省的一个采访团从省会济南驱车到高密市。

春日的阳光洒在车窗上，让人慵懒。迷迷糊糊地，就过了潍坊。

前面在修路，汽车打了个弯，绕到一条窄窄的堤坝路上。向窗外望去，只见一条干渠平展展地伸向远方。

“这就是‘引黄济青’干渠。”同车的同行告诉我。

那些年，我常去位于东营市的黄河口，知道那里因黄河上游裹挟来的泥沙，每年淤积在黄河尾闾，形成壮观的“填海造田”运动，使得河海交汇处每年都在向大海延伸，年均新增土地面积3万多亩。

突然，一个想法闪现在脑际：大自然的力量使黄河变“长”，引黄济青、引黄灌溉渠网建设也使黄河变“长”，那么，黄河在山东有多长？又产生了怎样的经济社会效益？还有，对黄河口地区生态环境影响如何？

回到济南，马上联系山东省水利厅，与领导、专家们座谈，终于有了新发现。

1992年之前的15年间，黄河“填海造陆”使河口地区自然变长35公里；1991年12月通过国家验收的引黄济青工程，又使黄河在山东境内变长了290公里。

大自然的力量让黄河口地区“生长”着土地，人类的创造让黄河造福社会生产生活。

既有知识性，也有趣味性，更彰显了山东人改写黄河“长度”、尽享黄河之利的鬼斧神工。

《黄河变“长”了》，这篇报道一播发，就以其独到的视角和新颖的话题引起媒体关注。《人民日报海外版》在头版显著位置全文刊发了这篇报道，海外媒体也纷纷刊载。

后来的《黄河告别“龙摆尾”》，约略也是这样得来的。《人民日报海外版》、《中国日报》、《星岛日报》、《世界日报》、《香港大公报》、《澳门日报》、《美国侨报》等媒体广泛刊载。

新闻应当追新求奇，才能夺人耳目。有时，一个发现，一个追问，甚或一个念头，就能够成就一篇有意思的新闻。这需要记者的职业敏感，善于猎取新闻点的观察与联想，以及“下笔如有神”的客观描述能力。

《黄河变“长”了》、《黄河告别“龙摆尾”》，都是新华社的独家新闻。

独家新闻，来自记者的独特发现。

一个有出息的记者，必定不会墨守成规，而会追新求奇。

自然，新闻的所谓新奇，不是猎奇，更不是靠无端的想象“出奇”。

由此及彼，由表及里，善于发现和解读新闻，再加上扎实的采访功夫、精准的表述能力，才是正道。

探秘黄河口，再次告诉我这个道理。

作品评析

匠心独具著文章

黄河是中华民族的母亲河。新中国成立以来，以黄河作为报道对象的新闻作品大量涌现，形成蔚为壮观的黄河言说。消息《黄河变“长”了》就是上个世纪90年代新华社记者侯严峰、董学清对黄河新面貌进行的综合报道。该报道标题新颖、立意深远、叙事精巧，是水利新闻报道的佳作。

“看书看皮，看报看题”，标题制作对于新闻报道意义重大。这则消息的标题准确、简洁、达意，吸引眼球。主要表现在两方面：一是惜字如金抓要点。该标题采用的是单行标题，仅用5个字就表达了新闻报道的看点所在。“变”字让读者明白黄河是在发生变化。“长”字的运用更是恰到好处，强调了黄河变“长”的新面貌，抓住了新闻要点，可谓言简意赅！二是双引号的使用激发读者阅读兴趣。双引号运用意在告诉读者此“长”非黄河真正意义上的长度，容易引起读者的联想，激发读者阅读全文的兴趣。此外，标题在制作上也隐含了记者对黄河发生新变化的自豪之情。

评价一篇新闻作品传播价值的高低，立意是否高远则是首要依据。立意高远要求作者具有较高的政治素养和社会洞察力。20世纪80年代末期到90年代初期，黄河断流、污染等一系列生态问题得到党中央关注，政府就出台相应政策对黄河进行大规模治理，效果显著。作者正是出于对新形势下党和政府对黄河治理出台一系列重大方针政策的深入领会和把握，才体味出黄河发生变化这一新闻素材所蕴含的重大意义。因此，该作品作者能抓住时代脉搏，站在社会发展的高度上，精心立意，使得报道呈现重大性特点。

立足于时代背景下，报道选取以黄河在治理后呈现的新变化、新面貌为对象进行综合性报道，突出一个“长”字。文章报道了黄河通过“填海造陆”、“引黄济青”等工程建设来进行治理，不仅能解决饮水、灌溉等眼前问题，而且还能给山东沿途城市带来不可估量的经济、生态与社会效益。结尾还强调在“八五”期间黄河继续变“长”的光辉前景。黄河之所以在这个时代能变得越来越“长”，显然与党和政府正确的方针政策密切相关。这一报道凸显了重大的政治意义、社会意义，使得黄河治理这个社会普遍关注的问题更具有了新闻价值。它不仅满足了公众的知情权，产生广泛的社会影响力，而且起到了正确的宣传导向作用。黄河治理问题不仅关乎山东人民群众的切身利益，还关乎黄河沿途其他省份人民的切身利益。所以，该报道的重大性还体现在对黄河沿途其他省份在治理黄河的方法措施上有重要的借鉴意义。

叙事精巧是该作品在写作上呈现的一大特色，主要表现在两个方面：一是采用多事例进行主题挖掘。围绕“长”字，选取了黄河裹挟的泥沙使黄河入海口处沧海成桑田，黄河尾闾自然变“长”；引黄济青工程建成通水，使得古老的黄河一夜之间陡“长”；引黄灌溉渠网也在改写黄河的“长度”等具体事例来挖掘主题，表现黄河在治理后发生的新变化。二是巧用数据叙事。该作品当中应用了大量的具体数据来进行叙事，既增强了报道的真实性，也增加了文章的可读性。

（黄雅玲）

一个公式，一张水票，促进经济发展方式转变——

山东十年增产增效不增水

◇ 徐锦庚　卞民德

人民日报济南5月8日电　经济越发展，用水量越大，长期以来已成为常规。然而，山东在支撑经济总量连续两位数增长、保障全省粮食生产“十连增”和农民收入“十连快”的情况下，全省万元GDP取水量由2003年的175立方米降到2012年的50立方米以下；万元工业增加值用水量由2003年的54立方米降到2012年的14立方米以下。

山东水资源严重短缺且时空分布不均，全省人均水资源占有量仅为322立方米、亩均263立方米，相当于全国平均量的1/6和1/7。为破解“水瓶颈”制约，山东在开展大规模水利工程建设的同时，不断强化水资源管理，通过控制区域用水总量促进用水方式和经济发展方式转变，大力发展节水型经济。

用一个公式，山东琢磨出将水资源量化管理的办法：可用水总量－水质不达标的水量－超定额用水－超采区采水=年度用水计划。2010年10月，山东出台《用水总量控制管理办法》，成为全国率先实行最严格水资源管理制度的省份，把全省和各市、县年度用水总量控制在年际间可通过降水补充的范围内，并将新增取水项目水资源论证作为建设项目环评立项的必要条件，凡未经水资源论证并取得取水许可的，发改、经信部门不予办理立项核准，环保部门不予通过环评。依据《全省水资源综合规划》、《水功能区划》和相关水量分配方案，统一核定全省及各市、县用水总量、用水效率、水功能区限制纳污控制指标，并将其作为区域取水限批的“三条红线”，对超过用水总量控制指标的地区暂停审批取水许可，以此形成“倒逼机制”，引导各级各地“眼睛向内”节水挖潜，自觉限制不合理用水，减少浪费用水和污染排放。

用水凭“票”，是山东计划用水的创举。为促进用水方式转变，山东先后制定九大重点工业行业用水定额、主要农作物灌溉用水定额、饮用水生产企业产水率等地方标准。核定各市、县年度区域用水计划控制指标，对工业、服务业取用水户逐月下达用水调度计划，考核结果作为核定其下一年度用水计划的主要依据。同时，按照“定额内讲公平，超定额讲效率”原则确定基本水价，对超定额用水的加价征收或累进征收水资源费。

山东大力推进节水型社会建设。工业方面大力推广先进节水技术，严格限制新上高耗水项目，先后整顿、关停、淘汰“五小”及新“六小”企业6000多家。农业方面大力发展高效节水农业，大力推广管道灌溉、喷滴灌、机井IC卡（集成电路卡）自动控制计量灌溉、土壤固化剂防渗等节水新技术，全省有效灌溉面积发展到7645万亩，农业灌溉水有效利用系数达到0.62。在城乡建设方面，推广使用节水器具、节水材料，推行分质供水，广泛开展节水型企业、节水型社区和节水型学校创建活动，在全社会营造节水的浓厚氛围。

统计资料显示，凭借约占全国1%的水资源，山东创造出一个个“奇迹”：灌溉占全国6%的耕地，生产占全国8%的粮食，养育占全国7%的人口，支撑占全国10%的经济总量。5年来，山东生产总值接连迈上3个万亿元台阶，去年达到50013.2亿元，年均增长11.4%。去年，山东粮食总产902.3亿斤，比上年增产17亿斤，实现“十连增”；农民人均纯收入9446元，比上年增长13.6%，实现“十连快”。

（原载2013年5月9日《人民日报》）

作品评析

亮点成就佳作

标题是新闻内容的高度浓缩，好的标题可以揭示新闻主题，增强新闻的可读性，激发读者“急欲一读”的愿望，该作品标题就达到了这一效果。

引题“一个公式，一张水票，促进经济发展方式转变——”开门见山，明确告诉读者这里的“公式”、“水票”是促进经济发展方式转变的手段。简短18个字就把新闻主要事实概括出来，满足了读者对标题的阅读需求。引题在揭示新闻事实的同时还会让读者产生好奇：一个什么样的“公式”、一张什么样的“水票”有这么大的作用呢？促进经济发展方式转变后的成效是什么呢？好奇促使读者关注下文。

主标题“山东十年增产增效不增水”仅11字就非常抢眼，它对引题做了回应，经济发展方式的转变带来的成效是“十年增产增效不增水”，抓住了读者最关注的东西。主标题在揭示新闻主要事实的同时也肯定了山东为破解“水瓶颈”而实施方案的合理性，所以说主标题又凸显了新闻报道的社会意义。

数据是构成某些新闻事实不可或缺的重要组成部分。该作品中多处运用数据为读者提供精确的事实与说明。如导语中对于山东十年经济的增长用文字“十连增”、“十连快”来进行表达。而对于十年"不增水"用数据来告知读者："全省万元GDP取水量由2003年的175立方米降到2012年的50立方米以下；万元工业增加值用水量由2003年的54立方米降到2012年的14立方米以下"。数据运用直观明了，更好帮助读者理解"不增水"这一事实，增强了报道的公信力。数据的运用从另外一方面可以解读出山东开源节流政策的正确性，揭示了作品的新闻价值。

作品采用数据对比的方法，让枯燥无味的数据产生了灵性。如导语中采用的是纵向对比和自然数比，来解读"不增水"这一新闻事实。结尾部分则采用横向和纵向对比的方法，"凭借约占全国1%的水资源"，"灌溉占全国6%的耕地，生产占全国8%的粮食，养育占全国7%的人口，支撑占全国10%的经济总量"，"5年来，山东生产总值接连迈上3个万亿元台阶，去年达到50013.2亿元，年均增长11.4%。去年，山东粮食总产902.3亿斤，比上年增产17亿斤，实现'十连增'；农民人均纯收入9446元，比上年增长13.6%，实现'十连快'"。通过这些数据对比，避免了数据的枯燥与抽象，赋予数据以生命，也容易使读者产生联想和想象。

（景　婷）

九江段4号闸附近决堤30米

两千余军民奋力抢险

◇ 贺延光

本报江西九江8月7日16时5分电　今天13时左右，长江九江段4号闸与5号闸之间决堤30米左右。洪水滔滔，局面一时无法控制。现在，洪水正向九江市区蔓延。市区内满街都是人。靠近决堤口的市民被迫向楼房转移。

本报江西九江8月7日16时35分电　现在大水已漫到九瑞公路。据悉，决堤时，一些居民还在睡午觉。现在堤坝上被洪水围困的抢险人员大约上千人。

本报江西九江8月7日17时5分电　国家防汛总指挥部的有关专家正在查看缺口。专家们决定用装满煤炭的船沉底的办法堵缺口。

本报江西九江8月7日17时15分电　记者已赶到缺口处。汹涌的江水正从30米宽的缺口涌向市区。南京军区两个团正在国家防总、省防总有关专家的指挥下现场抢险。现在有一条100多米长的船无法靠近缺口，抢险队正在想办法。

1998年8月7日13时左右，长江九江段4号闸和5号闸之间决堤30米（贺延光摄）

本报江西九江8月7日17时40分电　专家们拟订了三套抢险方案：1. 将低洼处的市民转移到安全地带。2. 市区内的军队、民兵组成一道防洪线。3. 全力以赴堵住缺口。

现在，一条大船装满煤，正由北向南岸靠近，准备堵缺口。

本报江西九江8月7日22时5分电　截至记者21时撤离时，决堤口还没有堵上。一条装满煤炭的百米长的大船已横在距决堤口20米处，在其两侧，三条60米长的船已先后沉底。数千军民正在沉船附近向江里抛石料。水势稍有缓解。

目前，留在决堤处的抢险人员总计有2000多人。防汛指挥部组织抢险人员正在市区的龙开河垒筑第二道防线。

据悉，市中心距决堤处的直线距离约5公里。市区内目前还未进水。记者赶回市区时看到，一些店铺还在营业。市民们的情绪较下午平稳了一些。

路上，出租车司机告诉记者，市政府已在电视上发出紧急通知，告诫市民，凡家住低于24米水位的住户，要迁到更高的楼上。

本报江西九江8月8日零时15分电　记者刚刚与前线指挥人员通话：现在沉船部位上端水流有所减弱，但船下的漏洞水流仍然很急，缺口处洪水不见缓解。抗洪军民仍在连夜奋战。

本报江西九江8月8日零时45分电　记者刚刚得到消息，从昨天下午4点开始，万余名解放军战士正在龙开河连夜奋战，构筑一道10公里长、5米宽的拦水坝，作为市区的最后防线。至发稿时止，仍有大批军车赶往此地。

（原载1998年8月8日《中国青年报》，获得全国抗洪抢险报道一等奖、第九届中国新闻奖特别奖）

创作札记

从违反纪律到中国新闻奖特别奖

贺延光

公元1998年夏天，长江流域发生了百年不遇的特大洪灾，引起国人极大关注 。7月31日，作为中国青年报摄影记者的我，直飞九江，辗转永修、都昌、湖口多地进行采访。

8月7日下午，在得知九江长江大堤决口后，我和南京军区《前线报》的范钦尧冒着风险，多方打听赶到决口点附近，哗哗的水就冲过来了。我们趟着水爬上九瑞铁路，眼看着湍急的洪水几将铁轨下的基石淘空。这时，军分区应急分队的冲锋舟赶来了，我俩各翻上了一条舟。我从军人那儿确认了长江大堤决口的位置和时间。形势危急。

在冲锋舟上，我拍了几张照片，便打开手机，开始向北京报社编辑部口述现场场景：“今天13时左右，长江九江段4号闸与5号闸之间决堤

30米。洪水滔滔，局面一时无法控制。现在，洪水正向九江市区蔓延。市区内满街都是人。靠近决堤口的市民被迫向楼房转移。”

我告诉接电话记录的小杨：“立即报告新闻中心和社领导。我将半个小时通报一次情况。我建议见报的电头要标明时间。”此时，在九江的本报记者只一人，出现重大险情，我不能犹豫，对新闻工作者的最低标准是及时发稿。

我站在塌方的1米处，站在40厘米宽的坝顶端，一个劲儿地拍照片。拍决口、拍沉船、拍抛石、拍军人的勇猛、拍人与洪水的抗争……

从专家那儿得知，政府已拟订了三套应急方案，我必须把这些消息传回去。可没想到，我的手机没电了。情急中，我只得向南京军区一位姓王的副部长求援。王说：“部队就靠它与军区联络，你只能使用一分钟。”我用它又发回了第5条消息。这之后，我与北京失去联系3个多小时。事后得知，报社同仁此间一直在为我提心吊胆！

天黑了，险情仍未被控制，但我必须赶回市里发照片稿。这时，我才发觉自己已无路可走。黑灯瞎火摸上一条船，挺有运气的，这竟是九江长江港航监督局的船！几天前，我曾搭他们的船去过都昌，也去过新洲，现在他们答应抽空将我从长江送到九江港。我又赶忙找到部队一位摄影干事，打听了一位首长的手机号码，为的是在报纸最后截稿前能与他通上话，以便把封堵决口的最新进展传回去。

21点30分，我终于回到了市区。此时，市民的情绪已比下午平稳了一些。走进一家未关门的冲扩店，人虽在，冲洗机却为转移而打了包。幸好又找到一家处在二楼的小店。

23点50分，照片如数传回。

8月8日零点15分和45分，我又把刚了解的最新情况传到北京，害得夜班编辑们几次换版。他们告诉我：今天本报头版刊登了我发回的《九江段4号闸附近决堤30米》的8条消息和《九江决口》、《紧急转移群众》两幅照片。

我长出了口气。我知道，危难关头，忠实地履行职责是新闻记者的第一生命。

谁想到，我的关于九江决口的报道在中国难以计数的媒体中竟成了独家新闻！更没想到的是，本报在见报的8号上午就接到有关领导的电话，严厉批评我们违反了“新闻纪律”！

那几天，我没有受到报社的任何指责，报社每次和我通话都忘不了嘱咐一句：“注意安全！”我一如既往地在抗洪前线履行着一个新闻记者的职责。

9号，朱镕基总理亲临九江视察。

晚上9点半，我听到一位部队的新闻干事说，朱总理讲了，不能向群众隐瞒灾情。我顿时一激灵，一把抓住他：“消息来源可靠吗？”他小声说：“军首长说的。”我马上和报社值班的副总编辑、新闻中心主任和总编室主任通电话，将这一信息告诉了他们。三个电话打完，已是9点45分了。15分钟后，中央电视台的晚间新闻播发的头条消息，便是九江决口。

后来，我写的消息《九江段4号闸附近决口30米》被中国记协评为1998年抗洪抢险报道一等奖。

再后来，这条消息又被评为1998年中国新闻奖特别奖。

领导和同仁都向我祝贺，但我从内心里感谢我的领导、我的同事、我的报社。没有他们的共识，没有他们为我、为新闻事业承担的风险与压力，记者如何成为记者？！

从“违反纪律”到“特别奖”，是教训，还是经验？也许还要回避或探讨许多年……

作品评析

争分夺秒抢时效

该作品是对1998年8月长江九江段4号闸附近出现决堤30

米、两千余军民奋力抢险这一重大突发性新闻事件的报道，也是九江决口后见诸媒体的首篇报道。该文以时效性强、报道形式新等特色荣获全国抗洪抢险报道一等奖、第九届（1998年）中国新闻奖“消息特别奖”两项大奖。

及时迅速报道新闻，增强新闻的时效性是提升新闻价值的重要因素。本篇报道就体现了时效性极强的特点，主要表现在报道的迅速及时和简短明了。从8月7日16时5分第一条简讯发出，到8月8日零时45分，共集纳八条短讯，每条都加上了几时几分的电头。前三条简讯发出时间间隔是30分钟，第四条仅有10分钟，第五条是25分钟，第八条间隔是30分钟，最多的时间间隔不到4个半小时，真可谓争分夺秒抢时效！八条短讯语言精练、文字简洁，最短的第三条简讯只有40余字，最长的第八条不过240余字，分别从不同角度，把决口现场洪水肆虐、抢险方案、军民奋战抗洪构筑拦水坝等现场情况及时报道，既简单明了，又客观真实。

与以往抗洪救灾类新闻报道常采用消息或通讯的报道方式不同，该报道在新闻文体上采用快讯组合的形式，进行滚动报道，起到了现场播报的效果。报道由八组快讯组成，以时间为线索来报道记者现场目击进程。16时5分，九江段决口，洪水滔滔；16时35分，江水已漫到九瑞公路；17时5分，专家们决定用装满煤炭的船沉底的办法堵缺口；17时15分，现场抢险；17时40分，制订三套抢险方案；22时5分，军民抢险，水势稍有缓解；8日零时15分，抗洪军民仍在连夜奋战；8日零时45分，构筑拦水坝。这种滚动式的实况播报，富有很强的现场感和吸引力，让读者如临其境，形式活泼，节奏感强，开了快讯组合报道的先河，具有创新意义。

九江段决堤作为一重大突发性事件，在短时间内爆发出来的信息量非常巨大，但报道能以最快的速度，把新闻事件发展中有价值的各种瞬间变化及时传递给受众，体现了记者高度的新闻敏感和报社敏锐的编创能力。据相关报道得知，当时九江已云集国内外108家新闻媒体的数百名记者，而中青报记者贺延光正在去灾民安置点拍照的路上，听说决口，立即调转车头直奔4号闸。在冲锋舟上，边拍摄决口现场边用手机向中青报编辑部报告现场实况。编辑部接信息后，迅速处理，采用快讯组合报道的创新形式在头版头条进行实况播报。正是因为这种“抢新闻”和“马上办”的精神，该报道成为九江决口后见诸媒体的首篇报道,赢得了业界好评。

在信息传播渠道日益多元化，信息传播技术高度发达的今天，新闻报道时效性的竞争尤为激烈，“短平快”的新闻处理方式已经成为新闻报道的一种基本手段。新闻是“抢”出来的，“老老实实”“等”新闻自己找上门来是不可能的，死守所谓的“新闻纪律”也在一定程度上会较大影响新闻的时效性。因此，面对重大、突发性新闻事件，记者的胆略、智慧和社会责任感又是衡量一个记者和他的报社水平的至关重要的因素，就此意义而言，该新闻报道无疑具有范本意义。

（黄雅玲）

一村一铜锣 村村有锣长 遇险及时敲

福建全面推行自然村铜锣预警

◇ 李 坤

本报讯 5月12日，福建省在闽清县举行防汛预警铜锣发放仪式，在全省全面推行乡村铜锣预警模式。一村一铜锣，村村有“锣长”，遇险及时敲。铜锣预警将和广播、电话、短信等现代化预警手段相结合，进一步完善福建省群测群防体系，提高基层防灾减灾能力。

为落实“预警到乡、预案到村、责任到人”的防灾减灾长效机制，福建省利用实施山洪灾害防治县级非工程措施项目的契机，在全省所有自然村配置防汛预警铜锣，推行简便易行、行之有效的鸣锣预警方式。目前，全省山洪灾害防治县级非工程措施69个项目县（市、区），已经配置铜锣。未按自然村数足额配置铜锣的项目县（市、区）和未列入山洪灾害防治实施计划的县（市、区），按照优先采购、及时配置的要求，进行全面配置。全省将于6月底前，全部配齐7.2万个自然村的防汛预警铜锣。

福建省还建立了自然村“锣长”制，专人鸣锣，固定放置，专人保管。省防办针对农村实际情况，制定了通俗易懂的锣长职责，要求锣长做到责任区域情况清楚，水情、工情、险情清楚，群众转移地点清楚，发现险情及时鸣锣，汛期保持24小时通信电话畅通。福建省将从今年开始，对忠诚履职、表现突出的锣长给予表彰奖励，每年评选1000名模范锣长，同时，将拨出一定资金，对全省各地的锣长给予适当补助。下一步，福建省还计划出台铜锣防汛预警相关的管理办法，进一步规范管理，确保快速传递危险预警信息，及时通知群众转移避险。

（原载2012年5月31日《中国水利报》）

创作札记

偶得与必得

李 坤

这篇小稿，其实是我在一次例行出差时“偶得”的。

2012年5月中旬，我作为随行记者，随水利部副部长李国英率领的国家防总防汛防台风检查组，到福建、海南两省进行防汛检查。国家防总的防汛检查，每年汛前都有，属于例行的工作检查，从新闻的角度来说，没有太多新意。加之我已作为随行记者多次参加过防汛检查，此类报道对于我来说，已属“轻车熟路”。但是工作多年，我已养成随时随地随手“找”新闻的习惯，尤其是在到各地出差采访的过程中。因为客观来看，水利行业偏“工作味”的事情多，纯粹新闻性的内容少，我们作为水利系统的行业报，对具有新闻价值的水事新闻，有着深深的渴求。因此，在这次检查中，在做好常规工作报道的同时，我再次特意留心，看看是否能够发现和寻来一些新闻线索，特别是有时效性的或者有深度可挖掘的。

检查组首先来到福建，福建省水利厅分管防汛的副厅长邱汀萌陪同我们检查。因为之前工作上的接触，我与邱汀萌副厅长已经相熟，所以在检查间隙，我就与邱汀萌副厅长攀谈起来，并特意问他有没有什么好的新闻线索可以提供。邱汀萌副厅长闻之立刻说道：“我们刚搞了一个铜锣发放仪式，给村里都配上预警铜锣，免费发放，还在村里选了锣长，把责任分到人头，完善我们的山洪灾害预警体系。我们觉得这件事还不错，不知道你们能不能报道。”山洪灾害防御是防汛工作重点，而偏远乡村的预警体系建设一直是个难点。凭着多年的工作经验和新闻敏感，我认识到福建省这一做法很有报道价值。我立即向邱汀萌副厅长详细了解此次铜锣发放仪式的具体情况，并通过邱副厅长从省水利厅要来相关材料，又采访了陪同我们检查的省防办以及省水利厅办公室的一些工作人员。在完成防汛检查正常报道的同时，我连夜写成了此篇稿件，发给报社编辑部。

此稿的写作，我主要有两点心得：

一是做新闻要善于观察，善于发现。要时刻准备，处处留心，做个有心人；要像猎人一样，既有敏锐的嗅觉，又能准确捕获。当然，这种“嗅觉”的培养，还要靠自己平时多积累，多观察。

二是做新闻要不怕辛苦，不怕麻烦。我此次出差，本来只是参加防汛检查，并无其他工作任务。但从事新闻采编多年，我已养成了这样的工作习惯，即多看多问，利用好每次出差采访的机会，力争不放过任何一条有价值的新闻。

既善于发现，又勤于写作，“偶得”才会变“必得”。

作品评析

标题是新闻的“眼睛”

该作品最大的亮点就在于标题的制作，采用复合型标题，引题简洁生动，主题凝练、准确，直击新闻点。

引题“一村一铜锣 村村有锣长 遇险及时敲”言简意赅、生动形象地总结了铜锣预警的开展、执行等全过程。引题由三个短句组成，每句五个字，分配平均又环环相扣，读起来朗朗上口，这种句式的应用增强了引题的生动性，吸引读者关注下文。“一村一铜锣”，抓住了铜锣预警体系开展范围的全面，“村村有锣长”，强调每个村子都有专人负责铜锣，使预警有条不紊。“遇险及时敲”，则是前两者带来的结果。正是因为有了全面、有序、多方位的安排，才能够实现“及时”报告险情，提高基层防灾减灾能力。

主标题“福建全面推行自然村铜锣预警”高度凝练，既是对引题的总结概括，也是引题铺垫下的必然结果。“一村一铜锣”，“村村有锣长”，照应“全面推行”，“遇险及时敲”则是铜锣预警的外化呈现。引题和主标题相互建构，用词凝练、准确，将报道的主题鲜明地呈现出来，可谓是一个十分成功的标题。这也彰显了这名记者扎实的文字功底。

用词凝练的特点不仅体现在标题部分，同时也体现在报道中。类似于引题的用句在报道中出现了很多次，像“预警到乡、预案到村、责任到人”，“专人鸣锣，固定放置，专人保管”等等，都体现了记者用语的凝练、准确。而要做到这一点，需要扎实的文字功底和丰富的新闻报道经验。

标题是新闻的“眼睛”，新闻标题的制作在新闻写作中的重要性无需多言。一个好的标题会吸引、刺激、引导读者去主动阅读具体的新闻内容，增加新闻媒体的竞争力，因此记者一定要强化“标题意识”。

（朱立芳）

平垸行洪退田还湖带来历史性大转折

洞庭湖长大五分之一

三年增加蓄洪能力27亿立方米，蓄水面积扩大554平方公里

◇ 万茂华　赵成新　李志林　王利亚

本报讯　洞庭湖变大了！经过3年规模空前的综合治理，洞庭湖面积扩大1/5。这个自明清以来不断萎缩的湖泊，终于出现了历史性大转折。

12月25日，省有关部门的权威统计表明：1998年以来，我省已对220处阻洪堤垸实施了平垸行洪、退田还湖，洞庭湖蓄洪能力增加27亿立方米，扩大蓄水面积554平方公里。水利专家称，整治后的洞庭湖如果再遇到1998年那样的特大洪水，水位可平均降低0.1米。岳阳城陵矶的水文标尺上，凶猛的洪水再也爬不到那令人毛骨悚然的高度。

长大了的洞庭湖别是一番景象。隆冬时节，记者在湖区采访看到，原来人丁兴旺的华容县小集成垸、汉寿县青山湖垸已无人迹。成千上万的白鹭、野鸭、天鹅在栖息、飞翔，成片的杨树在风中摇曳着，赶走了冬天的苍凉。

据史料记载，明朝嘉靖年间，洞庭湖方圆八九百里，号称“八百里

洞庭”，洪水期湖面达6000平方公里。此后数百年泥沙淤积，盲目开垦，致使“堤垸如鳞”。在实施综合治理前，这个长江水系重要调节湖泊的面积减少到2691平方公里。湖面锐减，调蓄能力削弱，灾害频频发生，湖区人民深受水患之苦。仅以1998年为例，洪涝灾害造成的直接经济损失就达197亿元。洞庭湖失去了宝地的光彩，成为一块不得安宁的险地。

治理洞庭湖，还历史的本来面貌！1998年特大洪水过后，党中央、国务院对整治洞庭湖极为重视，投资70多亿元支持我省。改变单纯加高加固大堤“堵”的传统办法，实施以疏导为主的综合治理方略，湖区30个县(市、区)及大型农场实施了平垸行洪、退田还湖、移民建镇。广大群众对治理洞庭湖期盼已久，表现出极大的热情，使这项浩大工程进展顺利。3年中，湖区84万农户、30多万群众告别故地，实施大迁移，成为湖湘史上的一大壮举。澧县的澧南垸、西官垸是治理的重点地区，许多老人虽难舍故土，但更感谢党和政府让他们离开了“水窝子”。两个垸子7万多人有序搬迁，实现了安居乐业。“平垸行洪还洞庭浩浩荡荡，移民建镇让百姓世代安康”，搬迁户新居门上贴的这副对联反映了湖区人民的共同心声。

人与自然在洞庭湖开始和谐相处。随着治理的深入，烟波浩淼的八百里洞庭将再现人间。

（原载2001年12月26日《湖南日报》，获第十二届中国新闻奖一等奖）

创作札记

为浩淼洞庭水畅其行讴歌

赵成新

一般来说，新闻作品是易碎品，但报道主题紧贴国家政策，合乎发展规律，合时而作，其生命力自现。

2001年12月26日，《湖南日报》刊发的消息《洞庭湖长大五分之一》能脱颖而出，获得第十二届中国新闻奖一等奖，并且这篇作品一直作为部分大学新闻学讲习的范文，我的基本理解是这篇作品就体现了上述指导思想。

洞庭湖，是湖南的母亲湖。吞吐长江，通达四海。南纳湘资沅澧四水，水系错综复杂。上世纪末期，洞庭湖防汛抗洪没有消停，已成为湖南人民一湖之殇。如何按照自然规律治理好大江大湖，其时已成为国家的“治本”之策。

恰好这时，我们从一次湖南省水利工作会议上获悉，洞庭湖经过3年综合治理，蓄水面积扩大554平方公里。这条新闻线索引起了我们的注意，眼前为之一亮。从事新闻工作多年的省报编辑、记者都懂得，湖南省最基本的省情是“水情”。湖南之险在洞庭一湖，湖南之忧乃洞庭一湖，一湖之“水”维系着三湘人民的安危和荣衰，无时无刻不牵动着湖南省领导和全省人民的心。同时，洞庭湖又是长江的调蓄湖泊，汛情大小与长江中下游广大人民的安危密切相关。党中央、国务院时刻关注着它。从历史角度看，洞庭湖这个题材也是够沉重的。我们认为它题材重大，更着眼于它眼前的巨变。

当时呈现在我们眼前的新闻事实是：经过3年大规模治理，特别是采取平垸行洪、退田还湖这种“治本”之策后，洞庭湖蓄水面积扩大554平方公里。有关洞庭湖的题材，可以说发过不计其数的新闻。但这一次，我们从这个简单的数字背后，感觉这个新闻题材的特殊分量。其依据是：一、洞庭湖不仅对湖南而且对长江中下游的防洪有着极其重要的战略地位。它的面积的扩大，是自明朝嘉靖年间以来的第一次，就其本身来说，是根本性的转折。对湖南及长江的防洪而言，这个转折又是历史性的，其现实影响和意义也是难以估量的。现在洞庭湖蓄水面积“回升”扩大，送给人民的将是阵阵福音：不仅湖区人民遭遇同样大的洪水可减少损失，降低抗洪强度，同时在某种程度上也可减轻武汉和江汉平原以及长江下游的抗洪压力。二、治理洞庭，平垸行洪、退田还湖，是党中央、国务院作出的英明决策，充分反映了中央领导心系人民群众。

一篇报道能否成为颇具新闻价值的力作，关键在于采访。采访深入细致，占有的素材多，感人的事迹多，就会激情迸发，有写作的冲动；提起笔来就会如鱼得水，写得生动活泼，情景交融。

对洞庭湖，我们太熟悉了。正常年景，也会跑上四五回；遇上洪灾，一次蹲守两三个月是家常便饭。可以说，没有哪个堤垸，哪条水系，甚至哪个湖汊我们没有去过。如果作一般的稿件处理，坐在家里便能解决。即是说，“闭门造车”凭着我们原来掌握的材料也可“造”得出来，但“造”出来的必然是与过去大同小异的“老爷车”。

这次我们采访的重点是洞庭湖蓄水面积扩大后是什么样子，它是如何变大的，湖区人民有什么反应。为此，我们前后3次下洞庭，跑了湖区10多个县（市）。为探寻“扩大”后的情景，我们到退田还湖的垸子实地考察，清晨和傍晚还去观察鸟类的活动。2001年11月下旬，我们来到了华容县小集成垸。这是长江上的一座孤岛，也是一个3平方公里的大垸子。退田还湖前，这里有近万人耕种；退田还湖后这里白茫茫一片，了无人迹。那里的生态情况怎样？我们起了个大早，划船过江，当我们一上堤，呼啦啦地成千上万只飞鸟振翅而起，静谧的旷野顿时成了鸟的世界。

洞庭湖的变大，是退田还湖、平垸行洪、移民建镇的结果。几年退田还湖牵涉到30万人民群众，这么多人要离开故土，从湖南来说，也是一项史无前例的大工程。他们的生产生活及情绪怎样，是我们采访中关注的又一个重点。我们跑了7个移民新镇，召开座谈会，到农民家访问，记录下移民们生活的情景。移民中流传的故事，生动的歇后语，二次创业的艰辛等等都成为我们搜集的素材。“平垸行洪还洞庭湖浩浩荡荡，移民建镇让百姓世代安康”这副对联，便是我们在澧县澧南垸采访时，听乡村干部脱口而出的。听到这副对联，我们的心头一热，随后专门跑到贴对联的农户家里采访。这个从“水窝子”里搬出来的农民谈的第一句话是：“不怕水了。以后家里谋划什么大事，不必首先考虑水了。”我们采访的许多移民点，农民放弃故土后表现出的纯朴、憨厚及对未来生活的乐观，给我们留下了深刻的印象。

除了在基层进行多角度的实地调查采访，我们还多次上门请教省直有关单位的领导和专家。我们获得洞庭湖扩大554平方公里这样一个信息，如果仅用这个数字来表达，概念比较模糊，一般读者读了，对扩大后的洞庭湖难以形成深刻的印象。新闻是忌讳抽象表意的，能不能把554平方公里转化成形象的新闻要素呢？我们多次向水利专家请教，并请他们计算，确认了扩大的洞庭湖面积相当于还湖前的1/5，能增加蓄水27亿立方米，遇到1998年那样特大的洪水，水位可平均降低0.1米这样的基本事实。为了证实天鹅的存在和摸清野生鸟类的种类，我们专门请动物专家与我们一起同行，使我们搜集的这方面素材从科学上得到确认。为了弄清洞庭湖演变的历史及规律，我们还查阅了自秦汉以来洞庭湖的资料，对洞庭湖变迁的内因和外因有了基本的了解，从而得出理性判断：洞庭湖面积的扩大，是历史性的大转折。

事实证明，如果我们仅凭材料上掌握的信息，不到现场作细致深入的实地考察，现实中一些最生动的东西，坐在家里是想不到也写不出来的。如果不向专家进行大量的求证，对一些事实的判断定性我们也难以准确把握。现在写出的消息所用的材料只是我们所掌握的极小一部分，但它是从“细”与“深”之中精选出来的，弥足珍贵。

作品评析

精心写作求质量

作为荣获第十二届中国新闻奖一等奖的新闻作品，《洞庭湖长大五分之一》无论是从题材选择、标题导语制作还是从表达手法来评判，都是一篇上乘佳作。洞庭湖对湖南及长江中下游的防洪具有重要的战略地位，由于以前人与湖争地，导致湖区人民饱受1998年特大洪涝灾害的水患之苦，党中央、国务院启动了为期3年的洞庭湖综合治理，平垸行洪、退田还湖，烟波浩淼的八百里洞庭再现人间。消息选择这样具有全局意义的重大题材来进行报道，社会关注度高，同时为其他地区的河湖整治提供了借鉴，又具有现实的指导意义。

标题和导语是新闻的眼睛，精心制作标题和导语对于揭示新闻内容、突出和深化主题有非常重要的意义。该消息的“新闻眼”是“长大五分之一”、“历史性转折”。如何把关键词在标题和导语中形象地展示给读者，作者下了一番功夫。

标题醒目大气、生动形象。引题“平垸行洪退田还湖带来历史性大转折”中“历史性大转折”一词运用使标题显得气势非凡，同时也赞扬了退田还湖决策的英明。主标题“洞庭湖长大五分之一”采用拟人的修辞手法，把洞庭湖人格化，使标题富有灵性和气势，也给读者更多的想象空间。副题“三年增加蓄洪能力27亿立方米，蓄水面积扩大554平方公里”用具体的数字来阐释引题中“历史性大转折”，主标题中“长大五分之一”，让读者看到一个真实变化图景。整个标题生动形象、醒目大气，具有强烈的视觉冲击效果。

该篇消息采用双导语形式。开篇导语气势恢宏，用50余字就告知读者洞庭湖发生变化的特大喜讯：洞庭湖变大了，出现历史性大转折。尤其是开头“洞庭湖变大了!”，6个字加上叹号，句短而有气势，掷地有声。文章第二段的解释性导语或叫背景式导语表现为言简意丰，交代了新闻的来源与时间，运用一系列数据对开篇导语中“1/5”、“历史性大转折”做了注脚，增加了信息含量，起到了揭示和深化新闻主题的作用。

从表达手段来看，本篇消息呈现多元化特点，采用了顺叙、倒叙、插叙、描写、夹叙夹议等多种表达技法。如消息第

二、五段是顺叙和插叙相结合的表达方法，第四段采用的是倒叙的手法来表达历史上的洞庭湖是“一块不得安宁的险地”。第三段采用了插叙和描写相结合的手法来表达治理后的洞庭湖新美景，在描写中又有抒情，让读者知道这个冬天，洞庭湖不再苍凉萧瑟。这种表达生动形象，易感染人。多种叙述方法的运用对新闻报道主要事实作了必要的铺垫或补充，起到深化新闻主题的作用。

另外，本篇的语言也是值得称道的，特别是动词的推敲与锤炼。如“岳阳城陵矶的水文标尺上，凶猛的洪水再也爬不到那令人毛骨悚然的高度”中的“爬”字，“洞庭湖长大”中的“长”字，“赶走了冬天的苍凉”中的“赶”字，极为绝妙，生动传神。“平垸行洪还洞庭浩浩荡荡，移民建镇让百姓世代安康”，“人与自然在洞庭湖开始和谐相处”，“烟波浩淼的八百里洞庭将再现人间”等优美的语句，也使文章大为增色，读者在获知新闻信息的同时也得到美的享受。

（黄雅玲）

我输水工程首用盾构方式穿江越河

◇ 张存有 陈 磊

本报郑州7月8日电 在黄河河床下40米深处，打两条4250米长的隧道，清澈的汉江水将由此北上，穿越黄河向北方地区供水，形成长江与黄河水流十字立交的人文与自然奇观。今天，被称为人类历史上最宏大的穿越大江大河输水工程——南水北调中线一期穿黄隧洞盾构机掘进始发。

上午10时许，在河南郑州附近的黄河北岸河床底部近40米深处，庞大的盾构机刀盘开始旋转，沿着水平方向由北向南开掘沉积多年的胶结泥沙。在经泥水平衡系统处理成流态泥浆由48.5米深的竖井底部泵送至地面沉淀池的同时，伴随着刀盘掘进形成的隧洞壁面衬砌加固工序也跟进展开，预制混凝土管片一片一片拼装成环，尾随刀盘掘进环环紧扣地向前推进。这一切都标志着中线穿黄工程盾构掘进始发成功，中线穿黄工程施工进入关键阶段。

南水北调中线干线一期穿黄工程是中线总干渠的关键性工程，其任务是将中线调水从黄河南岸输送到黄河北岸，向黄河以北地区供水，同时在水量丰沛时可向黄河相机补水，一期工程设计流量为265立方米每秒，加大流量为320立方米每秒。

该工程是南水北调工程中投资较大、施工难度最高、立交规模最大的控制工期建筑物。其中，两条引水的穿黄隧洞是整个穿黄工程最引人瞩目的控制性建筑物，每条隧洞总长4250米，单洞直径7米。采用目前世界上较为先进的盾构技术建造穿越大江大河的输水工程，技术含量高，施工工期长，在国内尚属首例。尤其是隧洞将要穿越黄河漂移淤积胶结而成的河床，内含孤石与千年古树，对于“喜硬怕软”的盾构机而言，更是增加了施工难度。

穿黄隧洞具体采用泥水平衡式盾构法施工，盾构机由黄河北岸竖井内始发，穿越黄河河床深处抵达南岸。这次首发掘进的是右洞，盾构机日掘进10米左右，预计2008年9月穿过黄河，10月开始邙山斜洞掘进，2009年3月完成右隧洞盾构施工任务。隧洞采用两次衬砌加固，盾构施工过程中，先用混凝土管片衬砌，再进行环向预应力混凝土衬砌，中间设置弹性防排水垫层防止内水外水的相互渗透，以确保隧洞输水安全。

构筑两条竖井，是盾构机掘进始发的先决条件。早在2005年12月，南水北调建设者就采用“铣接法”先进工艺和“双高压三重管、单管高压旋喷法”土体加固新技术，优化地连墙护壁泥浆配合比，先后攻克了国内最深的北岸地连墙和国内最深的高压旋喷土体加固施工难题，建成两条深48.5米的竖井。今年4月，将庞大盾构机部件吊入竖井底部顺着始发方向组装，为隧洞掘进奠定了基础。

（原载2007年7月9日《科技日报》，获第十八届中国新闻奖三等奖）

创作札记

水利科技新闻的通俗形象表达

张存有 陈 磊

穿黄工程是南水北调中线干线一期工程的咽喉，自2005年9月开工以来，工程建设的每一个重要节点都备受国人关注。

穿黄工程隧洞盾构始发有较强的新闻价值。它是中国水利史上第一次穿越黄河，意义重大；它将实现长江水和黄河水的立体交叉，两大母亲河第一次交汇，特别新鲜；它采用先进的盾构技术施工，具有丰富的科技内容和极高的科学价值。

这篇新闻消息写作有两个鲜明的特点：

一是形象表达。

水利科技术语专业，有些很难懂。要把水利科技新闻写清楚，形象生动地表达出来，需要下功夫。盾构始发当天，我们“上蹿下跳”，用“眼睛采访”，抓住始发的每一个细节，捕捉精彩的镜头、典型的场面，并给予形象的再现。“庞大的盾构机刀盘开始旋转，沿着水平方向由北向南开掘沉积多年的胶结泥沙。……伴随着刀盘掘进形成的隧洞壁面衬砌加固工序也跟进展开，预制混凝土管片一片一片拼装成环，尾随刀盘掘进环环紧扣地向前推进。”消息中的这段话，为读者勾勒出盾构掘进始发具体形象的场面，使得新闻清晰可视，有着生动形象的效果。

在导语写作中，形象展示了穿黄工程的壮美画卷。“清澈的汉江水将由此北上，穿越黄河向北方地区供水，形成长江与黄河水流十字立交的人文与自然奇观。”

二是通俗说明。

科技新闻要说明白、讲清楚，新闻背景必不可少。采访中我们不满足眼前事实，刨根问底，全面了解盾构技术和穿黄工程的前因后果。篇章布局中，充分利用背景，巧妙穿插背景，运用有关的背景资料加以说明和解释，凸现盾构掘进的新闻价值。“南水北调中线干线一期穿黄工程是中线总干渠的关键性工程，其任务是将中线调水从黄河南岸输送到黄河北岸，向黄河以北地区供水……” “构筑两条竖井，是盾构机掘进始发的先决条件……”这些背景资料有助于新闻事实的通俗表达，深化了新闻主题，增加了报道的深度和可读性。

回顾这篇新闻消息采写过程，体会最深的有两条：

一是充分积累资料。

南水北调工程开工后，一直跟踪报道工程，注重积累相关资料。密切联系国务院南水北调建委会专家委员会的专家及现场技术人员，有问题及时请教。特别是中线穿黄工程开工后，有意识地积累相关资料，密切关注竖井施工和盾构机组装等情况。

二是做好先期采访。

鉴于新闻的重大，我们打有准备之仗。盾构始发前，先到穿黄工地了解情况，76米长的泥水加压平衡式盾构机似一个长龙，当时的主机沉在地下的竖井，而65米长的配套设备位于地面，通过延长管线与主机相连。我们下竖井观看盾构机始发调试，询问盾构机工作原理；盯住专家咨询有关技术的细节，并借用了采访时所听到的“喜硬怕软”等通俗语言。

这篇报道还有些不足。如果引用相关专家的话语，有一些盾构始发成功建设者喜悦的表现，消息会更具感染力。

作品评析

把握着力点　锤炼出佳作

该作品是对南水北调中线一期工程首次采用盾构法穿越黄

河的报道，属一则动态消息，是一篇新鲜性、技术性融合的新闻佳作，题材重大，语言通俗生动是其重要特色。

从选材的角度来看，该新闻报道具有题材重大、内容新颖、事件技术含量高的特点。南水北调中线穿黄工程是人类历史上最宏大的穿越大江大河输水工程，它的建成可缓解京、津等华北地区水资源危机，改善供水区生态与投资环境，推动中部地区经济发展，具有重要的生态、经济和社会意义，因而题材重大。它又是我国首例用盾构机从黄河底部开凿隧洞送水北上的工程，因为是首例，所以内容新鲜。工程建设涉及大量技术运用，因而事件技术含量大。选择这些进行报道本身就具有很强的可读性、广泛的影响力，也易于提升新闻主题的社会意义。

从写作的角度来看，语言通俗生动是本篇作品的一大特色。科技类新闻报道常涉及一些新概念、新技术，生涩难懂。如何把这些枯燥的新闻素材通俗化、趣味化，转变成读者熟悉的语言形式，无疑考量着记者的文字驾驭能力。就本作品而言，在叙述的方式和语言语气的表述上做到了通俗平实，贴近受众。如导语部分叙述精巧，采用散文化语言进行报道，开头以数据交代穿黄隧道规模后，用“清澈的汉江水”、“北上”、“穿越”、“形成与黄河水流十字立交的人文与自然奇观”等凝练的文字勾勒出未来穿黄工程画面。叙述娓娓道来，通俗易懂，增加了新闻报道的生动性和亲和力。

正文部分从现场报道切入，采用白描的手法，用讲故事的叙事方式，以生动的镜头语言来形象通俗地展现科技事实。如镜头一：上午10时许，盾构机刀盘开掘黄河北岸河床底部近40米深处的泥沙，泥沙经处理后由竖井底部泵送至地面沉淀池。

镜头二：伴随着刀盘掘进形成的隧洞壁面衬砌加固工序也跟进展开，预制混凝土管片一片一片拼装成环，尾随刀盘掘进环环紧扣地向前推进。这种报道的方法，避开了专业术语，又注入了悬念，能引起受众的兴趣，这正是通俗化的表现。

此外，文中较为通俗的语言运用如“喜硬怕软”等亦增加了消息报道的可读性和趣味性。本篇消息除去背景资料陈述外，仅用约500字，就概括了9个技术关键点，信息量大，但又避免了科技术语的罗列，可见作者驾驭语言文字的功力！

（黄雅玲）

武汉百里长堤巍然锁大江

◇彭 晓 汪 洋

本报讯 长江汉口水位站昨21时定时提供的水位记录说，江汉关水位此时达26.94米。

据历史记录，60年前的1931年，江汉关水位在26.94米时，汉口溃堤。

眼下，武汉三镇308公里的沿江大堤牢牢护卫着面临长江大汛的这座城市。

10日凌晨2时，江汉关水位突破了这里26.30米的防汛警戒线；三镇沿江的部分码头、闸口已开始填土封闸。

汉口滨江公园里雄伟的武汉防汛纪念碑巍然矗立。暴雨将碑上镌刻的毛泽东同志题词冲刷得更加铮亮：庆贺武汉人民战胜了一九五四年的洪水，还要准备战胜今后可能发生的同样严重的洪水。

经过42年的投资建设，目前武汉长江大堤的总长度比1949年增长近两倍，标高较1954年29.73米的最高水位高出2.27米。“七五”期间开始，国家又投资将武汉市区的部分土堤改建为钢筋混凝土防水墙。

汉口龙王庙水位观测点的钢筋混凝土防水墙上，分别镶嵌着显示这里1931年、1954年、1983年最高水位的标志牌。一位家住大夹街姓费的“老武汉”在黑色大理石标志牌前，向人们讲述民国二十年（1932年）“逃水荒”的情景。他说只有共产党建造的长江大堤，“才能使武汉人在大汛面前安居乐业”。

中共武汉市委书记郑云飞、武汉市市长赵宝江等近日冒雨巡查了南北两岸的长江大堤。他们在巡堤时认为，抵御长江大汛的真正屏障是武汉的百万军民。

武汉三镇目前已有数万军民上堤防汛。长江大堤上，每隔百来米即可见到填土封闭、巡堤查险的防汛人员。在武昌八铺街，市装卸公司九站司机杨立学驾驶一辆巨型铲土车将泥土填入闸口。他说，防汛是每位市民的应尽职责。

长江大堤的武昌八铺街、东西湖围堤、武惠堤古家头等险工险段，经过防汛军民的紧张奋战，已经得到加固。

昨日上午在汉口龙王庙堤段，插着黄色小旗的防汛指挥车辆频繁往来于大堤各个闸口之间。与此同时，毗邻的汉正街小商品市场生意依然红火；由上海驶来的客班轮准点靠上汉口码头。人们脸上虽然对长江大汛面带惊奇，却见不到一丝慌乱。

（原载1991年7月13日《湖北日报》，获第二届中国新闻奖一等奖）

作品评析

非事件性新闻报道的经典之作

该作品是一则关于长江汉口水位记录的报道，即汉口水位突破防汛警戒线，防洪大堤依然牢牢守护着武汉三镇。其可谓是巧妙利用历史背景，将非事件性新闻转化为“事件化报道”的经典之作。

什么是对非事件性新闻进行“事件化报道”呢？即借助典型的新闻事件去表现重大的非事件性新闻事实，从而凸显重大新闻主题。

首先，通过背景对比突出“事件”。本文开篇就通过古今对比突出事件的新闻价值，正是有了“60年前的1931年，江汉关水位在26.94米时，汉口溃堤”这一历史背景，才有了记者在同样高水位的“现在”，在江堤现场，看沿江大堤岿然不动，防汛纪念碑巍然矗立……两个截然相反的结果使看似平凡的事件有了不平凡的意义。其实这些事件并非只在此刻才发生，却因为历史背景的对比而具有了突发性，达到对非事件性新闻进行“事件化”报道的理想效果，因而受到读者的广泛好评。

其次，小处见大，进一步深化文章的主题。文章通过层层设置，一步步揭示和深化主题：其一，党和国家十分重视防汛抗洪工作，长江大堤正是在共产党的领导下投资改建，从而“使武汉人在大汛面前安居乐业”。正如毛泽东在武汉防汛纪念碑上的题词所说的那样：我们不仅战胜了1954年的洪水，还要准备战胜今后可能发生的同样严重的洪水。其二，武汉军民齐心协力保家园，通过描述中共武汉市委书记和市长“巡堤时认为，抵御长江大汛的真正屏障是武汉的百万军民”，更进一步突出众志成城、保家卫国的崇高情怀。其三，武汉百里长堤巍然锁大江的最终结果是人民在大汛面前依然安居乐业。“武汉三镇目前已有数万军民上堤防汛……长江大堤的武昌八铺街、东西湖围堤、武惠堤古家头等险工险段，经过防汛军民的紧张奋战，已经得到加固”，这些实实在在的行动使长江大堤更加稳固，因而才有了后来“人们脸上虽然对长江大汛面带惊奇，却见不到一丝慌乱”的祥和局面。

此外，文章的很多小细节也值得称赞。标题中的“锁”字十分传神地形容出长堤牢固锁定肆虐的大江，守卫一方平安。另外通过对比的写法为下文的展开作了铺垫。60年前的“溃坝”和今天的“牢牢锁住”，相同水位造成了不同结果，这为下文揭示其中的原因做了铺垫。

本文的成功之处即在于对历史资料的灵活运用，将非事件性新闻进行“事件化报道”。这种报道方式提高了非事件性新闻的真实性和可信度，增加了文章对读者的吸引力和感染力。这些历史材料同时也丰富了文章的内涵，加深了新闻的厚度，使一篇防汛的报道有了特别的意义和价值。作者对数字的运用，以及精练的文笔也为文章添了不少彩。

（朱立芳）

长江流域首次跨省调水

◇ 刘 萍 周长征 朱俊君 洪 卫 孙国俊

本报讯 3月3日凌晨，由四川省广安市嘉陵江东西关、桐子壕水电站开闸下泄的滔滔江水，流淌10小时后抵达重庆。

这是长江流域枯水期首次跨省调水，以应对局部资源性缺水。嘉陵江四川省各水电枢纽开闸泄水，保证了重庆市城镇的居民生活用水。目前，重庆市缺水状况已得到缓解。

受2006年特大干旱和去冬以来持续降水偏少的影响，长江、嘉陵江来水量严重偏少，水位持续走低。2月26日，嘉陵江重庆市北碚站水位仅为172.06米，流量66立方米每秒，为历史最低水位和最小流量。2月27日，长江重庆河段寸滩站水位为158.13米，为历史同期第4低水位，流量约2400立方米每秒，接近历史同期最小值。

由于两江水位极低，重庆市位于嘉陵江的7个取水口露出水面，如水位再下降，3个水厂无法取水，沙坪坝、渝中区等地120万人的供水将受到严重影响。

重庆市干旱缺水的紧张形势，牵动着党中央、国务院领导的心。回良玉副总理指示国家防总尽力采取措施，保障重庆市城区用水安全。经国家防总办公室与国家电力部门紧急协调，决定从3月3日开始，对嘉陵江上的宝珠寺、东西关、桐子壕3座水电站进行水量调度。并明确要求，四川省嘉陵江上各水电站不得蓄水。通过调水，目前已基本缓解了重庆市从嘉陵江取水“解渴”的问题。

长江防总办公室副主任史光前说，此次跨省调水虽然基本缓解了重庆的饮水问题，但坐拥长江、嘉陵江两江的重庆市缺水告诉我们，由于时空分布不均，长江枯水期仍有缺水之忧，江水并非取之不尽、用之不竭，要大力推进节水型社会建设，节约用水。同时，要加强水资源的统一管理，统一协调，着重研究新形势下枯水的应急调度预案，科学调配水资源，保证流域人民的饮水安全。

（原载2007年3月10日《人民长江报》）

创作札记

“会海”中淘出的新闻

刘　萍　朱俊君

溪河断流，水库干涸，农田龟裂……

对于坐拥两江之利的重庆来说，2006年注定是一个不寻常的年份。2~3月，长江、嘉陵江水位持续走低。600万城乡居民饮水困难，近300万亩农田春耕用水无法得到保障。一时间，干旱的阴云笼罩山城。

严峻的旱情牵动着千里之外长江防总领导专家们的心。滚动会商、派遣专家、应急响应……连续一个多星期，持续研判重庆旱情。

最关键的时刻，2月28日至3月3日，国家防总办公室常务副主任张志彤、长江防总办公室副主任史光前一行组成工作组，专程前往四川省和重庆市，协调从嘉陵江四川河段调水支援重庆解决供水困难。

3月3日凌晨，四川省嘉陵江宝珠寺、东西关以及桐子壕三处水电站开始调控下泄流量。经过近10个小时的流淌，嘉陵江水抵达重庆市，终于缓解了重庆市取水的难题。

应对这次重庆罕见枯水，虽然是一个紧张的过程，但是对于长江防总来说，不过是众多水旱灾害中一次寻常的工作而已。在一个多星期的会商过程中，记者发现了其中不寻常的光点，那便是跨省协调调水。

往常在长江主汛期，特别是长江中下游防洪局面紧张时，长江防总从水量调配的角度，对长江流域干支流大型水库进行调度，要求水库拦蓄洪水错峰。而这次从嘉陵江调水，则是因为下游重庆缺水而被动调水。

从大量的采访素材中发现，长江防总还从没在枯水季进行过如此大规模的协调调度工作，这是一个难得的重要线索。围绕这个线索，报社组织骨干记者展开多层面的采访，在掌握了大量翔实可靠的第一手资料后，最终写成《长江流域首次跨省调水》的消息，并在头版刊发，先后获得湖北省专业报好新闻一等奖和湖北好新闻二等奖。

回首此次采写过程，作者深切感受到，作为行业记者，必须要熟悉行业的相关知识，了解行业的历史和今天。只有这样，才能在采访报道中，保持敏锐的新闻嗅觉，从大量看似平常的事务中，发现不寻常的变化，从中挖掘出有价值的新闻。

作品评析

倒金字塔结构的典型佳作

对于事件性新闻的写作，消息结构常采用“倒金字塔结构”。这种结构按照内容的重要性来安排文章的层次和段落，

杜绝黄河水资源隐性流失

黄河“水龙头”安装上了“水表”

◇ 祖士保　潘佳良

本报讯　1月25日，河南河务局供水局提供的一则数据显示，开封黑岗口引黄闸工业引渠自去年4月底安装“水表”之后，该闸2006年非农业引水量与以往最高年份相比多出2000万立方米。以总蓄水量在100万立方米左右的济南大明湖为参照，这意味着每10天就多出一个大明湖的总蓄水量。

据河南河务局供水局负责人介绍，相对于引黄取水口被称为黄河“水龙头”而言，河南河务局所说的“水表”，其实是安装在黄河取水口的一种潜水智能电磁自动测流设备，通过引黄渠道的每一立方米黄河水，都会被它以“秒”进行精确计量。2006年 4 月底，黑岗口闸工业引水渠完成了“水表”的安装，并于7月1日正式运行。截至12月底，2006年全年非农业供水量为5500万立方米，这比该闸最高年份的全年非农业供水量3500万立方米多出2000万立方米。“水表”仅仅转了半年，就相当于多出20个大明湖的总蓄水量。

重庆市，协调从嘉陵江四川河段调水支援重庆解决供水困难。

3月3日凌晨，四川省嘉陵江宝珠寺、东西关以及桐子壕三处水电站开始调控下泄流量。经过近10个小时的流淌，嘉陵江水抵达重庆市，终于缓解了重庆市取水的难题。

应对这次重庆罕见枯水，虽然是一个紧张的过程，但是对于长江防总来说，不过是众多水旱灾害中一次寻常的工作而已。在一个多星期的会商过程中，记者发现了其中不寻常的光点，那便是跨省协调调水。

往常在长江主汛期，特别是长江中下游防洪局面紧张时，长江防总从水量调配的角度，对长江流域干支流大型水库进行调度，要求水库拦蓄洪水错峰。而这次从嘉陵江调水，则是因为下游重庆缺水而被动调水。

从大量的采访素材中发现，长江防总还从没在枯水季进行过如此大规模的协调调度工作，这是一个难得的重要线索。围绕这个线索，报社组织骨干记者展开多层面的采访，在掌握了大量翔实可靠的第一手资料后，最终写成《长江流域首次跨省调水》的消息，并在头版刊发，先后获得湖北省专业报好新闻一等奖和湖北好新闻二等奖。

回首此次采写过程，作者深切感受到，作为行业记者，必须要熟悉行业的相关知识，了解行业的历史和今天。只有这样，才能在采访报道中，保持敏锐的新闻嗅觉，从大量看似平常的事务中，发现不寻常的变化，从中挖掘出有价值的新闻。

作品评析

倒金字塔结构的典型佳作

对于事件性新闻的写作，消息结构常采用“倒金字塔结构”。这种结构按照内容的重要性来安排文章的层次和段落，将最重要或最精彩的内容放最上面，次要内容再按照重要性依次放下面，形成倒三角或倒金字塔，这种结构有利于突出消息中最重要、最新鲜的事实。本篇新闻报道的突出特色就是巧用倒金字塔结构的写作手法，将长江流域“首次”跨省调水的事实有条不紊地揭示，是一篇倒金字塔结构的典型佳作。

一、导语巧立片言。导语是消息的开头部分，“立片言以居要”是其本质。导语写作要用最少的文字表达最重要、最新鲜的新闻事实。本篇消息的导语是第一自然段，导语类型为叙事式导语。用概括叙事的方法把消息中最重要的新闻事实直接表达出来，凸显出开门见山、立片言以居要的写作特色。导语采用主语加谓语加宾语的单句句式，仅用48字就交代了新闻发生的时间、事件、起止地点，极为简洁凝练，一句话就使各种要素尽在其中！这种写作手段本身就是一种艺术，既突出了重要的新闻事实，又增强了新闻的可读性，容易激发读者阅读的兴趣。

二、主体深化主旨。主体是消息结构中的主干，是对新闻报道内容的具体叙述和进一步阐释，也是表现和深化主旨的关键部分。本篇消息主体部分是第二到第五自然段，在结构上主要是按照时间顺序来安排的，在内容上主要通过大量新闻背景的描述来展开和补充新闻事实，且做到主次分明，详略得当。

主体第一部分首先强调了调水事件的意义和价值，起到阐释新闻事实和深化主题的作用。“长江流域枯水期”点明了事件发生的特殊背景，“首次”突出了这次调水的历史意义，“应对局部资源性缺水”，“目前，重庆市缺水状况已得到缓解”等强调了调水事件重要的现实作用。作者在主体的开篇用简洁精练的语言强调事件本身重大的新闻价值，让读者明白此次调水事件的重要性。

主体的二、三、四部分突出的特色是交代大量的新闻背景，引用更多的材料说明调水的重要性。这些背景材料的安排是按照内容主次呈现出来，如第二部分采用的对比性背景材料，具有重要的新闻价值，故安排到背景材料叙述的最前面，而且用墨颇多。作者巧妙选择26日嘉陵江重庆市北碚站和27日长江重庆河段寸滩站的水位流量数据进行纵向对比，来阐述因为降水减少而造成“历史最低水位和最小流量”、“历史同期第4低水位”。这种材料的运用突出了调水事件的重要意义，起到深化主题的作用。三、四部分中的背景材料所凸显的新闻价值较第二部分次之，所以惜字如金。大量数据性背景资料的运用不仅补充阐释新闻事实，深化报道主旨，而且增加了新闻报道的真实性和可读性。

三、结尾恰到好处。恰到好处的结尾能给受众“言虽尽而意无穷”的体验。该作品最后一段是消息结尾部分，直接点明事件进一步的发展趋势，属于展望式结尾。这种结尾方式使得新闻报道不只停留在陈述跨省调水这一事实，而是展望将来，给读者更多思考的空间。

本篇消息导语部分呈现了最重要、最精彩的新闻事实，主体部分通过大量新闻背景来对导语中的重要新闻事实进行展开和补充，结尾之处点明事件未来发展的趋势。整篇报道以事实的重要性程度或受众关心程度依次递减的次序，先主后次地呈现消息中各项事实内容，是典型的倒金字塔结构。

（黄雅玲）

杜绝黄河水资源隐性流失

黄河“水龙头”安装上了“水表”

◇ 祖士保　潘佳良

本报讯　1月25日，河南河务局供水局提供的一则数据显示，开封黑岗口引黄闸工业引渠自去年4月底安装“水表”之后，该闸2006年非农业引水量与以往最高年份相比多出2000万立方米。以总蓄水量在100万立方米左右的济南大明湖为参照，这意味着每10天就多出一个大明湖的总蓄水量。

据河南河务局供水局负责人介绍，相对于引黄取水口被称为黄河“水龙头”而言，河南河务局所说的“水表”，其实是安装在黄河取水口的一种潜水智能电磁自动测流设备，通过引黄渠道的每一立方米黄河水，都会被它以“秒”进行精确计量。2006年 4 月底，黑岗口闸工业引水渠完成了“水表”的安装，并于7月1日正式运行。截至12月底，2006年全年非农业供水量为5500万立方米，这比该闸最高年份的全年非农业供水量3500万立方米多出2000万立方米。“水表”仅仅转了半年，就相当于多出20个大明湖的总蓄水量。

河南黄河共有34个取水口门，像开封黑岗口引黄闸这样的重点引水口门还有10多个。过去，黄河水价格低廉，农业、非农业用水不分，加之传统人工计量手段上的落后，使人们对用水跑、冒、滴、漏现象毫不在意。10多个黄河“水龙头”常年开启不断，稍稍控制不严，就是一个极其庞大的数字。

随着经济社会的不断发展，黄河水资源需求矛盾日益突出，为节约有限的黄河水资源，发挥其最大社会效益和经济效益，河南河务局在改进传统人工计量模式的同时，于2004年在全河率先开展了农业、非农业“两水分离、两费分计”工作；2006年黄河取水口安装“水表”试点工作取得成功，在全河率先实现了对黄河水资源的精细化计量。

给黄河“水龙头”安装水表是杜绝黄河水资源隐形流失的一条重要途径。河南河务局党组要求，在今年上半年基本实现10处重要、大型引水口门计量设施“水表化”，并实行完全控制权。

（原载2007年2月3日《黄河报》）

创作札记

在做足做透新闻上下功夫

祖士保

一条有价值、有分量的独家新闻线索，往往会让新闻写作者如同在深山寻得宝物一般兴奋不已；一条好的新闻如果得以充分表现，则会让编辑和读者爱不释手。作为一名水利新闻宣传通讯员，对于自己较为熟悉的水利行业，不仅要善于发现新闻，还要在表现新闻、做足做透新闻上下功夫。

首先，谈一下这篇消息写作的背景。自1946年人民治黄以来60年间，河南沿黄8市、28个县以及商丘等地城市生活、工农业发展尽享黄河水资源之利，累计1500亿立方米黄河水泽润中原。然而，过去由于黄河水价格低廉，农业、非农业用水不分，加之传统人工计量手段上的落后，人们对用黄河水资源“跑、冒、滴、漏”现象毫不在意，有限的黄河水资源隐形流失现象严重。面对黄河水资源极度紧张的供需矛盾，2006年7月24日，国务院颁布了《黄河水量调度条例》，这是黄河治理开发与管理第一次在国家层面的立法，也是我国大江大河关于水量调度的第一部行政法规，反映了国家对黄河水资源问题的高度重视。正是在这个背景之下，河南河务局提出从践行科学发展观的高度，实现依法调水、依法行政，优化配置并精细化管理有限的黄河水资源，为流域经济社会可持续发展做出更大的贡献。

2007年前后，笔者有幸参与了河南黄河水资源精细化管理专题调研活动，对河南引黄供水数量，农业、非农业用水户的基本情况以及引黄供水现有收益和应有收益的差距等掌握了第一手确切翔实的资料，并掌握了大量权威性数据。通过实地调研，我感觉报道时机来了，一个重大独家新闻就在自己手边。为使新闻价值和传播效应最大化，我在新闻表现手法和材料使用上下了一番功夫。在标题制作上，我采用比拟的手法，将引黄涵闸比喻成“水龙头”，将自动测流设备比喻成“水表”，并以黄河“水龙头”安装上了“水表”作为标题，将黄河涵闸安装测流设施这一科技管理手段，表现得既形象生动又富有趣味，拉近了新闻与受众的距离。新闻导语凝练，用河南河务局供水局提供的数据作为新闻由头，以黑岗口引黄涵闸为例，以数字对比彰显变化，并以济南大明湖水量作为参照，使读者对黄河水资源精细化管理效益有了一个直观认识。在消息主体部分对黑岗口涵闸做了精细解读，并用两段文字交代了河南黄河引黄口门整体状况和水资源精细化管理的新闻背景，最后一段文字简洁点明了新闻事件的重要意义和发展趋势。

《黄河“水龙头”安装上了“水表”》这一消息于2007年2月3日在黄河报（网）刊登后，被新华网、人民网、新浪、搜狐等网站相继转载，并被评为2007年度“河南新闻奖”一等奖。

作品评析

专业化与生活化用语完美结合

专业化与生活化用语结合是该文突出的特色。标题“黄河‘水龙头’安装上了‘水表’”，采用贴切的比喻，新颖生动。“水龙头”一词突出展现出引黄取水口相对于黄河水资源的关键地位，水表对于水龙头而言是一个重要的数据显示器，也是掌握用水量的主要工具。“水表”一词与“水龙头”相搭配，以日常化的语言，直观的表现手法，将潜水智能电磁自动测流设备的作用和意义清晰地表达出来。此外，这种日常化术语的应用将对黄河水资源的保护和百姓的日常生活联系起来，隐性地表达出两者之间存在的某种联系，能够更加引起人们的重视。

导语中使用两种表现手法来描述黑岗口引黄闸自安装“水表”之后所取得的实际效果。第一种表现手法是使用数据分析，指出“截至12月底，2006年全年非农业供水量为5500万立方米，这比该闸最高年份的全年非农业供水量3500万立方米多出2000万立方米”。第二种表现手法是使用形象对比，将所节约的水资源数量与济南大明湖对比，指出“‘水表’仅仅转了半年，就相当于多出20个大明湖的总蓄水量”，这相当于每10天左右就多出一个大明湖的蓄水量。第一种方法体现出作者作为水利通讯员的专业性，而第二种方法则将数字化的专业术语更直观地表达出来，有助于受众的理解。两种方法相辅相成，既专业严谨，又直观形象，充分说明了强化黄河水资源管理所取得的重大成效。

接下来，作者通过河南河务局负责人专业介绍的引述，依然用数字化的专业表现手法和形象对比的直观表现手法，详细介绍了黑岗口闸工业引水渠自安装“水表”之后所取得的成绩。

最为难能可贵的是，作者的考察视角没有仅仅局限在黑岗口闸，而是考虑到了整个河南省的黄河取水口。指出过去在保护黄河水资源时所存在的诸多不足，进一步说明了安装“水表”、使用精细化计量的重要性和必要性。

最后，作者总结到安装“水表”是杜绝黄河水资源隐形流失的一条重要途径，并且“水表”的安装工作已经在河南河务局党组的要求下按计划实施，更加说明黄河“水龙头”安装“水表”是杜绝黄河水资源隐形流失的一条重要途径。

（严　壮）

评论　述评

论九八抗洪精神

◇ 任仲平

抗洪抢险斗争已经取得决定性胜利，发生在中国土地上的这场威武雄壮气壮山河的斗争所产生的影响和深远意义，将随着时间推移充分显示出来。但是，围绕着这场斗争所焕发的伟大抗洪精神，全国上下所呈现的精神风貌，已经成为现代文明史上的奇观，引起全中国和全世界人民的关注。

（一）

江泽民同志高度评价“九八抗洪精神”，他强调指出，在这场伟大的抗洪抢险斗争中，我们形成了万众一心、众志成城，不怕困难、顽强拼搏，坚韧不拔、敢于胜利的伟大抗洪精神，这是无比珍贵的精神财富。

“万众一心、众志成城”，这一雄伟壮阔的局面出现在中国——这个世界上人口最多、为创建和巩固社会主义制度艰苦奋斗了近半个世纪并且取得重大成就的国家，这不是偶然的。为了战胜这场特大自然灾害，解放军和武警部队共投入兵力36万多人，地方党委和政府组织调动了800多万干部群众参加抗洪抢险；加上为抗洪抢险提供直接服务的各部门、各地区、各系统的力量，总数达上亿人口；以不同的方式关心支持抗洪抢险的人们就更多。这场抗洪抢险斗争，规模之大，气势之壮，斗争之严酷激烈，历史罕见，世界罕见。重要的是，上下一心、干群一心、党群一心、军民一心、前方后方一心，真正是撼天动地，势不可挡。

“不怕困难、顽强拼搏”，这是由人水相搏、两相对峙的严酷格局所决定的。一方面是水大势猛、南北为害，对改革开放、经济发展和千百万人民群众生命财产造成的严重威胁；另一方面是抗洪军民为了国家和人民的利益，为了保卫改革开放成果，不怕困难、不畏艰险的英勇抗击。不是短时间的水来土掩、兵来将挡，而是长时间的反复较量；不是个别人的身先士卒、出生入死，而是整个抗洪军民的团结合作，顽强拼搏。抗洪军民是一个英雄群体。他们中的先进分子，有的累倒，有的累死，有的舍生忘死、舍己救人，有的哥哥倒下弟弟上去、丈夫倒下妻子上去、儿子倒下父亲上去。一个民族有了这种精神，还有什么困难不能克服，什么艰险不能战胜。

“坚韧不拔、敢于胜利”，显示了抗洪军民的“韧”性和“刚”性。这次特大自然灾害是对人的体力极限、精神极限的最大挑战。也正是在迎击这种挑战中，形成了抗洪精神的最强音。这次特大洪水，为害范围广，持续时间长，人被累乏，堤被泡软，抗洪抢险物资一次又一次被用完，没有坚强的意志和耐力，没有敢于胜利的信心和把握，没有强大的综合国力为后盾，就很难面对凶猛的接踵而来的八次冲击波，始终坚持严防死守，沉着应战，夺得一个又一个重大胜利。这里的关键是，党中央的敢于胜利，善于胜利；党中央的崇高威望和巨大凝聚力、向心力；党中央的果断决策、科学部署、指挥若定、决战决胜，将大家的信心和力量高度凝聚起来，集中成一个战无不胜的铁拳。如果说，抗洪精神是一支气势恢宏撼天动地的大合唱，以江泽民同志为核心的党中央就是这场大合唱的总指挥。

（二）

"九八抗洪精神"之所以能够引起大冲击大震动，是因其具有鲜明的时代精神，是我们民族最美好最高贵思想品格的集大成。这是一个由多种精神品格重新构筑的精神共同体，具有不同寻常的高度、广度和力度，大大强化和提升了我们民族的精神品格。

"九八抗洪精神"的实质是，以公而忘私、舍生忘死的共产主义精神为灵魂，以人民利益国家利益全局利益至上的大局意识为核心，以团结一致、齐心协力、"一方有难，八方支援"的社会主义大协作精神为纽带，以不怕困难、不畏艰险、敢于胜利的革命英雄主义精神为旗帜，以自强不息、贵公重义、艰苦奋斗、同舟共济、坚韧不拔、自尊自励等传统美德为血脉为营养；是这一切高贵美好的品格在共同抗击自然灾害的殊死搏斗中所形成的交汇点——时代精神和民族精神的交汇点，社会主义和爱国主义、集体主义的交汇点，革命英雄主义和社会主义人道主义的交汇点。它使我们看到，美好的品格和行为一旦集中起来会是多么壮美，亿万人民的力量一旦集中起来会是多么强大。毫不利己专门利人的中国共产党人的思想情操一旦和中华民族的传统美德结合起来，会把我们的民族品格带向一个多么光辉灿烂的境界。

它使人们进一步看到了中国的希望和前途，看到了人类的美好未来。

（三）

"九八抗洪精神"是怎样形成的，我们的党，我们的军队，我们的人民和国家，为什么能够在抗洪抢险斗争中凝聚起这一伟大的精神力量?

历史唯物主义的一个基本观点是，认识一个事物、一种精神现象的本质，不能从事物本身去寻找解释，而必须到产生这一事物和精神现象的历史事件和实践活动中去寻找。

毫不夸张地说，这场特大自然灾害所造成的威胁以及为了战胜这场特大灾害所进行的殊死搏斗，是当今世界所发生的重大事件之一。事件就是历史，就是舞台。重大事件，特别是发生在一个伟大国家的重大事件，是成就英雄、伟人和时代精神的重要契机。

正是抗洪抢险这一伟大的斗争，空前地把我们的力量集中起来，把我们的精神和精锐集中起来，把我们的思想觉悟和精神品格集中起来，涌现了一大批顶天立地的英雄，形成了拔山贯日、气壮山河的精神奇观。这是一个物质力量和精神力量同时集中同时增长同时发挥威力的过程，也是一个相互激发相互转化的过程。

这种空前集中、高度集中，建筑在社会主义制度适合集中力量集中优势办大事的优越性上；建筑在党和人民利益高度统一和有中国特色社会主义事业蒸蒸日上的发展前途上；建筑在长期以来我们坚持两个文明一起抓，并且抓出了成效，抓出了巨大的精神储备、队伍储备、综合国力的储备上。还因为，这场抗洪抢险斗争发生在一个伟大的具有12亿人口的社会主义中国，中华民族具有悠久的历史和文明，我们的人民饱经忧患，历尽沧桑，拥有抗击一切灾难，战胜一切邪恶力量的韧性、伟力和根基。

这种空前的“集中”和事态发展，加上新闻媒体的广为传播，使抗洪抢险斗争成为一个极富感染力的“情绪场”，就像“磁场”、“电场”、“生物场”能够发生巨大的“场”效应一样，抗洪抢险斗争让人感奋，让人激动，让人投入，让人勇敢和高尚。在这场气壮山河的伟大斗争面前，人们最美好最强健的思想、感情和品格得以发扬和升华，分散的被集中起来，弱小的被强化起来，潜在的被激发、培育出来，形成了遍及全国的为各族人民所自豪的浩然正气。

这场抗洪抢险斗争对于我们的党群关系、干群关系、军民关系进行了一次新的检阅，使人们看到了中国共产党人的整体形象，干部队伍的整体形象，中国人民解放军的整体形象，中国人民的整体形象。进一步看到，共产党好，社会主义好，人民解放军好，人民群众好，中国人民是不可战胜的。

（四）

怎样发扬“九八抗洪精神”？

万众一心、众志成城，不怕困难、顽强拼搏，坚韧不拔、敢于胜利的“九八抗洪精神”，是我们在改革开放的条件下，战胜困难，扫除障碍，大步跨向新世纪的时代精神，是社会主义初级阶段的中国人民最可宝贵的精神财富。

“九八抗洪精神”，不只产生于这一次抗洪抢险斗争，而且根植于我们改造自然和社会的伟大实践中，根植于我们社会制度的优越性、我们事业的正义性，根植于我们党、政府和军队的全心全意为人民服务的宗旨。在这个意义上，“抗洪精神”也就成为推动我们整个事业的精神动力，成为我们的党魂、军魂和国魂的一种生动体现。这样一种精神力量，是和我们的国情，和奋斗目标相一致的。我们的国家大、人口多、底子薄。有了这种万众一心、顽强拼搏、敢于胜利的精神，我们就能“堆土成山”，办成大事。缺少这种精神，我们就会“一盘散沙”，什么事情都办不成；有了这种精神，我们的人民受益、民族受益、国家受益，缺少这种精神，我们的社会主义现代化建设事业就不能大踏步前进，我们的国家就不能在日趋激烈的国际竞争中立于不败之地。

发扬抗洪精神，必须增强忧患意识、责任意识、使命意识，时时刻刻想到，有困难要克服，有大山要攀登，有对手要竞争，有宏图大略要实现。特别是在我们战胜困难取得成就的时候，在风和日丽、充满生机的时候，尤其要有这种意识。只有这样，才可能激发我们的意志，振奋我们的精神，提高我们的工作效率，为党为人民多作贡献。

抗洪抢险斗争取得了决定性胜利，工作重点已经转移，灾后重建的任务还很艰巨，我们要在遭受严重自然灾害的情况下，在错综复杂的国际环境中实现全年的经济增长目标，需要作出艰苦的努力。我们的改革开放事业取得了巨大成就，但是，我们还是一个发展中国家，还有几千万人的温饱问题尚未解决，要参与激烈的国际竞争，要在不太长的历史时期建成一个现代化的社会主义强国，可谓任重道远，关山重重。我们民族的苦难史，我们党和国家的奋斗史胜利史，我们刚刚取得的抗洪抢险的伟大胜利都一再说明，中国人民是不可战胜的。但是，我们只有在党的领导下，始终保持一种高昂的精神状态，不断增长我们的民族凝聚力，我们才能是真正强大的。

让我们更加珍惜来之不易的抗洪精神，让我们在伟大的抗洪精神鼓舞下，高举邓小平理论伟大旗帜，紧密团结在以江泽民同志为核心的党中央周围，积极落实党的十五大提出的各项任务，艰苦奋斗，全力做好救灾工作，为全面推进改革开放和社会主义现代化事业而奋斗。

（原载1998年9月17日《人民日报》）

作品评析

时代发展的号角

新闻评论具有鲜明的政治性和强烈的新闻性，这是由新闻作为传播工具的性质所决定的。新闻宣传反映一定阶级、利益集团的观点和倾向，代表一定的阶级、政党的利益，公开表明自己的政治立场和态度。在我们国家，新闻事业既是党的喉舌，也是广大人民群众的喉舌，肩负着宣传党的方针政策、宣传社会主义精神文明、促进社会经济发展等重要的现实和历史使命。

由《人民日报》中心评论组撰写的社论《论九八抗洪精神》，就是一篇大气磅薄、气势雄浑、逻辑严谨、分析深刻、见解独到的政论性文章。它就像一曲劲吹的时代发展的号角，鼓舞人心，催人奋进。

作为一篇社论，其首要的要求就是论题重要，标题鲜明。《论九八抗洪精神》高屋建瓴，把抗洪精神提到时代发展高度。文章只是把“抗洪”精神作为展开论题的一个由头，其根本目的是要论证这种精神对社会发展的重要意义。

评论大致分为四个组成部分。

第一部分重点介绍了九八抗洪精神的具体内容：那就是“万众一心、众志成城，不怕困难、顽强拼搏，坚韧不拔、敢于胜利”。作者结合抗洪救灾的具体事实，系统介绍了全国人民在党中央的领导下，面对特大的自然灾害而团结一心、战胜灾难的事实。社论写在灾难发生不久，灾后的重建工作正在进行之中。在这种情况下，对全国人民抗洪救灾工作进行总结、概括，就显得尤为必要。对鼓舞全国人民的精神斗志，激发全国人民面对灾难不屈的意志，无疑是至关重要的。这也使评论具备了强烈的时效性和针对性色彩。

评论的第二部分主要是对九八抗洪精神实质的分析和挖掘。评论重点阐述九八抗洪精神实质是一种共产主义精神，是一种大局意识，是一种社会主义大协作精神，是一种革命英雄主义精神，是中华民族的传统美德。作者由此及彼、由浅入深、由表及里、由现象到本质的深入挖掘分析，使评论上升到了一个相当的认识高度，也使评论具有了更深意义上的指导和引导作用。

评论的第三部分分析的是九八抗洪精神形成的原因。作者主要从以下几个方面进行分析：首先，形成九八抗洪精神是因为重大事件的发生，重大事件成就英雄、伟人和时代精神。抗洪抢险使全民的力量空前集中，且这种集中必然形成一股万众一心抵御自然灾害的强大力量和时代精神；其次，是由于新闻媒体的广为传播，媒体的强化、激发和培育，形成遍及全国的为各族人民所自豪的浩然正气。作者的这种分析，是对九八抗洪精神认识层面上的拓展，必定进一步拓宽读者的视野，引发读者对问题多层面的认识与理解。

评论的最后一部分阐述了如何发扬九八抗洪精神。这也是这篇社论传播目的的体现。作者没有将九八抗洪精神仅仅局限于抗洪抢险工作之中，而是将抗洪抢险精神放到我国的社会主义伟大建设和改革开放的实践之中加以认识，使评论的思想内容大大升华。当然，作者最后也没有忘记告诫读者在发扬九八抗洪精神的同时，一定要增强忧患意识、责任意识和使命意识。

整篇社论立论有高度，观点鲜明，见解深刻，文风严肃，具有强烈的现实指导意义和深远的历史意义。逻辑严谨、思维缜密、层次分明、环环相扣，表述准确贴切，读来一气呵成、酣畅淋漓。

（张福民）

造就一批新的水利“巨人”

◇ 人民日报评论员

国家已决定“八五”期间投资近百亿元，兴建和续建淮河、太湖流域28项大型骨干水利工程。黄河和长江上的有关大型骨干工程，有的已经开工，有的正在积极筹备。一批新的水利“巨人”，将陆续崛起。

治国兴邦需治水，这是我国国情决定的。我国水资源总量居世界第6位，但人均占有量却排在第88位。降水量在地区上分布不均，东南部多，西北部少；在时间上也分布不均，多集中在7至9月份，年际变化也很大，丰水年和枯水年相差悬殊，加上多山的特殊地形地貌，很容易形成洪涝、干旱灾害。特别是黄河、长江、淮河、海河等大江大河，在旧时代给人民带来了无穷的灾难，水来受淹，水过遭旱。新中国成立以前，尽管许多杰出的历史人物，带领民众修建了不少颇有名气的水利工程，但终因社会制度和科学技术的局限，人民一直未能摆脱受制于水的厄运。在中国共产党领导下，历代人治理大江大河的梦想开始变为现实。在社会主义建设的每个时期，我国都集中力量，修建了一批治理江河的骨干工程。其中包括黄河干流上的三门峡等8座水利枢纽，长江支流上的丹江口水利枢纽和干流上的葛洲坝水利枢纽，等等。这些大型骨干工程像一尊尊巨人屹立在大江大河之上，在调蓄江河洪水、防灾减灾、发电、灌溉及其他综合开发方面发挥了无以替代的巨大作用。40年间，我们在治理大江大河方面所做的工作和取得的成就远远超过历史上任何一个时期。但是，与实际需要相比，目前我国主要江河控制性的骨干工程仍然不足，防洪基础设施还比较落后，防洪标准也偏低。我国1/2的人口，1/3的耕地和主要商品粮棉基地，占全国工农业总产值2/3的地区和发达城市，还未彻底摆脱大江大河洪水的威胁。像黄河下游、长江中下游的一些地段，一旦溃堤，后果不堪设想。我们必须从人口、经济、环境协调发展的战略高度，进一步加深对大江大河治理重要性的认识。要有紧迫感，抓紧对大江大河的治理。这件事不办好，国民经济建设和社会稳定发展就得不到保障。

对大江大河，要采取综合治理措施，修建大型骨干控制工程是其中最关键一环。大水必由大工程来管束，这个道理是不言自明的。骨干工程投资大、工期长，建成后直接影响多地区、多部门的发展，属于社会的基础设施。因此，我们一般都是由国家直接安排、组织建设的重点项目。为了人民的长远和根本利益，在一段时间内集中一定力量，确保这些重点是完全必要的。各地区、各行业都应该自觉服从全局，主动献策出力，甚至牺牲一些局部利益。

加快大型骨干水利工程建设，也是为了更有效地发挥中小水利工程的作用。目前正在发挥作用的大型工程，大都建于五六十年代，近年建的不多。这一不足，已经在今年的洪涝灾害中显现出来。沿淮、太湖周边地区大片沟渠配套的高产农田，今夏尽被水淹，工程毁坏严重。这说明，没有足够的大型骨干水利工程作为后盾，在大洪大涝面前，中小工程连保全都不容易，更谈不上发挥作用了。

大型骨干水利工程，因其大，更需认真对待，确保建设好。要认真吸取建国40多年来，建设大型工程成功的经验和失败的教训，努力做到科学决策，科学施工。首先要努力做好工程的基础工作，认真搞好工程设计。要严格按规定的基建程序办事，高标准、高质量地搞好工程施工。在设计和施工中，应注意跟上国际科技发展步伐，根据我国的实际情况尽可能采用新科技、新工艺，以保证工程发挥最佳效益。

在努力搞好新的大型骨干水利工程建设的同时，还应高度重视现有工程的配套建设和维护、管理工作，不能走“重建、轻管”的老路。只有骨干工程与配套工程并重、工程建设与维护管理并重，水利设施的效益才能充分发挥。

（原载1991年12月24日《人民日报》）

作品评析

翔实的材料是立论的基础

选题和立论是新闻评论写作中最重要的两个环节。选题是立论的基础，立论是选题的思想升华。一篇新闻评论，选题是否恰当，立论是否准确，是衡量其优劣的最重要标准。如果一篇新闻评论能首先在这两个方面处理得当，其写作就成功了一大半。

由《人民日报》撰写的评论员文章《造就一批新的水利“巨人”》，把选题的焦点聚集在和社会发展、人民生活密切相关的水利工程建设的有关问题之上，引人关注，现实意义重大。并且由于这一恰当的选题，接下来的评论立论既准确、鲜明，又具有较强的针对性和新颖性。

评论的标题形象生动，“巨人”二字更是采用拟人的艺术表现手法，形象地表明了作者鲜明的立场和态度，如闻其声，如见其形，生动感人。

评论甫一开头，首先摆出国家决定在“八五”期间投资近百亿元兴建和续建28项大型骨干水利工程的事实，使得评论的立论具备了坚实的政策基础和宏观、普遍的存在价值。

接下来，作者引用具体而翔实的现实和历史的有关事实，说明“治国兴邦需治水”的深刻道理，揭示出修建大型骨干水利工程的重要性和必要性。如我国水资源在世界范围内占有的情况；我国降水量分布地域上和时间上的差异；历史上黄河、长江、淮河、海河给人民带来的无穷灾难；新中国成立以前社会制度和科学技术的制约使人民一直未能摆脱受制于水的厄运等。这些材料充分说明了建立大型骨干水利工程的必要性和紧迫性，说明建立大型骨干水利工程已经是迫在眉睫、刻不容缓的当务之急。

评论又摆出我国目前面对的江河治理的具体情况，进一步分析指出，我国在中国共产党的领导下修建了一批治理江河的水利骨干工程，对社会和国民经济的发展起到了一定的促进作用，但这一切已经远远不能适应我国现实发展的需要。这样对现实情况的分析，更能引发读者对问题的深层思考，更能增加人们的忧患意识。当然，这些分析都是建立在翔实的资料基础之上的。

经过上述对问题的分析论证，人们自然会明白这样一个道理：对大江大河的治理，修建大型骨干水利工程，造就一批新的水利“巨人”，就成为其中一个重要的环节，这也贴切而深刻地体现了作者的立论。

作为评论，提出问题和分析问题固然重要，但核心是该如何解决问题。《造就一批新的水利“巨人”》最后一部分就从这样一个角度进行进一步的分析论证。大型骨干水利工程是属于社会的基础设施，应该由国家直接安排，各地区、各行业都应该自觉服从全局，主动献策出力，甚至牺牲一些局部利益。这实际是解决问题具体措施和办法的体现。此外，作者还从认识高度，从科学发展角度，从工程设计、施工角度，从工程的配套建设、维护、管理等角度提出解决问题的一系列办法。

这篇评论员文章，以大量而翔实的材料，站在当代中国大发展的背景下，从宏观和全局高度，论证了兴建大型骨干水利工程的现实性、必要性和紧迫性。立论高屋建瓴，材料翔实准确，论证严密紧凑，表述具有极强的说服力，不失为一篇优秀的评论员文章。

（张福民）

“水利嫁妆”缘何走俏？

◇ 乔金亮

女儿出嫁，各地风俗各异，嫁妆自然会有所不同。形形色色的嫁妆中，平板电脑、高档家具都已不稀奇，但陪嫁喷灌机，您可曾听说过？甘南县兴十四村支书付华廷说，在当地，嫁女儿时要打听男方家是否有喷灌机。如果婆家没有，有条件的女方一般会陪嫁喷灌机。

可别小看这些并不华丽的嫁妆，它能给农民带来实实在在的好处。据农业专家介绍，用喷灌机雾化喷灌既节省劳动力，又节能节水。“自动喷灌一遍一亩地的成本才6块钱，和传统的柴油泵喷灌相比，每亩地可省9块钱。如果没有灌溉，产量就会掉下去。”我国农户生产规模小、经营分散，农业生产对灌溉依赖性强。喷灌机等小型农田水利设施担负了保证国家粮食安全、节约灌溉用水等任务，亿万农民正是小型农田水利工程的直接受益者。

陪嫁喷灌机显示了农民对于民生水利需求的迫切。民生水利发展是一个长期的动态过程，尽管近年来民生水利发展迅速但还不全面，任务还十分艰巨。今年中央一号文件要求，“十二五”期末要完成发展喷灌、微灌等高效节水灌溉面积5000万亩。放眼水利发展，应当坚持民生优先，着力解决人民最关心、最直接、最现实的水利问题，让民生水利的阳光普照亿万群众！

（原载2011年8月29日《经济日报》）

创作札记

小言论里的大水利

乔金亮

2011年，中央一号文件锁定水利。在此背景下，三位与水利有关的代表共同探讨如何健全农田水利建设新机制，经济日报记者就在对话现场。三位代表分别是水利部副部长李国英、河南省新郑市市委书记吴忠华、黑龙江省甘南县兴十四村党总支书记付华廷。

就在现场，兴十四村党总支书记付华廷聊起了当地的新风俗——用喷灌机给出嫁的女儿做嫁妆。从全国来看，这实属少见。但在甘南县兴十四村这确实很时髦，也是实用的。兴十四村是黑龙江省严重干旱的地区，用老话说是“沙包地、破皮黄，十年十旱不打粮”，有的年份年降雨量才140毫米。对农民来说，水就是命。

《“水利嫁妆”缘何走俏？》，这是发表于《经济日报》8月29日14版《新农村·对话》的一篇小文章，全文不到500字，正是由这个故事而引发的一个小言论。所谓小言论，按教科书的说法，其论题单一，分析简明，篇幅短小，从立论到写作，不同于一般评论，常常一事一议，有的放矢。而我在写作时主要考虑到，现场三个代表的对话已经从道理上把水利建设机制说的很清晰了，言论就不宜过长。

当年的一号文件是首次聚焦水利，并把农田水利作为农村基础设施建设的重点任务，提出要大力发展民生水利。付华廷正是民生水利的受益者，“水利嫁妆”让读者不难体会到民生水利的重要性，也明白了其迫切性。民生水利发展是一个长期的动态过程，尽管近年来民生水利发展迅速但还不全面，任务还十分艰巨。

付华廷的话让记者感动：“我们这几年的发展，就是沾了水利的光。国家给我们建了大喷灌设施，去年三伏天80多天没下雨，我们用大喷灌浇上7遍水，照样大丰收，粮食平均亩产超吨，马铃薯脱毒种薯最高亩产达到10285斤。要是没有大喷灌，我们就得绝收。现在，我们全村节水喷灌覆盖面达到100%。一个妇女一按电钮，就可以浇两千亩地。我看这就是一项最好的民心工程。”

文章发表以后，转载的网络媒体很多，本报读者也都注意到了这篇小文章，稿件还被报社评为月度好稿。这给我的启示有两点：一是大主题未必只能靠大文章来解读，小言论、小案例里也可见一斑，所谓“一沙一世界”；二是记者要善于从纷繁复杂的叙述中选出读者最感兴趣的片段，捕捉故事和细节。

作品评析

小事情　大观念

新闻作品有一个突出的特点，那就是以小见大。通过再现发生在现实中的、看起来毫不起眼的生活小事，揭示一个深刻的道理。而这个相对深刻的道理，一是靠读者自己去玩味、思考、体会，一是要靠评论者去分析、挖掘。

《经济日报》记者乔金亮撰写的评论《“水利嫁妆”缘何走俏？》就是通过发生在甘南县农民女儿出嫁时陪嫁喷灌机

的新鲜事实，揭示了中国农民思想观念、生活态度上的根本变化，同时也间接反映了中国的水利建设中存在的一些亟待解决的问题。

评论揭示的主要是中国农民思想观念的变化。传统的中国农民，一向是以小农意识为主体的，他们多是围绕自家的“一亩三分地”，被动地靠天吃饭，而现在他们却是面对自然，主动出击，具有了战胜自然的决心和勇气。从原始的靠天吃饭，到掘井灌溉，到用柴油机灌溉，到喷灌机的使用，这都说明中国农民不畏自然，勇于挑战自然的勇气和信心。

农民的这种思想观念的变化，还体现在他们对环境的保护意识和节约意识之上，一改过去那种极其浪费的露天浇灌的农作方式，而是采用相对节约水资源的喷灌方式。这不仅节约水资源，更节约了大量资金，无疑是一件“一举多得”的好事。当然，这和我们当今社会提倡的科学发展和可持续发展的观念也是一脉相承的。

再者，农民的思想观念变化还体现在消费观念上。中国传统的男娶女嫁，多以物欲和享受为中心，彩礼和嫁妆的习俗也多以享受和占有为目的。金钱、高档家具、高档电器成为婚嫁的主要物品就是最好的说明。而今天，农民嫁女的陪送品却成了“喷灌机”。今天的农民对待生活的态度已经发生了根本的改变，他们不再局限于对简单物质的索取和欲求，而重点放在了以后长久的发展和壮大。喷灌机能为农民带来庄稼的丰收，能节约大量的现金，更能为他们以后的生活带来更大的希望。这比起金钱和其他享受型物质来说，其价值又怎能同日而语、相提并论呢？

当然，新闻事件的关键点是在“喷灌机”之上的，“喷灌机”是一件水利设备，这自然会使人联想到水利基本设施。评论作者丝毫没有忽视这一点。作者借用农民嫁女陪送“喷灌机”这一事实，旨在表现现代农民的节水意识，表现中国现代农民的思想观念的变化，揭示我国水利建设发展过程中局部存在的具体的、亟待解决的问题。

短评微观着笔，宏观着眼，落笔于农民对节水灌溉机具的重视，放眼水利发展和粮食安全，提出应当坚持民生优先，着力解决人民最关心的，和人民关系最直接、最现实的水利问题。评论短小精悍，耐人寻味，发人深思。

（葛美英）

“以水养水”水更长

——关于我国水利体制改革的思考

◇ 高云才

“水利体制改革”，难！我国地大物博，大江、大河、大湖，比比皆是；灌区、水库、塘坝，星罗棋布。怎么改？还真有点“剪不断，理还乱”的劲儿，关键是要寻找改革的突破口。

变“大锅水”为“商品水”

前不久，记者辗转江苏里下河地区采访。说起三河闸的管理状况，一位工程师面露难色——管理处百十号职工，现在吃饭都吃不饱，“一方面，蓄水成本逐年增加，吃饭人数逐年增多，而国家水利资金有限，水价极低，坐吃山空。另一方面，管理上缺乏水商品意识，遇到浇灌时节，政府通知放水我们就放水；放多少，怎么放，很少考虑。两面夹击，日子难过呀！”

由于是“大锅水”而不是“商品水”，水毁工程在全国相当普遍。

记者今年回安徽老家探亲，儿时钓鱼、嬉戏的深沟早已淤塞，昔日水流潺潺、纵横阡陌的渠道杳如黄鹤。

水利部计规司司长陈雷分析，由于农村水利体制改革滞后于农村经济体制改革，一部分水利工程设施处于建、管、用相脱节，有人用、无人管或乡、村“松散”管理的状况，水利工程遭受不同程度的破坏，水利资产或闲置或流失，工程老化失修和效益衰减的问题十分突出。必须变“大锅水”为“商品水”，才能“以水养水”！

“以水养水”，就是通过管理体制的改革，把水推向市场。通过市场养水，壮水，造福于民。“以水养水”遇到的首要问题，是观念。

河南省方城县副县长李守强说到这个问题时，态度严肃。前年，他在农村调研时，遇到一个农民讲：“水库是俺爹修的，水是天上下的，渠道占了俺的地，水费我不应该交。”

应该说，李副县长遇到的这种情况在全国有相当的普遍性。改革的困难，不仅来自用水者，还来自水利部门。记者走访过安徽、江苏等地一些灌区及具体的渠、闸管理处。大大小小的负责人一见记者，大叹苦经。可事实上，他们却手捧金子一般的“水”等饭吃……

大处着眼，小处落笔

“以水养水”，要有措施。要大处着眼，小处落笔。水改，工程浩大，头绪繁多，从水利设施管理体制和经营机制改革的角度切入，体现了改革的循序渐进。

我国水利工程，多数由国家和集体投资、群众投劳兴建，随着农村生产关系的变革和联产承包责任制的实行，农业生产由集体经营转变为家庭经营，原来属于国家、集体所有的水利工程管理的难度，制约了工程效益的发挥。水改，就从这里入手。

河北省元氏县晏庄村处于太行山山前平原极度贫水区，1985年以来，由于持续干旱，浅层水枯竭，机井大部分报废，全村近2000亩土地因缺水而变成“望天收”。专家考察后断言，解决该区水源的根本办法只有打深井，但该地深水层在 300米以下，成一眼井少则30万元。这对一个集体年收入仅1.05万元，农民人均年收入不足1000元的村来说，不啻天大的困难！1996年4月，村支部书记齐胜川站出来牵头，联户以股份合作制形式筹建深井工程，不久，国家的一部分投资也进入了这个公司，工程有效浇灌面积达到1500亩，并实现了喷灌。

如今，晏庄股份制供水工程成了“国家—集体—个人”联合型股份制供水工程。供水的公司化运作，国家受益，集体受益，农民也受益。

不仅河北省在探索水利工程的改革，而且黑龙江、山东、河南等省在水利工程产权制度改革方面也进行了积极的探索。通过“拍卖、租赁、承包、股份制及股份合作制”等方式，明确所有权、拍卖使用权、放开建设权、搞活经营权，盘活了存量资产，调动了工程所有者的积极性。

“农民用水者协会”，水改的新衣

相伴着水改的脚步，1999年河南省南阳市鸭河口灌区的农村大地上，冒出了“农民用水者协会”。呼啦啦，灌区一共冒出了14个农民用水者协会，选举产生用水户代表309名，他们代表灌区44612户用水户，灌区用水户成为灌区田间水利工程设施管理的真正主人。

“农民用水者协会”的成立，是鸭河口灌区管理局精心策划的结果。他们对灌区内水利设施配套比较齐全、村级领导班子健全、发展水利信心足的地方，把支渠以下田间管理工程的经营权、管理权完全交给用水户，实行民主选举、民主决策、民主监督、独立核算。协会作为社团组织由民政部门登记注册，具有法人资格。

新变化出现了。改制前，“一年建，二年毁，三年浇地不通水”的状况不见了，农民把水利工程当作自己的财富，精心管护，工程完好率由原来的85%上升到97%。过去是农民用水，政府报水，管理单位放水，而灌溉无人管，秩序混乱，强水霸水，时有发生。现在，“上游淹，下游涸”的局面不见了。农民用水开始自己申请水票，持水票抽水。农民满意地说，“协会好，协会好，有了协会有水浇，庄稼丰收不愁了。”

其实，改革带来的新变化又岂止发生在鸭河口灌区呢？实施水改的地区，都出现了新的面貌……

水改，改变了人们的水观念；水改，改出了水利的效益；水改，改出了农民的节水意识；水改，还改出了农民的增收。

（原载2000年12月12日《人民日报》）

创作札记

“思想是媒体的最高境界”

高云才

水利部出版这本作品集，让我就一篇成于14年前的水利体制改革的调查报告写一个采访札记的时候，我首先想到的就是“青山依旧在，几度夕阳红”。借用明朝的杨慎《二十一史》弹词第三章《说秦汉》开场词《临江仙》中的这两句话来描绘中国治水，觉得很贴切。

因为，“青山”，是我国治水史上官民一致的治水决心和黎民百姓薪火相传的治水意志。“红”，则是治水史上一座又一座丰碑和反复演绎的巨大成就。在今天，这个“红”，更突出地体现在坚定不移地推进水利体制改革。

自鲧治水开始，中华民族的祖先就开始了有文字记载以来的治水历史。从深层次上看，中华民族的繁衍繁荣史，就是一部波澜壮阔的治水史。从大禹到李冰，以至后来的潘季驯、嵇曾筠，无数的治水仁人志士，在华夏治水史上都留下了可歌可泣的动人故事和宏大工程。千百年来，治水的成功和失败，悲壮地纠合在一起，为中国的农耕文明留下了宝贵的财富。

几千年的华夏治水史，反复告诉我们，如果只在工程水利中徘徊，那我们只能是在水多水少的矛盾纠结中反复，并重复前人治水的道路。

当历史的车轮驶进改革开放的新时代时，我们发现，治水的道路，决不能再重复前人走过的路。必须从制度上创新，才能让水资源得到永续利用。

正是在这样的一个时代背景下，水利体制改革的选题进入了我们的视野。这就是《“以水养水”水更长》这篇调查报告采访写作的时代背景和由来。

确立这个题目时，水利体制改革已经成为中国水利发展方向性的选择。各地水改，虽然潮流奔涌，但是站在水利发展全局思考这个问题，才刚刚开始。

水利体制改革，怎么改，朝哪个方向改？题目是如此的浩大，所以必须首先确立报道思想。经过在各地的调研以及在北京反复开研讨会，“以水养水”水更长，这个主题终于脱颖而出。“以水养水”，就是通过管理体制的改革，把水推向市场。通过市场养水，壮水，造福于民，使得水资源得到可持续利用，成为经济社会发展的支撑和保障。

为什么要“以水养水”？因为，靠公共财政治水不能满足中国经济社会发展的需要，必须在公共财政养水的基础上，寻求治水思路的新突破。

党的十二届三中全会通过的《中共中央关于经济体制改革的决定》指出，进一步贯彻执行对内搞活经济的方针，是“以水养水”思想得以形成的政治基础。各地风起云涌推行水改的实践，是“以水养水”思想得以推进的广阔的社会背景。

现任水利部长，当时还是水利部计规司司长的陈雷在接受采访时分析，由于农村水利体制改革滞后于农村经济体制改革，一部分水利工程设施处于建、管、用相脱节，有人用、无人管或乡、村“松散”管理的状况，水利工程遭受不同程度的破坏，水利资产或闲置或流失，工程老化失修和效益衰减的问题十分突出。必须变“大锅水”为“商品水”，才能“以水养水”！

应该说，这个主题提炼的形成，符合中国特色社会主义道路的方向。党的十八届三中全会提出，发挥市场在资源配置中的决定性作用，更显出“以水养水”思想提出的前瞻性和预见性。

人民日报社社长杨振武同志当年分管经济部时就反复强调，思想是媒体的最高境界。可以说，这篇调查报告在社会上引起巨大的反响，首先是报道思想的高瞻远瞩，其次，才是击中了水利发展的要害。

应该说，当年陈雷关于水利体制改革的远见卓识，让这篇调查报告的写作具有了从实践中来的思想底气。有了明确的高出一筹的报道思想，报道采写就变得驾轻就熟了。

通过在各地的采访以及不断的采访积累，这篇调查报告很快得以成稿，在征求意见时，得到了水利部党组的大力支持，见报后在水利界，在各地，都得到了广泛的肯定和赞扬。正如布哈林讲的那样，“击中了社会绷得最紧的那根弦”。

如果说有什么经验值得总结，那就是报道思想的提炼要具备广阔的当代性和广泛的人民性，来自于水利实践又高于水利实践，从而对实际工作具有广泛的指导性。当时，水利部农水司司长把这篇调查报告剪下来，一直压在自己办公桌的玻璃板下面。即便是现在看来，这篇调查报告，还具有很强的现实意义，因此更显得弥足珍贵。

当然，以现在的观点来衡量这篇调查报告的报道价值，会发现，这个调查报告在报道思想上也存在不足，就是过多地强调了水利体制改革中发挥市场机制的作用，而对水利的公共性特征思考不够，因此缺乏报道思想的辩证性和完整性。

新时代的水利改革，当然要坚持以市场为导向“以水养水”。因为，加快水利改革发展，不仅事关农业农村发展，而且事关经济社会发展全局。同时，新时代的水利改革，还要统筹财政养水。因为，水利是现代农业建设不可或缺的首要条件，是经济社会发展不可替代的基础支撑，是生态环境改善不可分割的保障系统，具有很强的公益性、基础性、战略性。

所以，在新时期，贯彻“以水养水”思想的实质是坚持市场导向，发挥市场和政府两个积极性。这个原则，在2011年中央一号文件《中共中央 国务院关于加快水利改革发展的决定》中有系统性论述。

文件指出，把水利作为国家基础设施建设的优先领域，把农田水利作为农村基础设施建设的重点任务，把严格水资源管理作为加快转变经济发展方式的战略举措，注重科学治水、依法治水，突出加强薄弱环节建设，大力发展民生水利，不断深化水利改革，加快建设节水型社会，促进水利可持续发展，努力走出一条中国特色的水利现代化道路。

当然，这些都是后话了。这从另一个侧面证明，思想是媒体的最高境界，颠扑不破！

作品评析

认识高度来源于对生活实际的深入了解

新闻评论贵在抓住现实生活中和人民群众密切相关的事实，进行深入的分析论证，进而上升到一定的思想认识高度，引发社会和公众的高度关注和思考。

《“以水养水”水更长》这篇评论文章，很好地抓住与广大人民群众生活密切相关的“水”这一元素，进行深入而细致的分析评论，引发读者对问题的深层思考。

作为一个新闻评论作者，不仅需要具备新闻评论写作的基本功底，更需要具有扎实的、深厚的专业知识。也即是说，一名记者不仅是一个“杂家”，更应该是一个“专家”，他对新闻中所涉及的问题或现象必须有深入、细致的了解和认识。

《“以水养水”水更长》作者就是围绕“水”这个既通俗又专业的现象，从“生活”角度，从“专业”角度，从“发展”角度，从细微之处，从宏观高度进行了通俗而深入的分析挖掘，显示了一名记者深厚的专业功底和扎实的采访态度。

“水”在现实生活中无处不在，因而“大锅水”之说就显得具体、准确而贴切，然“大锅水”又是现实中人们普遍的不正确认识的体现，因为现实中“水”作为一种资源，又是相对紧缺的，不是取之不尽、用之不竭的。因此，合理、节约用水就必然应该成为人们的一种生活理念。特别是提倡科学性、可持续性发展的今天，对“水”的重新定位和认识，更应该成为一个重要话题。由“大锅水”向“商品水”过渡，正是端正人们思想认识的必然过程。而这一过程，自然而然又和水利体制改革联系了起来。

然而，水利体制改革不仅仅是一句口号、一种观念，更是一种具体的实际行为。因此，“以水养水”，使“水”商品化，将用水作为一项事业推向市场，就成为今天我们进行水利改革的一种必然举措。作者通过深入基层采访，以大量新闻事例指出水利体制改革首先要转变观念，从水利设施管理体制和经营机制改革的角度切入，循序渐进，指出水利体制改革符合国家、集体、农户的根本利益和长远利益。

评论列举河南省方城县副县长李守强在农村调研时和农民的交谈，列举水利部计规司司长陈雷的分析 ，列举河北省元氏县晏庄村极度贫水的实际，并列举“农民用水者协会”成立的事实，使得评论内容具体务实，生动感人，耐人寻味。

作为一篇具有调查性质的新闻评论，不同于一般的一事一议的时评。水利体制改革这类题材，政策性强，涉及面广，不仅需要作者有相关理论、知识的长期积淀，具有敏锐的认知和判断事物的业务能力，更需要作者深入到生活实际的第一线，长期深入地进行实地调查分析，获取大量第一手数据，深入了解广大人民群众的生活实际需求，了解现实中存在的实际问题。这样才能够站在一个相对的制高点上，立足全局看待和分析问题，以期取得最佳的舆论引导、宣传指导等实际效应。就此意义而言，本文堪称典范之作。

（葛美英）

唐家山作证

◇ 王慧敏

相信所有国人都会为这一消息欢呼雀跃：唐家山堰塞湖抢险取得决定性重大胜利。

将近一个月了，唐家山堰塞湖，令多少人寝食难安——超过2亿立方米的水悬在头顶！而束缚水的堰塞体呢，由支离破碎的碎石和粉细砂组成。如此脆弱的屏障，用危如累卵形容绝不为过——专家统计，地震形成的堰塞湖溃决的概率达到了93%！

如此的水量和海拔高程，一旦溃决，形成的水头会超过60米。一位老专家指出：这样的水头呼啸冲出峡谷，摧毁几十层高的建筑物，就如同撕裂一张纸般轻易……

更让人忧心的是，除险难度之大前所未有：余震不断、滚石不断，陆路不通、水路不通。而根据水文、气象条件和堰塞湖库容条件综合分析，留给我们的疏通工程工期最长也不能超过10天。

难，确实难！然而，我们以“没有一人伤亡”，宣告唐家山抢险获得圆满成功！成功的背后是执政理念和执政水平的提高。

以人为本，民生最重，已经成为我们执政的最高出发点。危湖高悬，无时无刻不牵动着共和国领导人的心。胡锦涛总书记5月26日深夜给正在四川前方指挥抗震救灾的国务院副总理回良玉打电话，要求一定要坚持以人为本，把确保人民群众生命安全放在首位。为除险情，温家宝总理三次亲临唐家山堰塞湖坝顶指挥。“绝不能让一个百姓伤亡。”共和国总理对人民作出庄严承诺。

与时间赛跑，与洪水争速。人们不会忘记，1500名解放军和武警水电官兵身负炸药向唐家山挺进的身影；人们不会忘记，风餐露宿坚守在坝顶的水利专家们黧黑的面孔；人们不会忘记，那条用汗水甚至血水挖出的深深的泄流渠……

以人为本，民生最重，我们有决心，也有能力。唐家山抢险，肆虐的洪水完全按照我们的指挥棒在乖乖运行：6月7日7时，按计划第一股水流缓缓漫进泄流槽；9日晚，按预定计划流量达到81立方米每秒；10日7时42分，泄流槽流量按预定方案达到497立方米每秒；截至11日8时，库容降到了0.8亿立方米——完全达到了安全容量！

泄洪中，沿途又是一种什么状况呢？

洪峰进入北川县，无一人员伤亡！

洪峰通过李白故里江油市青莲镇，太白祠等文物古迹有惊无险！

洪峰抵达宝成铁路涪江大桥，刚刚有一列货车从桥上安然驶过！

……

正如国务院抗震救灾总指挥部的贺电所指出的，成功处理唐家山堰塞湖险情，“创造了世界上处理大型堰塞湖的奇迹”。而奇迹的背后，不正是我们执政理念和执政能力提高的体现吗？

这一切，巍巍屹立的唐家山作证！

（原载2008年6月12日《人民日报》）

作品评析

生动的表述　深刻的立意

新闻评论的主要目的是通过对某一新闻事件的叙述、分析，表明一定的观点和态度，引发读者的思考，从而进一步对读者起到宣传、鼓舞、鼓动、引导、指导等作用。但因为新闻评论的读者大部分只是最普通的公众，因此，作者的语言表达能力就显得格外重要。

由《人民日报》记者王慧敏采写的“人民时评”《唐家山作证》，以生动感人的事实情节，引人入胜的表现手法，揭示出一个普遍存在的真理，读来令人振奋，鼓舞人心，引人深思。

评论的标题对读者来说，无疑具有较强的吸引力。唐家山作证？一个地名，作什么证？能证明什么？又怎能作证？一个看来毫不起眼的评论标题，却能引发读者这样多层次的思考，不能不佩服作者的高明之处。

评论一开头首先告诉读者一个振奋人心的大好消息：唐家山堰塞湖抢险取得决定性重大胜利。这个消息在当时的情况下，是举国甚至全世界都十分关注的大事情。这样一个消息，也使评论的标题“唐家山作证”具备了坚实的存在基础和存在价值。

然而，面对一个世界级的重大难题的解决，究竟实际情况如何？这是当时举国关注的大事。记者接下来就根据读者的这种必然性认识特点，形象、生动、感人地分析述说了唐家山当时面临的实际情况：揪人心弦、震撼人心、万分紧急、一触即发、难以收拾。任何人在这种危局面前，都会惊心动魄，都会显得无可奈何。作者对危情的表述力争突出“危”和“险”。

这样对堰塞湖危情的描述，是为以后战胜险情而做的铺垫，更能引发读者对问题的强烈关注和深层思考：究竟是什么原因使我们的抢险取得如此“不可思议”的成功呢？这也正迎合了评论作者的写作宗旨。

作者正是通过对大地震后形成的堰塞湖抢险工作取得成功的事实描述，揭示中国共产党执政理念改变和执政水平提高的事实本质。这也是这篇评论的写作目的之所在。作者紧紧抓住党的执政理念和执政水平的实质——“以人为本，民生最重”，对这次的抢险工作之所以取得成功的原因进行了系统、详尽的分析。且这种分析也是站在对具体的事实描述基础之上的，如共和国总理的三次亲临指挥与对人民的庄严承诺、解放军和武警官兵向唐家山挺近的身影等。这种描述无疑都形象而深刻地突出了评论的主题。

评论结束，唐家山作证、唐家山能够作证、唐家山证明了什么的主题昭然若揭，不语自明。

整篇评论通过典型和感人的事实素材，采用富有鲜明的感情色彩的语言表达方式，揭示了一个重要的带有明显指导性、引导性的重大政治性论题，方法之巧妙，不得不令人佩服之至。

（凌宁宁）

不要让城市变成防汛的“短板”

◇ 王立彬

7月7日是小暑，北方热带气旋活动开始频繁出现，进入多雨季节，南方大部分地区也进入雷电集中季节。近年来的经验表明，这个时节一些城市极易发生暴雨内涝灾害，值得高度重视。

7月1日至2日，暴雨突袭昆明，使“春城”交通瘫痪，顿成“泽国”。4日，北京突降暴雨，地铁5号线崇文门站因进水而被迫停运。5日，河北遭遇强降雨，沧州一度积水没膝。

与我们熟悉的大江大河防洪不同，由于人口居住密度大，高度依赖交通、电力、电信等基础设施，地铁、地下商场、地下停车场等地下设施集中，城市防汛有特殊脆弱性。而目前许多城市防汛标准不高，即便在城市化程度很高的太湖流域，每当台风、暴雨、海潮“碰头”，上海、杭州等城市就会发生严重的内涝灾害。

不容忽视的一个原因是，我国城市基础设施存在地上地下“时代差”。一方面是立交桥、功能社区、停车场等现代化设施大量出现，另一方面是地下给排水管网年久失修，有些城市的给排水系统是半个多世纪前铺设的。地上地下设施不匹配，一遇异常天气便问题不断。很多地方，新立交桥一遇大雨就变成河桥，新小区地下车库则变成“水库”，地铁运行未久就要用沙袋堵雨水，这些情况表明，城市防汛标准还停留在纸面上。

城市人口高度集中，一旦防汛出现问题，就会造成严重损失。去年7月，短时的暴雨给济南、重庆造成了重大人员伤亡。目前正值“七上八下”关键期，当务之急是做好城市防汛应急预案和抢险救灾预案，加强城市给排水统一管理和检修维护。从长远看，必须切实以防洪法规推进城市防汛建设，切实防止城市成为防汛的“短板”。

需要特别强调的还有北京、青岛、天津、上海、沈阳、秦皇岛等奥运赛场城市的防汛工作。从夏至开始，天津连续出现10天雷雨天气，创下近30年来之最。北京上半年降水量已比常年偏多55%。这些现象都值得高度重视。做好这些城市今夏的防汛工作，对于保证奥运会顺利进行十分重要，必须抓紧抓好。

7月1日晚间至2日清晨，暴雨突袭昆明，113.6毫米的短时降水量使著名“春城”一夜变“水城”：交通瘫痪、机场封闭、200余名学生中考延误……同以往一样，每逢暴雨，昆明总是难逃“内涝”噩运。如何才能解决城市水患隐痛？春城—水城的巨大错位发人深省。

4日晚20时左右，北京市区范围内突降暴雨，由于雨水过大，造成北京地铁5号线崇文门站进水，5号线部分线路停运。直到23时左右，5号线恢复运营。

（原载2008年7月7日新华时评）

创作札记

寓前瞻于当下

王立彬

新华时评《不要让城市变成防汛的“短板”》播发于2008年7月7日，距北京奥运会开幕的2008年8月8日正好一个月。现在回首，已经整整7年了，但7年间从深圳到北京，城市暴雨造成的人员伤亡，可以说触目惊心。这篇稿件的历史价值既令人感佩，更令人痛心。

这篇稿件把握住了我国防汛抗旱工作的历史转折点，在国内较早提出了我国防汛工作“从农村转向城市”课题。随着1998年大洪水后长江堤坝加固工程陆续完工，我国大江大河防汛标准显著提高，然而随着城市化进程的加快，过去长期被忽视的城市防汛工作短板，突出地表现了出来。从北上广深到二三线城市，一方面气候变化，短时暴雨天气增多；一方面城市人口迅速增加，地下停车场、地铁、地下商场等地下设施井喷式增加，而城市地质调查、城市地下空间管理严重滞后，造成稿件所说的中国城市“地上地下时代差”。最近几年，每年雨季汛期，城市防汛问题都被抛到全国人民面前，而每年都无例外地以群众财产乃至宝贵生命来令人心酸地证明稿件的预见性。

稿件是以新华社名专栏“新华时评”形式播发的，但评论用语、用例，毫无高高在上、大言炎炎、空洞无味等毛病，一针见血的评议，是与惊心动魄的事实铸造在一起的。记者在写作过程中，避免故作惊心之状，从“小暑”传统节气切入，从北京奥运会举办在即引出，注意行文的沉静、沉着，就在这种克制之中，流露出一些沉痛感。于今思之，仍有切肤之感。

作品评析

事实胜于雄辩

新闻评论是一种政论性新闻体裁，多以严肃的说理论述、严谨的分析论证“面孔”呈现，容易陷入刻板、枯燥的窠臼。

然而，新闻评论作为一种新闻体裁，最终是要通过对新闻事件和现实中存在的问题的分析评论，让读者乐以接受某种道理，乐以产生某种思考。因此，如何把新闻评论写得形象、生动、感人，就成为许多新闻评论作者的个性追求。

新华社王立彬写作的评论《不要让城市变成防汛的“短板”》，采用近期发生在我国几个重要城市防汛工作的实际，说明了城市防汛工作的重要性和紧迫性。

这篇新闻评论的标题是作者鲜明观点和立场的体现，尤其是“短板”一词的运用，使得题目既生动形象，又耐人寻味，引人思考。

评论的开头先是根据我国地理位置和季节性气候变化的特点，提出城市防汛这一话题，接着又具体列举出我国部分城市面临的防汛工作现状：人口密度大、基础设施差等，说明我国城市防汛工作的重要性和紧迫性。评论最后又以发生在昆明和首都北京因暴雨造成的交通阻塞甚至瘫痪的实际，引发出对城市防汛问题的整体的深层思考。

道理和结论总是从客观事实中引发而来的，而由事实引发的结论，更容易让人接受。摆事实，讲道理，据事议理，是新闻评论常用的一种说理方法，也是增强新闻评论说服力的一种重要原则和重要手段。常言的“事实胜于雄辩”，道理即是如此。

这篇评论整篇输入作者的所见所闻，作为印证自己观点的典型论据，全文缘事议理，理从事出，事理融合，直视我国快速发展城镇化过程中，城市防汛基础设施薄弱这一亟待引起注意和加以解决的新问题、新动向。作者通过深入调查研究，以大量新闻实例，对暴雨造成的沉重损失做了深刻揭示，说明对城市防汛重视程度不够。不仅提出了问题，分析了问题的症结所在，而且着眼于问题的解决，呼吁必须切实以防洪法规推进城市防汛建设，切实防止城市成为防汛的“短板”，为城市防汛及相关决策提供了重要信息和参考意见，具有深刻的现实意义和长远的历史意义。

（张福民）

再多的眼泪也汇不成美丽的江湖

◇ 王四新

江城武汉城区50年近百个湖泊被填占消失，至今仅剩38个。最近媒体报道的这则消息，让人心疼。

调查显示，江城湖泊被“蚕食”是个渐进过程，有填湖造地、围湖养鱼等历史原因，也有因城市发展“牺牲”水域的无奈之举，更有甚者则是因利益驱动而非法填湖。

反正湖泊是消失了。武汉市水务局湖泊保护处副处长周承甫的话值得深思：“武汉市近几十年来没有一个湖泊是因为自然原因消失的。”

“江汉朝宗”之地武汉，是个地道的水城，全市水域面积超过70%，不仅有长江、汉江交汇，还有着诸多大大小小的湖泊。湖北有“千湖之省”之号，武汉有“百湖之城”之名。

这些美丽的湖泊，是千万年来自然造化给武汉的恩赐。武汉市湖泊的美丽和灵性，仅从名字中，就能看出与湖共生的“江湖”武汉，是个多美的地方：东湖、西湖、南湖、北湖、西北湖……这些以方位命名的湖泊，提醒我们武汉四处有湖；青菱湖、野芷湖、莲花湖、鲩子湖、官莲湖、鸭儿湖、竹子湖……这些充满水乡气息的名字，说明当年这是个水美鱼肥的所在；塔子湖、机器荡子、车墩湖、牛栏海、磨子口、幺教湖、龙王沟、王龙湖……这些充满个性的名字，记载着一个城市发展的记忆；四美塘、月牙湖、金银湖、状元湖、涨渡湖、竹叶海、龙阳湖、笔砚湖、墨水湖……这些名字更是充满诗意。

千百年来，湖泊滋养着武汉三镇的百姓，带给武汉人美丽如画的诗意生活，武汉人也淡妆浓抹着这个湖泊遍布的家园。“五百年前一荒洲，五百年后楼外楼”，“十里帆樯依市立，万家灯火彻宵明”，成为名镇汉口的生活写照。

武汉的湖泊，更是给这座千年文化名城，留下无数美好的记忆。在今天汉阳龟山西侧的月湖之上，有着著名的“琴台”遗址。大夫俞伯牙与樵夫钟子期两人演绎出弹琴遇知音、摔琴谢知音的千古佳话，一曲“高山流水”不知醉倒多少文人雅士……

然而，时光无情。人多起来了，三镇水泥森林崛起，大量的湖泊消失了。

在繁华的表象背后，潜藏着诸多隐患。城市变得拥挤，绿地减少了，水面减少了，气温反常了，城市水系失去了湖塘的调节，变得越来越脆弱，大雨下得集中一点，低洼处立即积水成河，连电车冲进积水中也几乎没顶……这是大自然在警告。

地球上，人的领地越来越大，自然的领地越来越小。终于，我们发现，地球上物种越来越少了，能喝的越来越少，能呼吸的越来越浑浊，能吃的越来越少了，转基因食物在争议声中，已经悄悄走进超市。

在人烟稀少的高原，许多面积不大的海子被人看做圣湖，受人顶礼膜拜和呵护。可是在人口密集的都市，功利淹没了良知，短视淹没了理性，那些消失的湖泊成为人类暴殄恩物的不光彩记录。

让人叹惋的是，蚕食湖泊并不仅仅是武汉一个地方的“专利”。不少城市在发展中都巧妙地打着湖泊的主意。前不久，云南大理填埋洱海情人湖、建设高档别墅区的新闻，就引来一片指责之声。

保护我们的湖泊，保护我们的山林，保护我们的美好家园——这已经成为刻不容缓的现实课题。因为，每一分钟都有贪婪的眼睛盯着我们的湖泊。

在武汉市武昌的中心，有一个东湖，水面达到33平方公里，是杭州西湖面积的5倍以上，是我国最大的城中湖，一年四季碧波荡漾。在东湖风景区中心的磨山之巅，有一座朱碑亭，上面有着朱德同志的诗句："东湖暂让西湖好，将来更比西湖强"。

不知再过100年，今天面积是西湖5倍的东湖，能否安然？

珍惜拥有的幸福，尊重无声的水域，是人类的觉醒，也是人类面对自然必须坚守的底线。因为，如果所有的湖泊都消失了，无论怎么哭泣，我们的眼泪也汇不成美丽的江河湖泊。

（原载2010年7月2日《工人日报》，获第二十一届中国新闻奖三等奖）

创作札记

动人以情　载道以文

王四新

2010年6月中旬前后，《工人日报》新闻评论部准备开设一个专栏。专栏的文章要抛弃过去新闻评论的严肃面孔，除了保持新闻评论的基本要素之外，尽量保持作者的文字风格和个性，同时，这些新闻评论文章，最好要有一定的人文高度。

不多日，一则新闻映入我的眼帘：有"百湖之城"之称的武汉市，50年来，城区有近百个湖泊被填占消失。这一新闻，勾起我无限记忆和感慨，并当即决定，就武汉湖泊消失这个问题，另起炉灶重新写一篇评论。

由于写的不是“社评”，这篇评论我用了一种相对自由的行文方式展开文字，有点述评的味道。行文之时，尽量用轻松自在的笔触去表达，不徐不疾、不燥不厉。

由于我对武汉的情况十分熟悉，1000多字的文章初稿很快完成。文章的标题是《以后到哪里寻找江湖》。但是，在写到文章最后一段的时候，我突然想到了这样一句话：“地球上的最后一滴水，将是人类的眼泪”。

我想，这句被人广泛引用的话，其实也是错误的：因为，常识告诉我们，由于物种的相互依存性，人类不可能活到地球只剩下最后一滴水的那一天。

因此，我在文章中写道：“珍惜拥有的幸福，尊重无声的水域，是人类的觉醒，也是人类面对自然必须坚守的底线。因为，如果所有的湖泊都消失了，无论怎么哭泣，我们的眼泪也汇不成美丽的江河湖泊。”

在成文的最后时刻，我将评论的标题改为《再多的眼泪也汇不成美丽的江湖》。应该说，这个标题自己还是比较满意的，理由有两个：一是有一定的文气，二是将观点表述得比较清楚。

回顾《再多的眼泪也汇不成美丽的江湖》产生的经过，其实并不复杂，如果硬要总结出一点什么写作“经验”的话，我觉得自己有两点体会：

一是文章要“动人以情”。应该说，写这篇文字的时候，我融入了自己的感情。自己在一线当新闻记者20多年，还参加过“中华环保世纪行”大型采访活动，对于社会上人们环保意识的缺失，有着深切的体会。同时，在武汉学习、工作、生活过20多年，对于武汉在湖泊乃至环保方面的失误，自己也是有着独到的认识。因此，写这篇评论的时候，自己是有感而发、言而由衷的。

一篇文章，如果连自己都感动不了，那怎么可能感动别人？因此，我们可以说，“动人以情”是文字不可缺少的武器，也是新闻评论在“就事论理”过程中不可回避的话题。

二是文章要“载道以文”。一篇好的新闻评论，一定不能没有理性的思考，否则，那就是一篇宣泄感情的散文或别的什么文字。因此，保持文章的理性色彩，是新闻评论的底线。现实的问题是：新闻评论要达到好的传播效果，却不能不讲究文字。正如古人所言："言而无文，行而不远"。

《再多的眼泪也汇不成美丽的江湖》以散文化文字，审视一个城市湖泊的快速消失，在表达基本观点的时候，叙述和议论交融，感性和理性共存，文字跳跃，尽量在看似感性的文字中，传达现代环保理念和人文关怀。

作品评析

述与评的交融　感和理的共存

新闻评论是一种兼新闻性和政治性为一体的政论性文体，一般以严谨、严肃、理性的面孔示人。但新闻评论体裁"群众性"的特点，又使得这种体裁的写作不能过于刻板或枯燥，要多从通俗性和可读性上下功夫。于是，一种介乎新闻和评论之间、兼有二者特点和优势的"新闻述评"形式应运而生。"新闻述评"既报道事实，又对新闻事实做出必要的分析和评介，有述有评，评述结合。但"新闻述评"的重点在于"评"，"述"是为"评"服务的。

由《工人日报》记者王四新采写的《再多的眼泪也汇不成美丽的江湖》一文，就是属于"新闻述评"类的评论文章。全文以评为本，评述结合，述中有评，评中有述，时而由评而述，时而以评驭述。时而理性分析，时而感性表达，情理交融，相映生辉。

述评从"江城武汉城区50年近百个湖泊被填占消失，至今仅剩38个"的新闻事实入手，以饱含情感的浓重笔墨，以散文化的流畅笔触，宏观审视了一个城市湖泊快速消失的事实，向世人敲响了发聋振聩的警钟。

述评一开始就点出武汉城市湖泊快速消失的事实，真可谓令人惊讶，触目惊心。而作者对此事的态度用了“心疼”二字表达，真实，真切，朴实，感人。

情由事生，作者接下来开始了对湖泊消失现象和原因的调查分析。作者分析中态度明朗，感情恳切：为了“发展”似乎情有可原，而更甚者是“利益驱动”。对于后者，抨击和鞭挞是毋庸置疑的，这是一般人都能认识到的道理。而对于前一种思想认识，则需要做一番耐心细致的思想工作。作者于是又从武汉发展的历史入笔，深入浅出地说明了武汉的美丽和魅力离不开湖泊、武汉的发展更离不开湖泊的道理。字里行间，充满着作者对昔日武汉的向往与兴致，更充满着丝丝的眷恋与不舍，也间接表现着作者对今日武汉的无奈和担心。

作者接下来又用惊人的事实，说明自己的这种担忧绝对不是杞人忧天。绿地减少、气候反常、积水成灾已经成为今天的武汉的现实写照。这种今昔、前后的鲜明对比，问题的严峻性自然显现出来，“人无远虑，必有近忧”的事实惩罚已经真实地落到了今天的武汉人身上。如果再不能引起我们的重视，更大的惩罚必然降临，甚至可能是灭顶之灾。从此意义上说，现实中的这种急功近利、目光短浅的行为，无疑为自己敲响了“丧钟”。

文章到此，可以说已经足以引发人们对问题的足够的反思，然作者又从此问题上展开思路，把思维的触觉伸向宏观的领域。从湖泊的消失谈到湖泊的保护，谈到山林的保护，谈到自然环境的保护，更延伸到对美好家园的保护，这就使得评论的思想内容得以向更加宏观的角度延伸。

整篇评论叙述和议论交融，感性和理性共存；表达深入浅出，平易近人；叙事入情入理，情理交融；文字跳跃，文风清新，让人耳目一新。同时，文章在看似简单、朴实的叙事论理的过程中，在看似感性的文字中，体现着作者深切的现代理念和人文关怀。

（凌宁宁）

一样的河流　共同的责任

◇ 王红育

经济社会的发展与河流环境的保护并不应该成为对立的两面，这在走向后工业时代的国家，已经给予了很好的借鉴和答案。但在我国，以牺牲河流环境作为发展代价的例子并不鲜见。

黄河流经我国重要的能源地区，经济的发展与河流的保护，无论过去、现在还是未来相当长的一个时期，都是不应该回避的矛盾，但从辩证治河的角度而言，这对矛盾并不是完全不可化解的对立。矛盾本身就是对立统一，应在对立中寻找统一、在发展与保护的博弈中寻找平衡，而不是在相互制约中走向激化。在经济社会迅猛发展的黄河流域，这一问题考验着流域机构、发展地区以及利益相关者的智慧。

河流是两岸经济社会发展不可缺少的支撑，河流又要为这种发展承担污染的后果，这显然不是一种良性而持续的发展模式。因为这种模式可以预见的未来即是河流的死亡以及随之而来的经济的衰退和人口的迁移—— 一种两败俱伤、不可挽回的后果。因此，我们必须在黄河水资源的保护和两岸强烈的发展势头中找到平衡点，在排污与治污的矛盾对立中寻找统一。而黄河水资源保护部门此次为加强流域新兴工业园区水资源保护所做的尝试，不失为一次有益的探索。

河流的代言人、地方水利部门、工业园区的管理者共同坐在一起，围绕着一条河流和一个目标，探讨关于加强黄河流域新兴工业园区水资源保护工作的指导意见，这个行动本身就已经让我们强烈地感受到了发展与保护的统一点，也是流域机构与两岸社会发展方共同的责任：以水资源的可持续利用支持经济社会的可持续发展。这是我国当代水利工作的基本理念，也是我们统观和解决各方矛盾的出发点。正是基于这样的共识，我们才应该在黄河的治理开发与管理保护中贯彻一种共同但有区别的责任——河流怎样更有效地成为发展的资源，发展怎样更好地保护河流。

矛盾并不可怕，可怕的是找错了解决矛盾的途径。发展与保护对立起来、相互制约，则会走向发展不利、保护艰难的两难境地；发展与保护统一起来，和谐的双赢则不会遥远。

（原载2011年5月22日《黄河报》）

创作札记

一次期待突围的行走与感悟

王红育

《一样的河流　共同的责任》这篇只比编者按略长一点的短评，来自于作者跟随黄河流域水资源保护部门的一次突围，一次责任担当下的突围，一次充满希冀的突围。

一路走，一路看，一路思，一路谈，2010年春意盎然的季节，黄河沿岸蓬勃而起的工业园区代表，受到曾被他们视为博弈对象——黄河水资源管理保护部门的邀请，聚集到了内蒙古的乌斯太，像遍布黄河两岸其他40多个工业园区一样，这里的取水排污都依赖于身边的黄河。

作者的记者生涯中，在经历了太多的偷排、直排、超排的明察暗访之后，对其间基于立场和利益不同而产生的力量角逐、暗流涌动、保护主义心知肚明，也正缘于此，在跟随黄河流域工业园区水资源保护座谈会采访初期，基本抱持着冷眼旁观的态度——它会是又一个虎头蛇尾的结局么？

现实总比想象来得猛烈，特别是强烈的反差对固有经验的颠覆之后。在经济增长势头正健的内蒙古，乌斯太工业园区的天晴气朗、整洁有序给作者以全新的印象。高能耗工厂云集的重镇也可以是这个样子？他们是怎么做到的？这种疑问来自于多年对黄河污染的采访调查，欠发达地区发展经济的强烈愿望、地方保护主义的虚掩、污水处理成本的高企、权力资本的合流，千万个理由让作者痛感解除水资源污染沉疴的艰难，在实实在在的利益面前，有多少人还记得起道义与生态的失衡？

参观在继续，也是又一次为自己设定问题寻找答案的过程。但这次却有些别样的感受，一个个现代化工厂走进去，除了先进的设备、精干的高管、严苛的管理、高投入的治污之外，听到最多的一句话就是：我们也要在这里生活，别人不爱惜，我们也要珍惜，珍惜自己安身立命的企业，爱惜赖以生存的环境。望着头顶上的同一片蓝天，作者似乎有了些顿悟，答案只有两个字：自觉——为自己而自觉，为家园而自醒，为子孙而自律。

工业园区代表、地方水利单位、流域水资源保护部门三方同在一个屋檐下讨论防污纳污的话题却不仅仅是自觉行为，更像一次流域机构的突围。正如会议的主办方所言，此次调查座谈会虽然酝酿许久但意志坚决，河流受伤无言，流域机构必须发声，不管面对多么长的战线，不管面对多少体制机制的羁绊，不管这种声音是弱是强，能传多远。好在努力已经催生了希望，一些地方观念的转变、理念的提升让流域机构关于污染的突围，有了些许深远的意义。为此，在作者完成了《黄河将进一步加强流域工业园区水资源保护》这篇消息稿后，有种不吐不快的感觉，遂一气而成这篇《一样的河流　共同的责任》短评。彼时彼刻，望着窗外灯火阑珊的乌斯太，《国务院关于实行最严格水资源管理制度的意见》已经呼之欲出。

作品评析

辩证的思维　科学的论断

社会是矛盾的组合体。没有矛盾，就没有世界。这是社会发展的根本规律。而事物的矛盾性又体现为事物对立统一的两个方面。对立是相对的，而统一是绝对的。这是辩证唯物主义观点的基本内涵。对社会各种复杂现象的分析和认识，也是以此规律为出发点和落脚点的。

由《黄河报》刊发的《一样的河流　共同的责任》，就是一篇充满辩证唯物主义思想、认识缜密、逻辑严谨、立意深刻、具有强烈的现实针对性和指导意义的评论。

评论对现实中普遍存在的以发展为借口、以污染环境为代价的错误做法进行了有针对性的批评引导，具有极强的现实指导意义。评论立论准确，分析深透，让人们充分认识到没有保护，从根本意义上也无从谈及发展，保护是为了更好地发展。

评论开篇就经济社会的发展与河流环境的保护这一对矛盾展开，从哲学层面进行阐释分析，指出二者并不是对立的或不可调和的，并含蓄批评了现实中存在的以牺牲河流作为发展代价的错误倾向。

然而，错误的认识和做法毕竟属于人民内部矛盾的范畴，又是属于不可回避的事关社会是否能够持续、健康发展的大问题，只能通过做耐心细致的思想工作才能从根本上解决问题。作者于是运用辩证法的思想，科学地阐明二者之间的对立统一关系，并由此提出解决问题的办法：应该在“发展”与“保护”的博弈中寻找平衡，而不是在相互制约中走向激化。这是化解现实矛盾的最根本办法，更是社会健康发展的必由之路。

道理虽然讲得明白，但作者又生怕人们的认识不能到位，于是又从单纯追求发展而忽视保护会带来什么样的后果（两败俱伤）的角度进行分析，触目惊心的结论令人不得不思考和回味。这样一反一正的分析评论，把问题的重要性和严峻性提到一个相当的层面。不仅能增加评论的说服力，更能够引发读者对问题的深层思考和倍加关注，并且也使评论的认识价值、引导价值、指导价值大大提升

总之，评论从河流与经济社会发展的哲学层面，确立了河流保护新的价值尺度，明确了人类开发利用河流的基本原则，目的是呼吁人们增强保护河流的意识，呼吁社会强化保护河流的措施，改善社会对河流治理开发的决策与管理，建立新的理念和行动原则，以最终实现人与自然、人与河流的和谐相处。

（史丽娟）

敬畏自然

——从水崇拜谈起

◇ 果天廓

一

北宋著名文学家苏轼步入仕途的第一个岗位是凤翔府判官。在任期间，他做过一件特别为百姓称颂的事情——为民祈雨。

话说那年关中大旱，当地农民忧心如焚，官府也自然着急——“今旬不雨，即为凶岁；民食不继，盗贼且起”。为解旱象，苏轼决定前往太白山祈求神灵。

太白山是秦西一带最高的山峰。这一日，苏轼早早写好祈雨文状，斋戒沐浴，带领一班人，翻山越岭来到太白山顶，虔诚祷告上苍，降下甘霖。然而这一次效果不明显，只下了一场小雨。回来反思原因，查找资料，苏轼发现原来太白山神在唐代已被封为公爵，而到了本朝（宋代）却被封为侯爵，待遇不升反降，很有可能是山神不满意了。于是他抓紧向县里报告，并代县官草拟了向皇上的奏本《乞封太白山神状》，请求恢复太白山神以前的爵位。之后再次来到太白山祈雨，向山神告知此事。这一次灵验了，大雨连降三日，人们欢呼不已。

为纪念此事，苏轼把住宅后花园里面的亭子，改名为“喜雨亭”，并撰文《喜雨亭记》，镌刻于亭上。

其实，作为水崇拜的重要体现，祈雨的事情在中国古代非常普遍。因为苏轼是名人，名人效应使这件事被反复演绎，再加上一篇美文，更使之成为一段佳话流传至今。正所谓人以文传，事以人传。

我们当然知道，那关中甘霖并非是什么太白山神因为听了几句颂扬之词和得了一个空头爵位，而大发慈悲所致（更何况司雨也不在他老人家的职权范围内）；然而这并不影响我们还将这件事作为美谈来传播。这就引发出一个问题——生活在科技昌明的今天，我们这些现代人应该如何看待水的崇拜祭祀活动。

二

在中国的传统文化中，祭祀是一件非常重要的事情。礼有五经，莫重于祭，是以事神致福。祭祀对象分为三类：天神、地祇、人鬼。天神称祀，地祇称祭，宗庙称享。

在各种祭祀活动中，与水有密切联系的祭祀活动被称为水祭祀。水祭祀往往带有明显的功利目的：祭龙王期盼降赐风调雨顺，祭妈祖企求保佑出海平安。

水祭祀源自人类对水的崇拜。在洪荒的远古时代，由于生产力水平极其低下，人们面对洪水等自然灾害时无能为力，猜想洪水肆虐一定是有水神在作怪。为了达到免除水患的目的，只好祈求那些虚幻的水神，于是便出现了水崇拜现象。

水崇拜最初的对象是水灵，即神灵化的水体，包括江河湖海溪泉井等各种不同形式的水体，以及与降水相关的雷电风云虹雨露等自然现象。从我国少数民族传承下来的有关祭祀井泉、河流等仪式的民俗习惯中，我们依然可以看到原始水体崇拜的痕迹。

之后，逐渐发展为对水神的崇拜。有水文化专家把水神归纳为四种：动物水神（如蛇神、鱼神、龟神、龙神）、气象水神（如雨神、云神、虹神、风神、雷神、闪电神）、半人半兽水神（如人面蛇身的黄河水神河伯）、人物水神（如女娲、共工、大禹、李冰）。

在今天看来，像对大禹、李冰这样的治水先贤的祭祀活动，似乎更容易让我们接受：因感念他们的治水伟绩，后人将其奉若神明，建庙堂塑金身奉香火，选择适当的时间，举行一定的仪式，进行祭祀活动，以纪念以告慰以传承。当然也会把一些解决不了的问题、遇到的困难告诉他们，以期神助。

三

从自然水神到人化水神，再到治水英雄，水崇拜的这一演变和发展的过程也反映着人类生产力发展，认识自然、改造自然能力的逐步提高。

而作为一种文化传统传承下来，对于水崇拜现象我们今天依然不能将之简单地以迷信和糟粕来看待。即便我们认识自然改造自然的能力已经足以让我们在处理人与自然的关系时，更多地以人类为中心。

肯定是这样。1990年，都江堰为弘扬民族文化，恢复了历史悠久的清明祭祀放水仪式；1995年，绍兴市公祭大禹陵活动隆重举行，之后每年在谷雨节公祭，延续至今。

人类对自然的崇拜，究其根本原因还在于人类自身的心理——对未知自然的敬畏和对未来美好的寄托。正如我们时常会产生这样的冲动——走进深谷或登上高原，去拜访河流的源头，看那冰川滴水或是那潺潺细流，是如何最终汇作滔滔江水滚滚洪流而奔向远方。无论跋山涉水，无论历尽艰辛，也总是渴望离源头再近些再近些。追溯河源的过程其实是在追寻我们生命的本原。对于从大河文明一路走来的中华民族，对于河流的敬畏与崇拜更是如此。

人类发展到今天，与自然的冲突越来越严重。现代社会，水资源面临着前所未有的灾难，人们保护水资源的意识淡薄，导致污染水浪费水破坏水资源的现象严重。或许，我们可以从水崇拜的文化中，找回我们血液中敬畏自然、感恩自然、善待自然、顺应自然的基因。

（此文为《中国水利报·水文化专刊》第五期的刊评，2012年8月30日刊发）

创作札记

传播文化是新闻人的重要使命

果天廓

《敬畏自然——从水崇拜谈起》一文，是《中国水利报》的专副刊——《水文化专刊》的一期刊评。

《水文化专刊》是中国水利报社2012年4月创刊的一个品牌刊物，其创办宗旨是搭建水文化传播平台，服务水文化创新发展。在这样的办刊宗旨下，我们提出了专刊的定位：水文化知识的传播载体，水文化思想的交流平台，水文化建设的展示窗口，水文化创新的推动先导。

为实现这些目标，我们认真研究水文化传播的规律和特征，精心设计每一个栏目的功能和定位，仔细探讨传播的重点和话题设置，并与专家团队和热情读者一起策划内容、组织稿件。

具体到《敬畏自然——从水崇拜谈起》这篇文字的创作，谈两点体会：第一要准确把握栏目的功能与定位，第二要结合重点问题和热点话题，发出声音，传播文化。

一个设计合理的专副刊就像一篇布局讲究的文章一样，是一个整体。其每一个版面，每一个栏目，都是文章的有效组成部分，都各自发挥着其应有的功能。《水文化专刊》刊评的功能定位重点有三个：一是统领，统领专刊内容，向读者传递编辑部的思想理念；二是结合，结合主打话题，发表评论、传播文化；三是引导，针对重点选题，吸引关注、引导阅读。

这一期《水文化专刊》的主打内容是江源科考——记者通过对一次长江源头科学考察的记录，向读者介绍江河地理和流域文化，阐述生态环境保护的观念。刊评抓住人水关系、人与自然关系探讨这一核心内容，以传播古人在水崇拜方面的知识为视角，以讲述名人故事为切入，徐徐道来。和风细雨，润物无声，巧妙地传递我们的理念——人类要感恩自然、敬畏自然，人与自然要和谐相处。

展开来再谈一个观点——传播文化、传承文化是当代新闻人的重要使命。

新闻人是一个光荣的职业，其肩上的责任很多很重，其中有一个使命不能忘记、不容忽视，那就是传播文化、传承文化。这一点尤其要体现在水利新闻宣传工作者身上。

在中华民族五千年的文明传承中，治水文明扮演着非常重要的角色。在这个过程中，我们的先人创造了丰富多彩的水文化，非常值得我们很好地继承并发扬。当代水利新闻宣传工作者有天然的职业优势，通过我们的努力，既要记录当代水利建设成就，宣传弘扬水文化的创新，也要将历史留给我们的丰厚宝贵的精神财富，传承下去、传播开来，勇于承担起“为往圣继绝学”的历史使命。

以此与吾辈共勉！

作品评析

用历史观照现实的水文化解读

新闻评论具有教化、引导等功能，同时也具有向人们传播信息、传授知识的功能，使人们在接受知识的过程中，能够辨明是非，端正态度。

《敬畏自然》这篇新闻评论，就是通过对和人类密切相关的生活必需品——水的故事的讲述，向世人传递出了一个深刻而耐人寻味的道理。

人类须臾离不开水，自然对水崇拜就是自然而然的事了，评论的副标题就揭示了这样一个关于水的深刻内涵。

评论的第一部分先是通过北宋著名文学家苏轼为民祈雨的历史故事，摆出历史上关于水崇拜的现象，这个故事不仅让人们对一个大文豪的文学才华有了一定的认识，也对一个封建专制制度下统治阶级代表对民生疾苦的关心有了足够的了解。故事听起来生动有趣，耐人寻味，自然也间接反映出人类之所以“祈雨”，是因为当时的生产力低下，缺乏科学观念。也体现出一个有良知的封建统治阶级官员的以民为本的思想。评论以讲故事的形式提出自己所要论证的话题，既能增长知识，又开阔了人们的视野。

评论的第二部分全面深刻展示了有关水崇拜的具体事实，即关于水的各种祭祀活动。同时揭示出这种祭祀活动的实质内涵。这种全面展示的历史、民俗、宗教的幅幅画面，似乎让人步入了过去，返回到历史的空间，使评论在一定意义上具有了历史的厚重感与沧桑感。

评论的最后部分，作者将关于水的故事进一步延伸，从用水，到敬水，到治水，思路更加开阔，认识更加深刻。作者围绕“水”这一现象，从文化传承的角度，对其背后和深层的内涵进行深入挖掘，揭示出人类对水的崇拜不可仅仅以“糟粕”、“迷信”概括，而实质是人类对自然的关心，是人类对自然的敬畏，是人类认识自然、顺应自然、感恩自然、善待自然、利用自然、改造自然心理的内在体现。

当然，评论的最后没有忘记对人类的告诫，现实中人与自然的冲突加剧，水资源枯竭，人类保护水资源的意识淡薄，引发人类对现象背后问题的深刻反思。

当今，水资源已经成为影响社会经济发展的瓶颈，有关水文化的讨论也成为社会各界关注的热点。就此意义而言，这篇有关水文化的评论，较好地引领今天生活在科技昌明时代的现代人，应该如何看待水的崇拜祭祀活动，最终落脚于人与自然、人与河流应和谐相处，体现了作者的“新闻眼”和丰富的水利历史文化知识结构。

（史丽娟）

通讯　特写　访谈

南来之水“价”几何

◇江　夏

南水北调工程被正式列入“十五”计划。新的政策是“谁用水，谁掏钱”。长江之水远道而来，人们用得起吗？水调来了会不会又用不出去？那么——

南来的水，能否用得起？

穿过黄河，长江水千里迢迢，远道而来，成本能低得了吗？人们难免担心，要是真的达到8元、10元一吨水，谁用得起呀？

水利部副部长、水利部南水北调领导小组常务副组长张基尧告诉记者，这一点大家可以放心，让群众能够承受，是确定南水北调水价的重要原则之一。如果水价过高，用水户不能接受，就会影响用水量，造成工程的浪费；如果受水区的经济发展和生态环境不能受益，南水北调也就失去了意义。问题是，现在绝大部分地区的水价不是过高，而是过低，有的甚至是有钱无处买水。

记者随便采访了一个普通工薪家庭，一家三口，月收入3000多元，用水量12吨，按北京目前的水费2元一吨，需缴24元，占收入的比例不到1%。水价偏低的情形在许多城市都存在。因此，制定南水北调水价还有另外两条重要原则，张基尧说，一是有利于节约用水；二是充分考虑工程的运行和维护费用，使得工程形成的固定资产能够良性运行。即便把这些因素都考虑进去，再加上各地城市配套管网和治污费，与当地水源(占当地总用水量的70%~80%)综合计价，一直到老百姓的水龙头，水费占人均可支配收入的比例也不会超过2%~3%。“有些城市计划几年之后水价涨到5元一吨，那三口之家每月的水费支出就达到60元了。平均每人支出16元多，还不算贵吗？”对我的提问，张基尧反问了一句，几个冰激凌多少钱，几瓶矿泉水又是多少钱？这十几二十元钱，在大多数城市居民逐步增加的月收入中占多大比重？

目前，南水北调东、中线受水区的相关省市，都有了调整水价的计划。由于南水北调东、中线的一期工程以解决城市用水为主，他们对居民和企事业单位的支付能力和支付意愿作了大量调查，结果表明，按照不超过人均可支配收入的2%~3%的水平测算，各地的水价都还存在调整的空间。对城市居民中的低收入人群，各地政府准备采取相应的措施，比如，对水费实行累进加价，在保证基本用水的前提下，分不同档次，超额加价。

南来的水，能否用得掉？

接受采访的所有官员和专家，都对这个问题表示极大的关注。因为这样的前车之鉴国内外都不鲜见。特别是国内有一些调水工程，没有开工时，部分受水地区拼命多要水量，一旦工程建成通水，用不用就两说了。

“关键是许多地方认为，国家投资修工程调水，不要白不要。”张基尧说，水价的杠杆作用的确很重要，定低了，起不到节水的作用，也不利于工程的维护；定高了，水没人用，工程晒太阳。同时我们也有另外一种担心，如果工程建成后，很快就满足不了经济发展的需要了，再扩大规模，就要花成倍的投资。所以，工程的规模必须适度，决策要慎之又慎。前期的水资源规划，一定要做深做细。同时，充分发挥水价的杠杆作用。南水北调的水价，将由两部分组成：一部分是容量水价，它包括工程实施中贷款的还本付息、工程形成的固定资产折旧和基本的维护费。不管实际用水量的多少，这部分基础水价只与水资源规划中受水区认可的需调水量有关。另一部分是计量水价，与实际用水的多少相关联。这两部分的总和构成原水水价。这种收费方式使得受水区确定的需调水量更符合实际。

几天前，南水北调东、中线部分省市水资源规划审查会刚刚结束，从会上传出的消息说，大部分省市新确定的需调水量都比原来有所下调。水利部调水局副局长许新宜说，贯彻“谁用水，谁花钱”的原则起了很大作用，调多少水，就要分摊多少投资。这样各地就把节水的因素考虑得更充分了。“过去，不是也要求地方配套资金吗？还不是有不少地方资金不到位？”许新宜说，南水北调今后要实行企业化经营，对出资人资本金的及时到账将有更强的约束力。

专家提醒说，南水北调的水能否用得掉，还有两个因素值得注意。一是能否按照用水户要求的水量和水质，保证及时供水；二是生态用水能否真正放在重要位置上。过去，在没有外来水源的情况下，干旱的北方是以挤占农业用水和牺牲环境为代价，发展经济和保证城市居民用水的。黄淮海平原年平均超采地下水40亿~50亿立方米，有的地方甚至已经把地下水抽干。如果有了南水北调的水源，就有可能把原来挤占的水资源还给农业，并回补地下水，给子孙后代留下安全的水源。

先节水后调水，做得怎么样了？

中国国际工程咨询公司专家委员会副主任陈鹄，只要一有机会，就大声疾呼重视节水的事。在家里，他身体力行，准备了两个塑料桶，淘米、洗菜、洗衣服的水，再用来冲厕所。两只水桶倒来倒去，不厌其烦。几个月过去了，省了几吨水，只收回了买塑料桶的钱。讲起此事，陈鹄显得有几分无奈，他觉得，以目前的水价水平，不可能有多少人为了节约几吨水费这么大劲。他认为，水价是促进节水的最有效的手段之一，当年，居民楼的水表从总表改为分表，仅此一项，用水量就减了很多。现在水价调整的力度还很不够，应该尽早调整到位。

节水的潜力究竟有多大，也许一下子难以说清。但是，在我们周围，浪费水的现象仍然随处可见。小到自来水龙头的跑、冒、滴、漏，大到用水大户的无度挥霍。

节水，是南水北调前期工作的重要组成部分。先节水后调水，就是要从现在开始做起，经过扎扎实实的努力，使工业每万元产值的耗水指标更加先进，农业用水的利用系数继续提高，先进的节水器具在城市中普及推广，南水北调通水之前，所有这些节水措施都应到位。现在，南水北调东、中线的相关省市，已经陆续完成了节水规划。

水利部调水局局长张国良说，过去，有不少调水工程成了国家的包袱，这主要是因为，长期以来水利工程被当成一种纯公益性、福利性事业，不计成本，不问回报，水价不到位，管理也很粗放。南水北调工程将要在新的市场经济条件下实施，理应有新的运行机制。目前，一些方案正在筹划之中，如：由出资方组成董事会，按照现代企业制度建立有限责任公司，组织工程的建设、管理和运营……

这必定是一个艰难的过程，但毕竟使人看到了希望。我们热切期待着。

（原载2001年5月21日《人民日报》）

创作札记

把握好节奏，有讲究

江　夏

这篇报道是13年前的旧作，除了标题还有印象，内容写了什么，已是模糊一片。多年之后重新审视自己在新闻写作上的想法，也是难得的体验。

2000年前后，搁置半个世纪的南水北调工程终于被提上议事日程，重新进入人们的视野，我写了一篇通讯《南水北调有盼头了》，对工程的来龙去脉做了较为详细的报道，在当时的中央媒体中是较早的，也因此引起很多关注。不久，接到版面编辑约稿，写写南水北调的水价。虽然接下任务，心里却惴惴的，没什么把握。因为，南水北调工程的各项筹备工作都在紧锣密鼓进行，一些规划还在业内闭门论证中，透明度不高，可以参考的资料很少。而且，水价问题很重要，也很复杂，有一定的专业性，弄得不好，会把人绕糊涂，或者枯燥得让人读不下去。

之后的采访或在会场，或在出差途中，或是登门请教，记的最清楚的是，时任水利部副部长、水利部南水北调领导小组常务副组长的张基尧特别忙，采访约得不顺利，后来在出差路上遇见，才急匆匆在张部长的车上完成了采访。

文章的写作过程我已经淡忘，但从刊发的成稿中，能感觉到自己在努力让严肃的话题生动起来、鲜活起来，希望文章的观点可以感染读者、影响读者。为了增强可读性，在把握好文章的节奏上花了心思。

首先是快推进。这需要删繁就简，主线清晰。水价问题上纠缠着多方面的利益关系，也投射出经济转型过程中理念的变化，去掉枝蔓，主题就突出了。用短句子，节奏就加快了。南来之水，用得起吗？用得掉吗？节约得下来吗？用水价、水量、节水这三个内在逻辑紧密的问题贯穿全篇，环环相扣，层层递进，剥丝抽茧，一问到底。文章信息量较大，相关省市的新动态、国家层面的新考虑、政策措施的新指向，频频穿插其间，让读者自然而然跟着走。

其次是多变化。这需要在谋篇布局上张弛有度，错落有致。这一段话题有点严肃，就插入一个轻松的细节；那一段话有些急促，就来几句舒缓的；同样是问话，有追问有反问，碰撞出火花；同样是专家，有的通过生活感悟讲道理，有的拿数字说话做分析，一样的服人。叙事、描述、对话、议论相间，尽量少用专业术语，减少阅读障碍，多用身边事、家常话，让文章流畅有趣。

再次是强重音。最终撑起一篇评述性文章的，是见解，是观点。主线不能模糊，思想不能被淹没，所有的叙事、描述、对话、评点各尽其能，都在用不同方式强化重音，传递强烈的信号：大多数地方的水价不是高了，而是低了；水价还没有发挥好杠杆的作用，节水还远远没有到位；合理的水价应该让人用得起，用得心疼，用得节约；国家投资的工程不计成本、不问效益，大锅水随便喝的日子一去不复返了。

乐曲有节奏的变化，才动听；文章有节奏的转换，才好看。再深刻的思想，直抵人心才有力量。再严肃、再坚硬的选题也可以找到离读者最近的切入点。用吸引读者阅读的节奏，在娓娓道来中把事情说清楚、把道理讲明白，这很考验记者的功力。

作品评析

未雨绸缪问水价　理性分析论国策

“南水北调工程被正式列入‘十五’计划。新的政策是‘谁用水，谁掏钱’。长江之水远道而来，人们用得起吗？水调来了会不会又用不出去？那么——”这样的开篇独树一帜，引人注目，两句时事陈述，两句百姓忧虑，既凸显通讯的时事特色，同时也有对百姓生活的关注。如此简洁的几句话，却把作者的社会责任感表露无遗而又亲切自然，同时也定了文章的行文基调。这一问句手法贯穿全篇，“南来的水，能否用得起？”“南来的水，能否用得掉？”“先节水后调水，做得怎么样了？”处处呼应、环环相扣、层层递进，衔接自然；不仅能引人注意，启发思考，同时也表明作者的立场始终与百姓在一起，说服感较强。

在第一部分“南来的水，能否用得起？”中，较大的特色便是直接引语的使用和一问一答的对应：“‘有些城市计划几年之后水价涨到5元一吨，那三口之家每月的水费支出就达到60元了。平均每人支出16元多，还不算贵吗？’对我的提问，张基尧反问了一句，几个冰激凌多少钱，几瓶矿泉水又是多少钱？这十几二十元钱，在大多数城市居民逐步增加的月收入中占多大比重？”作者说出了百姓的心声，表达了百姓的忧虑，但如果只是用数据来回答，自然达不到“冰激凌矿泉水”这样形象可感的效果。之后的调整水价的民意调查，表明国家的重视，施政为民。

“南来的水，能否用得掉？”这一部分似乎稍稍偏离了百姓的日常生活，于是作者对中央政策“谁用水，谁花钱”作出了相应的铺垫，并尽量使用“听得懂的话”。仅举一例，“张基尧说，水价的杠杆作用的确很重要，定低了，起不到节水的作用，也不利于工程的维护；定高了，水没人用，工程晒太阳。”就把水价的经济学原理运用于实际，成为了“身边的经济学”，这样读者接受起来就较为容易，达到了预期的政策宣传效果。作者引入专家的话，“南水北调的水能否用得掉，还有两个因素值得注意。一是能否按照用水户要求的水量和水质，保证及时供水；二是生态用水能否真正放在重要位置上。”这并不显突兀和多虑，反而正是造福子孙的责任感的具体体现，当代和后代，就是这样把可持续发展的理念深入到每一项政策和工程之中，把口号变为了行动，通讯的前瞻性也就提升了。

中国国际工程咨询公司专家委员会副主任陈鹄在节水方面的身体力行，便是第三部分“先节水后调水，做得怎么样了？”的开头，亲切自然，这一好榜样仿佛就在我们的身边。但是，“节水的潜力究竟有多大，也许一下子难以说清。但是，在我们周围，浪费水的现象仍然随处可见。小到自来水龙头的跑、冒、滴、漏，大到用水大户的无度挥霍”，欲抑先扬的行文显然在对比中更引发读者的深切反思。

接下来对节水的论述，便顺理成章。如水利部调水局局长张国良说，过去，有不少调水工程成了国家的包袱，这主要是因为，长期以来水利工程被当成一种纯公益性、福利性事业，不计成本，不问回报，水价不到位，管理也很粗放，所以南水北调要敢于创新，突破原来理念的桎梏。

但“创新”从来都是艰难的，新事物在与旧事物的斗争中求发展，这一辩证发展过程从来不易，所以作者才会如是说：“这必定是一个艰难的过程，但毕竟使人看到了希望。我们热切期待着。”艰难、希望、期待，这些词语使结尾生动可感起来，作者与读者的感情得以共鸣——感情线索在本文中也是一直贯穿的，字里行间，牵引着本文的叙述，使结构清晰而不偏离，给人一气呵成之感。

（卢昊杨）

流动的黄金

——记丹江口水利枢纽工程

◇ 黄彩忠

三千里汉水奔流不息。人们仅在汉江与丹江的汇合处筑起一座30层楼高、武汉长汉大桥两倍长的大坝；江还是那条江，水还是那么多水，江的性格却截然改变了，水的身价也提高了百倍。

大坝凌霄，正当而立之年。近水面，千里浩瀚的人造海，蓄水量达200亿立方米，是我国最大的一座水库；背水面，装机6台、总容量90万千瓦的水电站蛰伏在大坝脚下，平均年发电38亿千瓦时，是目前我国有数的巨型水电站之一。

自第一台机组1968年投产发电，20个年头过去了。丹江口水利枢纽工程综合效益累计达110亿元，为工程投资的13倍多。在我国目前大型水利工程中排队，数它功能最全、效益最好。

在丹江口流动的是碧水，也是黄金!

群星灿烂

首先是丹江口水利枢纽工程这颗明星的崛起。1958年破土动工时，党中央和国务院一声令下，10万大军昼夜奋战，专门铺设了一条从武汉经襄樊到丹江全长431公里的汉丹铁路。丹江口这个地方早先只是旧均县的一个小村庄，工程建成蓄水后，淹没了县城，移民丹江口，鄂西北从此有了一座不夜城——丹江口市。

襄樊市过去只有一座火力发电厂，年发电量5000万千瓦时，丹江口的强大电流输入襄樊后，这个城市一举跨入了全国重点工业城市行列，轻纺、电子、机械、化工等工业门类齐全；今天一天的工业产值比解放前一年的工业总产值还要多。享有“明星”城市之誉的襄樊，显然是沾了丹江口的“光”。

在鄂西北和豫西南这一大片国土上，新兴的不夜城岂止丹江口市，沾光而突飞发展的又岂止襄樊市。电活了，工业就活了，整个经济也就活了。湖北人引以自豪的“1（武汉1.7米轧机）、2（十堰第二汽车制造厂）、3（葛洲坝水力发电站又称330工程）”都和丹江口有着密不可分的关系。没有丹江口的电送到武汉，1.7米轧机就开不动；没有丹江口的施工主力转移到黄龙镇拿下黄龙滩水电站，第二汽车制造厂哪来的电和水；葛洲坝也一样，当年的丹江口工地，就是后来葛洲坝工地的练兵场，丹江口工程的建设，为筑坝万里长江准备了队伍，提供了经验。

灿烂的群星都离不开水和电，或因水、电而生，或随水、电而长。有水才能浇地，我们说水利是农业的命脉；有水还能发电，水利又何止是农业的命脉，它还是工业的命脉、社会的命脉。从丹江口出发，或沿着纵横交错的引水渠道，或顺着蛛网盘结的高压线路，所到之处，城市繁荣，山区兴旺，平原丰收，都不难得出以上体会。

五利俱全

这是已故周恩来总理提出来的一个概念。

1972年冬，周总理主持一次讨论葛洲坝工程的会议。会上，他意外地给大家出了个题目：我们搞了这么多年的水利建设，哪一个工程能做到防洪、发电、灌溉、航运、养殖五利俱全？人们众口不一，议论纷纷。周总理却预见性地说：丹江口水利枢纽工程能做到五利俱全。

事实证明，周总理的预见完全正确。

防洪方面：丹江口可控制汉水75%的水量，配合其他防洪措施，基本结束了江汉平原“三年两淹”、“十年九不收”的灾难史。

发电方面：丹江口在华中电网内是容量和电量都很突出的主力电站，有力地保证了华中地区工农业生产。

灌溉方面：丹江口为鄂豫两省引丹灌区360万亩耕地提供自流引水水源，昔日荒凉多难的“水泡子”、“旱岗子”成了旱涝保收的商品粮基地。

航运方面：丹江口水库蓄水后上下游航道起了本质变化，航深增加，浅滩减小，从根本上改善了航道条件，汉水成了一条水上黄金路。

养殖方面：丹江口拥有100万亩水产养殖面积，适于静水或缓流中生活的鱼类逐步形成优势种群，年产500万公斤商品鱼基地即将建成。

同是大型水利工程，人家只有“两利”、“三利”、“四利”，唯独丹江口五利俱全，这样的工程在我们国家不是太多了，而是太少了。它说明只要决策正确，花巨额投资适当搞点大型的效益好的水利工程完全值得。

丹江口正是一个效益相当好的大型水利工程，即使同是发电，它也有独特之处。按装机容量说，刘家峡水电站为120万千瓦，丹江口只有90万千瓦，但是，丹江口建在汉水上，汉水年流量比黄河大，刘家峡的发电量远赶不上丹江口。建在长江上的葛洲坝电厂比丹江口的优势大得多，但它是低水头径流式电站，当长江大洪峰到来时，该厂出力受阻，日发电力、电量锐减，这时电网只好要求丹江口帮忙，多发电力、电量，弥补葛洲坝出力的减少。

晰可感。举一例，“享有‘明星’城市之誉的襄樊，显然是沾了丹江口的‘光’”，这样的描写正是群星辉映“惺惺相惜”的写照，语言生动，感情丰盈，带给读者想象的空间。接下来的两个“岂止”，不仅是承上启下的良好过渡，更是有厚积薄发的力量感孕育其中，加之紧随其后的“电活了，工业就活了，整个经济也就活了”排比，简洁却不失气势，自豪感在字里行间展现得淋漓尽致。文以情动人，然也要据法施之，作者善于运用多种修辞手法，比喻、拟人、联想、排比，不仅不给人堆砌突兀之感，反而使行文线索逐渐明晰。

当然，只是泛泛的描写，大而化之的叙述，不能作为一篇合格的通讯，且看作者如何重归正道。“五利俱全”，这简洁有力的小标题来头不小，它来自周恩来总理的预见，作者讲述了一个小故事，意外提问，众说纷纭，抛出预见，不经意间，总理的形象便跃然纸上，而后来的事实证明了总理的睿智——人物与故事的插入，增强了文章的可读性，比四平八稳平铺直叙显然更能吸引读者的注意力。之后的简短总结，“人家只有‘两利’、‘三利’、‘四利’，唯独丹江口五利俱全”，对比论证中突显优势鲜明，透出一种自豪感，引起读者的强烈共鸣，这样的工程带来的美好愿景也值得希冀。议论也是一种升华，由小及大，扩展了文章的境界。

丹江口水利枢纽“即使同是发电，它也有独特之处”，这样的独特不可不察！它比下了刘家峡，还比下了知名度更高的葛洲坝，于对比中方显英雄本色。这里，拟人手法的自然运用近乎无形。用葛洲坝作为比较对象，呼应第一部分初步建立的形象，使之丰满可敬。这样的呼应是本文的特色，看似无形无影，却缓缓沁入，流畅自然地串联起整篇文章，脉络清晰。

江水流动，黄金自来，如若到此戛然而止，似乎会使这篇通讯少了些底蕴和时事意义。且看作者如何在第三部分“廉价水电”中突出重点与思虑。

“那里的干部群众告诉我：丹江口流动的虽然是黄金，但这黄金价格太廉。”第一人称的运用，叙述的是作者亲身的经历、亲耳听到的事情，使读者产生一种真实、亲切的感觉，仿佛身临其境，代入感强烈，也进一步引发读者的思考；从作者方面来说，更便于直接表达思想感情，更容易使读者信服。

结尾实为画龙点睛之笔。“丹江口哪来内部活力？自我积累、自我发展又从何谈起？这点优虑，相信能引起大家的重视。”语气恳切平和，问句作结发人深思，抑扬有致。卒章显志，作者用前瞻性的视角和深刻的思考为我们展示了作为新闻工作者的社会责任感，也让我们相信并期盼着问题得以解决，“而立之年”的丹江口大坝依然大有可为。

（卢昊杨）

1998年松花江流域堤防决口近千处，今年干流堤防无一决口

一样的大水，不一样的灾情

◇ 赵永平　陈仁泽

9月20日，嫩江、松花江、黑龙江干流洪水全线退至警戒水位以下，国家防总终止防汛Ⅲ级应急响应，至此，东北三江抗洪抢险取得全面胜利。

同样量级的大水，1998年松花江流域堤防决口近千处，1座中型水库、21座小型水库垮坝，洪水肆虐广阔草场、农田。而今年大水，各类水库无一垮坝，松花江、嫩江干流堤防无一决口，黑龙江重要城镇堤防无一决口，无人因大江大河洪水死亡，最大程度减轻了洪灾损失。

一样的大水，为何有不一样的灾情?

高科技“耳目尖兵”，把脉江河，洪水预报精度达95%以上

入汛以来，东北地区接连遭遇罕见暴雨，汛情全线告急：44条河流超警，松花江发生1998年来最大洪水，嫩江上游发生超50年一遇特大洪水，黑龙江发生1984年来最大洪水。

一次次水涨水落，牵动着人们敏感的神经。在北京，国家防总指挥中心的电子大屏幕上，一条条信息实时滚动，在松花江防总、在每个防汛决策部门，轻点鼠标，复杂的雨情、水情和汛情就能尽收眼底。

一条条防洪调度指令，离不开高科技手段支撑。“精确测报好比‘耳目尖兵’，传统水文监测靠人海战术，如今全用上自动测报系统。”松花江防总办公室主任胡宏达说，松花江流域水文测站由1998年的215处，增加到目前的1370处，一条信息收集时间由2小时缩短到20分钟。水量预报精确度达到几百立方米以内，水位预报达到厘米以内。

8月12日，嫩江上游尼尔基水库库区突发强降雨。“3小时上涨30厘米，看着水尺让人揪心。”尼尔基公司总经理潘安回忆。关键时刻，预报员反复演算出洪水最高水位——216.57米。“这一水位让科学调度有了底气。”潘安说，尼尔基启用防洪库容，到8月17日5时，实际洪水水位达216.54米，跟预报仅差3厘米。

今年汛期，水利部松辽委累计完成降水预报265次，量级和空间分布与实况基本一致；洪水预报323站次，重要洪水的预报精度达95%以上。

1998年以来，国家健全完善了洪水预报、水文自动测报、“天眼”全国气象预报、异地会商等一系列现代化信息系统，这些高科技“耳目尖兵”，体察水位消涨、把脉江河汛情，为科学决策提供了有力支撑。

“有水库就有手段”，拦洪削峰，让大水变小水

吉林省大安市，位于松嫩两江的“咽喉”。1998年大水，大安市月亮泡水库6号坝决堤，下游一片汪洋。9月15日，记者来到月亮泡水库大坝上，村民们有序巡查，大坝外生活井然。“过去来水真没招，现在有上游水库拦着，月亮泡能少涨1米，否则大坝守不住，下游几万亩庄稼就白瞎了。”月亮泡镇焕新村村民于占军说。

有序应对洪水，这份从容来自日益加强的水利基础。1998年以来，国家共安排松花江流域水利建设投资450亿元，建成尼尔基等一批流域控制性工程，嫩江、松花江干流堤防基本可抵御20～50年一遇洪水，沿河

城市基本可抵御100年一遇洪水。

“有水库就有手段，不像过去干着急。”吉林省防办常务副主任王胜孝说。8月14日至16日，丰满水库入库洪峰每秒17600立方米，达60年一遇，而此时，松花江干流已全线超警。怎么办？经会商研判，调度丰满水库出库流量减至2100立方米每秒，削峰率88%，同时放流时间延缓6天，为下游错峰。

“这宝贵的6天，错开了嫩江洪峰，避免了‘两江夹击’，肇源段水位少涨了10厘米。”位于松花江下游的肇源县有关负责人说。

从“逃避”洪水到“管理”洪水，今年在抗洪抢险最紧张的时刻，水库拦蓄洪水60亿立方米，降低嫩江、松花江干流洪峰水位1.0～1.5米。通过尼尔基水库调度，将嫩江超50年一遇特大洪水削至中等洪水；通过丰满水库削峰，使松花江60年一遇洪水变为常规洪水，最大限度减轻了下游防洪压力。

防汛抗洪检验应急能力，是消耗战，也是攻坚战

走进黑龙江同江市三村镇刘汝源家，全家人正忙着收拾院子，家中的口粮高高垒在拖拉机的车斗里。“前两天刚搬回来，家里还有些乱。”老刘边忙活着边说。他们是8月16日撤离的，“为防止溃堤，村干部就挨家挨户通知，村里没有一个人伤亡。”

防汛抗洪检验着应急能力。黑龙江省水利厅副厅长侯伯军说，7月下旬，尼尔基水库入库流量3200立方米每秒，为了给村屯安全转移争取时间，尼尔基控制泄洪，维持2800立方米每秒超过7天时间。

抗洪是消耗战。国家防总在短短20天时间里，调集14批次物资驰援灾区。“1998年大水时，往水里打木桩全靠人工，6个人半小时才能打一根，现在挖掘机半分钟就打一根。”吉林省大安市红岗子乡村民王军说，“物资有保障，咱就有信心。”

抗洪也是攻坚战。黑龙江同江市卫垦村村支书原永侦，皮肤黝黑的他已带领村里47人的民兵突击队在堤防上奋战了20多天。年轻的子弟兵

们，嘴裂了，手破了，脚肿了，依然冲锋陷阵。

初步统计，今年东北地区累计投入抢险人员320万人次，消耗编织袋、无纺布、救生衣等防汛物资价值10.91亿元。黑龙江干流下游创造了以不足10年一遇堤防抗御超100年一遇洪水的奇迹。

抗洪是战场，也是考场，东北防汛抗洪交上了一份合格的答卷。

（原载2013年9月25日《人民日报》）

作品评析

纵向比较看变化　点面结合出新彩

“一样”与“不一样”，标题用看似如此简洁扼要的一对反义词，介绍出了本文的主要内容，但同时也引发了读者的疑问与探究，究竟何为“一样”，又为何“不一样”？灾情又是如何？接下来便开门见山，作者先是尘埃落定地讲明了防汛Ⅲ级应急响应的终止和东北三江抗洪抢险的全面胜利，给忧虑的人们吃了颗定心丸。接着，“今年大水，各类水库无一垮坝，松花江、嫩江干流堤防无一决口，黑龙江重要城镇堤防无一决口，无人因大江大河洪水死亡”，三处“无一”排山倒海之势而来，而“无人死亡”显然更是令人欣喜的。’98年历史与现在，一样的水，’98年的肆虐似乎还在眼前，但历史终于没有相似给我们看。强烈对比中，不一样灾情的强调作用达到了，谜底的揭晓也就蓄势待发。

但如果只是铺陈地叙述读者显然可以猜到的各种科技的进步，那显然便降低了可读性，作者于是匠心独运地进行行文风格的变化。且看第一部分“高科技‘耳目尖兵’，把脉江河，洪水预报精度达95%以上”，小标题三组词，依次使用比喻、拟人、数字论证，生动形象又简明有力，展开了这样一幅画面：现代科技与传统中医理论结合，从名医扁鹊望闻问切、辨证施治、把脉开方，到高科技武装的人民运用得当、睥睨山河、变害为利，使人身临其境，现场感强烈。

接下来，“一次次水涨水落，牵动着人们敏感的神经”，“一条条防洪调度指令，离不开高科技手段支撑”，让人不免赞叹这文字功力的精纯。这两句是段落首句，不仅是段意的简单总结并自成句式整齐之韵，而且正是总标题“一样的大水，不一样的灾情”的再一次照应。作者时刻注重今昔对比，主线明晰。之后有8月12日典型例子的引入，描写生动，数据有力，侧面再次论证科技的成就，解答了“不一样”的成因。

天有不测，人有对策，在第二部分“‘有水库就有手段’，拦洪削峰，让大水变小水”中，这份自信更多了从容的成分。作者以位于松嫩两江“咽喉”的大安市今昔对比为证，揭开了“不一样”的另一原因。“从‘逃避’洪水到‘管理’洪水”，这两个动词的使用十分精准却又内含深意，使读者不禁想起这便是大禹治水改“堵”为“疏”，典故运于无形。

从第三部分“防汛抗洪检验应急能力，是消耗战，也是攻坚战”中，这种历史引入便更显意味深长。“消耗战”、“攻坚战”，这即是东北战场抗战的引入。与水为战，勇士面前无险路，“消耗战”是“调集14批次物资驰援灾区”，“攻坚战”是“民兵突击队在堤防上奋战20多天”，使读者身临其境，感受到此战之不易与人民和战士的不屈，如史诗般可歌可泣！

“抗洪是战场，也是考场，东北防汛抗洪交上了一份合格的答卷。”读者显然也能够发现，这一脉相承线索相应的，还有历史史实作为特色的引入，不禁回想起毛主席“我们一定要考好”的话语。是的，这“不一样的灾情”，就是党对考验的最好解答。

这便是本文最大的特色，今昔对比无处不在，却又不显突兀，从总标题到分标题的呼应，到内部细节的呼应，到历史史实自然的穿插引入，底蕴深厚，意味深长。

（卢昊杨）

华东师范大学教授、中国工程院院士陈吉余做出同样表示："尽管目前长江、钱塘江的水比太湖好，但千万不要忽视这样的事实，就是好是相对的，而且这些河流也在不断被污染，污染量不断在增加。'引江济太'首先要保江、保湖，然后是节水，根本在于治污。如果还是按现在的城乡分割的思路和所谓的达标排放要求来治理，难以解决太湖的问题。"

太湖流域：每年人均分摊污水100多吨

"吴越争水"不仅表现在对有限洁净水资源的诉求上，也表现在因水污染问题导致的水事纠纷上。

2001年11月22日凌晨，嘉兴市秀洲区王江泾镇、西堰镇群众运用船只和机械，开始他们自己组织的"零点行动"：沉船筑坝，封堵边界河道麻溪港。据参与协调的太湖局有关人员回忆，当时江苏、浙江两地群众在各自地界内挂起大幅标语，在约50米宽的河道上，有6台推土机作业，上下游共有20多条作业船只，其中部分船只向河道内抛投石料。直到堵坝高出水面约0.5米，顶宽约15米时，在各方严厉制止下，参与堵坝的群众才停止了行动。然而此时，这条深约3.5米的河道已被完全封堵。

当时，嘉兴方面的标语是："为了子孙后代坚决堵住污水"、"还我一河清水，还我鱼米之乡"。而河另一边的江苏吴江挂出的标语则直言："公然违法断水堵航，天下奇闻"。

改革开放以来，太湖流域成为我国经济增长最快、城市群密度最高的区域之一，工业废水和城市生活污水大量增加，加上农业规模化经营中农药化肥大量使用，使太湖地区水资源污染问题变得更加突出，上下游、左右岸间在治污排污上的矛盾日益突出。"50年代淘米洗菜，60年代洗衣灌溉，70年代水质变坏，80年代鱼虾绝代，90年代身心受害。"自上世纪80年代以来，太湖流域水质平均每10年下降一个等级。

根据最近水资源评价初步成果，太湖流域有近一半地区的饮用水水源地的水质不合格（劣于Ⅲ类水标准），合格日供水量仅为600.7万立方米，占日总供水量的52.5%。作为国际大都市，上海市有2/3的饮用水水源地水质不合格。尽管已经开展大量治理工作，太湖流域水环境恶化问题依然严重。

太湖流域不缺水，缺的是好水！孙继昌说："目前，全流域工业和生活污水排放仅有1/3得到处理。严重的水污染和水环境变化，使本地许多水资源失去使用功能，甚至威胁到居民的健康生活。"

孙继昌说："从上世纪80年代以来，太湖流域经济社会进入快速发展期，目前流域经济总量已达上世纪80年代初的15倍，但流域水利投入在基础设施中的投入比例明显偏少，水利发展滞后。水资源具有的流域特性、水量水质的统一性，需要实施统一管理。但不同行业、不同地区的不同的开发利用目标和利益，致使流域在水资源的管理、保护和水污染的治理上，时常出现矛盾和纠纷，难以实施有效管理和协调。"

"世界工厂"不能"出口淡水、引进污染"

江苏的苏锡常地区与浙江的杭嘉湖地区，是东南沿海最著名的新兴工业化地区。杭嘉湖地区和江苏的盛泽以纺制品和皮革制品闻名全球。由于需要漂洗、染色，这里每生产1吨布匹大约耗水20余立方米，还不包括职工生活用水。而在制革流程中，一家普通工艺水平的中型企业，加工1吨生猪皮的耗水量在80立方米左右，为欧盟国家的6~8倍。更严重的是，制革污染是重点污染源。

江苏工业总产值已超过1万亿元，每万元工业产值要耗水几十到一百多立方米。而江苏省人均水资源拥有量为470立方米，只为全国人均的1/6。用多少水就成比例产生相应的废水，而太湖和长江一样，已经超过水环境容量的3倍。

"经济社会发展要'量水而行'。目前，有的地方不讲水资源承载能力，不知道地方的'水账'，盲目引进国外制造业，甚至想把一个地方变成'世界制造业中心'，显然不很科学。过度的引进是一个陷阱。如果管理不好，实质上是出口了稀缺的水资源，而换来的是污染。"水利部副部长翟浩辉说，“经济社会发展必须考虑水资源的承载能力，各地所进行的开发利用项目必须考虑水资源‘大盘子’的容量和可用量，要‘量水而行’、‘量水发展’。”

最近，清华大学教授胡鞍钢在《中国：绿色发展与绿色GDP（1970—2001）》中指出：中国各类人均资源占有量不同程度低于世界人均水平，但却是世界上自然资源损失最大的国家之一，是世界耗水量第一大国，占世界用水总量的15.4%，污水排放量居世界第一，相当于美国3倍；能源消耗和二氧化碳排放居世界第二。在中国的“四大资本”中，物资资本2001年相当于1949年的100倍，相当于1978年的8倍；总人力资本2000年相当于1949年的近20倍，1982年的近2倍；知识资本2000年相当于1980年的2.1倍；而自然资本却表现为生态赤字持续扩大，成为限制中国经济发展的最大因素，真实的国民财富因各种自然资源损失而大打折扣。

孙继昌说，解决水质型缺水问题治污是根本，保护是关键，节水是前提，应大力推进节水防污型社会的建设，提高水资源和水环境的承载能力，统筹生活、生产、生态用水，在维护生态和环境最为基本的水资源需求的基础上，转变人们的水意识，调整生产力布局和产业结构，改变人们用水的思维方式和生活方式，提高水资源的利用效率和效益，促进人水和谐。

（原载2005年1月4日新华视点）

创作札记

好新闻是活着的历史

王立彬

《“吴越争水”：长三角之痛》是记者在中国新闻名专栏“新华视

点”工作期间的一篇代表作。且不说稿件内容和深度，大标题就足以成功“捕捉注意力”，这是一篇精心构思之作。

稿件把江苏、浙江、上海面临的水资源危机、水污染危机，凝练浓缩至历史文化的高度。这篇稿件是记者另一篇“新华视点”稿件《文学名作留千年　海河美景何处寻》的姊妹篇。应当说，这两篇稿件都是多年沉积的经验、知识和感情的一次总结、升华。作为一名经济新闻记者，如何把水利新闻报道，提升到历史、文化的高度，通过有时效性、政治性的新闻报道，写出“水”固有的一种沧桑，这是记者“锻造新闻”的一次尝试。

现在来看，《“吴越争水”：长三角之痛》的主要成功之处，就在于新闻性更强，现实矛盾更加尖锐，通过集中表现矛盾的方法，把我国经济最发达地区的环境危机，通过江浙“争水”互不相让，淋漓尽致地表现了出来。稿件的标题，具有不言而喻的借力打力点——自然而然让人联想到勾践、夫差之争——事实上，尽管争的不是淡水，吴越之争本质上仍然是关于土地、人口等资源之争。而除非让市场机制发挥决定性作用，树立生命共同体的立场，否则资源矛盾是无解的。这篇稿件也许没有《文学名作留千年　海河美景何处寻》的文采，但有更强的新闻性、时代感和关于发展模式的追问，特别是还有一种事关子孙的生存的急迫。这是一名新闻工作者首要追求的目标。

作品评析

精准聚焦探症结　高屋建瓴谋治理

这是一篇调研式通讯。这类通讯意在调查清楚事实的真相，既不刻意批评，也不着意表扬，好处说好，坏处说坏。报道的目的不是揭发内幕丑闻，而是立足现实，面向未来，兴利除弊，意在通过对社会问题或社会现象的深入调查、剖析，使问题得到关注，用建设性的语言主张求得社会共识，推动社会良性发展。采写此类报道要求甚高，一是聚焦要准确；二是立意要深远；三是材料要精当。

改革开放三十年，中国社会发生剧烈而深刻的变化，经济发展突飞猛进，但环境保护刻不容缓。“吴越争水”正是发展与保护博弈过程中的典型现象，聚焦这一突出的社会现象问题，可谓瞄准了生态建设、可持续发展的关键所在。江南水乡“缺水、争水”听起来似乎不可思议，但作者敏锐地捕捉到了这一不争的事实，站在全局的高度，着眼于未来可持续发展的宏观战略，提出了振聋发聩的呐喊：经济社会发展要“量水而行”，彰显了记者的家国情怀。

主题重大，立意深远，所涉及的材料一定是很广博的，如何选材才能更恰当地表现作者的意旨呢？善用数字，巧借引语是这篇文章的亮点。美国学者布雷恩·S·布鲁克斯在其《新闻报道与写作》一书中指出：“不论新闻报道的主题是什么，你都可能会使用数字来让读者和观众弄清事实。然而，数字却经常使用不当而使报道变得不清晰。一些新闻工作者不是很愿意使用数字，在不经意间造成新闻的混乱。因此，记者在新闻中使用数字的时候要格外小心，一定要搞清楚他们所报道的数字的确切含义。”要说明“吴越争水”的现状，宏观数字、比例、平均数、比率、百分比变化等不同术语的使用至关重要。而更关键的是，这些数据更要能够足以解读出新闻事实的内在含义。文章一开始引用太湖流域管理局局长孙继昌的话：“太湖流域不缺水，缺的是好水，多的是污水！”为了解读这一观点，紧接着就给出一组数据：国内生产总值人均5000美元，是全国的5倍，而人均、亩产水资源仅为全国的1/5和1/2，污水排放量53亿立方米，人均100多立方米。通过事物占总体的大小、数量来解释事物，数字的意义便明晰起来，而百分比的运用更让人感到触目惊心：太湖流域合格供水量仅占52.5%，让读者产生强烈的水资源危机感。尤其值得称道的是，记者在使用这些数字的时候，不是简单的数据陈列，而是把数字放在历时和历空的比较之中。纵向对比，揭示缺水症结；横向对比，凸显治水方略。再加上具体的耗水量、排污量计算，数字落到了实处，不仅含义清晰了，而且枯燥的数字变得鲜活起来了。

调研式通讯的特征之一是“研究性”，即建立在充分的事实调查基础之上，还要有较深入的分析论断。作为记者，即使是具有较高水利专业方面知识水平的记者，也不能仅凭自己的推理分析作出对事物的判断，记者必须做到客观、公正。而借用权威专家的直接引语便是写作中最讨巧的方法。水利部太湖流域管理局局长孙继昌，集老水利、直接管理者、参与决策者等角色于一身，他的话语权威真实可信并且具体而生动；上海水务局局长张嘉毅是用水大户上海的最高水官，水质水量了然于胸；水利部总工程师刘宁更是站在战略高度，高屋建瓴，提出治理方略；工程院院士陈吉余的话语无疑给太湖治理添足了砝码；水利部副部长翟浩辉的“量水发展”观点更是从全局、未来可持续发展的视野给太湖流域的科学发展定了基调。从智囊层、决策层、管理层、执行层再到使用层，人物具有典型代表性，引语精粹而见解独到，构成了一套系统的、科学的话语体系，为“吴越争水”把脉，为“长三角之痛”会诊。而最接地气的引语则是争水的标语和描述水污染持续严重的民间顺口溜：“50年代淘米洗菜，60年代洗衣灌溉，70年代水质变坏，80年代鱼虾绝代，90年代身心受害。”生动形象地反映出水资源危机与生态失衡的社会现状。百姓的语言，百姓的心声，太湖治理刻不容缓，生态保护势在必行。这些朴实的话语与科学的论证相映成辉，形成清晰明了的社会共识，促使国家、社会、民众共同行动起来，兴利除弊，建设美丽家园。

（郭　奇）

出台最严格新规　挂钩地方官政绩

从严治水　“雷声”大“雨点”也大

◇ 潘旭涛

今年1月，国务院印发了《实行最严格水资源管理制度考核办法》，提出将水资源管理情况与地方政府绩效挂钩，并要求各省（自治区、直辖市）结合当地实际，制定本行政区域内实行最严格水资源管理制度考核办法。此后，各地“考核办法”相继出台。记者从水利部获悉，截至目前，全国共有25个省（自治区、直辖市）政府陆续发布了本地区实行最严格水资源管理制度的意见或配套文件。

“办法”亮点闪烁

本报对各地“考核办法”梳理发现，这些“办法”除了对国务院“办法”细化外，还呈现出三大亮点。

首先是考核范围广。各省（自治区、直辖市）的考核办法中，除了包括国务院印发的《实行最严格水资源管理制度考核办法》中规定的用水总量、万元工业增加值用水量、农田灌溉水有效利用系数、重要水功能区水质达标率4项指标外，还增加其他许多重要指标。例如，6月3日河北省出台的“考核办法”中增加了地下水开采量指标，监测评估目标还包括万元GDP用水量、城市供水管网漏损率、饮用水水源地水质达标情况。

其次是强调民众参与。9月26日湖北出台的“考核办法”规定，考核实行百分制，其中公众满意率10分，并且考核结果向社会公布。

第三是对考核不合格者，规定了切实可行的惩戒措施。9月6日广西出台的“考核办法”提出，期末考核结果不合格的要向自治区人民政府作出书面报告并限期整改，整改期间暂停该区市建设项目新增取水和入河排污口审批，暂停该地区新增主要水污染物排放建设项目环评审批，不予受理相关建设项目的审批、核准和备案。8月1日起执行的山东“考核办法”中也有类似限制审批权的规定。

考核成效初显

在天津，区县长、乡镇长们还有另外一个称呼，叫“河长”。“河长”顾名思义，负责河道水域的管理。这一称呼源于天津对水资源管理的新规。

今年年初，天津出台《天津市实行最严格水资源管理制度考核暂行办法》之后，相继出台考核暂行办法实施细则、考核实施方案等一系列规范性文件，分解确定了各区县2013年度考核目标。探索建立了水资源管理和河道水生态环境管理行政首长负责制。目前，57名“河长”已经上任，作为第一责任人对所辖河道水生态环境管理负总责，天津市已开始按季度进行了考核督察并通报区县政府。

将水质与考核挂钩后，地方政府对水管理的责任感提高了，水质治理有了明显成效。目前，天津市主要河道水质达到V类及以上的长度比例由18.7%提高到25.8%，达到管理标准的河道长度比例由71%增加到87%，水质黑臭河道长度由184公里减少到28公里。

用考核手段提升水资源管理水平的还有山东。山东将“建设项目水资源论证率”指标列入政绩考核，并规定“论证率达到100%得满分，否则不得分”。得益于这项措施，山东实现所有需要取水的建设项目水资源论证率达到90%以上，非农业重点取用水户计划用水实施率达到100%。

（原载2013年11月4日《人民日报海外版》）

创作札记

不让拉丁诗人烦恼

潘旭涛

在中国生活50多年的美国传教士雅瑟·亨·史密斯，对中国人的思维习惯有过这样一段刻画：

你问一位中国厨师：“你为什么不在面包里放些盐？”得到的回答是：“我们都不在面包里放盐。”“你们城里有这么多好吃的冷冻食品，为什么不留一点冬天吃呢？”“是的，我们不留冷冻食品到冬天吃。”一位拉丁诗人说：“能够弄明白事情缘由的人是快乐的。”如果他生活在中国，会把这句格言改成：“试图去弄明白事情的缘由的人是自寻烦恼。”

史密斯的著作《中国人的性格》，号称是历届美国总统的必读书。史密斯有没有让美国总统茅塞顿开，我不知道，但他的视角对我们媒体是很大的启发与提醒。有些时候，我们记者，尤其是传统媒体的记者，有没有像那位厨师，对大众的需求与疑问置若罔闻呢？这一问题，在互联网时代被成倍放大了。

近日，习近平总书记为媒体发展方向定了调：“要着力打造一批形态多样、手段先进、具有竞争力的新型主流媒体。”事实上，在舆论被网络接管的年代，作为传统媒体代表的人民日报报系，对稿子好坏的认识有了很大的改变：稿子好不好，明天网上见。

然而，专业领域的报道似乎天然与网络比较疏远，很容易陷入“谁写谁看，写谁谁看”的自我循环。我们的文章构思精巧、逻辑严密、真情流露，但搬到网络空间里可能激不起半点波澜。因此，个人认为，专业领域的报道如何回答民众关心的真问题，在网络舆论里赢得点击甚至是点赞，应该是传统媒体记者适应网络的突破口。

《从严治水 “雷声”大“雨点”也大》就是在互联网思维的指引下写出来的，所以见报后被主要新闻网站转载，也激起了些网络回应。作为中文系毕业的我，对这篇稿子不甚满意：叙述不丰满，场景不宏大，缺乏历史纵深感。但是，作为主动向新媒体靠拢的记者，我对这篇稿子基本满意：用网言网语做题，只写核心问题，听其言更观其行。

我毕业后进入人民日报社，接受的培训之一是探索如何打通官方舆论场和民间舆论场。两个舆论场的提法在传媒界很有影响力，但是仔细想来，官方哪有舆论？汉语的“舆”是“众”的意思，英语中的舆论是“Public Opinion”。无论如何，信息只有与大众结合才会产生舆论，所以“官话”、“官方发布”称不上舆论。

但对于跑口记者来说，的确要面临两个话语体系，或者说两种思维。一方面是正襟危坐、点到为止的官方口径，一方面是犀利调侃、打破砂锅的网络追问。有时候，官方 “打太极”的说法与做法，根本无法说服“刁钻”的网民。报道不被大众信服，何谈舆论影响力？相反，一些触及利益的话题，一些一针见血的表述，往往会激起不小的舆论反响，从而赢得网民对政府的理解与支持。

《从严治水 “雷声”大“雨点”也大》关注的正是利益问题。政绩考核，是最关乎官员利益的事情，是解决不少顽疾的有效方法。因此，在这方面的突破，很值得浓墨重彩地报道。这是当初我持续关注这个话题的原因，也是总编辑将这篇文章置于头版头条的原因。

哲学家维特根斯坦说：“一部严肃伟大的哲学著作，完全可以用笑话写成。”新闻报道何尝不是？我没有功底把新闻写成笑话，但是很希望通过自己的文字，给读者一种认知上的愉悦。这种愉悦来自文字的直率、道理的通透以及立场的亲切。

作品评析

形象的解读 精辟的分析

分析性报道的主要特征是重在揭示隐含在新闻事实中带有本质性的东西，或者说让读者从中获得较之一般新闻事实更深一层的东西。在写作上，新闻事实和分析糅合在一起，紧密相连。

《从严治水 “雷声”大“雨点”也大》就属于这样一类的分析性报道。报道以国务院印发的《实行最严格水资源管理制度考核办法》为切入点，精辟地分析了“办法”的“亮点”，并以具体的事例印证了“办法”颁布后的“成效”。报道以丰富而又有深度的事实材料为基础，以精辟的分析为手段，有事实，有分析，有叙述，有议论。“分析”是内容的深化，“事实”又进一步佐证了“分析”。报道夹叙夹议，叙述和议论结合，字里行间，显示着作者清晰的思路和严密的逻辑思维。

报道开篇点出“国务院印发了《实行最严格水资源管理制度考核办法》，提出将水资源管理情况与地方政府绩效挂钩，并要求各省（自治区、直辖市）结合当地实际，制定本行政区域内实行最严格水资源管理制度考核办法”的事实。接着，作者根据“全国共有25个省（自治区、直辖市）政府陆续发布了本地区实行最严格水资源管理制度的意见或配套文件”的事实，对各地的“考核办法”进行“梳理”，具体分析了各地“办法”的三大“亮点”。作者对“办法”“亮点”的分析，是建立在对“办法”深入解读和对“事实”深入了解基础之上的。这种“分析”，既是作者的认识观点，又是“事实”的重要组成部分。这也照应着题目中的“雷声”二字，“办法”的“严格”之处，正是“雷声大”的具体体现。

报道最后以天津和山东为例，通过具体而鲜活的事实，点明“考核成效初显”的事实，既验证了前文的分析内容，又呼应了标题中的“雨点大”之义。

新闻报道以报道新闻事实为主，刻板的“政策解读”难以吸引读者，纯粹的“分析”也很难引起读者的兴趣，本文作者深谙这种道理。作者以“雷声”和“雨点”比喻现实中的“法规”和“实际效果”，形象生动，耐人寻味；作者的“分析”也是以事实为依据，把“分析”建立在“事实”之上，通过“分析”，深化对“事实”的了解和认识，使得这种“分析”入情入理，更加深刻，更加具有说服力。

（张福民）

山东生态文明建设
从水字破题　促人水和谐

◇ 徐锦庚　刘成友

生态文明建设从何处破题？山东选择了“水”。

2012年10月，泉城济南被水利部确定为全国第一个创建国家级水生态文明城市试点。

此前，临沂、潍坊、聊城、济宁、滨州都在积极创建山东省级水生态文明城市。临沂市日前刚通过专家组评审，有望夺得山东首个桂冠。

水生态文明的内涵是什么？“水资源可持续利用、水生态系统完整、水生态环境优良。”山东省水利厅厅长杜昌文如此诠释。

粮票、布票、油票早已不见踪影，今天却冒出了“水票”

山东缺水严重：全省人均水资源占有量仅322立方米、亩均263立方米，分别只相当于全国平均量的1/6和1/7；地表径流开发利用率为50%，突破国际公认的开发上限；地下水年均开采量120亿立方米，逼近125亿立方米的可开采总量。现在，山东每年的水资源缺口达40亿立方米。

记者在烟台采访时，听到这样一个故事：门楼水库是烟台重要的水源地，2002年底，因连续5年干旱，2.44亿立方米库容的水库底朝天，烟台被迫在库底打井取水。此事惊动国务院，直接促成胶东引黄调水工程上马。

岂止是烟台。当时，山东2/3的大中型水库都到了死库容以下，就连波涛万顷的南四湖也干涸见底，河道停运，鱼虾几乎绝迹。城市供水不足，工业企业被迫限产停产。

水，成为制约山东经济社会可持续发展的主要瓶颈。

破解缺水难题，人们首先会想到开源。然而，对山东来说，开源选项真的不多。惟有目光向内，靠节流挖潜。山东提出“一控双促”思路，即通过控制用水总量，促进经济发展方式转变，促进用水方式转变。

2010年10月，山东出台《用水总量控制管理办法》，次年1月正式实施，成为全国率先实行最严格水资源管理制度的省份。实施新制度后，山东严格规定各市的年度用水总量、用水效率、水功能区限制纳污，各市再统一调配县（市）、区的用水计划。哪个地方踩了这三条“红线”，都会被暂停审批取水许可。

外界疑惑：水是液态之物，要想量化管理谈何容易？

山东琢磨出了一套测算办法：可用水总量－水质不达标的水量－超定额用水－超采区采水=年度用水计划。

这道算术题，外行可能有些费解，内行却是眼前一亮。

计划经济时代，商品短缺催生出了粮票、布票、油票。今天，这些票证早已无踪影，山东却冒出了“水票”。是创新？是无奈？或许兼而有之。

2010年以来，山东九大重点工业行业产品用水、主要农作物灌溉用水、饮用水企业产水率等，都严格按照定额管理，定额内保公平，超定额讲效率，节余的水量可以有偿转让，超过定额则累进加价。同时，严格查处违规审批、非法取水的行为，2010年迄今，已查封非法自备井上万眼。

严格管理带来丰硕成果：2011年，山东万元GDP取水量为51.6立方米以下，比上年下降20.4立方米；规模以上工业万元增加值取水量为14立方米，比上年下降8立方米。

三年，完成158座大中型和3882座小型病险水库除险加固，新增蓄水能力16亿立方米，构建起完整的水生态系统

2011年上半年，山东遭遇百年大旱，沂蒙山区群众吃水困难，部队和水利、国土等部门帮助应急打井411眼，其中八成都在百米以下。当时，记者正在沂南县青驼镇唐山子村采访，该村的应急水井一直钻到265米才出水。

如果把地表水比作大地母亲的乳汁，浅层地下水犹如其血液，深层地下水犹如其骨髓，历经1400年才能更新一次。265米，几近于深入“骨髓”！

由于地下水连续多年过度开采，山东局部已出现地下漏斗、湿地萎缩、河道断流、海水入侵等一系列水生态退化、恶化现象。目前，山东的地下水漏斗区面积仍有1.3万平方公里，1.9万平方公里水土流失面积亟待治理。

为统筹解决水资源短缺、水灾害威胁、水生态退化问题，山东在全国率先编制了省市县三级水网规划，依托南水北调、胶东调水骨干工程，打造“南北贯通、东西互济，蓄泄结合、旱涝兼治，库河相联、城乡一体”的现代水网，构建起跨流域调水大动脉、防洪调度大通道和水系生态大格局。

构建完整的水生态体系，重点在维持水系的自然水循环，保护生物链的完整性。山东利用3年时间，完成158座大中型和3882座小型病险水库除险加固，新增蓄水能力16亿立方米。2011年底，各类工程蓄水量比历年同期增加40亿立方米。湿地面积净增加量全国最多，调蓄洪水、补

充地下水、净化水质的作用明显。

黄河入海口百鸟飞翔，如画美景让人流连忘返。大汶流管理站副站长傅建国介绍，上世纪后期，黄河下游持续22年断流，黄河口湿地大面积退化萎缩。近年来，东营市实施百万亩湿地修复工程，目前已修复38万亩，黄河三角洲国家级自然保护区鸟类增加100多种，数量增加2倍，种子植物发展到393种。

水土流失治理为生态系统的完整提供了基础。山东已综合治理水土流失面积近万平方公里，每年增加蓄水保水能力2.7亿立方米，保土2000万吨。烟台市为此增加水面219公顷，平均提高地下水埋深1.98米，减少地下水漏斗面积1200公顷、海水入侵1490公顷。

河道拦蓄是山东一大亮点，全省319道橡胶坝，在河道上拦出319个碧波荡漾的人工湖，增加蓄水能力4.6亿立方米。“十二五”期间，山东规划新建河道拦蓄150处，约可蓄水9.3亿立方米。青岛大沽河流域已有11道橡胶坝，现正在新建9道，将构成水绿相依的百公里河流景观长廊。

以水为媒，人水和谐，建设优美的水生态环境

泰山南部的天颐湖，风景秀美，游客纷至。泰安市水利与渔业局局长曹步山介绍，这里原是个近乎报废的老水库，水利部门借清淤和维修加固之机，恢复了其灌溉功能，并开发旅游，2009年成为省级水利风景区。

既承载传统的防洪、供水功能，又为群众营造人水相亲环境，是山东建设优美水生态环境的创举。到2012年，山东已创建国家水利风景区57处、省级水利风景区120处，分布在全省一半的县。

山东借鉴水利风景区建设经验，积极推进水生态文明城市创建。2012年8月，山东正式实施《水生态文明城市评价标准》，其中包括水资源、水生态、水景观、水工程以及水管理五大评价体系。用水总量控制不踩“三条红线”、地下水采补平衡等，都是硬性指标。这是全国第一个水生态文明城市省级地方评价标准。

水生态文明城市创建，正在山东各地兴起。“江北水城”聊城、“四环五海”滨州、“运河古城”济宁等品牌已叫响。临沂市城区八河绕城，过去在非汛期多为干河，如今已形成总长88公里、面积48.5平方公里的大水体，实现“水安全、水经济、水文化、水生态、水景观”五位一体，初步构建起水生态文明的城市框架。泉城济南依托泉水优势，正在打造“河湖连通惠民生，五水统筹润泉城”的现代水利美景，最终实现“泉涌、河畅、水净、景美”的目标。

“水生态文明城市的创建，实现了从农村水利向城市水利、从行业水利向社会水利、从传统水利向现代水利的转变。”山东省水利厅经济管理局局长郭秀生说。

从一个景点到一座城市，从一座城市到一个地区，山东逐步扩大水生态文明建设成果，以水为媒介，人水和谐，闯出水资源科学利用的新天地。

（原载2012年12月24日《人民日报》）

作品评析

层层推进演绎治水方略
环环相扣叙写生态文明

生态文明建设从何处破题？山东选择了“水”。

水生态文明的内涵是什么？“水资源可持续利用、水生态系统完整、水生态环境优良”。

开篇采用两个自问自答，也即设问的一种，不仅巧妙成功引起读者注意、启发读者思考，而且两个问句叠加，使这部分的阐述层次分明、结构紧凑、饶有气势，自然引出下文，行文一开始便奠定了流畅自然的基调。

作者的匠心独运不止于此。两个问句之间的内容，泉城济南被确定为全国第一个创建国家级水生态文明城市试点，临沂、潍坊、聊城、济宁、滨州都在积极创建山东省级水生态文明城市，呈现出如此积极的姿态，读者不禁要问，水生态文明城市的内涵与魅力何以如此之大？双剑合璧，引发读者思考的效应便无疑具有了一加一大于二的加强之势。

“粮票、布票、油票早已不见踪影，今天却冒出了‘水票’”，作者拿出了“粮油布票”这些既能使老一辈人陷入回忆又使新时期的读者充满好奇的文字符号，并进一步提出了“水票”，衔接自然却又引人心生疑惑，3D效应，渐入佳境。

作者接着交代了“水票”的由来，也即山东缺水严重的问题，通过一系列具体数字使之更具说服力，接着“烟台故事”登场——水库底朝天、鱼虾近绝迹、城市水不足、企业被迫停产，这一幅幅画面触目惊心。无疑，“水，成为制约山东经济社会可持续发展的主要瓶颈”，结论用简短句式总结，却有力说明了这一问题的严峻。我们不禁期待，其余部分将以怎样的形式被作者娓娓道来。

开源？山东选项不多，唯有目光向内，提出“一控双促”思路，出台《用水总量控制管理办法》，成为全国率先实行最严格水资源管理制度的省份。这仿佛是一个聪明孩子的思考与灵机一动得出科学解答的生动过程的体现。

对外界的质疑，孩子用自己的聪明才智解答了“水票”的由来，并得到了同学们的赞赏——这样的画面感是作者用心营造的，化抽象空洞为具体生动，相信这样的解答比丢个答案然后甩手不管要深入人心得多。

那么到此，“水资源可持续利用”，作为水生态文明的内涵之一得以阐明，灵动活泼的笔触让读者印象深刻，有着继续读下去的急切愿望，作者引出下文也就顺畅许多。

“三年，构建起完整的水生态系统”，看到这个小标题，第二部分显然要列举出一系列措施，怎样使这些抽象的措施为读者所理解和接受呢？作者拿出2011年山东大旱沂蒙山区应急水井钻到265米的典型例子，“如果把地表水比作大地母亲的乳汁，浅层地下水犹如其血液，深层地下水犹如其骨髓，历经1400年才能更新一次。265米，几近于深入‘骨髓’！”夹叙夹议，十分自然，这样的比喻鲜活地说明了水生态系统面临的严重困境，震撼与痛心油然而生。

作者还重点突出地介绍了其中的一大亮点即河道拦蓄，“青岛大沽河流域已有11道橡胶坝，现正在新建9道，将构成水绿相依的百公里河流景观长廊”，美好前景十分令人向往，而水绿相依的河流景观长廊则是巧妙的铺垫，以实现文章二三部分的衔接。

若说一二部分作者旨在以理服人，那么第三部分则为以情动人。作者用蘸满感情的笔墨描绘着锦绣河山，看文如观景，以水为媒，人水和谐，建设优美的水生态环境，仿佛是徐徐展开的画卷。作者用散文化、诗化的语言，静静描绘这让人流连忘返的美景——自然本就是美好的诗篇，而人与自然的和谐更是美妙的协奏曲。

水生态文明城市创建，正在山东各地兴起，“江北水城”

聊城、“四环五海”滨州、“运河古城”济宁等品牌已叫响，如雨后春笋，显现出蓬勃生机！这也呼应了文章开篇山东各城积极创建水生态文明城市的如火如荼，结构严谨、环环相扣叙写生态文明。

“从一个景点到一座城市，从一座城市到一个地区”，这或许看起来仅仅是简单的描述，却给读者以丰富的想象空间，这样的结束语，意境深远，意犹未尽。

（卢昊杨）

让“务农受穷”远离农民

——农村基础设施建设对农民收入影响调研

◇ 李 力

眼下正是春回大地、万物复苏的季节，农民开始忙活春耕备耕了。“有收无收在于水”、“要想富，先修路”，这些农谚、标语道出了农田水利、农村公路等基础设施在农民心中的分量。农村基础设施建设情况怎样，给农民务农增收带来了哪些影响？记者进行了调研采访。

倾听农田对水利的呼唤

农田水利设施直接服务于农业生产，影响到农民增产增收。我国现有农田灌排设施尚存在标准低、配套差、老化失修、效益衰减等问题，需要取得整体性突破。

河南息县横店乡刘官庄村农民柳学友对记者说：“去年粮食丰收了，收入增加了，我们种地农民都挺乐呵，不知今年咋样？就怕老天闹大旱。”

连年的春旱让老柳有点害怕了。今年春旱什么状况呢？近日随着北方冬麦区大部出现雨雪天气过程，旱情有所缓解，但西北部分地区旱情仍在持续。陕西省农业厅副厅长王振兴说，去年秋播以来，全省小麦主产区降水偏少三至七成。据当地气象部门预测，3月底前仍无有效降水，冬春连旱概率增大。对此，农业部部长韩长赋表示，今年一些地方冬春连旱趋势明显，各地要始终绷紧抗旱保苗这根弦，要扩大水浇面积。

在农村调研采访过程中，农民呼吁最多的就是加强农田水利建设。农田水利设施直接服务于农业生产，设施的好坏直接影响到农业综合生产能力的高低，直接影响到农民增产增收。

水利部农村水利司司长王爱国介绍，近年来，党中央、国务院坚持把农田水利建设作为保障农业稳定发展和国家粮食安全的重要基础，不断健全政策支持体系。特别是2011年中央1号文件突出加强农田水利薄弱环节建设，并出台了包括从土地出让收益中计提10%用于农田水利建设在内的一系列新政策、新措施，推动我国农田水利进入新的发展阶段。目前我国农田有效灌溉面积达到9.25亿亩，成为世界第一灌溉大国，耕地灌溉率是世界平均水平的3倍，水利对粮食生产的贡献率保持在40%以上。中国人端牢自己的饭碗，农田水利建设快速发展功不可没。

但是，近年来，洪涝干旱等极端恶劣气候频繁出现，小型农田水利设施不完善，严重影响了农民增产增收，凸显了我国农村基础设施建设的薄弱环节。

国家对此高度重视，据国家发改委宏观经济研究院副院长马晓河介绍，国务院于去年10月批复的《全国高标准农田建设总体规划》提出，到2020年要建成旱涝保收的高标准农田8亿亩，亩均粮食综合生产能力提高100公斤以上，其中，“十二五”期间建成4亿亩。

今年是实现《规划》目标的第一年，河北省滦县县委书记卢宏秋表示，当地正在加强统筹规划，加大投入力度，着力改善农田基础设施，坚持不懈推进高标准农田建设，为保障农产品有效供给、提高农业综合生产能力、农民增产增收奠定坚实基础。

大地在期盼着春雨，农民在期盼着丰收。

让农民踏上增收之路

交通是农村发展的命脉，但部分农村地区交通设施落后，乡间道路缺乏保养与管理，限制了农业机械作用的发挥。

交通是农村发展的命脉，曾几何时，我国农村公路建设远远落后于城市建设，西部尤为突出。重庆橘农形容农村土路是“天晴一把刀，尘土飞扬；落雨一包糟，泥泞难行”。曾有很多农民手捧运不出去的柑橘一筹莫展。因为路烂，商户上门收购价非常低，远远不够化肥、农药的成本钱，农民干一年等于白辛苦，严重制约了他们与全国人民同步奔小康的进程。

近年来，农村公路建设取得了飞速发展，但仍然存在着相对滞后的问题。一些农村地区乡间道路缺乏保养与管理，使农业机械作用的发挥受到限制，导致农业耕作成本的增加。同时，农产品因为过高的运输成本而无法走出原产地，无法提高附加值和促进农民增收。

农村公路是许多贫困地区最基础的交通方式，也是最重要的生产生活服务设施。交通运输部部长杨传堂强调，要把农村公路作为交通建设的重中之重，大力改善农村生产生活条件，为农民增收致富打下坚实基础。农村公路建设投资将进一步向西部地区、“少边穷”地区倾斜。

在调研时，安徽省肥东县元疃镇马皇村的马大妈激动地说：“要是不修路，连儿媳妇都娶不上，现在我们几十年的修路梦终于圆了，儿媳妇娶进家门了，西瓜也可以拉到城里卖上好价钱了。”

记者了解到，为了让农民得到更多的实惠，“十二五”规划要求到2015年，我国农村公路总里程达390万公里；农村公路管理养护体制改革落实到位，基本实现“有路必养”。大力发展农村客货运输，实现所有乡镇和90%的建制村通班车，支持发展农村配送物流。

尽管还有偏僻贫困地区的农民为路所困，但已经有越来越多的农民得到了道路通畅的实惠，相信今后会有更多的农民大步走上增收致富的康庄大道。

感受政策的力量

针对农村基础设施建设的薄弱环节，必须建立和完善长效稳定的投入增加机制，严格按照“多予少取放活”的方针政策，制定一系列支持和保障措施，促进农民增收。

国家发改委宏观经济研究院副院长马晓河在接受记者采访时说，国家在大力加强农村水、电、路等生产性基础设施建设的同时，还大力加强了农村住房、饮水、通信网络等生活性基础设施建设，大力加强了农村教育、医疗、文化、卫生等服务性基础设施建设，三方面的基础设施建设都取得了举世瞩目的成就。

农村电力建设的成就不亚于农田水利和农村公路建设，目前全国绝大部分乡镇和村庄已经通上电，而且城乡“同电不同价”的现象基本杜绝，农民缺电和电压不稳的问题得到较彻底解决。

在调研采访中，农民们说，他们尝到了强农惠农富农政策的甜头。为了让农民过上好日子，国家把基础设施建设的投入重点由城市逐步转向农村，着力加强农田水利、农村公路、农村电力等方面的生产性基础设施建设。同时，逐步取消一些农业基础设施建设项目的地方配套资金，减轻地方政府和农民的负担。

如何进一步调动农民务农的积极性，如何满足现代农业发展的需求，如何适应国家粮食安全的战略需要？马晓河强调，针对农村基础设施建设的薄弱环节，必须建立和完善长效稳定的农村基础设施建设投入增加机制，今后国家对农村基础设施建设投入，总量规模要增加，结构要调整，应严格按照“多予少取放活”的方针政策，制定一系列支持和保障措施，改善农民生产生活环境，降低农民生存发展成本，促进农民增收。

牛马年好种田，农民兄弟期盼着，今年又是一个增收年！

（原载2014年2月26日《经济日报》）

创作札记

关注农民是永恒的主题

李　力

之所以关注“务农受穷”这个话题并深入采访，是因为在多次下乡采访时发现，目前许多地方留乡务农的是“993861”部队，即老人、妇女和儿童，很多青壮年特别是“80后”新生代农民工大多不愿意回乡务农，出现了所谓的“务工致富”、“务农受穷”的社会现象。

尽管这些年国家不断出台强农惠农富农政策，农民收入不断增加，收入增速不断上升，但种田的比较效益偏低，仍然是不争的事实。改革开放30多年来，我们听到了太多农民脱贫致富的故事，一些村庄和农民的富裕程度令很多城里人艳羡。但是，有一个问题不得不关注，绝大多数农民致富的门道不是靠种田，而是靠创办企业、土地征迁，以及出外打工等渠道增收致富。

如何才能消除“务农受穷”现象，从而提高农民特别是新生代农民务农的积极性，确保国家粮食安全，这是新时期摆在国人面前的重要课题，当然也就成为我们记者必须关注的重要报道选题。

那么，从哪个角度来采访和报道呢？只有从与农民务农生产关系最密切的方面切入，才能引起相关政策制定层面的关注，才能引起全社会舆论的关注，才能为务农的农民说点“公道话”。“水利是农业的命脉”，因此，以农田水利为代表的农村基础设施建设必定是最密切相关的内容。

选准主题、选好角度后，最需要做的就是深入调研采访，拿到第一手材料。我们走访了很多村庄，也走访了相关主管部门和权威调研机构，调研的结果确实很能说明问题。农民收入的重要组成部分是农业经营收入，它依赖于运行良好的生产性基础设施。包括水、电、路在内的农村生产性基础设施，对于务农农民的增收具有关键性作用。世界银行一项对58个国家基础设施与农业关系的调查研究表明，基础设施建设与农业产值的增长有显著的正相关关系，水利灌溉设施增长1%时，粮食总产量增长1.62%。

在采写问题性报道的过程中，尤其需要辩证思维。要辩证地看待来自各方面的信息，不能非黑即白，也不能先入为主，更不能倾向性地一边倒，否则报道就会出现不客观、不理性，甚至偏激的因素，导致读者对报道产生不信任感，甚至反感。比如，在这篇报道里，既报道了近年来国家大力加强农村基础设施建设，着力改善农村生产生活条件，农村水利、电力和道路建设方面发生了巨大变化，给农民带来了增收实惠。同时，也强调从整体来看，我国农村生产性基础设施建设与农民的渴求相比，与发展现代农业的需求相比，与经济社会发展的要求相比，发展还是相对滞后的。这才能真实地反映农村的现状，才符合新闻报道的原则和规律。

希望我们的报道能够引起相关政策制定层面的关注，能够引起全社会舆论的关注，能够为务农的农民说上“公道话”。

作品评析

客观公正求真　全面深入探源

面对社会发展过程中出现的新问题、新情况、新现象，选择其中为读者所普遍关心、有较高现实指导意义的某一类事件进行深入细致的调查研究从而写出的文章叫调查报告。本文就是一篇围绕中国“三农”中有关“农田水利设施”、“农村公路设施”等问题写就的具有指导性意义的小型调查报告。

调查报告的指导性首先在于这种新闻体裁的客观公正性和分析问题的实事求是态度。《让“务农受穷”远离农民》首先分析的是“农田水利”对农民收入的影响。作者虽然在文中也指出了“中国人端牢自己的饭碗，农田水利建设快速发展功不可没”，但作者重点写的是“我国现有农田灌排设施尚存在标准低、配套差、老化失修、效益衰减等问题，需要取得整体性突破”的现实状况，写农民的担忧、害怕。作者写农村的公路设施建设也是持这种态度，“一些农村地区乡间道路缺乏保养与管理，使农业机械作用的发挥受到限制，导致农业耕作成本的增加”。作者面对现实，没有大唱“赞歌”，而是以客观公正的态度对问题进行分析研究。这种敢于真实地面对问题、正视问题的态度，是作者“实事求是”工作作风的体现，也正因为作者的这种认识问题的方法，使调查报告更具现实的感召力和指导意义。

任何事物都是发展着的，变化着的，认识事物，不仅要认识事物的现在，还要认识事物的过去、事物的未来发展趋势。调查报告作者之所以紧紧围绕“农田水利设施建设”和“农村公路设施建设”做文章，进行深入“探源”，是因为中国是一个农业大国，“三农”问题是中国面临的首要问题。中国的过去、现在、未来发展与这个问题都密切相关。作者基于“有收无收在于水”，“要想富，先修路”的认识出发，揭示事物之间的因果联系，指出存在的问题，提出发展的方向，切中了时弊，抓住了要害。

本篇调查报告特别注意“点面结合”手法的运用，既有对问题宏观的分析，又有对事实微观的调查。作者写“农田水利设施建设”和“农村公路设施建设”是立足于如何调动农民的积极性，立足于满足现代农业发展的需要，立足于适应国家粮食安全。作者分析问题由点到面，点面结合。作者的足迹既到了“田间地头”，又到了国家的“发改委”；事实中既有“村民”的担忧和害怕，又有水利部农村水利司司长的情况介绍；既描述了安徽省肥东县元疃镇马皇村马大妈的激动，又展示了“十二五”规划的蓝图。

本篇调查报告还注意了新闻的可读性，善于运用具体、生动感人的生活实例对问题进行阐释，运用“双关”的修辞手法，如“大地在期盼着春雨，农民在期盼着丰收”来表达自己强烈的思想感情，极大增强了调查报告的感染力。

调查报告是新闻报道中常用的一种分量较重的文体。本篇调查报告聚焦“三农”问题，特别是广大农民最关心的农田水利、农村公路等基础设施问题，进行了深入调查研究，通过对大量事实的介绍和分析、综合，提出了新的问题，总结了经验教训，揭示了问题真相，并总结出规律性东西，即必须建立和完善长效稳定的农村基础设施建设投入增加机制，具有较强的政策性、针对性和指导性。

（葛美英）

水润中原粮满仓

——河南水利保障夏粮实现“九连增”

◇ 董一鸣

“今年春上一滴雨没有，小麦还能有这么好的收成，要在过去，真是不敢想象。”

河南封丘县应举镇铁坡村的姚铁兵沉浸在夏粮丰收的喜悦中，他告诉记者，从小麦播种到收获，他家的地里浇了六遍水，这都得益于近年来政府投资新打了不少机井，灌溉条件明显改善。全村不到200户，2000多亩耕地虽然遭遇了大旱，但比往年没有冬灌的产量有明显提高。

作为全国最大的夏粮主产区，在遭遇了连续130多天无有效降水，60年来最严重的冬春连旱后，河南依然获得丰收，预计夏粮总产在去年618.2亿斤基础上又有增长。中原儿女用夏粮连续九年增产的骄人成绩为建党90周年献上了厚礼。

“胡锦涛总书记在‘七一’讲话中指出，在前进的道路上，要更加注重全面协调可持续发展。河南是全国第一农业大省、第一粮食生产大省，肩负着为保障国家粮食安全作贡献的重大责任。农业特别是粮食在经济社会发展中的地位和作用，是无法用金钱来衡量的。建设中原经济区，走不以牺牲农业和粮食为代价的三化协调发展之路，将贯穿整个中原经济建设主线。”河南省委书记卢展工表示，无论何时，河南都将继续为保障国家粮食安全作出应有的贡献。

“从‘看天望收’到‘连年丰产’，河南粮食生产的根本变化，得益于新中国成立以来尤其是近几年，河南省农田水利基础设施建设不断加强，农业生产条件不断改善，粮食生产的综合保障能力大大增强。”在对河南粮食生产连年丰收这一现象进行总结思考时，河南省长郭庚茂如是表达自己的观点。

水利是农业的命脉。在关系粮食生产的水、肥、种、光、温等因素中，水的增产作用最为突出。新中国成立62年来，在坚持大江大河统筹治理的同时，河南一直坚持发动群众大搞农田水利基本建设，积极发展灌溉农业。尤其是从上世纪90年代初开始，省委、省政府在坚持开展“红旗渠精神杯”竞赛活动的同时，持续增加水利投入，不断加快水利改革的力度与步伐，使农田水利基础设施在近几年里有了突破性发展。今年中央一号文件使河南农田水利建设又上了新台阶，截至目前，河南全省有效灌溉面积已达7621万亩，其中旱涝保收田6077万亩，占全国的1/5；全省万亩以上的灌区255处，有效灌溉面积2685万亩；建成并初步发挥效益的引黄灌区27处，年平均引水量约21亿立方米；小型塘堰不计其数，田间工程则几乎覆盖了所有的农田灌溉面积。

“河南不仅农田水利建设抓得紧，效果好，形成了一套富有成效的举措和办法，而且抗灾减灾工作抓得也很实，成效很大，建立了比较完善的工作机制。可以这样说，河南的粮食生产是我国粮食发展的一个典范，河南的农田水利基本建设是全国农田水利基本建设的一个标杆。”国务院副总理回良玉曾这样称赞道。

水润中原，粮丰物阜。“十一五”期间，河南省水利工程防洪减灾效益达200多亿元，抗旱灌溉3亿多亩次，有效减轻了洪涝干旱造成的灾害损失。目前，河南全省有效灌溉面积与解放初期相比增长了12倍；节水灌溉自上世纪90年代中期起步，短短十余年间，已累计发展2049.69万亩；全省91%以上低洼易涝地和87%以上盐碱地得到了不同程度治理，农村水利基础设施已经初步形成除涝与灌溉相结合的比较完善的工程体系。“农田水利设施的持续完善，为河南省抗御水旱灾害、改善农业生产条件、促进农业持续发展奠定了坚实基础。这也是河南能打破过去粮食生产总是在增产两三年后就要减产这一历史怪圈，实现持续稳产增产的根本所在。”河南省水利厅厅长王树山说。

（原载2011年7月9日《光明日报》）

创作札记

厚积才能“薄发”

董一鸣

2011年7月7日，中央水利工作会议召开前一天。光明日报河南记者站站长刘先琴老师向我约稿，希望写一篇水利在粮食生产中发挥重要作用的文章，计划在7月9日的《光明日报》刊发。

这是新中国成立62年来首次以中共中央名义召开的水利会议，重要性不言而喻。恰逢河南夏粮实现“九连增”，当时我就决定主要内容就写河南水利在夏粮丰收中发挥的重要作用。

由于时间紧张，留给我现场采访的时间不多，在采访了一家农户和河南省水利厅厅长后，我便开始写作。如果仅靠这次的采访素材，要完成一篇高质量的稿件几乎是不可能完成的任务。这时候，平时多次采访积累的大量素材就发挥了作用。

河南省省委书记、河南省省长对水利的评价，历年河南水利的发展情况，河南水利在全国的地位……一系列“珍藏多年”的新闻素材，在这次写作中发挥了重要作用。这也使得本篇稿件没有落入“就事论事”的“俗套”，既展示了河南水利在保障夏粮丰收中发挥的重要作用，又分析了背后的深层原因，同时用翔实的数据和权威的声音，支撑起了“水润中原粮满仓”这一命题，也让读者可以从河南的例子感受到“水利是农业的命脉”这一论断的科学性。

稿件刊发后，在国内引起强烈反响，先后受到了水利部部长陈雷，时任河南省省委书记卢展工、河南省省长郭庚茂、河南省副省长刘满仓的批示和高度评价，并被水利部评为2011年度聚焦水利改革发展优秀新闻作品。先后被人民网、《中国水利报》、《河南水利与南水北调》杂志等多家媒体转载。

回想《水润中原粮满仓》的创作，我有几点体会。

博观而约取，厚积而薄发。记者这个职业，需要大量的积累。除了知识的积累，更要有新闻素材的积累。每次采访的素材和数据材料，我都会分门别类地整理好，并标注清楚日期和主题，以便日后随时参考。仅凭一两次简单的实地采访，很难把一个主题写得全面、深入。

发散思维是记者的基本素质。面对“水利保障粮食生产”的老话题，如何写出新意，写出深度、厚度和力度俱佳的新闻佳作，发散思维显得尤为重要。新闻题材的开拓和新闻品质的提升，需要记者运用发散思维，增加新闻的厚重感，对同一新闻源要做到“关照、前瞻、展开”。通过“展开”，去探求新闻事件（事实）的本质和规律，由表及里、由此及彼、由浅入深，全方位解剖、分析。

写稿件要“站在天安门上看问题，在田间地头找感觉”。既要站得高，同时又要扎得深，新闻报道要想国家所想，抓两头：一头是中央所想，一头是下面的典型。看河南的水利保障农业生产作用，一定要站在全国的范围内来比较。拘泥于一时一地，是写不出好的新闻作品的。

作品评析

理性分析是实现工作通讯指导性的根本

工作通讯是社会主义国家特有的新闻报道体裁，它直接干预生活，或介绍工作经验，或总结工作教训，具有极强的政策性和针对性。主要通过工作中的典型事实，反映各条战线在实际工作中的成就，探讨其中原因，由此对工作起到指导作用，或推动实际工作的顺利进展。也因此，工作通讯对现实工作情况的分析认识，必须是理性的、全面的、准确的。

《光明日报》发表的工作通讯《水润中原粮满仓——河南水利保障夏粮实现“九连增”》，根据河南省粮食连续九年增长的事实，理性、准确、全面、细致地分析了其中的原因。也正因为这种理性和准确的分析，使通讯对现实工作更具有了切实的指导意义。

通讯的正标题就是对问题的高度的理性概括。“水润”是“因”，“粮满仓”是“果”，明确说明粮食增产的关键因素是“水”。这种因果关系的确定，是通过对问题全面、认真、细致的分析了解而得出的科学结论。在这篇通讯发表之前，曾有不少媒体对河南的夏粮生产连续九年增长的事实进行了系统的报道，然而这些报道在分析增长原因时，多是从政治、政策、人文角度着手，忽视了现象背后的根本原因。甚至可以说，许多分析都缺乏理性，属于非理性的因果论定。这样的分析实质是忽视事物发展的根本原因，把次要矛盾当成主要矛盾。

事物发展过程中，主要矛盾起着关键性的决定作用，抓住了主要矛盾，次要矛盾就可以迎刃而解。

作者把这种认识作为通讯写作的出发点，一开头先是从问题的反面入手，“今年春上一滴雨没有，小麦还能有这么好的收成”，表面看来，这明显和通讯的标题相冲突，好像作者是在“以己之矛，克己之盾”，实际上，这种表达包含了作者的多重思考，一是为了表现现代人已经具有了战胜自然的能力，二是要重点说明农田水利基础设施建设对我国农业发展的重要意义。

作者站在“粮食安全与国家稳定、发展关系”的高度，以河南封丘县应举镇铁坡村大旱之年获得夏粮丰收为“点”，河南省夏粮连续九年增产为“面”，说明了“水”对粮食生产的重要性，并进一步阐明农田水利基础设施建设的必要性和急迫性。

作者总结出的“水利是农业的命脉。在关系粮食生产的水、肥、种、光、温等因素中，水的增产作用最为突出”，是一个科学的论断。也正是因为论断的科学性，才使得水利基础设施建设的必要性进一步凸显。这和当今社会提倡的科学发展、可持续发展的战略思路又是一脉相承的。

通讯从“小事”入笔，从“大事”着眼，采用大量具体、生动鲜活而又具有说服力的事实，分别从微观和宏观角度理性分析了粮食增产的根本原因，揭示出水利保障国家粮食安全的重要战略意义。全文叙述深入浅出，选材真实典型，分析说服力强，不仅使报道具有极强的新闻性，更使报道具备高度的政策性、极强的现实指导性和可操作性。故通讯发表后，在国内引起强烈反响，先后受到省部级领导的高度评价。

（史丽娟）

水资源管理的最严格制度安排

——《国务院关于实行最严格水资源管理制度的意见》透视

◇ 张智吾　张瑜洪

这是水管理领域的一项重大突破：国务院以2012年3号文件正式出台《意见》，就实行最严格水资源管理制度作出全面部署和具体安排。自2009年在全国水利工作会议上首次提出，到“三条红线”管理纳入2011年中央1号文件及中央水利工作会议，再到今天《意见》定案，标志着“最严格”这一国家层面不多见的制度安排，继土地资源之后移接至水资源。

“不得不”实行的“最严格”管理制度

早在1977年联合国水资源会议上，科学家们就曾预见：“水，不久将成为一个深刻的社会危机。”不幸言中，30多年过去了，这一预言正成为现实，其严峻程度正在日益加剧。

尚处在发展中的中国更具特殊性。看似寻常，却是生命之源、生产之要、生态之基。看似取之不尽用之不竭，实则承受力相当有限，危机四伏。中央农村工作领导小组副组长、办公室主任陈锡文强调："中国耕地资源稀缺已众所周知，但实际上我国水资源与其相比更加稀缺，却少为人知。中央明确水资源管理的'三条红线'，就是要全社会像重视18亿亩耕地一样，重视水资源保护和管理。"

这一比较的数字注脚是：人均水资源量仅2100m^3左右，为世界平均水平的28%，比人均耕地占比还低12个百分点。全国660多座城市中，缺水城市达400多个，其中严重缺水的城市108座。"地下水越抽越深，水源地越来越远，远距离取水的城市越来越多，用水成本越来越高"，成为我国目前水资源危机的真实写照。

"如果说'十一五'期间经济社会发展的主要制约是土地，'十二五'期间将是水资源。"有人对业内人士这一判断有所质疑，但就客观而言该说法并非危言耸听。

水资源禀赋先天不足就一定影响经济社会可持续发展吗？倒也不尽然，国外人均水资源占有量更少但仍然经济发达者也有之。怕就怕本就不厚的水资源家底加上不高的利用效率、粗放的用水习惯，以及与水文明发达国家尚有距离的全民惜水、节水意识。

作为我国的用水大户，农业用水占总用水量的62%以上，但真正被利用的水只占农业灌溉用水总量的不足一半，多半浪费在送水过程和漫灌之中。

有数据显示，我国的城市供水漏损水量高达每年60亿m^3，这一数字，可以把北京市区变成一个深达4m的游泳池，或者使严重缺水的甘肃全省地表积水1.4cm。监测评价的3902个水功能区中水质达标率仅为46%，38.6%的河长水质劣于Ⅲ类，近一半的省界断面水质劣于Ⅲ类，直接威胁城乡饮水安全和人民身心健康。严重的水污染状况加剧了可利用水资源的不足。

北京市节水办公室公布数据显示：北京拥有洗浴场所约3000家，

初步测算年用水500万t。由于很多提供洗浴服务的地方由宾馆、会所兼营，实际数字不止这些。

有记者在山西太原一家大型洗浴中心看到，仅浴池就有4个，周边分布有60多个淋浴头。大多数人在洗浴时水一直开着，不限制洗浴时间和次数。尽管澡堂也贴着“请节约用水”等标语，但没有人对浪费行为进行制止。

……凡此种种，已不得不在已有工作基础上，通过更加严厉甚至严苛的制度安排解决和对症矫正。正如水利部部长陈雷指出的那样——解决我国日益复杂的水资源问题，最关键、最重要、最根本的是要靠政策、靠制度、靠改革。

“当前我国水资源面临的形势十分严峻，水资源短缺、水污染严重、水生态环境恶化等问题日益突出，已成为制约经济社会可持续发展的主要瓶颈。”《意见》一开头对我国水资源形势的描述很说明问题。“十分严峻”“日益突出”“主要瓶颈”，几个分量十足的词语标示了我国政府实行最严格水资源管理制度的背景考量、决策初衷和坚定决心。更有媒体评价认为，“主要瓶颈”，意味着水资源已经超越资金、劳动力、市场、技术等各种生产要素，成为可持续发展需要解决的头等问题。

亮剑水资源管理，是形势所迫，也是大势所趋。为什么要在“严格”前面加一个“最”字？即如孔子教育学生时讲过的道理：取乎其上，得乎其中；取乎其中，得乎其下；取乎其下，则无所得矣。只有将水资源管理制度的级次提升至“最严格”的层面，才能避免触碰敏感的水资源红线，才有破除“主要瓶颈”的可能。

顶层设计“三条红线”“四项制度”

《意见》中最引人注目的就是水资源开发利用控制红线、用水效率控制红线和水功能区限制纳污红线，简称“三条红线”，以及用水总量控制制度、用水效率控制制度、水功能区限制纳污制度和水资源管理责任和考核制度，简称“四项制度”。

建立和落实“四项制度”，强化“三条红线”管理，就是当前和今后一个时期严格水资源管理的着力点。“四项制度”是严格水资源管理的主要措施和保障，其内涵包括了水资源管理的众多内容。“三条红线”及其阶段目标分别对应于水资源管理中配置、节约和保护三个关键环节。这些目标既有各自的内涵、不同的控制措施，又相互关联，互为补充，能够集中反映水资源管理的总体水平。

然而回首看去，这一制度框架的建立并非理所当然，而是来之不易。实行最严格水资源管理制度是一项极为复杂的系统工程，要从中央政府层面出台政策文件尤须兢慎。

回良玉副总理在2009年全国水利工作会议上明确指出：“从我国的基本水情出发，必须实行最严格的水资源管理制度，对水资源进行合理开发、综合治理、优化配置、全面节约、有效保护。”随后在广西桂林召开的全国水资源工作会议（以下称桂林会议）上，陈雷部长对落实最严格的水资源管理制度进行全面部署。

之后，水利部党组立即部署最严格水资源管理制度顶层设计，推动实行最严格水资源管理制度上升为国家战略举措。经过大量调研、反复论证和沟通协调，2009年10月水利部会同有关部门完成了《关于实行最严格水资源管理制度的意见》代拟稿。

党中央国务院高度重视，2011年中央一号文件采纳了《意见》代拟稿的核心内容，明确确立水资源管理“三条红线”、建立“四项制度”的最严格水资源管理制度框架，明确把严格水资源管理作为加快转变经济发展方式的战略举措。

中央的决策和坚定决心令人振奋。中央一号文件发布后，特别是中央水利工作会议召开后，水利部党组多次召开会议论证“三条红线”控制指标和阶段性管理目标，研究最严格水资源管理制度具体政策措施要求，对《意见》代拟稿认真修改完善，多次征求各方面意见后，上报国务院。

历经三年，2012年1月12日，《意见》面世，成为指导我国今后一个时期水资源管理工作的纲领性文件。

与此同时，各地根据桂林会议精神，积极开展本地最严格水资源管理制度探索，一批先行先试地区取得明显进展，为制度积累了极为珍贵的经验和实践案例，起到了明显的示范与带动作用。

目前，31个省（自治区、直辖市）出台的中央一号文件配套政策文件中，均细化明确了最严格水资源管理制度的政策措施要求。山东、甘肃、河北、辽宁、天津等省（直辖市）政府专门出台了本省（直辖市）实行最严格水资源管理制度的意见或相关办法，四川省政府出台了全面推进节水型社会建设的意见。

地处黄淮海平原的山东省，长期以来为破解水“瓶颈”制约，在水资源管理方面已开展大量工作，万元GDP取水量已由2000年的293m^3降至2010年的65.5m^3，万元工业增加值取水量已由2000年的200m^3降至2010年的22.7m^3，灌溉水利用系数已提高到了0.6。

即便如此，一般年份全省水资源缺口仍有数十亿立方米。“不改变现在的用水方式和发展方式，这种发展路子是不可持续的。因为淡水资源谁都离不了，啥也替代不了，区域水资源总量人为增加不了，依赖国际市场也解决不了。”山东省水利厅厅长杜昌文的话切中要害。

2010年9月，山东省政府常务会议审议通过《山东省用水总量控制管理办法》，自2011年1月1日起实施，以此为标志，山东省在全国率先基本构建起最严格水资源管理的制度框架体系。在山东滕州市，用水指标被限定在4.8亿m^3。当地城乡一体化饮水工程正全面铺开，这项工程可让滕州95%的居民喝上优质地下水，可仅此一项，地下水用量就要超出指标500万m^3。这还不算当地几大龙头企业的用水需求。一头是民生，一头是经济，一头却是用水控制指标，两头拽一头，滕州似乎戴上了“金箍”。

当地解决方法是置换，即利用当地现有富余的地表水水资源指标和中水、矿井水不占用用水总量控制指标这一优势，对地下水水源进行置换，腾出地下水指标空间来满足其他行业的用水指标。而在置换方式推出之时，企业也不得不开始自身转型。在滕州，最大的用水户——华电新源热电公司，中水使用比例已经由三成提高到近五成。

山东的实践是一个缩影。经过三年的实践，以水资源为调控手段，倒逼经济发展方式战略转型的机制正在形成。

落实制度谨防“高高举起，轻轻放下”

“严格”，是这份 5 个部分共20条的《意见》中的关键词，全文共出现21次之多。徒法不足以自行。究竟能否落实，不被“高高举起，轻轻放下”，也格外让人关注。中央层面的高度重视和各项硬性指标的确定，使实行最严格水资源管理制度强劲起步。如何保证制度落到实处，成为今后水资源管理任务的重中之重。《意见》之中，还对建立水资源管理责任和考核制度等方面提出了明确要求。

《意见》要求，要将水资源开发、利用、节约和保护的主要指标纳入地方经济社会发展综合评价体系，县级以上地方人民政府主要负责人对本行政区域水资源管理和保护工作负总责。国务院对各省、自治区、直辖市的主要指标落实情况进行考核，水利部会同有关部门具体组织实施，考核结果交由干部主管部门，作为地方人民政府相关领导干部和相关企业负责人综合考核评价的重要依据。

以责任抓落实，以考核定成效，无疑会激发地方政府严格管理水资源的积极性。但考核尚需出台配套政策及有可操作性的考核指标体系，防止考核流于形式。

2012年2月，广东省在全国率先出台《广东省实行最严格水资源管理制度考核暂行办法》，明确由省水利厅会同相关部门组成考核组，2012年开始，采用年度自查、中期考核和期末考核相结合的方式，对各地级以上市政府进行考核、评分，满分为100分，考核结果划分为优秀、良好、合格、不合格4个等次。

值得注意的是，考核分为指标考核、工作测评和公众评价三部分，评分权重各占60%、30%和10%。其中指标考核严格按照《广东省水资源管理控制指标（2011—2015年）》，分为3大项9个指标，并且每个指标细化至具体年。工作测评按照测评表评分标准，从5个方面进行综合测评。更重要的是，将公众对水资源管理工作的满意度引入考核范围，这是在强化公众参与、促进监督的公开透明中迈出的重要一步。

广东省实行最严格水资源管理制度考核办法，为水资源管理责任和考核制度的探索打了头阵。

水具有流动性，考核通过哪些指标进行量化？指标从何而来？在技术支撑层面，要达到“红线能显”、“现状能监”、“管理有措”、“决策有助”，另一条线上的行动也已全面启动，即《意见》中提及的“健全水资源监控体系”。

前不久，国家水资源监控能力建设项目办公室正式挂牌成立，以此为顶层，7个流域机构，31个省、自治区、直辖市和新疆生产建设兵团相继组建项目建设领导小组及办公室。从《国家水资源监控能力建设项目实施方案》中可知，全国包括取用水户、水功能区、省界断面在内共1.4万个国控监测点和中央、流域、省级共40个监控管理信息平台将用三年时间建设完成。

此外，如果没有公共财政真金白银的支撑，最严格的管理恐怕也很难落到实处。在财政部、国家发改委、水利部联合出台的《水资源费征收使用管理办法》中，明确了水资源费主要用于水资源节约、保护和管理的原则和具体使用范围。

目前，全国水资源费征收额度已达到100多亿元。财政部、水利部联合出台了《中央分成水资源费使用管理暂行办法》，中央分成水资源费全部用于水资源节约、保护和管理工作，为水资源管理工作提供了重要支撑。

抓落实，抓落实，再抓落实。《意见》发布后贯彻落实《意见》精神的思路是什么？陈雷部长在2012年3月召开的第六届世界水论坛“水与绿色增长行动框架亚太地区分会”主旨发言中指出，实行最严格水资源管理制度，中国将重点做好八项工作。

——以可持续发展为引领，加快推进用水方式转变

——以总量控制为核心，科学合理开发利用水资源

——以提高用水效率为目标，全面建设节水型社会

——以水功能区管理为载体，加强水资源保护和修复

——以地方政府为责任主体，强化考核评估和监督

——以河湖水系连通为途径，增强水资源配置调控能力

——以监控体系建设为抓手，提高水资源管理水平

——以改革创新为动力，健全水资源管理体制机制

为生存也为发展，利当代更利千秋。最严格的水资源管理制度也只是一种手段，根本目的在于遏制不合理的用水需求，转变不惜水的旧观念，确保水资源和水环境保持不超载，以水资源的可持续利用支撑经济社会可持续发展，并以此作为促进产业布局、社会发展朝更科学方向迈进的重要途径。这是科学发展之必需，亦为中国和平崛起途中之必需。

有理由相信，随着最严格水资源管理制度的逐步落实，届时，国家和区域层面水资源优化配置格局基本形成，节水型社会建设全面推进，涉及民生的水利问题基本解决，水生态环境得到根本改善，水利保障经济安全、生态安全、国家安全的作用更加凸现，充满生机与活力的水利现代化美好蓝图将变为现实。

（原载2012年第7期《中国水利》）

创作札记

感触重要政策文件的温度

张智吾

2012年早春的一个晚上，我在办公室修改一期重要专辑的报道方案。之所以说重要，在于它反映的主题：实行最严格水资源管理制度。要拿出《中国水利》一整期的全部版面来体现，其重要性也可见一斑。

就在一个月前，历经3年时间的调研酝酿，国务院以2012年3号文件

发布《关于实行最严格水资源管理制度的意见》。这一重要政策文件的出台，具有突破性的意义，标志着国家对水资源管理将采取“最严格”这种罕见的形式加以制度安排，此前在国家层面作出类似部署的只有耕地管理，18亿亩的耕地红线概念早已让全社会熟知。能让6700亿立方米、7000亿立方米等几个数字跟18亿亩一样内化至社会行为中去吗？加强宣传是必由之路。

这需要时间，但必须有个好的开始。系统内外很多媒体都制订了很好的方案。按照《中国水利》方案，专辑将按照《意见》的主要内容，面向有关权威人士，组约一批有分量的解读稿件作为主打，同时配发新闻评论，以杂志视角进行较为系统的分析和论述，透视最严格水资源管理政策。能够与一位同事一起执笔这一重要题材，心情持续兴奋——心里清楚：这样的重要政策文件，不说一年有几份，就是从五年、十年的时间尺度看，也是屈指可数的。

兴奋的同时压力也不小，要做到“透视”并不是件容易的事。如何说清楚、讲准确《意见》出台的背景考量、重点内容、关键环节、实施难点，同时在表现形式上更加适合大众阅读习惯，“抓”得住读者，都颇费心思。

好在拥有权威的作者群及其鲜明的观点、专业的分析正是《中国水利》的优势之一，于是我们在实施节奏上采取了“先约稿，再学习，后撰稿”的方式。这本专辑发表了胡四一副部长的《意见》解读问答，水资源司陈明忠司长应邀撰写了卷首语，高而坤老司长欣然应允稿约，赶写了专题文章。来自水规总院、水科院、发展研究中心等智库的一批在各自领域有独特见解、深入研究的专家按期应约撰写了专题解读文章，有关试点省份、城市水行政主管部门负责同志在这一平台上交流了先进经验。

此前，欲观书而难得之。而彼时彼刻，能够作为第一读者，品读这每一篇闪耀着治水兴邦崇高理想和智慧的文章，都像是与作者面对面促膝访问求教，如久旱遇甘霖般珍贵。抚卷神思，感慨万千：字里行间，能深刻感受到党中央、国务院战略的眼光、周密的部署和为民的情怀，能感受到

水利人常年以来倾注心血奉献水资源事业的情怀和扎实的工作。

将这些文字融成一体、深加理解，《意见》的深旨一帧帧清晰起来。我们花了足足五天时间拜读了这些文章，而后经过讨论，经过一夜疾书，完成了这篇《意见》透视文章。

《水资源管理的最严格制度安排——〈国务院关于实行最严格水资源管理制度的意见〉透视》一文获奖，于我而言有这样几点体会和启示。

一是要善于全面收集信息。与政策制定的过程一样，没有全面信息的掌握，政策的导向就有可能走偏。媒体撰写旨在向受众宣贯政策要点、普及文件精神的文章时，要站在宣传党和国家治国理政核心理念的精神制高点审视主题，以问题解决者的心态寻访面上的观点，以社会动态观察者的视角搜集点上的情况，这样才有可能把政策精神原原本本、不失真地交给读者。

二是要勤于传递文件温度。无论是新形势新任务下的重大改革，还是在维持宏观政策稳定前提下的个别措施微调，每一项政策措施的出台都是用于解决问题的，都体现着国家致力于优化发展布局、增进发展质量、强化惠民取向的执政思维。同时，为了表达准确，政策文本用语往往是精练的。媒体配合进行政策宣传时应善用媒体语言，首先对报道主题要有感情；其次在保证准确的前提下牢牢掌握决策者初衷，通过引用专家观点、世情国情判断、典型案例等多种素材，灵活运用语言修辞，提高信息传递的到达率和接受度。

作品评析

追根溯源说因由　真凭实据讲意义

“这是水管理领域的一项重大突破”，本文开篇便开门见山地与读者分享这一振奋人心的好消息，广而告之《国务院关于实行最严格水资源管理制度的意见》的出台，并且使用“三条红线”这一已有固定比喻义的词语，生动自然地实现了大众的关注焦点从土地资源之后移接至水资源的“无缝衔接”，简洁交代了《意见》出台的背景，使人们从心理上更易于接受这一新信息。不止于此，作者还强调了《意见》的另一关键词，“最严格”，究竟为什么称为“最严格”，又有何具体含义和表现呢?

第一部分详尽地回答了这一问题，即我国“不得不”实行，并追根溯源从多角度多侧面阐述论证这“不得不”的紧迫性。作者先由1977年联合国水资源会议“水将成为深刻的社会危机”这一预言切入，接着娴熟运用各种论证手法增强说服力，更突显出这一问题的严峻。引用权威人士发言，使用比较论证，接着使用数据论证，多种论证手法的环环相扣互相呼应，代替了单一手法的描述铺陈，得到了更好的效果，让读者对“不得不”的急迫性有了初步直观的认识。

只是客观因素即资源状况的限制，这是其他国家也会存在的问题，并不能突显出我国水资源问题的特殊性，于是“先天不足”接下来便是“后天浪费”。农业粗放用水的习惯、北京太原洗浴场所无惜水意识的典例描写，“但没有人对浪费行为进行制止”，这里我们仿佛可以看到作者的忧心忡忡。这些现象就发生在我们的身边，化抽象为具体，增强了真实感。有了较为充分的主客观因由的结合，水资源问题显然已不容忽视，《意见》的出台也就自然而然了。本部分的逻辑性较强，衔接流畅自然，论点论据相得益彰。

接下来便要说明“最严格”的具体含义了，也即第二部分的“三条红线”、“四项制度”的具体所指。作者使用提纲挈领的词语高度概括出文件的主要内容。一批先行先试地区取得明显进展，让我们看到了这一制度框架的现实可行性，而典型例子的运用更加体现出从中央到地方的贯彻和落实。山东省的实践，不仅作为一个典型的案例提供了水资源管理的宝贵经验，更作为一个缩影，透过它仿佛可以看到美好的前景。

“徒法不足以自行”，古语的引用含蓄间简洁而又发人深省，正如第三部分所言，是“高高举起，轻轻放下”、理论实践两层皮、雷声大雨点小，还是在实行“最严格的水资源管理制度”的精神下更严格地贯彻落实呢？答案显然是后者。

接下来又是一个典例的说明运用，《广东省实行最严格水资源管理制度考核暂行办法》，为水资源管理责任和考核制度的探索打了头阵，说明这场战役的纲领是正确的、有力的；同时呼应第二部分山东省的典例，一南一北，横贯河山。

“文似看山不喜平”，行文唯有张弛、起伏、明暗、快慢的转化，才能牢牢抓住读者的注意力，进而赋予文章以独特的魅力，显然作者是深谙此道的。“水具有流动性，考核通过哪些指标进行量化？指标从何而来？”问句勾起读者读下去的愿望，作者借势引出“红线能显”之外、《意见》中提及的“健全水资源监控体系”这另一条线。

“为生存也为发展，利当代更利千秋”，这振奋人心的号召，是前瞻的美好愿景。作者深刻地指出，最严格的水资源管理制度也只是一种手段，根本目的在于以水资源的可持续利用支撑经济社会可持续发展，这是科学发展之必需，亦为中国和平崛起之必需。激荡风华，大国崛起！这是全文的升华。

（卢昊杨）

“梅花”凋零　人民平安

——国家防总科学防御第9号台风“梅花”纪实

◇ 翟平国

8月9日上午8时，今年第9号台风“梅花”停止编号，标志着这个揪人心弦达12天的“长寿”台风“寿终正寝”。

令人欣慰的是，狂风暴雨途经沿海5省市，未造成重大灾害损失。忙碌了十多个日夜的国家防总工作人员终于松了一口气。

高度重视　周密布署

从7月28日14时在西北太平洋洋面上生成，“梅花”就开始了与国家防总的水文、气象、防汛专家们“捉迷藏”的过程。从热带风暴—超强台风—台风—强台风—台风—热带风暴，不断改变行进路线；经历了增强—减弱—再增强—再减弱的三起三落，善变的“梅花”给预报和防御工作带来了极大难度。

面对复杂的形势和可能遭遇的严峻灾情，党中央、国务院高度重视。胡锦涛总书记作出重要指示，回良玉副总理作出重要批示。按照中央领导同志的重要指示，国家防总周密部署、准确测报、科学调度，全力做好“梅花”防御工作。

8月4日下午，国家防总副总指挥、水利部部长陈雷在兰州主持召开防御第9号强台风“梅花”异地视频会商会，宣布国家防总于4日17时启动防台风Ⅱ级应急响应。8月6日中断出差行程返回北京，再次主持召开国家防总紧急会商会议，进一步安排部署第9号台风“梅花”防御工作，要求从最不利的情况考虑，向最好的方向努力，千方百计减少损失，确保群众生命安全。

国家防总秘书长、水利部副部长刘宁连续12天坐镇指挥，全面部署“梅花”防御工作。国家防总办公室常务副主任张志彤和水文、气象专家密集会商，分析研判9号台风“梅花”的发展趋势和可能造成的影响，及时发布水情、雨情、台风预警信息。

浙江、上海、江苏、山东、辽宁、福建、安徽、吉林等受台风影响的各省市认真贯彻落实中央领导重要指示精神和国家防总防台风异地视频会商会议精神，有力有序开展防御工作。有关各省市党委、政府主要领导或亲临一线督战，或主持会议周密部署台风防御工作。一场全力应对“梅花”登陆的防御攻坚战全面打响。

准确预报　科学调度

每天早上9点30分，国家防总办公室台风防御会商会定时召开，防汛、水文、气象专家通过“天眼”防汛抗旱水文气象综合业务系统显示的卫星云图、实时水情雨情分析图，结合欧洲中心、美国、日本、中央气象台等世界各地的最新、最权威的分析预报，对“梅花”的走向、强度展开密集会商。根据会商结果，一道道指令从这里发出，一个个工作组从这里出发。

从8月3日到5日，国家防总连续派出五个工作组紧急赶赴浙江、江苏、上海、山东、辽宁等省市，协助和指导地方做好防台风工作。各有关流域防总也及时启动了防汛应急响应，加强了流域内水利工程的调度。太湖防总启动了防汛Ⅱ级应急响应，加强了太浦闸、望亭立交、常熟水利枢纽等骨干工程的调度，提前预降太湖及周边河网水位，长江、黄河、淮河、海河等有关流域防总也强化了台风防御工作。根据台风影响可能造成的强降雨天气，科学调度台风影响区域江河、水库水位，充分发挥水库、水电站拦洪削峰错峰作用，蓄水较多的水库，提前降低水位，预留防洪库容。病险和小型水库降低水位运行，加强应急值守，确保江河、水库工程安全。

“梅花”过后，途经地区江苏洪泽湖、山东大沽夹河、东五龙河等出现明显涨水，但均未超过警戒水位。江苏、山东、辽宁三省水库蓄水有所增加，其中江苏省20座大中型水库增蓄0.35亿立方米，山东省188座大中型水库增蓄1.49亿立方米，辽宁省28座大型水库增蓄0.28亿立方米。在科学防灾的基础上，实现了水资源科学利用。

按照国家防总防台部署，山东组织力量对海上养殖渔排、进港避风船只、港口危险地带、低洼易涝地区、危旧工棚房屋和高空构筑物等进行全面排查，切实做到不留死角、不漏一人。上海市防指对人员转移、高空坠物、工作安全等12个方面作出进一步安排。江苏省防指派出6个工作组赶赴连云港、无锡、苏州等重点地带检查督导防御工作。辽宁、上海、江苏、浙江、福建、山东等省（市）分阶段、有步骤地组织14.8万艘船只进港避风，先后转移危险区域人员130万人，尽最大努力避免人员伤亡和减少财产损失。

风雨无情　生命至上

在国家防总的统一领导和协调下，各地区各部门按照“不死人、少伤人、少损失”的要求，全力做好应急准备。民政部4日启动救灾预警响应，做好救灾准备。交通运输部召开异地视频会商部署防台风工作。中国气象局加强预测预报，派出工作组赶赴一线。总参谋部和武警部队及时组织部队做好抢险救灾准备。驻浙某部3.3万余人组成200多支救援、抢险救灾应急分队。各有关部门密切配合、协作联防，严格落实各项防御措施，构筑起一道“横向到边、纵向到底”的应急防御体系。

8月6日，“梅花”进入东海海域向华东沿海靠近，国家防总办公室得到报告，浙江省岱山附近危险海域发现有28艘外省籍渔船锚泊，不能回港避风。立刻与浙江、山东两省联系，海事部门紧急出动3艘搜救船只前往支援，确保了船只及人员安全。

8月8日凌晨3时，受到台风“梅花”影响，高达20米的海浪，导致大连金州开发区大孤山福佳大化石油化工有限公司沿海一处在建防波堤坝发生局部溃坝。大连市立即启动灾害紧急救援预案，有序组织抢险，及时排除险情，确保了安全。

8日18时30分，“梅花”在朝鲜西北部沿海登陆，中心最大风力9级，对我国的影响逐渐减小，国家防总决定8日19时起终止防汛Ⅱ级应急响应。

（原载2011年8月11日水利部网站）

创作札记

捕捉最打动人的闪光点

翟平国

2011年6月，我到水利部新闻宣传中心从事水利宣传工作，进入了一个全新的领域。学习水利知识、熟悉水利工作，成为我做好水利新闻宣传工作的首要任务。那段日子里，水利工作有两件大事，一是7月上旬召开的中央水利工作会议，二是日益繁重的防汛抗旱防台风工作。这两件大事，内容丰富，宣传任务繁重，给我提供了一个学习的最好机遇和平台。而单位领导交给我的一项主要任务，就是定期参加国家防总防汛会商会。

7月28日14时，9号台风“梅花”在西北太平洋洋面上生成。从这以后，每天国家防总防汛会商会的主要内容就是对“梅花”的发展动向和移动路径进行研判分析，结合欧洲中心、美国、日本、中央气象台等世界各地的最新、最权威的形势预报，水文、气象专家密集会商，不断向国家防总、水利部领导提供决策信息。每一次的会商都像是一场没有硝烟的战斗，在台风不断变化的路径和量级中，我感觉到这次台风防御的形势非常严峻、难度非常大、受重视程度也非常高，胡锦涛总书记作出重要批示，陈雷部长出差在兰州主持召开异地视频会商会……

作为一名旁听者和信息记录者，我敏感意识到这次台风防御过程虽然复杂而艰难，但一定可以写出一篇很有分量的优秀新闻作品。我认真记录每一次会商的每一个细节，在近十次的防汛会商中，关于“梅花”的信息我记录了大半个笔记本，并从国家防总部署、地方上报的防御工作汇报等海量信息中梳理最有价值的新闻点，记录了大量报道素材。

8月8日，经过漫长的追踪和等待，超强台风“梅花”，减弱为强热带风暴侵袭大连后，强度继续减弱，于8月9日8时停止编号，这个揪人心弦达12天的“长寿”台风“寿终正寝”。其间，未造成重大灾害损失，使忙碌了十多天的国家防总工作人员终于松了一口气。

这样的防御成果令人欣慰。但是如何鲜活而生动地将这次防御过程报道出去，却让我倍感压力。没有去现场采访的切身感受，收集的素材杂乱而量大，从标题到框架布局，都要进行深入思考；从宏观内容到细节故事，都要进行精心选择。而写好这篇报道最重要的就是拟定标题，因为每一篇好的新闻都需要一个出彩的标题来引人入胜，而一个好的标题也是新闻主题精髓的高度提纯和精炼。梅花以“百花之先，独天下而春”而闻名，在中国传统文化中具有高洁、坚强、谦虚的品格。而这个以“梅花”命名的台风，携带狂风暴雨途经沿海5省市，威力无比、令人震撼。经过苦苦思索，我拟定了《“梅花”凋零　人民平安》这个让人耳目一新的标题，寓意这朵昂首怒放、生命顽强的“梅花”，在党中央的高度重视、国家防总的周密部署、各地的全力防范下终于“花落凋零”，而风雨过后，没有造成重大灾害损失，沿途人民群众生命平安。

8月11日，几经修改的《“梅花”凋零 人民平安——国家防总科学防御第9号台风“梅花”纪实》在水利部网站要闻刊发，得到了国家防总、水利部领导的好评。

这篇报道是我采写的第一篇水利报道，刊发之前内心忐忑不安，但没想到刊发后受到了好评，惶恐之余也有几点体会。一是任何新闻报道的采写都是相通的，虽然自己过去写军事报道，但只要掌握了写作规律，加深对素材和内容的深入理解，任何题材都可以写出好作品。二是只有用心捕捉闪光点，才能打动人，一篇好的新闻作品，重在谋篇布局，而出彩在标题拟定。作品标题拟定为《“梅花”凋零 人民平安》，就是找准了新闻眼，把最具价值的内容和闪光点在标题中鲜明生动地体现出来，缩龙成寸，达到了一曲难忘的效果。三是善于观察，让枯燥的素材“活”起来。防汛防台风工作是一件严谨而严肃的工作，而新闻报道如果仅仅引用材料就很生硬，自己又没有时间到一线采访，但通过对国家防总会商室工作环境、工作状况的细致观察，认真记录会商期间工作人员对各地防御工作的细节描述，把自己的思维置于前方与后方的空间，给自己的写作赋予现场感，使报道更加生动鲜活。

作品评析

字字珠玑抒人文情怀
句句工整道家园安危

这是一篇内容全面、结构紧密又富有层次感的通讯。作者以纪实的笔法、朴实流畅的笔触，为我们再现了在党中央和国务院的领导下国家防总科学有效防御台风的全过程，用事实说明了我们的党是坚强的领导核心，我们的国家有能力在危急情况下保护人民的财产和生命、保卫我们的家园。

全文三个部分以时间为轴，沿着台风发展的不同阶段，再现了国家防总的科学应对和对生命至上的人本思想的坚持。文章每一部分的写作也各有特色 。

第一部分“高度重视 周密布署”一开始作者就规避了繁复的科学专业术语，着力用简单却有深意的文字描述了“梅花”的行进路线，称其为“与国家防总的水文、气象、防汛专家们的一场捉迷藏游戏”，并把“梅花”强度的三起三落称作“善变”。这看似轻松的笔触，很好地实现了一种反差，反过来从实质上揭示了“梅花”给预报和防御工作带来了极大难度。

面对“梅花”带来的复杂形势和我国沿海省市可能遭遇的严峻灾情，在党中央和国务院的领导下，国家防总进行着忙碌有序的周密部署、准确测报、科学调度，粗笔勾勒了陈雷、刘宁等国家防总中坚力量的从容指挥、部署。这并不是简单的会议日程列表和工作报告，读者可以真实感受到当时场面刻不容缓的紧急和预报防御形势的严峻。

在第二部分“准确预报 科学调度”中，作者采取细笔的叙述手法，详细地叙述了会商提供信息方案支持、防汛应急响应在各地启动，流域内水利工程的调度得以加强。作者精炼了许多组数据，突出沿海各地区在各个方面的工作成果，离不开国家防总的准确预报和科学调度。

在自然狂风暴雨的肆虐面前，人力自是微渺；然多难兴邦，国难已成史诗，但其精神仍永存国民心中。“风雨无情 生命至上”，本文第三部分由此展开，续写着民族抗击自然灾害的华章。

那怎样体现这防御体系的“坚不可摧”呢？典型例子的运用便是这部分的特色。适当的事例描写，增强了通讯的真实感，也使得这篇纪实通讯骨肉丰满、感情充沛。

文章三个部分循着“梅花”的行进，层层展开这场防御战的“战况”和“战果”，淋漓展现协同作战的有力有序。终于，“善变”的“梅花”凋零，我们迎来了胜利的“春天”，人民平安喜乐。只是“梅花”是“所及肆虐”“过时飘零”，如何“过”呢？相信读者在本文作者的引导下，已经找到了答案。

（卢昊杨）

雕刻时光的湖

◇ 马 加 王辛石 李洪宇 黄永福

晴朗的天空俯视着这条千古看惯的河流，翻开的黄土透露了温热的气息，清冽的风在施工的河道上穿越出丝丝声响，苏醒的汉城湖听见了冬天的离开。在未来的时间里，一个明丽的复兴梦想将持续唤醒这故都一角，陪伴汉家宫阙的也将不再只有西风残照。

这里是西安，汉长安城遗址的东南角。

前世今生

岳益峰说他们是一群没故事的人。怎么可能？虽然，不身临其境和思临其境，外行人决然想不到他们28个人要在这一弯河道上干多大一番事，但只要稍作了解，会发现他们干的活儿可能考验了你的想象力极限。何况，已经干了6年。

他忙得不行：接电话，招呼人，碰头会，一个事接一个事，烟夹在手上顾不上点，土蹭在裤子上顾不上拍。可一旦谈到这六载时光，“工头儿”岳益峰说，想不起来有啥故事。之所以称他一声“工头儿”，是因为岳益峰是西安市汉城湖（团结水库）省级水利旅游风景区建设工程的负责人。

团结水库曾经是西安市北郊的一角心痛。处在汉长安城遗址侧畔的水库，始建于上世纪50年代，主要承担城市污水雨洪排泄任务。半个世纪后，水库设施老化、淤积严重，原有功能丧失，库底污黑发臭，库岸杂草丛生，库周垃圾漫布，冬春恶气四溢，夏秋蚊蝇纷飞，严重影响了新北城的发展。西安人有话：“沃儿（那儿）就像个大卫生间，又脏又臭，啥都往里头倒呢，连个鸟都不来么。”而沿时光向前穿越2200年，就在同一个地理空间，这里是汉长安城盛极一时的漕运河道，是货物运输的枢要通道，也是民众官宦踏青乘兴之所。

2005年11月3日，《西安市人民政府关于团结水库水环境综合治理工程建设征地拆迁安置及补偿等有关问题的通知》下发。2006年1月，在陕西省水利厅和西安市委市政府、西安市水务局支持与领导下，规划用地总面积3133.08亩、计划投资15.8亿元的汉城湖省级水利风景区建设全面启动，“团结水库”将在华丽转身后成为历史。汉城湖景区规划集防洪保安、园林景观、水域生态、商贸居住、文物保护和都市农业灌溉于一体，以展示水文化、汉文化为主题，是汉长安城遗址保护的重大工程，改善区域生态环境的重点工程，提升北部新城品质的重要工程，也是提升西安旅游品位的产业工程。

关于未来的汉城湖，不乏“美得很”的关中式赞美之词。那么，美从何来呢？

岸边设计了座浮雕墙。这座墙让岳益峰谈起了两汉400年，从丝绸之路到张骞出使，从卓文君到王昭君，这位工程师有点像琴师，串起了他琢磨不休的音符。眼前的岳益峰，须发不修，衣衫不羁，挥手谈笑间就说活了这面湖水。听一位干工程的硬汉谈历史和艺术是件给力的事。

这面墙不只是打开岳益峰话匣子的一个开关，对这个凡人难以想象的浩大工程来说，这面墙却只是汉城湖汉文化构想的一只按键。

规划建设安门盛世、流光伴湾、御景覆盎、角楼叠翠、汉桥水镇、霸城溢彩、封禅天下7个功能分区，24组雕塑，29处历史文化广场，15座游船码头，2座标志性阁楼，8座阙，4座跨湖桥梁……绵延6.27公里的汉城湖水利风景区，岳益峰一路指点一路说。“这里是绕湖餐厅，这里是亲水平台，路边的是排水渠。游人游览可以乘船，可以坐缆车，也可以步行。这里将来要放置一块LED屏……”规划，施工，目标，进度……他太熟了。

岳益峰的粗豪中有他独到的腼腆：“呵呵，我这点东西，粗浅得很，不值一提。”深浅本无定论，怡情山水又何妨信马由缰。水利人，不对水利如此寄情，怎来如此逸兴思飞？

脱胎换骨

水利建设者坦言，汉城湖不是形象工程，也不是简单的景观工程，而是实实在在的民生工程。城市管理者坦言，汉城湖不但要成为西安城市旅游的一张名片，还要成为国际化大都市的点睛之作，更要成为全省乃至全国治水兴市的典范。

2010年12月1日，汉城湖成为国家级水利风景区。

获知汉城湖获准申报之时，西安的媒体记者韩勋在报道中表示：“浮想联翩，备受鼓舞。”而在5年之前，韩勋曾经这样写道：“这是一条大多数市民没有见过和见过一次就不愿再见的渠道，是一条不彻底治理就无颜面对后代的渠道。”

西安市水务局的同志说：汉城湖工程的“可读性”很强。这个说法的注脚是水文化的历史积淀及生态环境的共生。广造绿，巧利水；尊传统，赋新意——这种规划理念体现了传统与现代交织，人文与生态辉映，自然与和谐共存，传递着两汉文化的文脉精髓。

文化与景观同行，生态与设计兼顾，质量与安全并重。“高起点规划、高品位设计、高标准建设”是工程规划始终坚持的原则。工程严格水利基本建设程序，实行业主负责、监理控制、施工保证、政府监督的质量保证体系。

此外，汉城湖工程还被水利专业人士评价为“水利投融资改革的一个范例”。近年，西安市水务局坚持科学发展观，按照“大水务引领、大项目带动、大投入提升”的指导思想，强筋壮骨，做大做强水务事业，以水资源、水工程、水环境和水效益的可持续利用促进西安经济社会又好又快发展，着力为统筹城乡水务发展，建设人民满意城市提供强劲支撑和保障。改造环境、资金收益、旅游产业、生态养护、防洪调节——汉城湖的多赢范例说明：汉城湖是西安的一隅，但却是谋全局的重要一隅。

众多理念的融合，体现了一个重要核心——和谐。社会和谐是城市价值的内在要求，人水和谐则是社会和谐的一个重要标志。汉城湖未来850亩清澈的湖水，1031亩的园林景观，是对生态文明的美好诠释，更是现代水利工程在水生态、水环境、水景观、水文化等诸多方面发挥功能的综合体现。

长乐未央

“沃儿掉渣渣的土台台，以前是个城墙……”汉城湖工地旁，汉长安城遗址沉睡千载，曾经的长乐、未央二宫已成前尘。若得空中俯瞰，汉城湖恰如长安城的一角美丽边框，镶嵌在长乐宫不远的东南方向。

陈年的砖瓦风化了记忆，却建筑了历史；悠久的河道流尽了时光，却延续了自然。在汉高祖修建长乐未央二宫，迁都长安2200多年后，汉城湖的激活，不是今人简单的附会与翻建，而是对历史的尊重，对自然的尊敬。与这种继承又有着截然不同变化的是，昔日王公权贵的封建禁苑，将成为今日众生百姓的开放乐土。

汉城湖工程的历史写意，仿佛长乐未央的凌空转世；汉城湖工程的自然匠心，像是大汉长安的灵动穿越。汉城湖工程是在雕刻时光。这工程里每一次土壤的移动，都可能来自传说的强汉王朝；每一滴水的流淌，都可能流向亘古的中华未来。

汉城湖的前世来生，不过是西安水系今古传奇的一笔水墨；汉城湖的脱胎换骨，不过是现代水利与时俱进的一段历程。在西安，“东有浐灞广运潭，西有沣河昆明湖，南有唐城曲江池，北有汉城团结库，中有明清护城河”的大格局正在浮现，水利工作推动的社会发展与民生福祉还将川流不息。

民生长乐，水利未央。

汉城湖工地上，伴随着汉宫夕照，已有飞鸟相与还。经过这个春天，原来他们拣尽寒枝不肯栖的寂寞沙洲上，将有留住他们的水色湖光。

“用不了多久，汉城湖就要开了。”岳益峰望着河道，缓缓说道。

（原载2011年4月26日《中国水利报》，获2011年度全国水利好新闻奖）

创作札记

“活”水

马 加

新闻业务有个术语，叫做“抓活鱼”，是指报道的时效性、生动性和接近性。对于水利专业新闻报道来讲，怎样把题材写活，特别是把水利工程写活，始终是一道答案众多的命题。

如同行业内把“健康生命”理念赋予河流一样，我们觉得，应该在新闻报道中适度赋予水利工程以人文价值。

新闻报道是客观的艺术，是用事实说话的艺术。实质上，报道对象的人文价值并非采写者施加或赋予，而是挖掘并表达。

在当代水利工程建设中，其人文价值正在越来越多被秉持、被彰显、被追求，水利工程作为民生工程，本身具备固有的人文关怀。只不过，随着社会文明的发展，文化理念的繁荣，这种人文关怀正在更加人本地介入实际工作。

当新闻报道遇到水利工程时，应追逐这种生命力。

本篇报道在此方面做了一些尝试。

水利工程的人文价值体现在哪里？我们思考，就是除了它作为民生工程的物质性存在外，多加关注工程的精神与文化存在。

这是一次由报社本部记者和驻站记者联手完成的报道。作为城市水环境治理工程、作为老水库改造提升工程存在的西安汉城湖工程，其所在身世并不简单——这里是汉长安城的一角。陕西历史厚重，西安文化广博，这座城市的“八水入长安”棋局，精彩纷呈，在本报道的姊妹篇《一座城池的水理想》中有更多表述。汉城湖的报道，我们报道团队想抓住两个重点：一个是魂，一个是人。

“魂”就是指这座工程的历史未来与内在精神气质；“人”就是指建设者。

所以，后来这篇报道分为三个章节：前世今生、脱胎换骨、长乐未央。而建设者则选取“工头儿”岳益峰作为代表，成为建设者的形象代言。

在古今中外的文化中，河流与“时间”总是相关，例如“逝水年华”，例如“Time is a river”。汉城湖是从时光中走来，而建设者除了完成工程的功能性使命外，还制造了汉城湖的历史文化意象，这是一条河流的重生。我们在文中写到：“这工程里每一次土壤的移动，都可能来自传说的强汉王朝；每一滴水的流淌，都可能流向亘古的中华未来。”报道最终归于“民生长乐，水利未央”。

对岳益峰的刻画，特别注意了细节。细节具有真实的力量。

下笔中注意了对关中文化、陕西方言的尊重，以求对报道带来原生态。

其实，汉城湖本身是在完成一种叙事，我们的采写不能尽意。挖掘深度不够，留下了遗憾，这也为将来做了些留白。

如今，如果您去看看汉城湖，会发现它的内容，已经超越本篇所言。

感谢工程相关的所有人，也感谢帮助我们完成这次采写的所有人。

作品评析

新闻散文化的典范

恩格斯曾指出，“学科在边缘之间是最有前途的”。新闻学作为一门新兴学科，和许多学科发生着或多或少的联系，如新闻心理学、新闻社会学、新闻伦理学、新闻法学、新闻文化学，等等，这些与新闻学有关的边缘、交叉的新学科的出现，无疑极大地丰富着新闻学科的内容，对新闻学的发展起着较大的深化作用。目前，有关新闻与美学关系（新闻美学）的研究已经有所突破，研究者力争从社会生活与新闻审美、新闻受众与新闻审美、宣传效果与新闻审美等角度挖掘新闻和美学的关系。当然，这种研究主要是缘于新闻写作现实中一些记者的身体力行。

由《中国水利报》记者采写的通讯《雕刻时光的湖》，就是一篇富有浓重文学色彩的新闻作品。

作者以散文化的笔法，自由、活泼、生动、优美地展现着自己的所见所闻、所感所悟。以不拘一格的结构形式安排新闻素材，给人耳目一新的感觉。通讯一改传统新闻报道的死板、老套、枯燥的现象，把新闻报道写得有情、有意、生动、形象、感人。

通讯的标题本身就极富有文学意蕴，“雕刻”二字的运用，把现实的一个浩大工程用一种精细的艺术创作手法表达，足见“大气”和“胆识”。而“时光”二字，又能够使人对“湖”的“过去”、“今日”与“明天”产生追溯、关注与向往，引发读者的极大兴趣与无尽的遐思。

通讯一开始就以拟人化的手法形象地展示出汉城湖工程的鸟瞰图。晴朗天空的“俯视”，黄土地的“温热气息”，汉城湖的“苏醒”，以及施工河道上的“丝丝声响”，这些发生在古城西安汉长安城遗址上的“不平常”的现象，令人惊奇，引人遐思，发人深省，既给人以现实的厚重感，又给人以历史的沧桑感。

通讯整体由三部分组成，这三个部分分别写了工程的建设者、工程的意义、工程的前景。作者一会儿写故事，一会儿写场景；一会儿一番议论，一会儿一次漫谈；一会儿形象地描写，一会儿发自内心地抒情；一会儿追溯历史，一会儿着眼现实。上下几千年，纵横数万里。连生活中那些最容易被遗忘和被忽视的“细枝末节”，都被收进作者精巧构思的“花篮”里。随心所欲，无拘无束，看起来毫无章法，实质上精心独到，恰到好处，给人以耳目一新、豁然开朗之感。

整篇作品读起来朗朗上口，充满着丝丝文学创作的美感，使读者在了解事实的过程中，获得新的审美愉悦和享受。作者以散文化的模式，对水利旅游风景区汉城湖工程进行了全方位的描述，将散文的美感融入到通讯的写作当中，较多借用描写、抒情、对话等文学手段，运用比喻、象征、拟人等修辞手法，使通讯更具可读性。通讯在语言和表达方法上都具有浓郁的文学色彩，它在报道真实的人和事的过程中，善于再现情景，平添许多生动和形象，让大家读起来不仅有一种立体的美感，还能从中体会到水利新闻写作与文学知识有机结合的魅力。

（葛美英）

干涸的鱼米之乡

◇ 张粼粼

云南省陆良县德格海子水库干涸后，库底随处可见蚌壳。张粼粼/摄

几天前的一个早上，记者乘飞机由北京奔向正饱受干旱侵袭的云南。距离着陆还有十来分钟时，记者透过机舱的窗户向下望去，仿佛一切都罩上了黄蒙蒙的外衣，只有一个个小丘陵顶部还可辨认出些许绿色。但这种绿，已然找不到本该有的娇翠欲滴，而是全笼罩在尘土之下，泛着黄褐色。除此之外，便是大片泛黄的土地，那是一块块农田，在这个时节，田里本该是绿油油一片，而今却显得了无生机。

“这仿佛是在大西北的上空。”记者心中不禁暗想。

抵达昆明后，记者立即乘车向此次干旱的重灾区之一曲靖行进。一路之上，路边的景象，令本报记者联想起几年前到甘肃最缺水的定西地区采访的情景。干涸的土地因缺水而推迟了耕种，山坡上已经成林的树木，深绿色的树冠透出明显的焦黄色，满山的灌木因缺水仍未返青。只有倔犟的山桃绽放了粉色的花朵，传递着春来的讯息。

曲靖市陆良县拥有云南第一大高原平坝，素有“鱼米之乡”之称，是国家和云南省的商品粮、商品猪、蚕桑和烤烟基地县。自去年8月份以来，陆良遭遇了百年未遇的特大旱灾。截至3月25日，全县已有2座小Ⅰ型水库、10座小Ⅱ型水库以及108座小塘坝和3292个小水窖干涸。

记者在陆良县德格海子水库看到，这座小Ⅰ型水库已经完全干涸。库底的淤泥因失水全部龟裂，随处可见比手掌还大的蚌壳白花花地躺在库底，而附近村里的老乡们，则赶着牛车来此把干成一块块的淤泥运回家，准备粉碎之后用于肥田。

陆良县芳华镇。芳华二字据说是“翻花”的谐音，即水花翻腾之意，芳华镇年均降雨量约1280毫米，而去年，全镇降雨量仅为496毫米。

芳华镇蔡官营村有300多人，全村的人畜饮水全靠村口一个水井。去年12月份以来，由于干旱，该村出现了人畜饮水困难。目前，通过组织车辆每天送水到村口，可以为每家每户提供一大桶的生活用水。村民同时也到附近的一些水源点挑水作为补充。而目前，一条长2350米的供水管网即将铺设到村口。本报记者了解到，通过这条输水管线，蔡官营村的群众有望从3月31日起喝上由输水管线送来的饮用水，该村人畜饮水困难将得到进一步缓解。

记者在采访中了解到，目前，陆良县通过多管齐下，使人畜饮水得到保证，但因为缺水，田里的小春作物难免减产严重甚至绝收。为此，当地政府积极推动农村富余劳动力外出务工，以此弥补收入的减少。今年以来，陆良县已转移农村劳动力13000多人，比去年同比增加7000余人。

一些陆良县的农民兄弟告诉记者，目前赴广东等地务工的农民，工作比较好找。

（原载2010年3月30日《中国经济导报》）

创作札记

记者就是读者的眼

张粼粼

《干涸的鱼米之乡》写于2010年3月，当时西南地区正遭遇百年不遇的大旱。

通常在人们的印象中，西南地区是湿润多雨、山清水秀的。比如云南的省会昆明有“春城”的美誉，贵州民谚有云当地是“天无三日晴”……所以，当新闻媒体开始报道西南地区出现大旱时，很多读者和记者本人一样，首先是感到难以想象——西南地区会大旱？旱情怎样呢？然后关注的就是当地群众的生活生产情况——大家有水喝么？生计靠什么？

正在此时，我接到了水利部组织“西南抗旱行”采访报道的通知，获得了深入旱区一线采访的机会。

“你就是读者的眼。替我们的读者深入旱情最重的地区，把那里的真实情况采写回来。”临行前，报社领导对我说。于是乎，拿起相机，揣上采访本，我踏上征程。

因为行前报社领导明确表示要在报纸的头版开栏，直击抗旱一线，所以该栏目的第一篇报道必须要能够抓住读者的眼球，为此，我反复思考报道的角度。

真正确定下来本篇报道写作角度是在记者所乘飞机飞至此行首站云南旱区上空时，当时飞机已经开始下降，透过舷窗，我下意识地向下望去，并瞬间愣住了——因为当时我感到就是置身西北地区的上空，下面所见正如我在这篇报道里写的那样："一切都罩上了黄蒙蒙的外衣，只有一个个小丘陵顶部还可辨认出些许绿色。但这种绿，已然找不到本该有的娇翠欲滴，而是全笼罩在尘土之下，泛着黄褐色。除此之外，便是大片泛黄的土地，那是一块块农田，在这个时节，田里本该是绿油油一片，而今却显得了无生机。"

记者此前曾多次深入西南和西北地区采访，对两个地区正常年份的景象还是有印象的，所以当此时目睹"西南地区因缺水而旱成西北地区"时，心里还是很震撼的。而水的重要性，以及水利设施的重要性也在这无声的对比中凸显出来。

基本是在这一时刻，我决定了这组系列报道的逻辑结构：第一篇，也就是《干涸的鱼米之乡》，侧重使用生动的语言，白描的写法，将记者深入重旱区采访的所见所闻记录下来，传递给读者，让读者有置身其中的感觉。为此，我在写作上有所侧重，对记者目睹的干旱景象下浓墨重笔描写，而对于背景材料的运用则比较惜墨，只挑选出最能反映旱情严重程度的数据并尽可能与正常年份的情况形成对比，让读者体会到此次旱情的严重程度。

值得一提的是，这篇报道的配图还是比较抓人眼球的，这也是我此次采访中拍摄得比较满意的一张照片。不可否认，视觉的冲击力有时比千言万语来得更直观。这张照片与文字报道形成了呼应，增强了报道的效果。

回首多年的记者生涯，无数次在路上，我问自己，为什么而出发？而回答就是——记者就是读者的眼，替读者深入每一个新闻事件的现场，将真实的情况传递给读者。我想这也是记者的使命和荣光，并不断激励着我们前行。

作品评析

真实的现场　真切的感受

记者亲临新闻的事发现场写出的新闻，具有可见、可闻、可触、可感等特点，这种新闻读者阅读起来，犹如身临其境，感同身受，也因为这样的新闻是由记者获取的大量的第一手材料组成，就显得更加真实、生动、形象、感人。

《干涸的鱼米之乡》就是一篇明显具备上述特征的现场见闻。

现场见闻，是记者深入现场采访的产物。因此，采写者必须迈开双脚到新闻事发现场。记者开始是在飞机上，后来是乘车；记者的足迹既到了陆良县德格海子水库，又到了芳华镇蔡官营村。记者用自己的眼睛看，用自己的耳朵听，用自己的双手记，事发现场的气氛真实、形象、生动、深刻地反映出来，而且显得更加震撼人心。

记者善于抓住新闻事发现场具有典型意义的细节进行描写，给读者留下深刻的印象。如记者在飞机上看到的“仿佛一切都罩上了黄蒙蒙的外衣，只有一个个小丘陵顶部还可辨认出些许绿色。但这种绿，已然找不到本该有的娇翠欲滴，而是全笼罩在尘土之下，泛着黄褐色”，在乘车向干旱的重灾区曲靖行进途中看到的“干涸的土地因缺水而推迟了耕种，山坡上已经成林的树木，深绿色的树冠透出明显的焦黄色，满山的灌木因缺水仍未返青”，在陆良县德格海子水库看到的“这座小Ⅰ型水库已经完全干涸。库底的淤泥因失水全部龟裂，随处可见比手掌还大的蚌壳白花花地躺在库底”，这些描写，把“鱼米之乡”的旱情写得真实、真切、形象、深刻，令人惊叹，发人深省，既鲜明地表达了作者的思想感情，又很好地照应了通讯的标题。

记者在新闻的事发现场，没有忘记向读者传递自己的思想感情，并且这种思想感情因为是在特殊环境下的真情实感，又显得是那么的真实、感人。既增强了通讯的现场感，又升华了通讯的主题。作者身在事发现场，面对罕见的旱情，有情不自禁的“暗想”，有丰富的“联想”。而作者的这种情感，正是作者自己思想、观点、倾向的最好表达，不仅能够深深感动读者、感染读者，引发读者的联想，而且也使通讯在思想内容和艺术表现方面都大为增色。

本篇通讯采用朴实的白描手法写景状物，描述了云南“鱼米之乡”一些地区极度干旱的状况，现场感强。记者深入到水库、乡村实地采访，关注严重干旱状态下的群众生活、生产情况，呈现出作者深厚的人文关怀情结。

通讯最后，作者在对极端天气忧虑的同时，也传达出政府帮助灾区人民生产自救的积极讯息，展示出灾区人民群众面对困难，不屈不挠、积极向上的生活态度。

（凌宁宁）

山洪、台风等突发性自然灾害频发，群众防灾意识、自救能力弱——

防灾知识普及：期待公众"免疫力"提升

◇ 王　凯

2006年6月1日，国家防总秘书长、水利部副部长鄂竟平向媒体宣布，国家防总将向全国赠发5000套《水库垮坝警示录》，5万套《山洪灾害防御常识》专题片和10万套宣传手册、挂图。

国家防总为什么要如此大规模地普及防洪减灾知识？这对防洪工作有什么样的意义？让我们从2005年的两场山洪说起。

生与死的考量

2005年6月，发生在黑龙江省宁安市沙兰镇的一场山洪震惊全国。200年一遇的洪水，吞噬了105名小学生稚嫩的生命。

沙兰洪灾发生后2个月，另一场超百年一遇暴雨引发的山洪，袭击了北京市密云县柳棵峪村。全村105人无一伤亡。

在扼腕与庆幸之间，人们发现，公众防御山洪灾害意识的强弱，灾害发生时自救能力的高低，是产生两个截然相反的结果的重要因素。

据反映，沙兰洪灾当天，从暴雨突降到洪水冲入沙兰镇的2小时内，上游三个村没有人察看河水涨势，也没有人报告沙兰河水情。当山洪席卷中心小学时，全校师生中懂得逃生技能的只有寥寥几人。

而在柳棵峪，暴雨降临时，村民就利用密云县配发的简易雨量桶测出了雨量，并立即发出了预警。随后，村民们在统一指挥下紧急转移到了防汛棚。来势凶猛的山洪扑了空。

类似的灾害，迥异的反应，不同的结果，让人们唏嘘不已，也让人们更为清醒地意识到：提高公众防洪减灾意识和防灾自救能力尤为重要。

其实，就在这两场灾害期间，国务院总理温家宝在全国应急管理工作会上要求，要广泛宣传和普及公共安全知识、应急管理知识、灾害知识、防灾救灾和自救知识，提高群众参与应急管理能力和自救能力。

防洪减灾的“软肋”

我国山洪、台风等突发性灾害多、危害大，而不少暴雨区、山洪易发区和人口居住区重叠，又不可避免地加重了灾害的损失程度。因此，怎样防灾减灾是社会关注的问题。

有专家分析指出，根据中国目前的国情，在防御山洪等突发灾害时，采取大规模的工程措施，不现实也不经济。而采取以非工程措施为主的综合防御措施，更为有效，结果更好。

国家防办长江处处长尚全民表示，山洪灾害的防御要突出“防”和“避”，基层普通群众掌握灾害发生征兆的判断常识和一定的自救、逃生本领非常关键。

然而，目前，公众在防御山洪等灾害时，最大的“弱点”正在于防洪减灾意识淡薄、知识缺乏，自救与互救能力弱。

国务院应急办张强处长认为，公众的这一“弱点”已成为约束防灾应急管理的瓶颈之一。

有研究认为，当洪水管理的对象延伸到人的行为、影响到社会系统时，其效果变得难以预测。足够提前的洪水警报可以使公众损失减少1/5~1/3，但这样的预警应建立在公众积极和正确响应的基础之上，如果没有前期开展的对公众组织、宣传和演习等大量准备工作，上述效果则难以达成。

中国水科院防洪减灾研究所所长程晓陶介绍说，山洪等突发性灾害由于来势迅猛，外界救援在时间和条件上都有较大难度，正确的自保互救措施是减少人员伤亡的关键。

沙兰洪灾中，镇中心小学教师沙宪晶在洪水中保持镇定，指挥学生爬上桌子、窗户，并适时向有危险的同学伸出援手，使该班多数同学都活了下来。另有两位学生家长与老师配合，打破窗户将学生送上房顶，同样挽救了班级大多数人的生命。

但是，这样的“急中生智”毕竟只是个例，大多数人并不懂得如何采取有效措施逃生。我国水库和山洪灾害易发区点多面广，绝大多数分布在广大农村地区。不少地方的干部群众缺乏必要的防御灾害基本常识，特别是缺乏自救、互救和避险、防灾能力。因此在灾害降临时，往往惊慌失措，导致失去逃生机会，甚至由于对危害程度认识不足而拒绝配合救援行动。

专家认为，通过学习和宣传，公众不仅可以掌握一定的灾害知识和自救本领，而且可以了解当灾害发生时当地政府部门将采取什么样的措施，有什么样的组织参与抢险救灾，这样人们便会自觉配合当地政府部门的行动，并能认识到应对自然灾害是一个复杂而又困难的过程，需要全社会的共同参与才能有效进行，这样在无形中就形成了人们的互助意识。

水利部副部长鄂竟平指出，提高公众的防洪减灾意识和自救能力，不仅能够降低防洪减灾的社会成本，也能最大限度地减少和避免人员伤亡。

防灾知识向谁普及？怎样普及？

程晓陶认为，防灾知识的普及首先应重视心理素质的训练。通过适当的培训，公众面对突发灾害就会有一定的心理准备，不会惊慌失措。其次是要掌握基本常识，学习自救本领。更高一个层次则是掌握互救的知识，对身边人进行有效救助。

他说，宣传和普及范围应该覆盖全民，针对不同人群，宣传内容应各有侧重。洪涝灾害基本常识、自保互救等防灾避灾知识，要普及到所有人。而对于防汛行政、技术负责人，则还应该加强组织、指挥、抢险技术的培训。

在宣传方式上，专家认为，利用电视播放录像片以及印发通俗易懂的知识手册、张贴画等，容易让人们形成直观、感性的认识，而且宣传面广，应该是个不错的选择。

而世界其他国家除此之外，还非常重视学校教育。日本、菲律宾在中小学的教育里，就训练孩子在各种灾害发生时如何安全自救、逃生，并组织参加讲座等，提高中小学生的防灾减灾意识。澳大利亚还设立了全国灾害管理学院，培养危机管理的专业人才。

沙兰悲剧发生后，有媒体呼吁，我国的学校教育亟待加入有关防灾避灾知识的内容。毕竟，不管是在偏远山区还是城镇地区，学校教育是一条共同的宣传普及途径，而且这种从娃娃抓起的普及方式，更有利于强化人们的防灾意识。

目前，黑龙江、北京、浙江等地正着手将防灾避险教育纳入中小学课程之中。我国其他地方的中小学校也有望增加防灾避险教育。

设立灾害宣传日也是国外采取的一种宣传普及方式。在韩国，政府设立了“全国防灾日”，在这一天举行全国性的综合防灾训练。专家建议，我国目前有“世界水日”、“中国水周”等纪念活动，可以在活动期间增加传授人们如何防洪减灾的内容。

还有专家提出，我国目前的洪涝灾害纪念建筑物多在向人们展示灾害带来的破坏和灾难，而少有同时宣传防洪减灾知识的。在灾害纪念基地，如果通过各种生动事例和体验式教育来普及知识、增强意识，效果会更好。

强化防灾意识重在平时

防洪减灾知识的宣传普及，不能只是特定时期的“一阵风”，更不能是灾后“亡羊补牢”。因此，有专家认为，在我国的洪涝灾害防御宣传普及中，应该建立一套适应经济社会发展需要的科学普及工作机制，使普及工作常态化。

实际上，防灾意识的培养也不仅仅限于灾害来时如何应对，还应该注意在平时就增强公众保护自然、避免灾害发生的意识。

专家介绍，山洪等灾害的形成以自然原因为主，在一定程度上属于天灾。但从另一方面看，山洪灾害的发生，与无节制的人类活动也不无关系。过度砍伐山体植被，开挖山坡修路，开挖山体采矿，无节制地开发利用行洪通道，随意弃土弃石、围湖造田等行为，使得山洪暴发的概率、强度增加，破坏力加剧，并且难以防御。

此外，专家认为，我国一些乡村建筑规划往往欠缺综合考量，建设项目地点选择易受山洪、滑坡、泥石流威胁的地区。这就需要管理决策者与公众提高避灾意识，在建设时避开灾害易发地区，给洪水留下“宣泄”的通道。在一些人多密集的地区，即便人们已经“退无可退”，也应在构建建筑时适当抬高地基，提高建筑的抗灾能力，提前为避灾留足“退路”。

（原载2006年6月6日《中国水利报》）

创作札记

把消息变通讯

王　凯

这篇稿件发表于2006年6月，但关注防灾知识普及这个主题则是从整

首先是重视心理素质训练，其次是掌握基本常识，更高层次是提高互救能力。专家还条理清晰地给出了“向谁普及，怎样普及”的具体方法和措施，那就是“宣传和普及范围应该覆盖全民”，并且要从娃娃抓起。要充分利用大众传播媒体，建立全方位的宣传教育平台，尤其是要把防灾救灾教育纳入到中小学教育的课程之中。另外，还呼吁设立灾害宣传日，以培养人们的忧患意识。

这篇文章最值得称道的是最后一部分内容，即“强化防灾意识重在平时”，提出不搞“一阵风”，应该建立一套适应经济社会发展需要的科学普及工作机制。这使文章内容更加深刻，而“防灾意识的培养也不仅仅限于灾害来时如何应对，还应该注意在平时就增强公众保护自然、避免灾害发生的意识”，这种理念的提出更是切中肯綮，把防灾救灾上升到人与自然，维护生态平衡，促进可持续发展的高度。这不仅仅是在“期待公众‘免疫力’提升”，而是期望公众内生动力的复苏与增强。

综观全文，从“生与死的考量 ”用正反案例提出问题，到“防洪减灾的‘软肋’”专家把脉症结所在，再到 “防灾知识向谁普及？怎样普及？”权威学者给出方略，直至 “强化防灾意识重在平时”，记者的深刻反思，条分缕析，层层推进，环环相扣，全面、具体、深刻解读了防灾知识普及的重要意义，给读者上了一堂生动而又清晰的科普课。

（郭　奇）

体验“穿黄”

◇ 胡争上

一

乘电梯只需2分钟就到了竖井底下。准确地讲应叫升降机，开升降机的是一位女工，有没有人她都值守在里面。竖井42米深，直径18米，是正圆。井壁有之字形扶梯，像乐山大佛旁的凌云栈道。

南水北调中线穿黄工程从北岸向南掘进。工地在黄河北岸河南温县东南18公里处的赵堡镇汜水滩上，考虑到将来检修等因素，穿黄有两条隧道，因此这里有两个这样的竖井——分属2A标和2B标。目前，已掘进到1360米左右的2B标，由于盾构机刀具出现磨损，需要换刀。

这天是10月22日，午后下了点小雨，工地很安静，难见人影。2B标项目部办公室李主任说，现在是机电一体化作业，就是盾构机正常施工也见不到几个人。的确，我当时甚至没有注意到比邻正在掘进的2A标。

在竖井下，我们看到了隧道，比城市地铁还要高大宽敞，也是正圆，直径9米。中间有轨道，送材料的电瓶车哐当哐当驶过。我们从左边栈道上走，栈道是钢筋搭建的，有护栏。壁上镶嵌着厚厚的管片，那些管片都是钢筋水泥做的，长宽厚如一张床垫，像放大了的瓦片，上面有方形口子，里面紧扣钢螺，管片之间用钢螺连接。壁上的标语落款都写着“中铁十六局集团水电七局联合体”。李主任说，2B标由两家单位承建，中铁十六局集团盾构掘进，水电七局衬砌。他打比方：前者建房，后者装修。水电七局现在尚未进场。

沿栈道有两排粗长的管道，是为盾构机降温的水管，冷水从上面的管道进去，经过多次循环，从下面的管道排出。右面壁墙边有两排更粗大的管道，呈棕红色，盾构切削的土体，须搅成泥浆才能输出来，上面的管道送鲜泥浆进去，下面的管道输拌和了的泥出来，为保证输出的速度，中途有接力泵。

隧道里有股霉味。李主任解释，盾构机暂停作业，没有送风。原来顶上长长的像横幅的幕帘，就是通风设备，通风后，会像广场上的充气广告鼓胀开。

步行不到半小时便到了盾构机台车旁，台车长有70多米，仿佛几层楼的船舱，机电设备都在台车上面。我们登上梯子，穿过一些回廊，来到盾构机前。

二

操作室里，两个年轻人在值班，还有一位开电瓶车的师傅在里面休息。李主任招呼一位小伙子出来讲解。前面紧贴土层的盾构机机头如同汽车驾驶舱，舱门打开，我很想上去看看，上面通常不让进。据讲，检查、修复盾构机刀具，人进去，关闭舱门，在正常气压下再打开前面的舱门，其原理就像是航天员出舱，是要经过专业训练的。

盾构机暂停作业，机器仍要保持运作状态，以保证前面的土层不会塌落，因此空间里有机电声。李主任说上面就是加固区，我很吃惊，以为声音即从上面传来。他忙说那是不可能的。

我们上午专门去了加固区。在对刀具、刀盘进行更换和修复中，为防地下水渗透到盾构刀盘作业区域，造成刀盘周边涌水及土体塌方，需要在盾构机四周设置一圈止水帷幕，其中在盾构机前方和两侧要各建造一道搅拌桩防渗墙。前两天，重要施工节点——盾构机常压换刀地基加固刚开工，这里看上去人就多一点。三轴搅拌桩似乎出现了返浆少的现象，项目部经理陈建军正在这里指导。这些设备是从日本进口的，加固的施工人员来自上海。

三轴搅拌桩像拌和楼那么高，往地底开钻时，发出巨大的声响，这些声响在黄河滩上显得并不喧嚣。虽然盾构掘进了1300多米，现在仍在无水河道下，我在河滩上就没有望到黄河。工地上还有人在测量画线，他们都很年轻，多是刚毕业一两年的大学生。韩君毕业不久来工地才几个月，他认为他也不太了解专业情况，但通过他的介绍，我好像明白了一个大概。

三

王连明介绍得专业一点，就是李主任招呼出来的那位小伙子。“他就是王连明！”李主任忽然说。前段时间编发了一篇王连明写的稿件《穿越黄河》，在这里就像遇到了熟人。

操作室就是驾驶室，更像是船舱驾驶室，在船舷凭栏可以看到墙上的各项规章制度。王连明说他其实就是一个驾驶员。他是山东人，2006年山东科技大学机电一体化专业毕业，来穿黄项目部就被送出去培训了一年，回来即上岗开盾构机。他们两人一班，三班倒，共6位司机，吃饭由电瓶车送进来。

外面下了点雨，小空间里看上去还有点舒适温馨，有电话、电扇、桌椅、书报等，还有小窗户。“冬天还好点，夏天很热。冬天又有可能见不到天，早上一早下去，下午黑得早，出来天都黑了。”李主任说。

这是没有方向盘的驾驶室，墙面有许多按钮，红的、绿的、黄的，还有电视、电脑屏幕。不同的参数有不同的指令，听上去就像是航天员工作的程序，他们根据参数变化执行命令，通过电脑键盘操作。

虽然没有赶上盾构机掘进，但王连明说机器一直在运行，感觉是一样的。因为检修刀盘，我还看到了那些刀具，堆放在项目部办公室。河床下地质复杂，有岩土，有古树，那些刀具就有挖的、削的、撕的、咬的，有的像轮胎，有的像电熨斗，还有的呈三角形。

“穿黄”是南水北调最高难的控制性工程。再高精尖的技术，都得由具体的人去实现，想起来很神秘，见了后会感叹，觉得不可思议，他们一个个那么年轻，就像邻家兄弟。他们不觉得平凡或是了不起，但能感觉出内心中确实为自己从事的事业感到骄傲。

我们乘电瓶车出隧道，与王连明搭档毕业才几个月的小青年同我们一道出来，车上搁了空箱，蹲在上面摇摇晃晃。来时在栈道上看下面如河谷，此时看一旁的栈道如凿在崖壁上。那是难得见到的景致，我们是在地层40多米以下，在古黄河河道下。

记者手记

在“穿黄”工地

姜文有部新片叫《太阳照常升起》，很多人看不懂，我也不欣赏那种糊里糊涂的结构，但是看了很感动。不是它不真实，是觉得不真切，相信那些故事都是真的，然而那些情节却仿佛触不到，传递的全是一些细节和情绪。回忆往往就是这样，事情发生过，可大多是一些片断，有时那些片断会放大。影片中那些建设者在荒原中的篝火舞会，那列车上激越的手风琴声和孩子的降生，放大到变形，而那可能就是我们对过去时光的影像。就这部电影来讲，人们在捉摸不定的画面中，体会出了岁月的感伤与感动。

很多时候，我们会不经意捕捉到记忆中那些温情和崇高。1989年暑假，我到新疆招生，去吐鲁番，汽车在盆地边沿陆续有人下车，我这时注意到旁边的妇女穿的是南方少数民族服装。她告诉我家在云南，来新疆探亲。我脑海就即刻闪现出一些书中景象，尤其是从祖国的西南到西北，从一个少数民族地区到另一个少数民族地区，充满理想主义，充满英雄情怀。她丈夫是守卫边疆的战士还是兵团职工？抑或是石油工人？那可全是我少年的憧憬和梦想。

现在，风呼啦啦的，是呼啸，将旗帜吹得啪啪响。这里是南水北调“穿黄”工地，我脑子里便不断切换出建设者在荒原中的篝火舞会，想到边防战士和石油工人。虽然时代不同，背景不同，但感动是一样的，内心深处仍隐隐捕捉到记忆中一直在追寻的那种理想和崇高。

时代进步了，前辈们的奋斗开花了。我们今天不需要在荒原搞篝火舞会，许多项目部都有宽敞的办公室和会议室。这是30年改革开放的成果，也可以说是共和国40年、50年建设积累的成果。10月22日晚工地降温，我在寒风细雨中转了转营区，紧挨着的几家项目部办公楼都像花园，像别墅，连起来像半边街，灯光处还有小卖部、小餐馆。

2B标办公楼廊道有对大花瓶，地是大理石，瓦是琉璃瓦，楼前飘扬着三面旗：红色的国旗，中铁十六局集团的蓝色旗帜，还有一面“北京市优秀青年突击队标杆”的彩旗。静寂中，有职工在楼上洗衣房用洗衣机洗衣服，回到宿舍的盾构机司机王连明披着被子在电脑上看电影，副总工小杨脱下工作服换上时尚服装来到办公室，门卫守着电子监控录像在执勤。我想，如果全国大部分国家工程的野外工地都这样文明现代化，那么距我们先辈为之艰苦创业的理想又进一步了。

尽管内部条件与城市生活没有多大差别，然而这里是黄河荒滩，总会联想起往日的篝火，想起远去的手风琴声。就在这天傍晚，2B标总工吴庆红回到项目部就高声布置赶快准备20件军大衣。他一边吃饭，一边打手机落实：要12件长的，8件短的。营区里唯有风声，我摸黑到操场后面盾构队的厨房，大师傅正起锅一笼热腾腾的馒头，明天一早的馒头已经蒸好了，蒸汽迷雾包围了我的眼镜。或许在以后的日子，这些片断也会以放大的形象浮现。

对这些情景怀有深深的情愫，是因为这些工作和事业与国家和民族的命运紧紧相连。所以，不管是当年建三门峡大坝、建丹江口大坝那样的千军万马阵势，还是今天穿黄工地不多的人静悄悄机电一体化作业，都让人心存景仰和感佩。赵丹在“文革”前还主演过一部影片叫《青山恋》，反映伐木工人生活的，粉碎“四人帮”后开禁，我上大学时候看过，后来只记得一个镜头，赵丹同新来林场的青年们坐在树下谈理想。这部电影影响不大，却如此打动过我。它与青春有关，与人生有关。所谓“你的生活，我的艺术”，我们在日常中看到了价值和意义。

这篇文章结构可能也有点糊里糊涂。但愿表明了一份情感。

（原载2008年11月6日《中国水利报》）

创作札记

善用体验式报道

胡争上

南水北调是世纪工程，举世关注。而最能体现南水北调工程高精尖技术和高难度施工的无疑是“穿黄”，那段时间，媒体也不时有“穿黄”和盾构机的报道。什么是盾构机，怎样“穿黄”，作为中国水利报的记者，我当时还是《中国南水北调周刊》文化版编辑，决定去现场亲身感受，向读者展示那种壮阔画面。

憧憬过石油会战、青藏线、三峡大坝的施工现场，以为就要接近那些历史场景，可真正到了“穿黄”工地，却有点失望。由于时代的进步，装备的先进，不仅再难出现千军万马、车轮滚滚的施工场面，其现代化项目部甚或有些冷清。

风呼啦啦的，是呼啸，将旗帜吹得啪啪响。的确冷清，还飞着细雨，然而就是在这里正进行着国家级科技攻关。就这样，一方面是国家科技前沿阵地，另一方面毕竟是在黄河荒滩，总会联想起激情岁月里的荒原篝火。很多时候，人们会不经意捕捉到记忆中那些温情和崇高，我于冷清中依然感受到了那种战天斗地的豪情和奉献精神。

今天机电一体化作业，不需要人海战术，这是时代的进步，是前辈们的奋斗开花了。我们不需要去刻意表现艰难困苦，把真实的见闻记录下来，就是新闻，就是明天的历史。于是，我坚持下到40多米深的地底下，贴近盾构机，切身体验高新技术“穿黄”，将看到的、听到的、感受到的，“直播”给读者。到了现场才有脚踏实地的自信，你亲自摸一下、嗅一下，感觉会绝对不一样。平实的，体验式的报道，还原神奇背后的简单细节，更能让读者了解复杂事物，并产生兴趣，从心底里把握国家实力和建设者朴实而不凡的风采。

我将报道分成三篇文章，一篇是人物专访，通过管理者的活动和对话，整体上反映“穿黄”；一篇是记者手记，是采访中的感想、感慨、感动，对这些情景怀有深深的情愫，是因为这些工作和事业与国家和民族的命运紧紧相连。再一个就是这篇通讯或者说是特写，引导读者一起“穿黄”。不管是当年建三门峡大坝、建丹江口大坝那样的千军万马阵势，还是眼下“穿黄”工地不多的人静悄悄机电一体化作业，都让人心存景仰和感佩。读者反映本文真实、亲切，有体温，直观地了解了什么是盾构机，怎样“穿黄”，被报社评为季度好新闻。

我的理解，现代新闻报道，特别强调体验和参与；新闻工作者，不仅要敏感，还要感动；好的记者要多积累，要对报道的事实背景有充分的了解，要充满激情和正能量。接下来才是极真实地叙述，极细致地描摹，极深刻地思考。

作品评析

把读者带入事发现场

读者喜闻乐见的新闻报道，取决于它的内容，也取决于它的形式。而目击新闻或亲身经历的报道更能吸引读者的极大兴趣，它展示情节犹如一幅幅真实而生动的画面，把读者带入事发的现场，如见其人，如闻其声，如见其形，使人觉之如亲临其境。这样的表达，可以克服新闻枯燥、概念化的缺陷，自然能够引发读者极大的阅读兴趣。

通讯《体验“穿黄”》，记述了记者在南水北调“穿黄”工地的见闻、切身体验、真实感受。读来形象生动，富有立体感。其中有典型的细节描写，更不乏生动感人的画面。

“穿黄”工程是一项技术含量较高的现代工程，一般的有关新闻的写作，容易流于科技术语与专业术语堆砌的套路。而这篇通讯能够站在一般读者的立场上，用作者自己锐利的一双眼睛，以沉着、冷静、细微的思维去叙述和描写，把事物写得通俗易懂。如通讯开始把竖井井壁之字形扶梯比喻为“乐山大佛旁的凌云栈道”；把工程中的“盾构掘进”和“衬砌”形象地比喻为“建房”和“装修”；形容盾构机“仿佛几层楼的船舱”；检查、修复盾构机就像“航天员出舱”；盾构机上的刀具“有的像轮胎，有的像电熨斗”。这些形象化比喻手法的运用，使深奥、难解、枯燥的科技专业现象，成为司空见惯的一般事物，把一个高技术含量的现代工程描绘得通俗、形象、易懂，让人不禁兴趣倍增，乐于阅读。

目击新闻主要记述作者对事物的观察，但观察和思考是密不可分的，观察的目的是思考。

《体验“穿黄”》的作者没有忘记这一点。作者观察穿黄工程的复杂和壮观，思考的是工地的安静和“难见人影”，甚至没有注意到比邻正在掘进。这种强烈的反差感，是作者对现代科学技术水平的“惊叹”和“感慨”的反应、思考，从另一个侧面展现了现代科学技术发展的程度。这实际是作者以抑代扬手法的巧妙运用。作者还通过捕捉细节进行表达，如对隧道里的“霉味”的描述，自然而然地展开对工程通风设施的描述，不仅极大地增强了通讯的现场感，增强了通讯的感染力，也扩大了读者的视野，增长了读者的见识。

面对一个南水北调中最高难的控制性工程，面对高精尖的现代科学技术数据，记者没有将它神秘化、悬乎化，也没有对施工的难度和技术含量做过多的叙述，而是把着眼点放在普通的技术工人身上，深入事件的第一现场，对现场人物的言行进行具体的描摹。运用最通俗、最朴实的语言，对工程的精度、难度和复杂度进行描绘，读来身临其境，感同身受，富有极大的感染力，把一篇科技含量极高的科技新闻写成一篇通俗易懂的科普性作品。

（凌宁宁）

“大避暑山庄”的水战略

◇ 毕玉娟

今年的中秋节，又是一个月圆之夜。以“山庄月·中华情”为主题的央视大型歌舞晚会，在河北承德避暑山庄隆重举办，全球华人在通过直播感受现场浓浓乡情的同时，对美轮美奂的舞台设计、以烟雨楼为背景的湖光山色，也留下了深刻印象。

国庆前夕，承德市政府召开专题会议，对即将到来的高峰客流作出周密安排。随着承德市的声名鹊起，人们也不约而同将探询的目光，投向这个“世界上最大的皇家园林”所在地。

4年前，河北省委、省政府提出“一线两厢”的发展战略，作为“北厢”的承德，“大避暑山庄”的构想应运而生

“十五”后期，河北省委、省政府在对全省11个地市地理位置、资源条件和经济基础进行深刻分析后，提出了“一线两厢”发展战略：以石

家庄、保定、廊坊、唐山、秦皇岛五市为中间一线，全面提升整体经济规模、素质和水平，建设全省经济发展的隆起带；以邯郸、邢台、衡水、沧州四市为“南厢”，打造新的经济增长极；以张家口、承德二市为“北厢”，大力改善基础设施建设，努力实现新跨越。

有了“一线两厢”的发展蓝图，以时任省委书记白克明2003年5月视察承德为契机，“大避暑山庄”的发展构想应运而生。

在一次关于“大避暑山庄”内涵的研讨会上，专家学者达成的共识之一，就是建设大避暑山庄，要依靠山庄建山庄、跳出山庄建山庄，充分发挥承德的自然与人文优势，用生态理念把承德建设成为山水园林城市。

在“工业立市、农业强市、旅游旺市、开放活市”的发展思路下，承德市又明确了“以山为骨、以水为魂、以绿为脉、以文为蕴”的发展理念。“生态是承德的‘头牌’！”在一次市政府扩大会议上，市长艾文礼声若洪钟。

2003年4月，李相国从平泉县委副书记的岗位调任承德市水务局局长。这个以“围绕大局想问题”为座右铭的“班长”，将如何围绕大局谋划新时期的水务呢

相对于“生态型山水园林城市、国际旅游城市、休闲宜居城市”的定位，承德市在水的问题上面临三个软肋：一是工程性缺水与资源性缺水并存；二是由于环绕城区的武烈河尚无控制性工程，突发性暴雨洪水仍是心腹之患；三是水土流失严重，生态与环境脆弱及水环境恶化。据此，承德市水务局新一届领导班子提出了“科技兴水、大水利兴市、小水利富民、防洪保安全”的水利发展战略。

局长李相国说，围绕打造“大避暑山庄”的总体目标，水务工作的核心可以用“大水利兴市、小水利富民”来概括。所谓“大水利”，就是围绕承德市的经济社会发展，确保防洪安全、饮水安全和良好的生态及水环境，确保水资源的可持续利用。“小水利”，则是针对承德的山区特点，为新农村建设因地制宜地建设好水利基础设施。

去年，断流200多年的山庄引水古道恢复，今年，承德市区近30万常住人口人均水面面积达到10平方米。承德的“大水利兴市”有声有色

临近中秋，已有7年导游经历的刘娟，在忙着搜集关于罗汉山景区音乐喷泉的资料。作为土生土长的承德人，虽说山庄的历史她早已烂熟于心，但平湖叠水的武烈河、刚落成的音乐喷泉和水幕电影，是避暑山庄的又一个骄傲，不把它介绍给游客，她觉得是一个缺憾。

2000年，避暑山庄湖区干涸了68天，“避暑山庄不避暑”的名声随着各大新闻媒体的报道传遍中外。接下来是连续7年的枯水年份，外界的人可能会凭着想象，认为避暑山庄将是一幅残荷败柳的景象。事实上，在这几年中，包括刘娟在内的承德市民感受到的，是一个又一个惊喜。

2003年以来，承德市6次成功地从隆化县二道湾水库应急调水600万立方米，保障了市区供水和景观用水。2006年，武烈河向避暑山庄供水工程竣工，断流200多年的山庄引水古道得以恢复。今年7月底，随着武烈河第7道至第12道橡胶坝的落成，承德市区近30万常住人口人均水面面积达到10平方米。市领导提出的把承德打造成“东方威尼斯”的建设构想和天蓝、地绿、山清水秀的新承德，即将呈现在世人面前。

几年前，一位自驾车旅游者在秋季来到围场，颇有惊艳之感，返程后在网上发表文章，称“中国最美的秋色”在承德。一“帖”激起千层浪，赴承德寻找“最美秋色”的人们纷至沓来。就在今年的这个“十一”黄金周，游人发现，在找寻秋色的旅途中，他们同时看到了一个“东方威尼斯”般的承德。

解决了“水少”的问题，破解“水多”的难题也在积极推进中。目前承德市区的防洪标准是20年一遇，遇到标准以上洪水，避暑山庄这个列入世界文化遗产的“世界上最大的皇家园林”，将面临不可挽回的破坏。已进入审批程序的双峰寺水库，将是承德的第二座大型水库。它的落成，会从根本上解决承德市水资源紧张的问题，同时将把防洪标准提升到百年一遇。

地处承德近郊的崔梨沟村，是个有着460户1700多村民的山区大村，集雨水窖旺了全村的旅游业。全市“六小”水利工程建设深得民心

距承德市10公里的双桥区崔梨沟村，是个有460户1700多口人的山区大村。今年夏季，葛士臣老汉家接待散客的旅游收入又超过了去年。我们来到老汉家时，他刚刚送走一批北京的客人，他们白天游览，晚上花十几元钱就能住上干净的床铺，吃的是在农家小院里亲手摘的无污染蔬菜。村支委金树亭在崔梨沟生活了50多年。“全村就指望着沟里那个泉眼，浇地、吃水都得到沟里挑，可遭罪了。”他下意识地摸了摸自己的肩膀。

葛士臣老汉正在修建自己的第四个水窖，卫浴齐全的客房已有20多间。金树亭的两个水窖也早已通过种时差菜，找到了致富路。这两年，村里又新添了5台风力提水机。站在高处俯瞰错落有致的山村，仿佛能看到一条条穿越在沟梁间的“水脉”。

来到围场县朝阳湾镇苇子沟村，矗立在山头上的一排排风能提水机迎风转动，形成了一道亮丽的风景线。围场县水务局杨金煜局长介绍，近年围场县依托风能资源丰富的优势，引进投资少、效益高的风能提水机37台套，开发山地蔬菜基地400亩，平均亩产值比灌溉前增值400元，坡地果树平均亩增产值200元。一个小小的风能提水机不仅促进了农业结构调整，增加了农民收入，而且为“小水利富民”增加了新的载体。2005年以来，承德市水务局筹集资金400多万元，购进风能提水机889台套，为农民致富、建设全面小康创造了条件。

近年，围绕新农村建设，承德市采取多元化投资机制，结合农村产业结构调整和农村经济实际，建设小塘坝、风能提水、小水池、小水窖、机井、小扬水点等“六小”水利工程，从根本上解决了农村饮水问题，为山

章，常常容易犯的一个错误就是看见树木说树木，看见森林说森林，“只缘身在此山中”的痕迹特别重。

于是，2007年10月到承德市采访，便让我有了跳出水利看水利，站在全局看一隅的眼光与思维模式。在后来梳理所有的采访素材时，才有了从全省“一线两厢”的发展布局看承德，从承德的发展定位诠释“科技兴水、大水利兴市、小水利富民、防洪保安全”的内涵，落脚点放在科学发展的思考过程。

电影电视中有全景、近景的转换，通过细节和特写镜头达到震撼的效果。其实，许多道理是相通的。

作品评析

跳出水利写水利

工作研究这种报道形式，是指研究实际工作中的新情况、新问题，不仅研究问题的症结之所在，而且重点研究和回答实际中该“怎么办”的一种新闻报道形式。这种报道最大的特点是，对解决实际工作中的问题具有较大的参考性。这种报道形式在我国也称“工作通讯”。

本文即是一篇由著名旅游景点——避暑山庄为切入点，着力表现承德当地水利发展思路和成就的典型性报道，亦即工作通讯。作品思路开阔、立意巧妙，内容充实、素材丰富，语言平实、可读性强，凸显了跳出水利写水利、抓住一隅见全局的良好效果。

巧立选题。实际工作中的问题多如牛毛，采写工作研究，重点在于选准问题，问题选得准，报道的写作就可以说是成功了一半。本文欲写当地水利，却以闻名遐迩的承德避暑山庄为切入点，从河北省委、省政府确定的发展战略写起。选题别致，更是抓住了水与避暑山庄、水利与当地发展战略的内在联系，既准确又倍显主旨宏大、立意高远。从全文可以看出，如何体现“大”，作者的视野不仅仅关注在一个具体的景点之上，而是由具体的“避暑山庄”延伸到整个承德市；如何体现“水战略”，作者抓住了避暑山庄乃至一个地区的发展要靠“水”来支撑，“水”是影响发展的关键因素这一问题的关键和实质。

以小说大。问题选准了，如何写好这一“水战略”？作者没有自话自说，而是在厘清叙述逻辑的基础上，选取了大量的典型人物、典型事件、典型地点，穿插了大量有说服力的数字。全文见人、见物、见事，注重事实依据，抓准关键节点，强化新闻纵深，由表及里，层层推进，逐步把“大避暑山庄”的水战略展现给读者。如文中“依靠山庄建山庄、跳出山庄建山庄”、“工业立市、农业强市、旅游旺市、开放活市”的发展思路，“以山为骨、以水为魂、以绿为脉、以文为蕴”的发展理念，“生态型山水园林城市、国际旅游城市、休闲宜居城市”的定位，“科技兴水、大水利兴市、小水利富民、防洪保安全”的水利发展战略，这些所要重点凸显的“工作经验”，自然而明晰地呈现在读者眼前，传达至读者脑海，达到了新闻宣传目的。

善抓问题。经验型工作通讯的写作，有些人往往容易产生为抓典型而盲目铺垫问题，或者为说近好而随意否定过去的做法。本文作者在抓问题时，注重科学性和说服力，注重深入调查研究，既描写了“大避暑山庄”的“景点辉煌”，又直接点出了承德市在水问题上的三个软肋。崔梨沟村葛士臣老汉的“今昔对比”，也具有说服力。

综观全文，该通讯较为成功地避免了工作研究报道中易出现的呆板、枯燥、生硬等现象，以优美的语言表达，鲜活的人物形象，生动的感人场面，巧妙的材料组织，充分诠释了“大避暑山庄”的水战略。

（葛美英）

三上王家坝

◇ 杜红志

王家坝，这个原本不起眼的地方，却因一座分洪闸而得名。每到淮河防汛紧张时节，这座位于豫皖交界的分洪闸，就像一根触摸淮河汛情的焦感神经，成为举世关注的焦点，闸门水尺上水位的稍许起落，都直接影响着国家对淮河防汛的重要决策。我在淮河防汛的过程中多次前往王家坝，见证了王家坝水闸自身的变化和淮河防汛工作的现代化、信息化发展的进程，也从中感受到了中国水利事业的巨大发展。

1991年6月起，受太平洋副高气压和强烈厄尔尼诺现象的多重作用，淮河干流因连日降雨形成大洪水。当年6月14日一大早，我提着摄像机来到淮委防汛会商室，里面的气氛凝重，使我感到事态的严重。果然，淮河上游突发的洪水蜂拥冲向淮河中游，干流水位猛涨，王家坝闸将面临开闸分洪。此时，防汛值班室的电话已经成为热线，水情电报滴滴答答地响个不停，工作人员紧张忙碌。会后淮委派两名防汛专家前往王家坝指导防汛工作，我要求随同专家前去一线采访。我们乘坐的212北京吉普，冲进密密的雨幕，在坑坑洼洼的道路上赶往目的地。当时的道路因为缺乏养护，路况极差，路上全是积水，看不清水下的路况，结果我们的吉普车前轮被一个大坑卡住，突然倾斜差点翻车，是一辆路过的军车把我们的车拉了出来。跌跌撞撞的一路，好不容易到了阜南县城，却被弥漫四野的洪水挡住了去王家坝闸的路，平常只需要走半天的路程我们没吃没喝地整整走了将近16个小时，两位防汛专家急得直跺脚，也找不到电话，任何信息都不知道，只好返回县城找县政府帮忙，忙活到半夜县政府紧急调来一艘水泥船载着我们赶赴王家坝。等我们千方百计来到闸上时，已经是凌晨5点了，这时闸管所里已经挤满了人，与外界的唯一联系就是那里的一部带传真机的电话。分洪在即，但群众转移的情况却未能及时掌握，原定的分洪时间不得不推迟进行。7月15日上午8时，分洪命令下达时，每台启闭机由4人一组摇动把手，缓慢地启动闸门，随着洪水冲进王家坝闸，闸下的濛洼蓄洪区顿时成为泽国。这次采访使我感触很深，大战在即，却遭遇交通不便、通讯信息不灵、指挥手段落后的制约，尤其是来到群众转移的庄台上，发现大部分庄台无水缺粮，补给非常困难，真如群众所讲“一次行洪，家底全空”。

2003年夏季，淮河再次发生较大洪水，王家坝再次准备分洪，我也再一次前往王家坝采访。此时经过大规模淮河治理，王家坝和濛洼蓄洪区已经发生了巨大变化，我们乘坐的汽车已经是四轮驱动的越野车，移动通信可随时传递消息。沿途的道路都已经是平坦的水泥路，蓄洪区内修建了四通八达的防汛道路，群众在有序转移，坚实平坦的水泥撤退道路通向各个庄台，庄台都已经加固一新，四周砌着整齐的块石。一排排新盖的瓦房前都有水井，家中有存粮，每座庄台都有通信和交通设施，水电齐全。群众在家里收看广播电视，丝毫没有了1991年时的慌乱与紧张。1991年时我们被阻断道路的地方，已经建起了一座大跨度的大桥飞跨两端，直通王家坝闸。这座桥被群众称为“连心桥”、“致富桥”，改变了一遇较大洪水王家坝就无外出道路的历史。王家坝闸管所已经成为防汛的前线指挥部，淮委与省、地各级防汛指挥部门领导在会议室里，看着大屏幕上显示的闸上的实时图像，可以与淮河防总和国家防总进行直接对话，各种数据可以随时反映，过去只靠一部电话指挥防汛的历史，已经显得非常遥远了，而我的采访也及时用随身携带的笔记本电脑完成了写作与网络发稿。经过2003年洪水的洗礼后，这座始建于1953年的老闸，在完成了14次分洪任务后，因原设计标准偏低、工程老化、破损严重，而存在多处严重不安全隐患，被爆破拆除，完成了它的历史使命。

2007年7月，淮河又发生了仅次于1954年的大洪水，当我再次来到王家坝前，此时一座新建成的王家坝闸已经投入运行。在王家坝防汛指挥室，宽大的显示屏上水文、气象信息实时变换着图像与数据，国家防总、淮河防总以及流域四省防汛指挥机构都可以实时监控王家坝闸的各种变化。当国家防总的分洪命令一下达，王家坝自动控制室里，工作人员轻点鼠标，顿时，电脑屏幕上一排绿色的闸门图标陆续变成红色，随着王家坝闸门徐徐开启，闸上不断上涨的洪水，一路奔腾呼啸着冲进濛洼蓄洪区。在王家坝闸工作了多年的张汉军告诉我：“我在这闸上工作了20年，经历过3次开闸泄洪，就属这次最特殊，因为这是老闸拆除后重建新闸的第一次泄洪。”张汉军介绍，新建成的王家坝新闸自动化水平较建于上个世纪50年代的老闸大大提高，“过去老闸都是半自动的，而现在全是由计算机控制，只要一按鼠标，所有闸门自动开启，我们的任务就是看流量和压力数字有无异常即可。”

王家坝在我眼里的变化是国家大规模治淮的局部变化，也是淮河防汛工作科学发展的见证。经过大规模的持续治理，以水库、河道堤防、行蓄洪区和控制性枢纽为主体的流域防洪工程体系基本形成，淮河干流上游防洪标准由不足5年一遇提高到约10年一遇，中游淮北大堤保护区及重要城市防洪标准由不足50年一遇提高到100年一遇，下游由不足100年一遇提高到100年一遇，淮河流域的防洪安全屏障更加坚固可靠。淮河防总科学防控，使洪水始终处于可控制的状态之中，科学的预案和以人为本的理念，使人民生命安全得到保障，为流域的经济社会发展打下了坚实有力的水利基础。

（原载2008年7月16日《中国水利报》，获水利部办公厅、中国水利报社2008“见证中国水利辉煌发展——我与改革开放30年”大型有奖征文二等奖）

创作札记

感知时代的进步

杜红志

1991年夏天我第一次感受到洪水的威力。那个夏季，淮河流域被笼罩在厚厚的雨幕里，天就像被什么东西给捅漏了，大雨没完没了地向地面倾泻，原本干瘪的淮河河床顿时膨胀起来。当时我在单位搞电视采编工作，面对突然到来的大洪水，私底下却是一种激动的心情，心想终于有机会见识防御大洪水的过程，我每天都跑到防汛会商室听专家对汛情的分析，看到领导和专家急于得到最新防汛情报的迫切心情。当时汛情全靠电报和传真，大雨一来通信线路就受到影响，“滴滴答答”的水文电报声几乎一刻不停地敲着大家的心。到处告急！我准备了雨具，把摄像设备以及电池等都准备好，随时做好到一线现场的准备。终于6号一大早，我坐上了和两位专家一起前往王家坝的车，在大雨中没吃没喝没合眼，艰难地连夜抵达了王家坝。

一到王家坝，我就开始了现场的采访和拍摄，由于大雨急迫，许多地方的公路都已经不能通行，到王家坝闸开闸时，能到达王家坝的新闻单位居然只有一家当地的报纸。我当时还是中国水利报的通讯员，我用设在王家坝水文站的水利系统的微波电话和水利报取得联系，把王家坝开闸分洪的消息传给报社，报纸在最快的时间刊登了这条简讯。第二天回到淮委驻地时，作为安徽电视台的特邀记者我立即与安徽电视台联系，省台正为拿不到电视画面着急，可是当时去省城合肥的不论公路还是铁路都已经不通了，省台指示蚌埠电视台用微波紧急传输这条新闻，当天晚上这条新闻的画面就出现在《新闻联播》中，当年这条《王家坝闸启动分洪，区内群众安全转移》的新闻获得了全国电视新闻二等奖。

后来几次去王家坝采访，完全摆脱了1991年防汛时的尴尬，行蓄洪区建设已经发生了根本的变化，群众在政府和水利部门的组织引导下，都按照预案有序地转移到安全庄台和保庄圩里，任凭四处洪水滔滔，群众生活不受影响。防汛现代化进程也得到了充分的体现，覆盖流域的微波通信系统得到完善，水文水情和气象信息都实现了实时传输，国家防总可以随时调看各个防汛重点地区的画面和数据，为防汛决策的科学准确提供了保证。

作为记者要随时做好到一线采访的一切准备，对眼前的一切保持客观冷静的眼光。

作品评析

穿越时空看沧海桑田 见证辉煌抒家国情怀

写发展，谈成就，最好的方法是今昔对比。《三上王家坝》巧妙地选择了三个时间节点，带着读者穿越时光隧道，见证中国水利事业的巨大发展。

王家坝是位于豫皖交界的分洪闸，“就像一根触摸淮河汛情的焦感神经”。聚焦王家坝，地点选得好，闸起闸落事关淮河安危，承载百姓重托；镜头回放，三次大洪水，节点选得巧，洪水奔涌，情牵万家祸福，责任重大，刻不容缓。地点、节点，时空变迁，可谓是沧海桑田。要表达，能写的内容很多，可作者是个“老抗洪”记者，他把笔触集中到淮河防汛抗洪的现代化、信息化建设的变化上。

1991年6月的抗洪大战，记者赶赴王家坝，却遭遇交通不便、通信不灵、指挥手段落后的制约，面对滚滚洪水，空怀一腔热血，只能望“洋”兴叹，借用受灾群众一句话“一次行洪，家底全空”。在这段文字描述里，作者貌似纯客观地叙述汛情紧张、路途艰辛、分洪情况，但字里行间却无时无刻不透出一种无助、无奈、无能为力的茫然情绪。

时光穿梭到2003年夏，洪水再次来袭，而作者没有过往的灰暗心情，“乘坐的汽车已经是四轮驱动的越野车，移动通信可随时传递消息”，轻松、畅快，一副志满意得的样子。尤其是看到“蓄洪区内修建了四通八达的防汛道路，群众在有序转移”，“房前有水井，家中有存粮”，作者更是发出由衷的赞叹：“连心桥”飞跨两端，“致富桥”连通外界，大屏幕连线实时图像，笔记本完成网络发稿。从语句的节奏到语气的停留无不透出欢欣喜悦的自豪。

时光荏苒，2007年7月，又一次造访王家坝，新建成的王家坝闸已实现数字化自动控制，“宽大的显示屏上水文、气象信息实时变换着图像与数据”，“运筹帷幄决胜于千里之外”，已通过网络控制得以实现，滔滔洪水在现代化、信息化的防汛系统控制中，“一路奔腾呼啸着冲进濛洼蓄洪区”。驯服洪水，千百年的期盼，亿万人的梦想，时至今日，轻轻一按鼠标，淮河便可安然无恙，这怎不让人激动万分，愉悦欢畅。但作为记者，需要理性、客观陈述，不宜自己站出来抒豪情，发议论，要让情感倾向通过客观叙述自然流露出来，这样才会打动读者，产生共鸣。所以，记者借用在王家坝闸工作20年的张汉军的话语作为直接引语，表达出这份家国情怀。斗转星移，沧海桑田，王家坝靓丽转身见证着淮河治理的成就，更彰显出祖国飞速发展的辉煌；物换景移，而始终不变的是国泰民安的那份情结。文章结尾处，作者点睛之笔强调，树立以人为本观念，坚持科学防范，使人民生命安全得到保障，促进社会更好发展，这是淮河防汛工作科技发展的要旨，更是作者人文情怀的彰显，而这份情怀贯穿全篇。

（郭　奇）

脆弱的岁岁安澜

——换个视角看黄河

◇ 郑秀云　刘红宾

近几年，南方水患频发，占据了国人极大的注意力。被称为“中国心腹之患”的黄河，却出奇的“平静”，平静到汛期内大河断流！1992年河口利津水文站断流72天，济南泺口站断流29天；去年，花园口站最大流量只有4280立方米每秒；今年，利津站已两度断流，从5月31日到6月27日，泺口站也有了28天的断流史。难怪有记者到黄河采访，怎么也找不到冼星海《黄河大合唱》的激越澎湃，面对静如处子的黄河，写出“黄河像绸带从远方飘来”的诗句。

黄河真的如表面的“平静”那样，有着内在的平平安安吗？答案是：否。黄河的状况越来越令人担忧。

黄河下游自1982年以来，一直没有发生大洪水。上游龙羊峡、刘家峡汛期大量拦蓄清水，使黄河汛期基流明显减少，加上三门峡水库实现“蓄清排浑”的运用方式，汛期集中排沙，由于缺少足够的水量输沙入海，致使大量泥沙淤积在河道主槽内，洪水期间水位普遍表现偏高，

1992年汛期花园口水文站6260立方米每秒的洪水位，比1982年15300立方米每秒的水位还高0.34米，成为黄河下游历史最高洪水位。据推算，如果今年发生类似1958年的洪水，下游沿程水位将比1958年抬高2~3米，防洪形势将十分严峻。

主槽的严重淤积，使“槽高、滩低、堤根洼”的不利形势更加突出，部分河段滩地横比降已达1/2000至1/3000，容易形成“横河”、“斜河”，洪水直冲大堤，顺堤行洪的紧张局面。去年9月，在大河流量不到1000立方米每秒的情况下，开封高朱庄形成“斜河”，滩地塌至离大堤仅剩80米，经过2000多军民昼夜抢护，才得以控制。

防洪工程存在的问题也很突出。黄河下游堤防长达1400公里，是抗御洪水的主要屏障，目前有90多公里大堤达不到设防高度，500多公里不能满足防渗要求，还有20多处重大险点隐患未加固处理。近几年大堤上獾狐活动猖獗，屡除不尽；目前尚有2900多道险工坝岸根石严重不足，部分险工根石坡度只有1：0.9，离稳定要求的1：1.5相差甚远，工程稳定性差，一遇洪水顶冲，极易滑塌；近年新修的400多道坝岸，没有经过洪水考验，根石基础浅，很容易出现连续抢险的被动局面。

黄河河口状况也不容乐观，1976年黄河河口人工改道走清水沟流路以来，已行河18年，目前西河口以下河道已长达65公里，河道长度和纵比降都已达到流路末期状况。去年汛期利津断面与“92·8”洪水同流量水位相比抬高0.5米，今年如遇大洪水，有可能发生顺堤行洪，出汉改道，甚至溃决堤防的危险，危及胜利油田的安全。

倘若黄河发生大洪水，黄河滩区、库区、蓄滞洪区的安全问题将非常突出。黄河下游滩区面积3960平方公里，居住着150多万人，如果花园口出现1万立方米每秒洪水，东坝头以下低滩区将有90万人受淹；三门峡库区陕西返库移民等约10万余人居住在335米高程以下，当山陕区间和渭河发生大洪水时，部分居住高程较低的移民村将进水受淹，威胁群众安全；东平湖水库、北金堤滞洪区是黄河下游防洪工程体系的重要组成部分，目前有人口180多万，东平湖有11万人居住在台下，北金堤滞洪区运用时有70多万人需要临时撤离，现在道路、桥梁均不能满足要求，在洪水预报的有效时间内，这么多人同时安全撤离，非常困难。

黄河非工程防汛措施上存在的突出问题是通信问题、水文测验设施问题和防汛料物储备不足等问题。郑州至济南通信微波干线的建设，为黄河下游防洪通信现代化奠定了基础，但是目前通往各地、市、县河务局及重要水文测站、险工险段的配套设施建设跟不上，仍然靠有线通信，通话质量差，保证率低。三门峡至花园口区间重要的报汛雨量站仍采用短波电台口语报汛，远远不能满足防汛信息的传递需要。水文测验面临的困难是机动测船大量报废又无力更新，不得不带病作业。现有机动测船24条，分布在花园口等9个重点站，担负着大洪水测验任务，已达到或超过报废年限的11条，占总量的46%，无法设想在关键时刻测船出问题，会带来什么样的后果。防汛储备料物缺口大，根据定额，黄河下游应储备1283吨，实存866吨，差417吨；发电机8020千瓦，实存3660千瓦，缺4359千瓦；此外，麻袋、帆布篷、木桩等防汛料物差额率都在17%~30%，不能满足防大汛的要求。

为了保证黄河安全，国家投入了大量的人力、财力、物力。近几年，国家每年还安排专项经费，解决黄河上的突出问题，但是黄河基建、岁修经费紧张问题依然存在。根据黄委编制的《黄河下游防洪工程近期建设可行性报告》，2000年以前，平均每年至少需要5亿~6亿元基建投入，近几年实际安排的投资（包括以工代赈），只有2.5亿元左右，一些急需修建的工程不能安排，蓄滞洪区安全建设、水文测验设施更新改造、通信建设和配套等进展缓慢，不能满足防洪要求。自1980年以来，黄河防汛岁修经费基数一直维持在3000万~3400万元，但是十几年来由于物价的大幅度上涨，同样的经费，实际上只能完成80年代初期1/3甚至1/4的工作量。以石料为例，1980年平均为每立方米30元，1993年平均价为每立方米80元，上涨了167%；麻料1980年为每吨800元，1993年为每吨5000元，上涨了500%，其他诸如土方、铅丝、木桩、油料等上涨350%~800%。此外，黄委扩大管理的范围、新修的防汛设施也需要大量的维修费用，经费基数不变，已无法满足维护需要。如部分有线线路每年的维修费用不足每公里205元，连换个瓷瓶都不够。

影响到每个职工切身利益的是治黄事业经费严重不足。治黄职工常年战斗在第一线，生活、工作条件艰苦，但人均事业经费只有2876元，实际每人人均支出5500元左右，不足部分全靠搞综合经营收入弥补。一方面要搞治黄，保卫黄河；一方面要设法挣钱养家糊口，这副担子很重。目前，部分单位工资、福利性支出无法保证，只好给职工“打白条”，基础设施老化，医药费超支挂账，单位和个人都无力承担。这些都在一定程度上影响了职工情绪，影响了队伍稳定。黄河职工队伍是一支能打硬仗、能吃苦耐劳的队伍，他们不畏艰苦，坚守在黄河岸边，为保证黄河安全做出了巨大贡献，如何保证这支队伍的战斗力，增强后劲和实力，已是当务之急。

黄河安危关系国家、民族兴衰，黄河40多年岁岁安澜，但谁又敢说黄河今能安澜？看看黄河存在或潜在的问题，说黄河处在达摩克利斯之剑下，当不为过。

（原载1994年7月15日《黄河报》，获1994年河南省新闻奖一等奖，第五届中国新闻奖三等奖）

创作札记

记者要当有心人

郑秀云

新闻是“跑”出来的，对此，我深信不疑。但《脆弱的岁岁安澜》算是个例外，是“听会”听出来的好新闻。

1994年，我主编黄河报一版，分工联系黄河防总、黄委防办。进入汛期后，每周几次的防汛例会都要去听。由于出席例会的都是主管领导、相关部门专家、防办工作人员，都是“自己人”，会议没有虚文客套，总是开门见山、直奔主题。每次会议都有不同的议题，涉及不同的问题，许多涉及黄河安全的问题都毫无遮掩地摊在桌面上。这些问题中有新问题也有由来已久的“老大难”。有些可以调度周转，但有些深层次的问题不是黄河防总一家能解决的。直面这些问题对我冲击很大。

上大学前，我在黄河基层单位工作，黄河深深地烙在我心里。毕业后分配到黄委，让我有机会从更高的层面上认识黄河。现在参加黄河防总的例会，更使我直观、深入地从另一个视角看到了一条不一样的黄河，看到了黄河存在的、潜在的危机。加之，此前在基层单位采访耳闻目睹黄河职工艰辛的工作生活状况，职工自嘲式的白描犹在耳边：“远看像要饭的，近看像掏炭的，仔细一看是黄河段的”。我希望黄河安澜，希望黄河职工安好，但我深刻感受到了希望与现实的落差。一条令人心忧的黄河，一支让人心疼的治黄队伍，不由得沉甸甸地压在心里，沉得搬不走，浓得化不开。

新中国成立后，“堤防”加“人防”保证了黄河40多年伏秋大汛不决口，成就辉煌，这是不争的事实；但黄河当前面临的严峻形势也是客观存在，不容忽视。报喜不报忧，有违新闻良心，就事论事写篇“问题报道”于事无补。于是，将那条不一样的黄河如实地告诉更多的人，让更多的人从新的视角看黄河，对黄河有更全面的认识，继而愿意为黄河做点什么，似乎成了一件我不能不做的事。我相信，改换视角后看到的黄河对我的震撼，也会震撼他人。

事实和数字是最让人信服的。用事实说话，让数字为黄河代言，这个构思逐渐成型。为了让文章中使用的资料、数据能够经得住推敲，经得起历史的考验，我找到当时在防办工作的红宾，他不仅是专家，还是防办的活“资料库”。我俩一经沟通便达成一致。当红宾准备好大量资料、数据的时候，我也完成了对水文、河务、通讯等部门的采访。有了厚厚的素材，心里已如一块石头落了地。这篇文章筹划准备了大约一星期，成稿却下笔如流不足半天，也许这就是厚积薄发吧。

从想写这篇文章开始，脑子里想的就是要“换个视角看黄河”，但当稿成放下笔时，“脆弱的岁岁安澜”蓦然跃出脑际，于是《脆弱的岁岁安澜——换个视角看黄河》，成为标题，再未改动。

文章见报后，特别是获奖后，在多种场合都议到过这篇文章是怎样产生的。有的说是作者的忧患意识；有的说是作者敏锐的新闻洞察力；还有的说是对资料的把握和整合能力等等。这些也许都有，但我更认同是对黄河的爱，对黄河人的爱。同为黄河人，我期盼上上下下关注黄河，拿出真金白银为黄河强身健骨，让黄河的岁岁安澜真的固若金汤。期盼让3万多守护在黄河边的我的前辈、我的兄弟姐妹们不再为工资、看病发愁，能过上有尊严的好日子，能心无旁骛地守护好黄河。

就这篇文章来说，我觉得记者要当“有心人”，要用心积攒你的“资源”。每一次采访都不会重现，这一次的“闲笔”也许就是下一篇文章的“筋骨”乃至灵魂。在这篇文章中，就动用了许多过去采访积累的线索，翻开它们就感到有底气、有激情，而且很容易就找到要找的人和事，补充上新的资料，不用再去攻坚克难。

作品评析

反映事实真相　揭示问题实质

事物有“现象”和“本质”之说，是因为一般人容易被事物的表象所迷惑，或不愿意深入一层去看待、分析问题。作为一个新闻工作者，她要善于透过事物的表象，挖掘事物的本质含义，或可说是“透过现象看本质”，这是新闻的“要义”之所在，也是党和人民赋予新闻工作者的神圣使命。

《黄河报》记者采写的《脆弱的岁岁安澜》，就是一篇深刻揭示现实问题的“问题性”调查报告。

黄河是中国的“母亲河”，黄河哺育了中华儿女，同时，黄河的“水患”也给中国人民带来了无尽的灾难。黄河的安危，事关千百万黄河流域人民的生命和财产安全，事关国家的稳定与发展。作者以此为出发点，对社会这一热点问题进行了深入而详尽的挖掘，力争反映事物的真相，揭示问题的实质。

作者是带着问题进行采访与写作的。文章标题中的“脆弱”二字，深刻揭示了黄河面临的“实际”情况，向国人敲响了震耳的警钟。

接着写黄河的“平静”，写黄河的“断流”，写黄河的“静如处子”，看似是对标题中的“岁岁安澜”的解释，实质是对问题严重性的一种间接反映，是作者辩证唯物主义和历史唯物主义观点的体现。因为“平静”和“躁动”、“断流”和“洪灾”、“静如处子”和“脾气暴躁”是紧密联系，密不可分的。作者写这些的目的是要明确告诫人们，如果这些潜在的问题不能引起人们足够的关注，不能做到未雨绸缪，那么，“脆弱”的“岁岁安澜”必然远离国人，“黄患”的悲剧一定还会重新上演。

仅有“警告”是不足以解决问题的。作者接下来分别从“洪水期间水位普遍表现偏高”、“主槽严重淤积”、“防洪工程存在的问题突出”、“黄河河口状况不容乐观”、“滩区威胁”、“黄河非工程防汛措施上存在突出问题”等几个层面对黄河面临的现实问题进行了详细的报道。并且，还从“黄河基建、岁修经费紧张”、“治黄事业经费严重不足”等管理角度，分析说明了问题的严重性和急迫性。材料真实可靠，发人深省，说服力强。

作品十分注重“定量分析”手法的运用。作者采用大量真实而可信的数据，对有关现象进行说明、解释、分析、论证，让读者系统了解了事物由量变到质变的演变过程，认识到事物发展的必然结果，深化了作品的主题，使报道更具说服力。

作者还运用如“拟人”、“设问”等艺术表现手法，如写黄河“安澜”时的“平静”、“静如处子”，写“黄河处在达摩克利斯之剑下”，较好地增强了报道的可读性和感染力。

《脆弱的岁岁安澜》是一篇涉及敏感话题的报道，黄河防汛是社会公众关注的热点问题。对于热点、敏感问题，能否报道、如何报道，本文作者进行了有益的尝试。首先，作者掌握了正、反方面的全部材料，没有回避敏感问题，并树立起全局观念，抱着既稳定社会，又揭露问题、解决问题的宗旨，消除各界对黄河防汛的麻痹思想，引导社会正确看待黄河治理的复杂性和长期性，对形成正确舆论导向，无疑是有较大的促进作用的。

（史丽娟）

黄河水沙的时空对接

——2003年调水调沙纪略

◇ 于迎涛

在世人普遍的认知和记忆里，黄河水少沙多，水沙不平衡。多少年来，矢志于黄河治理开发的人们，为此进行着不懈的努力和探索，试图通过各种有效手段来减少黄河下游河道的淤积，解决千百年来的泥沙输送难题。

2003年汛期，黄委党组按照新时期的治水理念和思路，利用中游洪水的契机，创新思维，科学调控黄河小浪底等干支流水库群，首次实施了大空间尺度的调水调沙试验，并获得成功，以全新的视角和勇气诠释着现代治黄涵义，从而实现了黄河治理开发与管理的历史性跨越。

今年的调水调沙早在2003年6月的防汛合成演练中就已经开始酝酿。汛前，黄河防总针对今年黄河流域处于多雨带，并且暴雨中心极有可能位于黄河中游的预测，有针对性地做出了重点部署，着重防御迎战可能到来的黄河中游高含沙洪水。

正是在连续60个小时的防汛合成演练过程中，黄委党组审时度势提出了能否利用中游高含沙洪水，与伊洛沁河低含沙“清水”，在花园口实现对接这一前无古人的大胆设想。

让我们先看看2003年黄河中游突如其来的洪水，也许能从中把握这大写意似的调水调沙始末。

从7月30日，黄河中游府谷出现13000立方米每秒的洪水开始，历史罕见的华西秋雨致使黄河中游干支流洪峰一个接着一个，连绵不断，整整持续了80天，洪水量达到110亿立方米。陆浑水库突破汛限水位！故县水库突破汛限水位！作为黄河防汛“王牌”的小浪底水库水位持续上涨，突破汛限248米水位后，上升至250米，水位最高的时候超过260米！情况紧急，时不我待！

在这80个日日夜夜里，黄河防总面临着局部救灾与整体防洪，水库运行安全与下游滩区安全，防洪、蓄水和发电多方利益冲突等多重矛盾交织的形势。

在艰难的条件下，黄河防总运筹帷幄，审慎决策，经反复讨论，实现多赢目标的最佳途径渐趋明晰。

“无控区清水负载，小浪底调水配沙”。利用小浪底水库把中游洪水调控为含沙量较高的浑水，然后打时间差、空间差，再用支流伊洛沁河的清水与浑水在花园口对接，实现大空间尺度的调水调沙。一个全新的调水调沙方案诞生了！

这一设想和现实的巧妙结合，来自于经验与智慧碰撞出的火花，根植于现代治黄的理念和对黄河水情的理性认识。

然而设想付诸于行动，难题也接踵而至，最主要的困难有两个：一是上游高含沙洪水和下游清水在花园口断面如何实现“对接”，它包括上游高含沙洪水与小浪底水库的对接、小浪底水库下泄洪水与下游伊洛沁河清水的对接两个层面的内容。二是如何利用小浪底宝贵的库容，达到拦粗（沙）排细（沙）的目标，破解合理调度小浪底水库进行泥沙分选这一世界级难题。

黄河防总在防洪调度过程中，边实践，边思索解决问题的办法。

根据制定的2003年黄河调水调沙调度预案和当时的水情、工情，确定了“03·9”洪水四库水沙联合调度预案，通过前期实测资料分析、数学模型计算和实体模型试验，综合考虑水量、沙量、水库运用和黄河下游防洪安全等因素，在“以稳为主，宁小勿大”的原则下统筹安排，精细调度。

与此同时，原型黄河水沙测验体系全面启动，水文部门加密了重点水文测验断面的测验频次，及时提供最新的流量、含沙量信息，为科学调度小浪底等水库群做好服务。

随着中游高含沙洪水源源不断流入，黄河防总科学调度三门峡水库泄洪排沙，使之如期在小浪底库区产生了约25米厚的异重流；水文部门准确及时地跟踪监测异重流向小浪底坝前移动过程；根据水文信息，黄河防总适时下发指令，打开小浪底枢纽孔洞，将细沙洪水排出去，成功实现了小浪底水库拦粗排细。

由于黄河干支流来水、来沙量瞬息万变，实时更新，水沙搭配摸不着，看不透，从小浪底到花园口还有100多千米的路程，做到花园口断面的洪水含沙量稳定保持在30千克每立方米左右实在是难之又难。黄河防总根据伊洛沁河流量、来水量及时向小浪底水库下发指令，适时调整闸门开启的时间、孔洞数、流量、排沙量等关键数据，控制小浪底水库下泄流量、含沙量等标准，从而使花园口的流量、洪水含沙量保持稳定状态。

9月6日至18日，当花园口水文测验断面黄河水以2400立方米每秒左右的流量、30千克每立方米左右的含沙量，滚滚东流的时候，预示着清水和浑水的对接成功。一代又一代治黄人心中期盼多年的让黄河水按照合理的含沙量遵照人的意志驯流的梦想变成了现实。

历时13天的2003年调水调沙试验，1.2亿吨泥沙被输送至大海，下游主河槽各断面过流能力增大100～400立方米每秒。实践证明，实时控泄小浪底水库流量，调水调沙，既确保水库安全运行，又能减少下游滩区损失，同时最大限度地实现洪水的资源化，达到冲沙减淤的多赢目标。

在今年首届黄河国际论坛上，当国外水利专家听说黄委先后进行的两次调水调沙试验均获得巨大成功的消息时，相当吃惊，认为这是不可想象的事情。

2003年的调水调沙给波澜壮阔的黄河治理开发与管理画卷增添了点睛之笔，它的成功点破了传统治河手段的寂寞，增添了高科技治河的内容，标志着新的治水理念日益深入人心，现代治河手段威力凸现，2003年的黄河因此而显得富有朝气、更加灵动。

2003年调水调沙的结果，不仅1.2亿吨泥沙被输送入海，主河槽过流能力增大，而且同时创造性地解决了专家认为的小浪底运用初期不可能实现“拦粗排细”这一世界级的泥沙分选难题。但它的影响远非如此，如果说2002年的调水调沙黄委还是小心翼翼投石问路的话，那么2003年的调水调沙，水库群调度的规模、时间、空间尺度更加广阔和多维，成果愈加丰硕，黄河人的态度也更加坚定而从容。更重要的是今年的调水调沙开阔了人们的视野，增强了人们治理开发与管理好黄河的信心和勇气。

黄河走过了不平凡的2003年，留下了许多值得回味的东西，大空间尺度的调水调沙无疑将在母亲河的记忆里散发出绚丽夺目的光彩。

令人欣慰的是，黄河人并没有因为所取得的成果而陶醉，他们深知黄河还面临着许多复杂的问题有待解决，新时期的黄河治理开发与管理工作激励着他们永不停顿。

（原载2003年12月25日《黄河报》，获2003年度河南好新闻奖）

创作札记

胸中应自有丘壑

于迎涛

2002年至2004年，水利部黄河水利委员会开始了三次黄河调水调沙试验，取得了巨大成功，在国内外媒体和水利业界引起强烈反响。

由于黄河暴雨洪水来源区不同，洪水含沙量差别很大，这就需要采取不同的调水调沙方式，2003年的调水调沙属于黄河水利委员会探索的一种模式。

2003年调水调沙前，黄河水利委员会有关部门要制订方案，多次召开会议专门研究，我当时负责联系防汛办公室的新闻，几乎每次有关调水调沙的会议都到会聆听，掌握了第一手的素材，对当年黄河调水调沙的探索思路、决策过程有了比较全面的了解。

在年底的工作会议前，按照上级安排，我负责2003年工作会的电视解说词部分章节的撰写，其中就有一章是关于当年的调水调沙的。

我记得很清，当时我们几个撰写者被封闭在宾馆里，专心写作。当别的同事已经开始写作的时候，我还在打腹稿，重点就是如何以自己的眼光和见解，来思考写作调水调沙。经过三天的酝酿，边敲边想，花了2个多小时写出了本篇文章。

后来《黄河报》、《中国水利报》先后刊登了该文，受到了不少读者的关注，时任黄河水利委员会主任李国英给予了肯定和褒扬，获得了当年的河南好新闻奖，也被河南报业网推荐参加了当年的全国新浪好新闻评选。

写作体会主要有两点：一是记者作为新闻人，一定要有自己的视野和思维。第一次调水调沙试验期间山东河南黄河滩区出现了大范围漫滩，反对调水调沙的声音一度也比较刺耳。如何看待调水调沙？调水调沙又会有怎样的未来？作为一名水利行业的记者，我有责任和义务写出我眼中的调水调沙，让更多的人认识、理解和支持这项世界水利史上最大的原型试验，看到它的作用和未来的潜力。我欣赏宋代诗人黄庭坚的一句话："胸中元自有丘壑，故作老木蟠风霜"，反对那种只照搬材料，人云亦云的写作，那注定只能是大路货，不会有鲜明的记者风格，也不可能吸引读者的眼球。

二是不同新闻岗位锻炼于写作大有裨益。一个人从事的工作可能有所不同，但事物的道理是相通的。我曾从事电视摄像工作7年，后来成为报社文字记者，电视新闻画面的构图、稳定、流畅，拍摄角度的多向性，段落、文字的简洁、明快，对今后从事报纸新闻题材的文字写作产生了潜移默化的影响。在写作中会不自觉地运用拍摄画面的感觉，立体表现新闻事件和人物，使得文字表现更灵活、生动，更具亲和力。

作品评析

高难度“课题”的通俗解读

通讯《黄河水沙的时空对接》，是一篇具有纪实特质的解释性报道。

黄河的“调水调沙”，是一个新生事物，作为一项重大的“治黄”之策，因其专业性强、科技含量高，让社会公众了解清楚并非易事。而本文作者采用纪实性的语言，充分运用大量的现实和背景材料，以通俗和朴实的语言，对黄河“调水调沙”的全过程进行了详细而生动的描述和科普化的解读，深入解释了黄河“调水调沙”的来龙去脉，展示出当代黄河人的聪明智慧和不畏艰辛的奋斗精神。

黄河泥沙治理的问题，历来是黄河发展史上的焦点问题和世界级的难题。

作者抓住黄河治理的“关节点”——泥沙问题，从“多少年来，矢志于黄河治理开发的人们，为此进行着不懈的努力和探索，试图通过各种有效手段减少黄河下游河道的淤积”开始写起，写当代黄河人的科学理念、创新思维，写“调水调沙”试验的成功，写黄河治理与管理的历史性跨越。特别是对“调水调沙”意义、价值和具体操作过程，作者做了详细、认真、深刻而科学的解释和说明。这不仅揭示了事实的“为什么”和

"怎么样"的因果联系，更满足了读者的求知心理，使报道具有了可读性和吸引力，也一定程度上解释清楚了一个相对复杂高深的科学课题。

通讯的纪实性体现在对"调水调沙"过程的叙述之中，整个过程情节曲折，波澜起伏，形象生动，引人关注。

作者把问题的重点放在"调水调沙"的具体过程之上，寓"解释"于叙述之中，边解释，边叙述，既是叙述，又是解释。作者没有过多使用专业或技术性强的术语，而是以大量的通俗易懂的生活语言形式、简单明了的叙述语式，把一个复杂、专业、学术含量极高的高难度水利过程——"调水调沙"的过程写得真实、生动、形象，富有感染力。同时也向读者传递出大量的科技信息，一定程度上对读者进行了一次有效而生动的科普教育。

（景　婷）

王绍锋和他的“传奇”

◇ 李 平

“中国十杰青年外事工作者”的评选日前揭晓，中水电对外公司项目经理王绍锋绚然当榜。在新华社发的传真图片上，王绍锋的沉稳大度令人注目，而更令人叹服的，是他在巴基斯坦承包工程中两次为国家挽回重大经济损失的“传奇”。

——题记

刚刚过完35岁生日的王绍锋，在同事们眼里总有股沉着稳定、遇事不慌的劲儿，而这股劲儿也正是当初中水电对外公司从众多名校毕业生中对他一眼相中的原因。

在华东水利学院（现河海大学）河川系水工专业担任过班长兼党支书的王绍锋，工作两三年，组织管理能力便显露锋芒，在接下来前往马尔代夫、巴基斯坦、尼泊尔等国超过10年的国外工程项目施工和工程编标投标工作中，勤奋刻苦的王绍锋更积累了丰富的工程技术和海外项目管理经验，迅速成长为公司的技术业务骨干。

1994年4月，公司总部决定把王绍锋调到合同管理和工程管理都存在问题无法交工的巴基斯坦KPOD/DPOD排水工程任项目经理。

KPOD/DPOD排水工程是世界银行贷款项目，合同额约1000万美元，原由巴基斯坦水电开发署任咨询工程师，但在工程临近结束时，根据世行的新要求，咨询工程师改为英国某公司担任。由于巴方咨询管理不善，原施工期间的许多技术资料保存不好，一些合同变更无书面记录，新咨询上任后，按FIDIC条款要追究中方责任。当时缺乏经验的中方施工队伍不会利用合同有利条款保护自己，认为自己有理就可以与英国咨询硬顶，结果造成矛盾激化，工程停工。据此，英国咨询决定罚中方280万美元，不明真相的世行也向中方公司发出警告。

在商业运行规则中，掏钱的人就是上帝，而这个概念在中方水电施工队伍中还如同沙漠里浅浅的脚印。王绍锋知道，他面临的是一个大窟窿。

王绍锋赶到工地后立即决定按合同首先复工，以缓和与咨询的矛盾。然后，他认真研究合同与技术文件，积极与咨询代表交换意见，由中方负主要责任的问题立即无条件整改。真诚的态度赢得了咨询的信任，咨询答应暂不执行罚款决定。与此同时，王绍锋一边狠抓内部管理，努力按合同要求保质快速完成工程任务，一边加紧进行公关工作，据理力争，终于使咨询于1994年6月撤销了对中方的罚款决定，并主动开始项目的交工验收。该项目在1995年2月顺利地拿到了竣工证书。

“当时只想尽快解决问题，预料可能会有所损失，但没想到这么顺利。”海外一处处长张艰，王绍锋多年的老上级，这样评价他的“传奇”：“我认为他首先是有很强的事业心、责任心，然后是踏踏实实地把工作做好。”

巴基斯坦的夏天酷暑难耐，最高气温常达59摄氏度。长期国外超负荷劳累，使王绍锋1995年回国时发现自己早已患上难缠的肝病。医生嘱咐，药物治疗，必须静养两至三个月。

这时，中国水电对外公司获得了在巴基斯坦的第一个公路项目——旁遮普省2号公路项目，合同额3800万美元。组建施工队伍、开拓工作局面对该项目意义重大，公司领导把探询的目光投向了富有工程经验的王绍锋：能否去帮助做一段项目前期工作？

1995年8月，王绍锋带上够吃3个月的中药，再赴巴基斯坦。可这一去就是一年，1996年6月等他回国检查时，肝病又加重了，医生嘱咐全休治疗。1996年9月，巴基斯坦2号公路经理不幸因公殉职，公司不得不请王绍锋带病出征，同时给他配备业务助手，让他每隔3至6个月回国复查身体。

尽管公司安排王绍锋多做室内管理和指挥工作，可2号公路项目并没有给他减轻工作强度，他每天工作十几个小时，在工地、业主和咨询办公地之间平均每天要奔波220公里。就在辛勤的劳动即将开始收获的时候，天有不测风云，2号公路已完工的42公里沥青路面因业主设计缺陷而早期开裂，业主将责任推到了中国承包商的身上，一旦责任成立，将给中方带来上千万美元的损失。

“吉人自有天相。”事后王绍锋的同事们对此开玩笑地说。当时，巴方报纸“International News”将近几年来该国车辆超载、地面破坏等情况做了整版报道。王绍锋眼睛一亮，对所在的城区交通流量进行勘测，发现当前的交通流量是1988年、1989年设计时的4倍，并且该公路是按美国标准设计的，6轮卡车的载重量应为8～12吨，而实际上从这段路面上通过的此种车辆的载重量却为30吨左右，10轮卡车的实际载重量也超出规定近一倍，单轴向压力均超重70%。王绍锋用了整整一个多星期，废寝忘食，查阅了大量资料，用英语写了我方专业分析报告。该报告材料充实，数据完备，图文详尽，论证有力，得到了咨询专家的认可和赞赏。他还请来了国际公路工程领域的几位权威专家做技术鉴定，证明了中方施工质量的无可挑剔，业主最终承担了设计失误的责任，同意增加沥青混凝土路面厚度，延长工期，补偿停工期间的部分损失。该项目因此获得了超过100美元的停工补偿和物价调整补偿。

问题就这样被巧妙地解决了。王绍锋至今仍在巴基斯坦炙热的工地上忙碌着，与他相濡以沫的妻子不久前也前去与他并肩作战。此刻，我们无法倾听他亲自讲述中国水电对外工作者的异国经历，但我们相信，这部“传奇”故事的背后，想必也有一部“传奇”。

（原载1999年5月4日《中国水利报》）

作品评析

平凡造就“传奇” 平淡更显功力

人物通讯就是以人物为报道对象，反映一个人的思想、言行、事迹的一种新闻表现形式。人物通讯主要表现人物的精神面貌和品质。因为人物通讯里的人物是现实生活中真实存在的具体的“人”，对这些“人”的描写，必须建立在“真实”的基础之上，而不能像文学作品一样去“塑造”，也不允许对人物进行任何的夸张或渲染，因此容易写得枯燥、乏味、缺乏活力，或写得“千人一面”，难以唤起读者的注意力和兴趣，缺乏吸引力。因此，人物通讯写作中人物的选择，对人物事迹的挖掘，就显得十分重要。

通讯《王绍锋和他的“传奇”》有以下几个特点。

抓准读者的认知特点来命题。本文写的是一个先进人物的事迹。我们知道，从某种意义上讲，“先进”的不一定就是非常吸引人的，而“传奇”的一定能够引发人们的高度关注。因此，作者抓住读者的这种认知特点，对作品主人公王绍锋的事迹的描写重点放在“传奇”之上。通过对王绍锋平凡而“传奇”的事迹的介绍，展示了人物强烈的事业心和责任感。

以平凡实例解题。虽然通讯的标题中写明的是表现王绍锋的“传奇”故事，但作者深深知道，现实中真正的“传奇”是不存在的，任何“传奇”都是现实中“平凡”的缩影。之所以称之为“传奇”，多是因为事情的结果往往“出乎意料”；而“传奇”之所以“平凡”，是因为这些出人意料的结果，往往是“情理之中”的。作者基于这样的认识观点，从王绍锋的日常具体业务入笔，重点写王绍锋的“沉着稳定、遇事不慌”，写王绍锋的“勤奋刻苦”，写王绍锋的“踏踏实实”，写王绍锋的“真诚的态度”，写王绍锋的“狠抓内部管理”，写王绍锋“废寝忘食地查阅资料”。这些看似“平凡”的工作“小事”，却是成就王绍锋“传奇”的必备条件。“平凡造就传奇”的道理自然得以显现。这样的表现方式，人物显得更加真实可信，更加令人敬佩，值得人们学习和效仿。

在典型环境和矛盾冲突中表现人物。作者把主人公放在“海外项目管理”这个特殊的环境中，置身于“合同管理和工程管理都存在问题无法交工”、肝病的加重与公路项目的需要等矛盾之中，在典型环境和矛盾冲突中展示人物的风采，体现主人公高尚的精神品质。

以朴实语言描摹人物。作品在表述上，没有主观上的溢美之词，没有堆砌华丽的辞藻，也没有过多的抒情或描写，而是以通俗、朴实、浅显、易懂的语言，简单的结构形式，以平淡无华的叙述方式，对主人公的事迹娓娓道来，“胜似闲庭信步”，显示出作者高超的驾驭文字和驾驭事件的深厚功力。

人物通讯中写人物，重点要放在突出人物的精神境界层面，通过表现人物的精神风貌，反映一种时代精神。我国目前正处于发展时期，在这样的发展过程中，需要一种精神，一种品质。而这种精神和品质究竟是什么？就是“爱岗、敬业、奉献”。强烈的事业心，高度的责任意识，踏实的工作态度，带病顽强工作的献身精神，这些都是时代对人们的要求。而这一切，在通讯的主人公王绍锋身上得到充分的体现。王绍锋既是平凡的，又是“传奇”的。至此，通讯的思想意义得以大大提升。

（严　壮）

黑山峡之鹰

◇ 王继和

听说我要去黄河上游水文站采访，有人以非玩笑般的口气提醒，你得多带几条手绢。我想我又不是女人，就把这话当成了耳旁风。结果在采访甘肃黑山峡水位站测工王定学的过程中，我的衣袖湿了一次又一次……

一

把有关王定学的几乎一切材料搜罗到以后，就踏上了西去的旅途。列车内拥挤、嘈杂不堪，心却静静地沉在一段想象的峡谷里，想象见到王定学的第一面时，他是赤着脚在河滩里看水尺，还是在浓烟熏燎的小厨房里烧饭？还是……到了兰州水文总站，得到的消息却使我一愣，王定学病了，此时正躺在景泰县医院的病床上。一路上的所有设想，就这么被轻轻地推翻了，沮丧片刻，忽又喜上心头，如若见到王定学的第一面是在病床上，岂不是一个更好的文眼吗？

事先已得知，王定学今年36岁，甘肃景泰人，1977年毕业于黄河水利学校，1982年3月从青海吉迈水文站调到甘肃的黑山峡水位站。水位站和水文站有所不同，主要工作就是看水尺，记水位，站上顶多设一两个人，非汛期一昼夜看四次水尺，汛期一昼夜六次，水一大就没定数了，一小时就得看一次，就这么着，他一个人已经干了九年了。他太累了，不是直接给累倒的，也一定是积劳成疾，这无疑可以为我笔下的主人公增几分色。

没想到，当兰州水文总站陈建中师傅用“天马”牌汽车以70多公里的时速把我送到景泰医院时，王定学已经出院了。去哪儿了，不知道。我又一次沮丧不已，不仅仅又杜绝了一个好文眼，连见到见不到王定学都成了一个问题。兰州总站、黑山峡水位站、景泰老家、青铜峡小家，这些地方他会去哪里呢？在医院门口徘徊难决，又回病房搜寻蛛丝马迹，总算从一个病友口中得知，有一个姓高的人来看过王定学。几经周折，终于在离县城六七里的一个农场找到姓高的家，他是王定学的“一条担”，王定学正在这里。惊喜只是一瞬，我迅即开始了对王定学的观察，眼睛大且内凹，鼻梁不高不低，微厚的嘴唇很见棱角，配上近一米八高的魁梧身材，标准的申军谊式。一说话却令我有些失望，木讷、迟钝，还透着犹疑不定。尽管王定学的妻子在站上陪了他几年，但扣除这几年，王定学只身在这里的时间也近四年，究竟是病把他拖得神情憔悴，还是长期孤单寂寥，造成了他这般不苟言笑的怪僻性格？我带着一丝酸楚，提出了到黑山峡看看他的工作环境的想法。或许是听到了“黑山峡”这三个字，王定学眼睛一亮，旋即又暗淡了，慢吞吞地说：“你别去了吧，黑山峡的路不好走。”

二

“天马”沿着一条铺在沙漠上的沥青路，北行40公里，扭头向右扎进了连绵起伏的大山。初时还有条崎岖不平的山道，越往里走，路越没有形，后来干脆就下到山沟里，在山洪冲刷的乱石滩上吱吱嘎嘎地扭摆。陈师傅说，轮胎在别处能跑10年，在这儿顶多跑两天。不知绕过多少山包，碾过多少条碎石沟，花了将近两个小时的时间，“天马”才钻出群山，来到河边一个驮着一所灰白色小平房的土岗下面，停住了喘息。我特意看了一眼汽车的里程表，从进山时的20611变成了20653。

下车后的第一印象，觉得这里挺有景色，黄河在这里空有其“黄”名，而是像条明丽的缎带，从雾岚缭绕的峡口轻盈地飘出，甩个大弯儿逶迤东去；一两只羊皮筏子载着山里人漂来渡往；灰黄色的平顶农舍顺着山根走势随意排列；村庄与河面之间数百米宽的河滩上，漫布着疏密有致的果树林，林梢正泛出淡淡的绿意……

这幅世外桃源图在我迈进水位站后就悄然碎裂了。住室里的大炕上堆着两床旧被子，一盏简易的油灯立在破桌子上，几张过了时的报纸躺在窗台上。厨房里更是冷清，缩在一角的灶台毫无生气，案板上蒙着一层灰尘，一个小罐里盛了点黑不黑黄不黄的东西，王定学说那是他的盐，自己熬的。我又掀开一个大点儿的罐子，只看见一层灰白毛毛，一股怪异的酸味使我差点呕吐，王定学忙说那是他腌的酸菜。我一时无话可说，只感到一阵阵心酸……

九年里，王定学只在1986年秋天到郑州参加过一次黄委会劳模会，再就是1987年8月之后每年回青铜峡两三次。除此之外，他都是在这所小屋里度过的，当然包括这期间八个春节中的七个，只有一个春节没在这里过，那就是今年的春节，他躺在景泰县医院的病床上打吊针。

百里群山几乎成为一个难以逾越的屏障，外面世界的文明很难输送进来，水位站东面那个叫做北长滩的小山村，至今没有一条像样的路，没有电，没有医疗条件，甚至没有一个经营油盐酱醋针头线脑的小卖部。几年前有了一台小型拖拉机，立刻成为全村最先进最奢侈的交通工具。每次出山，只有村长、老人及妇女儿童才可乘用，但是仅一场中雨，即可宣告交通断绝。

王定学是这里唯一吃“皇粮”的人，但离这里最近的粮店在30公里以外的宁夏干塘，每月王定学都要翻山越岭到干塘，再背上十几公斤粮食翻山越岭回黑山峡。凌晨出门，深夜进门，粮食袋一下脊背，浑身便散了架。有一回他搭着北长滩村的拖拉机从干塘买回粮食，路上拖拉机没有躲开山路旁的一块石头，坏了，怎么也发动不起来，王定学看看山势，估计出还有十六七公里的路程，而手表上的指针已快对准10点了，离夜12点的观测时间只有两个小时了。王定学对拖拉机上的人说："我12点得看水尺，先走了。"说完粮食也不背了，大步走进黑透了的山夜里，只用两个小时零五分的时间，于12点以前赶到水尺前，正点观测了水位。我问王定学："站上只你一个人，晚个把小时测，谁知道？再说，当时又不是汛期，晚那么一会儿，水位也不一定会有变化呀？"他淡淡地答道："只有真实的水位记录，才能给治黄研究提供正确的依据，哪怕错上一分钟，也不叫真实。"

我微微地点头。黑山峡水位站九年来的一万多次水位记录，之所以与下一个水文站的观测记录悉数吻合，全部达到优质标准，是因为它的主人对"真实"有着这样一份简明的理解和这样一番朴实的追求。前几年社会上曾涌动过一股实现"真实的自我"的思潮，那其中虽然不乏真诚的心灵感召和呼唤，但也有相当一部分是矫揉造作的无病呻吟，或者以自我为中心的私欲暴露，而终年在深山野河孤身劳作的王定学，虽然从不会有什么奇思异想，但我觉得他已毫无欠缺地拥有了一个真实的自我。

出水位站，下个二三十米高的陡坡，再走上四五百米的乱石或软泥滩，便到了河边。王定学突然缄默了，也许他触景生情了，我想。黑山峡水位站的生活无论多么艰苦，但真刀真枪地与黄河水搏斗，却是在这里。在这里，他有一次陷入刚淤起的泥滩，在淤泥快要埋到胸口的时候，乱抓乱挠的手幸运地碰着掉落的水尺，才得以生还；在这里，他有一次半夜12点多，一人飞舞铁锨，用两个多小时挖成一条长四米多的水沟，疏去滩上的稀泥，使水尺刻度暴露出来；在这里，他有一次下河去扒缠绕住水尺的水草，水流太急，他弄根绳子一头拴住自己的腰，一头让妻子在岸上拉着……如果这里再有一个汉子，王定学不是就可以少受点累吗？一团疑云倏然升上心头，站上原来是两个职工啊，王定学为什么要提出一个人在这里呢？

对这个问题，王定学说：“这里条件差，没有必要让两个人在这儿受罪。”虽然他轻描淡写，但我知道他这样做的分量。

“亏了娃他妈，帮我不少忙，不光做饭洗衣，还帮我看水尺哩。”王定学提到了他的妻子。他的妻子曾在黑山峡水位站住了五年多，是给予王定学支持最大，也是最了解王定学的人，我决定去青铜峡访问他的妻子。王定学也要陪我去。临走前，他用水准仪把水尺又检校了一下，对受托帮他看水尺的老乡叮嘱再叮嘱。汽车开动后，王定学忽然对我说：“自从1955年有了黑山峡水位站以来，你是上面来的第30个人。”我听了以后，心头有一股说不出的滋味，又回头死死地看了一眼黑山峡水位站，像要把那间灰白色的小平房刻在心上。

三

在青铜峡库区测验队一个两室一厅的单元里，我见到了王定学的妻子张九爱。听了我的来意，这个淳朴的陇上女子说：“事情都过去了，还说它做啥子。”经我一再请求，她才点了点头，脸上慢慢浮现出庄重的神情。

张九爱跟随丈夫第一次到黑山峡，就是走着去的，那仿佛永远走不到头的山道给她的记忆太深了。想山外的父母姐妹但不敢出山，在黑山峡的五年零五个月中，她只在1984年春天回过一次娘家。在那之前，她曾于1983年5月试图出过一次，但没有成功。那次她背着两岁多的儿子，一大早离开水位站，没走到中午就迷了路，在曲曲拐拐的山窝窝里，又累又吓，也不敢停下歇歇，一直踉跄到傍晚，才发现一户人家，山里人心好，留她们住下，但人家也不知道通向山外的道路，张九爱娘儿俩就一日一日地住了下去。在张九爱离开水位站的当天，王定学听一个山外归来的村民说一路上没见张九爱，急得闯进山里找，在茫茫的山野间找了五天，终于从一个牧羊妞口中得知有一家几天前来了一个女人，还带着孩子，一直在那儿住着。牧羊妞把王定学领到那一家，夫妻儿相见，三人抱头哭了一场，又回到黑山峡。张九爱这才知道，她走的离水位站还不到10公里。

搬到青铜峡后的第一个春节，张九爱决定带上已经七岁的儿子和三岁半的女儿回黑山峡和坚守岗位的丈夫团聚。她背着女儿，拉着儿子，下午两点从翠吕沟小站下了火车走进山里。山里冬日特短，五点钟就黑，她们又投宿了一户人家，第二天一大早，张九爱把仅有的两斤点心答谢了人家，带着孩子又上了路。走到快中午时，儿子再也走不动了，躺在山坡上，连哭的劲儿都没有了，这么捱到半下午，遇上北长滩村一个放羊娃，放羊娃背上她的儿子把她们送到站上，见到丈夫，一家四口都是泪流满面。说到这里，张九爱又泪流满面了。

她努力平静了一会儿，又说："生活苦我倒不怕，只要有东西填肚子就不会死，就怕得个病。北长滩村连个赤脚医生都没有，有时王定学从山外捎回一点药，针药没人打，王定学就自己来。我身体不太好，一病，王定学就给我打针，弄点开水擦擦就算消毒了，也不知是没扎准地方，还是不会推针管，每次打完，针眼那儿都要鼓起一个大疙瘩。有一次他给我打青霉素，把我的右半身都打麻了，不会动，他脸都吓白了，俺俩商量用热水擦擦试试，王定学一边用滚烫的毛巾在我身上擦，一边不住地唠叨，瘫痪了咋办，瘫痪了咋办?没想到擦了两个多小时，我的右半身又有了知觉。要是没针没药，那就得干受着了。王定学有一次生病，右胸疼得忍受不住了，不知听谁说，从后背放点血能止疼，就求村里人用玻璃在后背上割了一个口子，流了好多血……1986年秋天，王定学到郑州开劳模会，因为要在会上发言，先在兰州总站培训普通话，总共要一个月。我带俩孩子，还要把看水尺的任务担起来。谁知十几天后，儿子病了，发高烧，想带儿子去山外看，工作又不能丢，没法子，请村里老太太用土法治，烧不退，烧香敬神也不管用。一天看六次水尺，到点我就得朝河边跑，又赶上下雨，我去看水尺，从石坡上滑下去，拐着腿朝河边走，我想起炕上烧得迷迷糊糊的孩子，走着哭着。孩子没吃一点药，拖了半个月，硬是拖好了，王定学也回来了……"

我极力从这种哀怨的氛围中跳出来，又问："在黑山峡受这么多苦，你后悔过没有？"

张九爱立即摇摇头："后悔啥，他王定学都是为了工作，我不知道看水尺这工作有啥用，光知道它重要，重要就得干好。"

王定学在旁边很难得地俏皮了一次："人家好着哩，人家是个老党员。"

一句话把张九爱说得又羞又急："王定学，你要是没事就过来择菜。"

我忙问这"老党员"有什么说头，原来，张九爱21岁在生产队就入了党，到今年已有14年党龄了。怪不得，她一个文化不高的妇道人家，能陪着丈夫奉献了这么多而无怨无悔！

中午，他们的一儿一女放学了。儿子是一岁时进的黑山峡，女儿就出生在水位站那间孤零零的小屋里，一直长到三岁都没有出过山，直到1987年8月跟着母亲到了青铜峡后，女儿才知道，天地原来大着呢。到青铜峡后，母亲领着女儿到镇上照了一张像，女儿第一次站在照相机前，无比新奇又无比紧张！

我把两个孩子拉到跟前问："告诉叔叔，黑山峡好吗？"

"不好！"多几年人生艰辛体验的哥哥说。

"好！"妹妹似乎更多一些纯洁的童恋。

"叔叔，她骗人。"哥哥急忙"揭发"道，"有天俺爸要回黑山峡，她半夜做梦哭着喊，'不让爸爸回黑山峡，不让爸爸回黑山峡！'把全家都哭醒了！"

一股热泪骤然涌满眼眶，我急忙背过脸……

四

结束了采访，我要回报社，王定学则要回水位站，我们又同行了一段。他在干塘下了火车，对我摆摆手，扭头向着大山走去。

列车继续沿着腾格里大沙漠的南部边缘向西奔驰，我把脸紧贴着车窗，朝黑山峡方向眺望，山重重，云层层，泪朦朦。我的视线仿佛透过这一切，看到一个黑色的生灵在黑山峡上空矫健地、忠实地盘旋，我相信那就是王定学——黑山峡之鹰!

（原载1991年4月25日《黄河报》）

创作札记

用心　更用情

王继和

1991年3月，刚刚从一家局机关调到黄河报工作的我，接到一个任务，去黄河上游采访黑山峡水位站职工王定学。

王定学1977年毕业于黄河水利学校，1982年3月从青海吉迈水文站调到甘肃黑山峡水位站。这个站只有他一个人，非汛期一昼夜看4次水尺，汛期一昼夜看6次，这只是平常的水情，如果来大水就没定数了，有时一小时就得看一次。就这样，他一个人已经在此干了9年。9年里，1万多次水位记录，与下一个水文站悉数吻合，全部达到优质标准。由于这些成绩，王定学1990年获得“全国优秀水文工作者”称号和全国“五一”劳动奖章。

成绩用干巴巴的数字就可以说明，但在成绩的背后，王定学为取得这些成绩付出的艰辛，却是需要深入挖掘、努力表现的。

一见王定学，我有些失望，他的表情木讷、迟钝，还透着犹疑不定，让我的采访很不顺利。也许是长期的离群索居，把他变成了这般不苟言笑的怪僻性格。

微微心痛之余，我深深地感到，这也正是王定学的付出之一。

除了到黑山峡水位站采访了王定学本人，我还跟着王定学来到位于宁夏的青铜峡库区水文测验队，从他的家人那里了解到王定学许多不为人知的在黑山峡水位站工作、生活的情况。

比如王定学在黑山峡水位站自己学打针，有一次给妻子打青霉素，结果把妻子的右半身都打麻了；

比如王定学有一次生病，右胸疼得忍受不住了，不知听谁说，从后背放点血能止疼，就求村里人用玻璃在后背上割了一个口子，流了好多血；

比如王定学有一次搭村里的拖拉机从干塘买回粮食，路上拖拉机坏了，王定学一看手表已快10点了，就对拖拉机上的人说12点得看水尺，说完粮食也不背了，一路小跑回到水位站，于12点以前赶到水尺前，正点观测了水位；

比如有一次王定学要回黑山峡，他的女儿半夜做梦哭着喊，“不让爸爸回黑山峡，不让爸爸回黑山峡……”

说实话，在三天的与王定学全接触式的采访中，我不止一次是在泪眼模糊中作记录的。

我决定采用第一人称的写法，通过大量的现场情景的再现，通过自己情感的自然流露，通过采访者与被采访者大量的语言交流、情感互动，力求更真实地展现王定学的艰苦奉献精神。

虽然这篇《黑山峡之鹰》由于种种原因没有获过什么奖项，但是发表20多年来，许多同志特别是黄河水文战线上的同志屡屡向我提及，我已经觉得这是一种莫大的褒奖。它再一次证明，记者真正投入身心、投入情感采写的作品，是会有生命力的。

作品评析

追踪奉献者的平常
探寻平凡中的伟大

人物通讯，尤其是先进典型报道，大多是希望挖掘出富有情节冲突的桥段，捕捉到人物活动和思想变化的精彩瞬间，然后定格、铺垫、渲染，彰显出人物独有的个性魅力和时代风采。然而《黑山峡之鹰》没有轰轰烈烈的矛盾冲突，也没有可歌可泣的动人事迹，甚至连想象中的“积劳成疾，躺在病床上”的“文眼”也被主人公王定学的“平常”所淹没：九年如一日，看水尺，记水位，日复一日，年复一年，重复单调。这种工作没有任何创造性和新奇感，正是这种单调，让“标准的申军谊式”的西北大汉，变得“木讷、迟钝，还透着犹疑不定”。而也正是这种“平常”，记者深入实地走进主人公生活、工作的场景，一幅幅画面的叠加，让我们看到了平凡中的伟大。

著名记者田流曾指出：“报道一个劳动模范……应该研究这位劳模和别的劳模有什么不同，一定要找出这个‘不同’来，有了这个‘不同’，那些最能表现这个劳模本质的材料、事迹就站到前列来了，那些别的劳模都会做、都要做的事迹、材料——对我们要报道的这个劳模来说是次要的事迹、材料，就容易被区别开来，就容易被淘汰了。这样，我们虽然只写他一两件事，反而更能表现出这个劳模的特点。”本文主人公王定学与众不同的是什么呢？作者看似不经意的追问道出了鲜明的“这一个”。

“站上只你一个人，晚个把小时测，谁知道？再说，当时又不是汛期，晚那么一会儿，水位也不一定会有变化呀？”

“只有真实的水位记录，才能给治黄研究提供正确的依据，哪怕错上一分钟，也不叫真实。”

王定学淡淡的回答，触动了作者的思绪，并引发对实现

“真实的自我”的感慨。为了真实的记录，较真得近乎固执，但带来的却是九年来一万多次水位记录与下一个水文站观测记录的悉数吻合，并且全部达到优质标准。这种真实，恐怕是对古代圣贤崇尚的“慎独”品格最好的践行与阐释。而当记者提出站上原来是两个职工，王定学为什么要提出一个人在这里的问题时，王定学又轻描淡写地回答道：“这里条件差，没有必要让两个人在这儿受罪。”明知条件差，明知是受罪，却又独自承担，俨然舍我其谁的大丈夫气概，让人油然而生敬意，一个勇于担当、甘于奉献的光辉形象呼之欲出。平凡中蕴藏着伟大，伟大之中体现着平凡，平凡与伟大是相辅相成的。

终年在深山野河独立劳作的王定学，外在淡然而平静，内心却充溢着对国家对事业的满腔热情，在单调乏味最为平常的行为之中蕴藏着责任，而责任之中体现着平常。作者追踪体验着这种平常，敏锐地捕捉到这种平凡中的伟大。

值得称道的是，这篇通讯非常注意环境描写对人物形象塑造的烘托作用。任何一个新闻人物，总是生活在一定的自然环境和社会环境之中，其生存与发展总与这个环境有着千丝万缕、密不可分的联系。换句话说，其思想言行是对其所处环境作出的自然反应。黑山峡水位站地处山高路险人烟稀少的群山野谷之中，“百里群山几乎成为一个难以逾越的屏障，外面世界的文明很难输送进来”。自然条件艰苦对于高大威武的西北汉子王定学来说，似乎构不成威胁，爬山涉水已成平常，吃苦受罪淡然处之，真正让人心生敬意的，也许是主人公最为痛苦的，是终年独守水位站的那种孤独寂寞。人是社会的人，交流沟通是人的天性，长期孤单寂寞让王定学变得木讷、迟钝、不苟言笑，“自从1955年有了黑山峡水位站以来，你是上面来的第30个人。”精确的数字表达出王定学内心的期盼，而妻子的无怨无悔，儿女的纯真挚爱又给孤寂的王定学极大的慰藉，内心藏起对家人的愧疚，俏皮的一句“人家好着哩，人家是个老党员”，自豪、内疚、甜蜜、酸楚，可谓五味杂陈，一个有血有肉、无私无畏的男子汉形象矗立在我们面前。正如作者最后的点睛之笔所言，“山重重，云层层，泪朦朦。我的视线仿佛穿透这一切，看到一个黑色的生灵在黑山峡上空矫健地、忠实地盘旋，我相信那就是王定学——黑山峡之鹰”。

文章首尾照应，人物形象鲜活而生动。

（郭　奇）

长江黄河两地情

——记三峡和小浪底工地上的一对年轻夫妻

◇ 唐卫彬　刘雅鸣　刘　晖

34岁的曹卫国是长江三峡工地上的一名汽车班班长，他却常常牵挂着黄河小浪底工程，因为他的妻子刘蜀晋是小浪底导流洞的工程师。

小浪底工程10月28日截流。当天上午，刚刚下班的曹卫国听同事说中央电视台的现场直播节目中正在播放采访刘蜀晋的画面，立即跳下装载机，三步并作两步跑回宿舍。

但他还是错过了妻子的镜头。当晚，他给妻子打电话，诉说了没能在电视中看到她的遗憾，又给正巧在同一天过9岁生日的女儿拨通电话，与在四川的小雯雯一同分享她母亲的荣耀。

几年前他们把年幼的女儿送到四川外婆家。于是，今天的一份荣耀即刻成了三处的欢乐。

三峡工程是世界上最大的水利枢纽工程，小浪底是中华民族“母亲河”——黄河上最大的工程。与这两大水利工程联系最紧密的这对年轻夫妻的故事，成了工地上传颂的佳话。

“并不是每个人都像我们这样幸运，咱们国家最大的两项水利工程都让我们俩赶上了。虽然苦点累点，但心里充满了自豪。”妻子的话代表了夫妻俩的心声。

曹卫国最感荣幸的是，三峡工程开工时浇筑的第一方混凝土就是他所在的南坪村砂石系统经理部提供的；而刘蜀晋则为她参加建设的三号导流洞是小浪底的关键工程之一而骄傲。

曹卫国和刘蜀晋是12年前共同参加安康电站建设时认识的。他们都不掩饰两人恋情的浪漫色彩。小刘坦言：“我看上的，就是他的温和体贴。”小曹则说：“我特别喜欢她干事麻利和爱说爱笑的性格。”但他俩都坚持认为：“让我们走到一起的，首先还是我们共同的事业。”

事业使他们彼此吸引，也让他们付出了代价。为了中国两大江河的宏伟工程，这对年轻的夫妻已连续4年每年只能见一次面。

曹卫国曾为此打过退堂鼓，甚至劝妻子调动工作。每当此时，他那一辈子搞水利的父亲总是给他们鼓励，要他们“为水利人争气”。事业的发展也日益坚定了曹卫国的信心，他说：“工程每进展一步，都让我们觉得自己的付出值得。”

今年7月，小刘生病需要动手术，在组织的安排下，曹卫国赶到小浪底，与一年半未见过面的妻子团聚。当时正值小浪底截流施工最紧张的阶段，好强的小刘坚持要等完成施工任务后再做手术。

这期间，曹卫国曾三次到妻子的工地参观。他说：“看见她和工人们为了赶工期，确保小浪底按时截流，每天都要爬上几十米高的隧洞顶，在充满粉尘和噪音的环境中一干就是好几个小时，我既敬佩又心疼。”

今年9月，刘蜀晋利用手术后的休假，随丈夫来到三峡工地。看到沸腾的工程建设场面，她啧啧赞叹“太伟大了！”她对丈夫说：“我真为你感到骄傲。”

分居三地的这对夫妻和他们的女儿，每每以独特的方式表达和寄托自己的感情：不管谁照了相，都洗印三张，每人保存一份。曹卫国说：“看看她们母女的照片，是我业余时间里最大的欢乐。”女儿雯雯则常常对小同学“夸耀”：“我的爸爸、妈妈最棒了，一个在三峡，一个在小浪底。”

（1997年11月2日新华社）

创作札记

为爱而歌

唐卫彬

岁月已然沉淀，记忆却被突然唤醒。

接到编辑的约稿电话，着实有些惊讶。回忆一篇17年前的稿件采写经过，显然有些难度。

翻出早已泛黄的采访记录本，1997年的日子就这样鲜活地重现，细节模糊，但感觉依然清晰。

那是新闻资源丰富、业务舞台宽广的一年，更是我记者生涯的丰收之年。有幸参加了全国人大和三峡工程大江截流等重大报道，当年采写的稿件中，《三峡工程成功实现大江截流》获得“中国新闻奖”二等奖，另有1篇稿件获得“全国人大好新闻”二等奖，2篇获得新华社社级好稿，7篇获得部级好稿……

其实，《长江黄河两地情——记三峡和小浪底工地上的一对年轻夫妻》并不在这众多获奖篇目之中，但是，却是我倾注心血、并格外珍爱的一篇稿件。

自古以来，黄河和长江奔流不息，润泽万物，寄托着中华民族无比深重的情怀，甚至被称为“母亲河”和“父亲江”。1997年10月28日和11月2日，两大江河上分别建设的全国最大的两项工程相距5天实现截流，这真是一种奇妙的历史巧合。当时，我和同事刘晖正在宜昌参加新华社组织的三峡工程大江截流大型战役性报道，一个十分偶然的机会，得知有一对年轻夫妻恰好分别在这两个工地作业，顿时如获至宝，异常兴奋。我们立即与河南分社的刘雅鸣一道，两地联动，多方寻觅，深入采访，精心挖掘，最后，以白描式的手法向世人讲述了这对最为普通、却又极不平凡的年轻夫妻的故事。

不少同行评价认为，在浩瀚的“高大上”式工程成就报道中，这篇稿件显得独树一帜，彰显出璀璨的人性光辉，体现出浓郁的人文情怀。

至今，仍深深惦念着这对水利夫妻……不知他们是否已经团圆，不知他们如今又奋战在何处。

为他们祈福！为所有的水利人祈福！

作品评析

人间有情　江河有意

新闻家族中有一种报道形式叫“新闻小故事”，顾名思义，它是将新闻和小故事相融一体，寓新闻于小故事之中。新闻小故事具有短小精悍、故事性强、新闻性强等特点。

新华社记者采写的《长江黄河两地情——记三峡和小浪底工地上的一对年轻夫妻》就是一篇新闻性强，情节生动感人的新闻小故事。

首先，这个新闻小故事以故事情节取胜，给人以生动感和新鲜感。曹卫国是长江三峡工程的一名汽车班班长，妻子刘蜀晋是黄河小浪底工程导流洞的工程师，一对夫妻分别在中国两大河流的宏伟工程中同时工作。这两项工程，一个是世界上最大的水利枢纽工程，一个是中华民族“母亲河”——黄河上的最大工程。两大水利工程由这样一对年轻夫妻紧密地联系在一起，对于一般读者而言，这无疑是一种传奇和神话，发生在他们身上的故事必然生动、有趣，必然会引发读者极大的兴趣和关注。故事的生动性还体现在一个“巧”字上，从大处看，长江和黄河都属于“母亲河”，他们夫妻所参与的工程都是两大河流上最大的水利工程；从他们夫妻从事的具体工作看，“曹卫国最感荣幸的是，三峡工程开工时浇筑的第一方混凝土就是他所在的南坪村砂石系统经理部提供的；而刘蜀晋则为她参加建设的三号导流洞是小浪底的关键工程之一而骄傲”。从家庭层面看，丈夫正巧错过观看妻子接受采访的镜头，也正巧这天是女儿的生日。在“巧”的背后，表现的是夫妻之间的分离与思恋，表现的是父女、母女之间“爱”的升华，表现的是这对夫妻对事业的热爱、执着与不忍和割舍。“一份荣耀三地欢乐”的场面不仅让人感动，又使人不免产生些许叹息。

其次，这篇新闻小故事在叙述生动、感人的情节的过程中，还十分注重故事的冲突性和曲折性。记者在确保故事真实的前提下，把故事写得曲折生动，有滋有味，引人入胜。夫妻两地分居，本身就是家庭生活的一种矛盾和冲突，这种冲突必然使彼此之间互相关注。新闻一开始就把作品主人公掐入生活的矛盾之中，“三地分居”更使家庭矛盾尖锐化、集中化。这个特殊家庭通过“电话”表达欢乐的方式，更是体现出家庭与工作、家庭与事业、家庭与社会、家庭与国家发展的矛盾冲突。也正是在这种矛盾冲突中，揭示出主人公高尚的人格和品质，表现出人间有情、江河有意的积极主题。

作者以鲜活的人物生活实际，以感人的故事情节，以巧妙的布局构思，把“人情”与“国情”、家庭与事业有机地融为一体，真实、形象、生动地展现了水利工程建设者积极向上的乐观主义精神，深刻地反映出水利工程建设者“为大家、舍小家”的职业献身精神。

（张福民）

水丰才能粮茂。中央一号文件和中央水利工作会议强调要大兴农田水利。如何把中央的政策层层落实好，水利部副部长李国英与来自基层的领导和农民代表共同探讨——

如何健全农田水利建设新机制

◇ 李　力　张　雪　乔金亮

对话人——

李国英：水利部副部长

吴忠华：河南省新郑市市委书记

付华廷：黑龙江省甘南县兴十四村党总支书记

策划人——

李　力：经济日报农村新闻部副主任

话题之一
有收无收在于水

李国英：农谚说“有收无收在于水，收多收少在于肥”，农业生产离不开水。我国既是农业大国，也是水利大国。新中国成立以来，党和国家始终高度重视水利工作，水利事业的不断进步为经济社会发展、人民安居乐业做出了突出贡献。但也必须看到，迄今为止农田水利建设滞后仍然成为影响我国农业稳定发展和国家粮食安全的最大硬伤。

为此，今年中央一号文件和中央水利工作会议都特别强调要大兴农田水利，明确提出把农田水利作为农村基础设施建设的重点任务，对农田水利建设提出了具体要求，包括到2020年，基本完成大型灌区、重点中型灌区续建配套和节水改造任务；在水土资源条件具备的地区，新建一批灌区，增加农田有效灌溉面积；实施大中型灌溉排水泵站更新改造，完善灌排体系；加快推进小型农田水利重点县建设，加强灌区末级渠系建设和田间工程配套；因地制宜兴建中小型水利设施，支持山丘区小水窖、小水池、小塘坝、小泵站、小水渠等“五小水利”工程建设；大力发展节水灌溉等等。

吴忠华：听您详细解读中央加强农田水利建设的政策，作为基层干部我倍感鼓舞，中央的决策为我们下一步的水利建设提供了政策性的保障，为我们基层大兴水利撑了腰、做了主。

我们新郑市地处中原腹地，耕地面积74万亩，人均水资源量不足全国人均的十分之一，水资源短缺一直是制约我市农业和经济发展的主要因素。

按照中央一号文件和中央水利工作会议的要求，我们进一步明确了“南调长江水，北引黄河水，西蓄天上水，东治洪涝水，合理开发地下水，综合利用循环水，全社会厉行节约用水”的治水思路，把水利作为最大的民生问题来考虑，并且坚持两个“两手抓”，一手抓水利建设，一手抓水利管理；一手抓防汛，一手抓抗旱。在水利工作重点上，把村村通安全卫生的自来水、高效农业暨农用机井升级改造工程、水库除险加固暨生态水系建设和基层水利服务体系建设作为重中之重来抓。

李国英：新郑市的思路很好。我们看到全国很多地区都已经出台了各自贯彻落实中央一号文件的“一号文件”和加强水利建设，特别是农田水利基本建设的文件，可以说，以今年中央一号文件颁发和中央水利工作会议召开为契机，全国范围内正在掀起新一轮大规模的农田水利建设高潮。

付华廷：刚才听李副部长讲一号文件的精神，我非常振奋！国家这么重视并加大投入修建农田水利设施，这是实实在在给农民腰包塞钱，让我们农民直接受益，这么好的事儿做梦都能笑醒。我们兴十四村是黑龙江省严重干旱的地区，用老话说是“沙包地，破皮黄，十年十旱不打粮”，有的年份年降雨量才140毫米。对我们农民来说，水就是命。

我们这几年的发展，就是沾了水利的光。国家给我们建了大喷灌设施，去年三伏天80多天没下雨，我们用大喷灌浇上7遍水，照样大丰收，粮食平均亩产超吨，马铃薯脱毒种薯最高亩产达到10285斤。要是没有大喷灌，我们就得绝收。

现在，我们全村节水喷灌覆盖面达到100%。一个妇女一按电钮，就可以浇两千亩地。我看这就是一项最好的民心工程。

李国英：我多次到兴十四村调研，农田水利设施在兴十四村的作用发挥得比较充分，付书记的体会比较深刻，他们那里的自然降雨条件不好，如果没有喷灌，粮食产量很快就会掉下来。

农田水利设施为什么受农民群众欢迎？就拿喷灌设施来说，在兴十四村这一带，如果没有喷灌，即便是好年景，一亩玉米也就收六七百斤，上了喷灌以后，一亩地能收两千斤，增产一千多斤，可增收一千多元，扣掉成本以后，净增收也有一千元。喷灌还有一个明显的好处，就是省水，比大水漫灌至少节省50%以上的水。

付华廷：我们喷灌一亩地才6元钱，要是漫灌，一亩地得15元钱，你说这得省多少。

去年我们全村人均收入是32000多元，今年能超过5万元。好的农田设施真能让我们多打粮、多挣钱。

李国英：兴十四村是个典型的靠节水灌溉增收的例子，付书记的话听了真让人高兴。

还有一个好消息，为把中央一号文件精神落到实处，国务院办公厅把文件要求的内容分解成88项具体任务。其中涉及农田水利的36项，水利部都已落实到有关司局，明确了具体目标、任务内容和完成时间。今年的434个大型灌区续建配套和节水改造任务、新增400个小型农田水利重点县建设任务、6000万农村居民饮水安全建设任务，都已全部落实下去，投资规模和建设规模都比往年有较大幅度的增加。

照这样的规模和速度推进下去，经过十年左右的努力，我们的农田水利基本建设会跃上一个新的台阶，农田水利建设滞后问题会得到有效解决，国家粮食安全会得到更加有效的保障。

话题之二
钱从哪里来?

李国英：水利的公益性很强，干水利，一定要有真金白银的投入。我们初步计算，未来十年，要大规模进行农田水利基本建设，每年大约需要2000亿元，这是一个相当大的数字，必须解决钱的来源问题。

今年中央一号文件，特别提出要建立水利投入稳定增长机制，提出三个方面的投入渠道，一是加大公共财政对水利的投入，二是加强对水利建设的金融支持，三是广泛吸引社会资金投资水利。

基于水利的公益性、基础性和战略性，公共财政投入是其主要的投入渠道。这里面包括几种形式，比如“从土地出让收益中提取10%用于农田水利建设”、“延长水利基金征收年限并拓宽来源渠道”、“完善水资源有偿使用制度”、“有重点防洪任务和水资源严重短缺的城市要从城市建设维护税中划出一定比例用于水利建设”等。

吴忠华：我们县级地方政府，就如何保障水利建设的稳定投入，也在动脑筋、想措施。首先作为我们市本级的财政，就要加大投入。除了从土地出让收益中提取10%用于农田水利建设外，我们还决定将不少于5%的财政一般预算收入用于水利建设。

第二个，我们按照“渠道不乱，用途不变，区域集中，各尽其功”的原则，整合各类涉农资金投入农田水利建设。

第三个，公益性水利事业我们主要依靠政府投入，对经营型的要广泛吸引社会资金，采取市场的办法，融资解决。

李国英：从吴书记的介绍中，能够感受到，新郑市没有拘泥于中央一号文件规定的从土地出让收益中提取10%用于农田水利建设。他们还有一个含金量很高的政策，就是将财政一般预算收入的不少于5%用于农田水利建设，这是很重要、很有保障的一个投入渠道。

因为土地出让收益到了一定程度以后，没有那么多土地出让了，土地出让收益就会降下来，而财政一般预算收入会逐年增加，这是一项可持续的保障政策。

吴忠华：我们新郑市财政一般预算收入去年达到16.2亿元。实际上最近三年，我们市财政投入水利建设的资金每年都在2亿元左右，远远超过5%的比例，5%只是一个底线。有这个基数在，水利工程建设就有发言权。

李国英：我非常赞赏你们建立这种投入机制，这种模式值得各地借鉴！

付华廷：我们现在用上的大喷灌设备都是政府给投资的，但是相应的配电设施需要村里投入。发展农田水利，国家支持一块，集体投一块，村民摊一块。老百姓积极性也挺高，因为虽然投入一些钱，但赚回来的钱更多。

李国英：从总体来看，农田水利涉及面广，历史欠账多，现状投入水平相对农田水利建设实际需求仍严重不足。为有效解决农田水利的投入问题，水利部将采取以下措施争取加大投入力度，提高资金效益。一是与国家发展改革委、财政部等有关部委积极衔接，切实增加农田水利投入，增加农田水利专项资金规模。二是通过制定有效的政策措施，采取“民办公助”等办法，引导群众自愿参与农田水利建设。三是制定各项优惠政策的执行细则，督促各地用好用足“土地出让收益10%用于农田水利”等政策措施。四是建立融资平台，吸引社会资金投入经营性较强、经济效益较好的农田水利工程建设。

话题之三
建得起更要管得好

李国英：农田水利基础设施建设是百年大计，资金投入有保障了，要使工程建得起，管得好，关键要让群众长受益，还必须创新组织方式。

水利部在创新组织方式上采取了以下措施：一是鼓励省级开展竞争立项，公开竞争择优确定项目区。比如说搞小农水重点县建设，优先支持哪些县搞呢？有个竞争性意向问题，你要承诺你的配套政策、工程建设质量，还要有良性运行的工程管理机制做保障等，通过这样竞争性的立项方式，强化基层对工程建设质量保证的责任和义务。

二是我们要求县级推广群众参与、政府群众互动的“遵循规划、民主议事、集中申报、竞争立项、以奖代补、强化管理”六步工作法，发挥两方面积极性和主观能动性，把农田水利作为自己的事业来干、当做自己的家园来建。

三是推动项目区受益群众采取“一事一议”的办法，参与项目建设管理全过程，充分保障农民权益，确保项目的透明公开和公平公正。

四是建立健全分类管理模式。对大中型灌区节水改造、泵站更新改造等较大规模的工程，大力推行工程建设“项目法人责任制、招投标制、建设监理制和合同管理制”等四项制度。对分散的较小规模工程，积极探索建立适合小型农田水利特点的建设管理制度，推行“民办公助”和“财政奖补”政策。

吴忠华：您谈到的农田水利建设管理工作很重要，我们在基层工作有切身的体会。在新郑市，我们要求水利工程建设必须把好“六关”：财政预算关、工程招投标关、质量监理关、资金拨付关、工程验收关、审计决算关。如果工程质量出现问题，资金不仅不拨付而且还要重做，否则纳入不诚信施工单位，不允许在新郑市做工程。

付华廷：我的体会就是要抓落实，农田水利设施要管住、管好，让它发挥最大效益。我们村里除了有一级资质的施工队伍，严格监理，村民还自己主动看着工程建设，少添一锹土也不行。同时，我们严格划分责任，喷灌的泵、线路、变压器等全和农民签合同，丢失、损坏要赔偿。

李国英：有了钱，要建工程，一定要建长期可持续利用的工程，各地采取的措施不尽相同，但我想在这个问题上，哪种方法有效就用哪种方法。对确保工程质量而言，无论采取多么严厉的措施都不过分。

吴忠华：我认为，构建相应的基层服务体系也很重要。

我们市在村组构建以“六护员”队伍为主体的“六护一站”管理体制，以农田水利基础设施管护为主，一岗多职、一员多能。护井渠，保井井通水；护道路，保路路畅通；护林木，保乡村绿化；护电力，保网网通电；护村庄，保村村整洁；护土地，保处处集约。实现了农村小型水利设施“时时有人管、处处有人管、事事有人管”。

李国英：中央一号文件和中央水利工作会议提出“健全基层水利服务体系”，这是农村水利发展的必然要求，因为工程建完之后，如果基层的服务体系跟不上，水利工程也不能充分发挥应有的效益。一个时期以来，基层农田水利不仅存在工程建设上的“最后一公里”问题，也存在工程管理上的“最后一公里”问题。

吴忠华：基层水利服务体系，具体应该包括哪些方面呢？

李国英：我们研究之后，认为至少要有三个方面的内容，或把它概括为“三驾马车”。

“第一驾马车”是基层水利服务机构，或者叫基层水利站，它是县级水行政主管部门的派出机构，主要承担水资源管理、防汛抗旱、农田水利建设、水利科技推广等公益性职能。

“第二驾马车”是农民用水合作组织，农民在自愿的基础上自发组织起来，负责区域内的水量分配、水费收取、水事纠纷调解、水事秩序维护，同时负责末级渠系的建设与管护等。

“第三驾马车”是准公益性专业化服务队伍。在基层农田水利设施运行过程中，提供专业化服务，比如专业设备提供、维修等等。

目前看，至少要这“三驾马车”并驾齐驱，相互配合，共同支撑起农村基层水利工程的运行管理，让其发挥应有的效益。可能将来在“三驾马车”的框架下，还会有一些有益补充，我们的根本目的是让农田水利工程在田间地头发挥出最大效益，让老百姓感到便利。

（原载2011年8月29日《经济日报》）

创作札记

一堂生动的农田水利专业课

李　力

自2002年秋天，我从水利部办公厅宣传信息处调到经济日报社工作之后，经常下乡采访。无论是在东北黑土地，还是在南国水乡，无论是在西北的黄土高坡，还是在东部沿海村庄，总是能听到操着各种口音和方言的老百姓，反映农田水利建设给他们带来的喜与忧。

在一些农田水利建设搞得好的地方，聊起村边上、农田里的渠道怎么解决了干旱缺水问题，怎么带来了一个又一个丰收年，农民们黝黑的脸上能绽放出开心的花朵。但在一些农田水利建设搞得差的地方，农民们会满脸焦虑地说出一大堆问题，比如：以前修的渠道都堵塞了，没法引水浇地了，太可惜啦；村里良田千顷但却无水灌溉，大伙攒足了劲想修水渠，却缺少资金；家门口的河渠被企业排放的污水污染了，守着大河却没水用……

记忆最深的是在广东北部山区的清远市阳山县杜步镇石溪村采访时，与农民陈老伯一家同吃同住同劳动的三天里，陈老伯每天念叨的是村边的水渠没人管理，现在淤塞得完全不能用了，天旱时眼看着禾苗干枯却浇不上水，心里急得着火。他托我们记者给当时的总理捎封信，一页信纸上写满了全村人对农田水利的渴盼。

这封信后来是否被领导人看到已不得而知，但对于我这个曾在水利系统工作过15年的记者来说，农民们对农田水利的渴盼和农田水利建设的重要性，却前所未有地、更加深刻地烙印在了我的脑海里。所以，在我创办主持的《对话》专栏拟定报道选题时，就毫不犹豫地把农田水利建设这个话题纳入了重点选题。

我们的采访要求得到了水利部办公厅和新闻宣传中心的大力支持，2011年8月1日，我们荣幸地邀请到了当时主管农田水利建设的李国英副部长接受访谈，同时也荣幸地邀请到了河南省新郑市市委书记吴忠华、黑龙江省甘南县兴十四村党总支书记付华廷两位嘉宾，分别代表地方政府领导和农民代表，共话农田水利建设大计。

在水利部办公大楼明亮的会议室里，李国英副部长与吴忠华、付华廷促膝而坐，畅所欲言地展开热烈的交流和探讨。三位对话嘉宾从国家部委行业主管和决策者的视野，从地方政府落实相关政策的执行者的角度，以及农民作为政策受惠者的角色，分别阐释了社会关注的农田水利建设的重要性、资金来源，以及如何管理等焦点问题，解读了国家政策，解答了群众疑惑。

这组报道没有采用记者与嘉宾一问一答的常见方式进行报道，而是创新了方式，把嘉宾们交流探讨的内容原汁原味地端给读者。同时还采取了“报网联动”的新老媒体组合的方式，由中国经济网的电视编导用两架摄像机对“对话”现场进行全程录像。最终以经济日报图文并茂的整版报道，以及中国经济网视频专辑报道的方式，进行了大篇幅、长视频的报道。这组报道引起了业内外读者的较强反响，被多家媒体转载，是《对话》专栏近百期报道中很有分量的一期报道，体现了《对话》专栏用政策指导实践，用实践完善政策的宗旨，发挥了舆论引导作用。

其实，我们整理见报的文字只是三位嘉宾对话中的一部分精华内容。三位嘉宾在现场交流中迸发出的思想火花，阐述理论问题时的逻辑魅力，以及生动风趣的语言，使这个很专业的话题也让在场的工作人员、记者、编导和摄像师听得津津有味。记得有一位记者跟我说，这次采访如同听了一堂生动的农田水利专业课，以后再到各地采访农田水利都能听出门道了。只是还有很多内容限于版面篇幅，尚未尽现于纸面，留待以后慢慢聊吧。

作品评析

多维议题话机制　立体互动论落实

新闻访谈式的通讯，核心是话题的设置，关键在嘉宾的选择，而话题展开与推进的手段则是有效的互动。

改革开放30多年来，中国农村发生了翻天覆地的变化，联产承包责任制的实行，极大地提高了广大农民的生产积极性。同时，应该看到，条块分割、各自为战的个体经营正在遭遇农业基础设施建设滞后的瓶颈，尤其是一些大中型农田水利设施严重滞后，甚至是缺失。水利是农业的命脉，“为此，今年中央一号文件和中央水利工作会议都特别强调要大兴农田水利”，正是在这样的背景下，记者敏锐地认识到“如何健全农田水利建设新机制”乃当务之急，策划这一选题具有很深的现实意义。

选中议题该如何展开呢？记者从三方维度加以构建：“有收无收在于水”：明确水利建设对农业上新台阶、全面提升农业发展水平的重要作用；“钱从哪里来”：落实投资主体，建立投入机制；“建得起更要管理好”：解决谁来建、如何建、怎样管理等具体问题，提出具体可行的落实措施。从观念到机制再到具体措施，环环相扣，逻辑严密。并且，每一个话题都由水利部副部长站在全局高度率先开启，高屋建瓴，统揽整体，这是决策层的阐释。而吴忠华，新郑市市委书记，承上启下，解读政策，具体落实，有效管理，这是执行层的责任。付华廷，村支书，来自最底层的水利设施使用者，成效如何，问题何在，是政策落实的反馈者。上、中、下三级互动，构成信息交流与观点碰撞的立体平台，让决策接地气，消除了政策棚架和闭门造车现象。这样的策划与设置是独具匠心的。

访谈式新闻的关键是嘉宾的选择，其要求一是嘉宾必须是深谙情况的行家里手，这样才有话可说，话说到位；二是必须与所说话题利益相关，感同身受，现身说法，这样才更真切，贴近实际。选择水利部副部长，他是农田水利建设相关机制、政策的顶层设计者，对全国农田水利建设的总体情况了然于胸，更对水利在中国农业发展过程中的重要作用有更客观、更深入的认识，由他主导这次访谈，可谓驾轻就熟。新郑市市委书记吴忠华来自农业大省河南，有丰富的基层管理经验，对农田水利建设及管理中存在哪些问题、原因何在、如何有效加强管理，可谓了如指掌。而来自农村第一线的村支书付华廷是“黑土地”的代表，他所处的地方属严重干旱地区，“用老话说是‘沙土地，破皮黄，十年十旱不打粮’，有的年份年降雨量才140毫米。对我们农民来说，水就是命”。“水就是命”，纯朴而又挚热的四个字，表达出对农田水利建设的强烈渴求。并且，他们那方土地又是集约化、规模化比较早的地方，现代化的农田水利设施是确保农业丰收的关键。“要是没有大喷灌，我们就得绝收。”“一个妇女一按电钮，就可以浇两千亩地。我看这就是一项最好的民心工程。”朴实、生动的话语，反映了农民的心声。权威性、代表性、接地气，这是访谈成功的关键所在，而三方的有效互动，使问题的谈论更深入，对政策的解读更具体详尽，具有很强的可操作性。

具体来说，访谈互动的主要方式有三种：一是阐述印证式。由政策设计者来阐述、解释、说明建立健全农田水利建设机制的意义、路径和措施，而执行者和受用者通过具体的做法、事例加以佐证，形成延伸性互动。二是提问应答式。由执行者和受用者提出问题，顶层设计者答惑解疑，形成解疑性互动。三是点评式。三方就政策设计、执行过程、实践效果等，适时穿插自己的看法和评价，形成评价性互动。三种互动方式构成立体互动的交流平台，在碰撞中理清了农田水利建设的路径，说明了健全农田水利建设机制的重要性及可行性。

（郭　奇）

窦希萍：父与女的梦想接力

◇ 赵建平

初做人大代表

感觉现在社会对“两会”代表的关注程度比以前要高得多，要求也高得多，压力也随之而来，我希望我也能当好这个角色。

现代水利周刊：人大代表是一个很特殊的身份，您的感觉如何？会有压力吗？

窦希萍：记得我在江苏的一个朋友，她知道我当选上全国人大代表后，就马上给我发短信，得知这个消息后我挺高兴的。我是江苏省政协常委，今年当选了全国人大代表，感到很自豪，同时也感到责任重大。现在社会对人大和政协的关注程度比以前要高得多，要求也高得多，大家觉得人大代表是在替人民行使国家权力，包括制定法律、修改法律等等，所以压力也随之而来，我希望我也能当好这个角色。

现代水利周刊：您今年的议案是什么？为什么要关注这个话题？

窦希萍：我带来了一些建议，一个是关于中小学学生减负和创新思维培养的建议。现在对孩子的教育，单方面的灌输较多，自主性学习较少，课业负担太重，自主求知的能力没有得到很好的培植。我建议降低中小学课程的难度，让孩子们有适度的时间和空间，去关注自己真正感兴趣的东西。

还有一个是关于节约纸张的。现在很多政府机关、企事业单位纸张消耗比较大。我十年前在日本待过一段时间，觉得日本人对废纸的利用特别重视，节约资源的意识很强。这次参加人大会议看到用的笔是废报纸做的，记录纸是再生纸，我觉得非常好。但是总的说来，我们在资源节约方面做得还不够，感觉还是比较浪费的，在节约上还是有不小的空间可以去做。

父与女的接力

能帮助父亲完成他没有完成的工作是一件很幸福的事情，是在延续父亲的理想和生命。

现代水利周刊：您生长在一个水利世家，您的父亲窦国仁先生是一个水利大家，在您的印象里，您父亲是个什么样的人？

窦希萍：我觉得父亲是个特别可亲的人，他非常温和，从没有训斥过我。小时候我学习一直不太好，每次考完试，父亲总是先来安慰我，他说考不好没关系，等长大了就会开窍的。正是由于父亲的宽容和鼓励，我才渐渐找到了学习上的自信，性格也变得开朗起来。我一直和父母生活在一起，工作后又和父亲都做泥沙研究工作，可以说，父亲是我生活中的益友，工作上的导师。

这次当选十一届全国人大代表，感觉自己也是在延续父亲的梦想。我父亲是六、七、八届全国人大代表，为国家科技发展和科研体制改革提过很多建议。如今我也在努力，做一个像父亲那样能承担社会责任的人。

现代水利周刊：您和您父亲是同行，您如何评价他的成就？

窦希萍：父亲是一个非常刻苦的人。本以为他从院长岗位退下来，可以稍微放缓节奏，不那么辛苦了，但是父亲还和以前一样，不管是上班还是在家，总是在搞他的研究。父亲很喜欢朋友相聚，很多时候聚会结束，朋友们都走了，他又接着做他的工作。

印象很深的是，父亲总是想搞点新的东西出来。比如他1960年提出了泥沙起动公式，在此后30年他一直在考虑如何去完善它，直到1999年他才推导出更能反映泥沙运动规律的起动公式来。父亲总在不断研究，他不觉得累，因为他非常热爱他的工作，享受着研究带来的乐趣。我经常感慨，我说爸爸你无论做哪一行都会成功的。

父亲也是个很有天赋的人，记忆力非常好。他19岁去苏联读大学，受到很严格的基础理论训练，9年后拿到苏联的科学技术博士。水利研究有很大的经验性，而父亲总是能在很散乱的实验数据或实测资料中得到一个统一规律，很多经验公式要么符合这种情况但是不符合另一种情况，但是他给出的理论公式却能很好地统一起来，在这一点上我觉得自己远远不如父亲。我现在时常感叹自己小时候没有打下一个很好的数学基础，在提炼更高一层的研究成果时总是感到力不从心，这也是我自己的一个遗憾吧。

现代水利周刊：您如何看待自己的专业，从开始就喜欢吗？

窦希萍：报考大学是父亲指定的。如果从当时的兴趣来说，不考虑父亲的意见，我会选择生物。记得考完大学后，父亲对我说，不管你考多高的分数，你就报考华东水利学院（现在的河海大学），父亲很希望我和他学一样的专业。我当时还不太能够接受，我想我的分数可以上南京大学生物系啊。但是现在回想起来，我一点都不后悔。我和父亲一起工作这么久，真的是受益很多。他有很多想法和梦想，我在其中成为一个执行者，能够把父亲的想法转化成现实，能够帮助父亲完成他没有来得及完成的工作是一件很幸福的事情，是在延续父亲的理想和生命。

让态度先行

我们和自然必须建立一种平衡，那就是在对待自然的问题上如何把索取和保护很好地兼顾起来。找到这个平衡点，经济社会才能可持续发展。

现代水利周刊：您解决了在潮流、波浪、盐水、台风等复杂因素影响下的长江口深水航道治理工程泥沙回淤预报问题；您还提出河口海岸泥沙数学模型和波浪作用下的泥沙起动公式，得到国内外大量试验资料和现场观测资料验证。能说说其中的感受吗？

窦希萍：我是用数学模型的手段去研究河口航道港口的泥沙淤积问题，从工程角度来讲，一个地方能不能建航道港口，建了航道港口以后能不能维护得住，取决于泥沙淤积的强度，所以在建航道或者港口的时候，必须进行技术论证。数学模型不像物理模型那样可以直接把研究对象缩小多少倍，直观模拟水沙运动。数学模型完全是依靠数学方程和公式来进行模拟。比如说数学模型预报里涉及波浪、潮流问题以及波流作用下的泥沙回淤等，都需要用公式来表达。台风造成的回淤问题很严重，有时候刮一场台风，这个航道就可能被淤平，对航道是一种毁灭性的打击，我们所做的研究就是工程建成以后能不能维护住这个航道。

我从事长江口深水航道泥沙研究是从1992年开始的，一直到2005年。工程上马后，实施的情况很不错，这项研究还获得了中国航海科技一等奖，去年获得了国家科技进步一等奖。我觉得自己很幸运，几代人的梦想现在终于实现了，那一刻是十分激动的。

我们从最基本的研究做起，慢慢把这个模型建立起来。那个时候工作真的很紧张，人家等着你要结果，我就把时间计算到分秒。比如说1小时40分钟这个程序能计算完，结果出来后我要分析它。我就设好闹钟，先睡1个小时40分钟，闹钟响后我就起来，调好程序后再算，再睡1个小时40分钟。有时候一连几天都处于这么一种状态，人很疲劳，但我觉得这还不是最大的压力，最大的压力是担心计算结果有问题，会影响到整个工程的进度。计算不顺利时，最怕委托方打电话来，因为结果还没有算出来，怎么向人家汇报呢？

现代水利周刊：您如何看待中国河口的生态，有人说看一条河流是否健康看看河口就知道了，是这样的吗？

窦希萍：我想这是为了强调河口的重要性才这么说的。河口是海陆的纽带，是从内河到海洋、海洋到内河的必经之地。美国的纽约也好，荷兰的阿姆斯特丹也好，中国的上海、天津也好，都是在河口地区，人们傍水而居，良好的水利条件带来了发达的经济和稠密的人口，所以人们对河口需求也会更多。就像上海，城市发展需要土地，所以崇明岛在围垦，南汇东滩在围垦；还需要建港口，发展航运，开辟深水航道；还需要淡水，还要发展包括养殖业在内的其他经济形式。所以河口地区的矛盾会更加突出，需求和环境保护之间的矛盾也会更激烈。如果往上游走，人口相对少一些的地方，这个矛盾也许会不那么突出。我想说，一条健康的河流应该是从上游到河口都是健康的，应该把它看成一个整体。

现代水利周刊：现在国家把生态文明提高到战略的高度，您怎样看待这样的转变？

窦希萍：过去我们强调征服自然，但是人类在征服自然的同时，所受到的反作用力是不容忽视的，报复的结果是惊人的。人类为了生存，首先是考虑人的需求，可是到了一定的时候我们会发现人类的需求大自然会满足不了。河脏了，水臭了，像一些河口，遭遇咸水倒灌，湿地丧失，生态也遭到破坏，这个时候我们才觉得应该去保护自然，才觉得应该为我们的子孙后代留下生存的空间。

所以，我们和自然之间必须建立一种平衡关系，那就是如何把索取和保护很好地兼顾起来。找到这个平衡点，经济社会才能可持续发展。这些年，我国经济发展速度非常快，同时对自然带来的破坏和影响也很明显，像这次太湖蓝藻暴发，污染物过度排放，最后水都无法饮用，这个时候大家都意识到问题的严重性。这就是一个认识的过程，如果只是一味地索取，那最后必然会付出代价的。确实，生态文明的提出是一个重大转变，表明了我国在发展理念上更趋于理性和科学，也表明这个时代是在进步的，大家的意识和观念是在进步的，这是一个可喜的现象。

现代水利周刊：您对待科学的态度是什么？

窦希萍：我觉得对待科学的态度应该是认真求实和坚韧不拔，不应急功近利。前些时候看到电视上说西门子公司非常重视研发，有一项研究花了近30年，一个企业能让科研人员花这么长时间进行研究，让人敬佩。科研本身是一个长期积累的过程，考核科研人员不能仅仅用数量来衡量，更应该看重质量。我个人认为，应该创造一个相对宽松的环境，让科研人员能够静下心来，踏踏实实地去做研究。

一半餐桌，一半书桌

一个人不能指望样样都能得到，自己选择的道路就要好好走下去，无怨无悔。

现代水利周刊：您曾被评为“江苏科技创新十大女杰”，这是一个很高的荣誉，能说说当时的心情吗？

窦希萍：得到这份荣誉我也很惊讶，当时一点没有想到，在这之前我得过江苏省先进工作者的荣誉。当时我记得在报纸上登出来的候选人有20个，让社会投票，结果没想到我的名字还是第一个出现。当时和一些很优秀的女性聚集在一起，我在她们身上很容易看到属于女性的光辉，我们在一起交流，让我受益匪浅。

现代水利周刊：是什么支持您一直从事这项工作？没有过孤独或者彷徨的时候吗？

窦希萍：可以说我现在的工作已经完全融入了我的生活，我也越来越喜爱和依赖这份工作，因为它已经和我密不可分。

我们家的桌子很大，可以坐十二三个人，桌子一头当饭桌，另一头就是我的书桌，电脑、书籍和资料占了大部分，吃完饭我就从饭桌挪到书桌，很快就进入工作状态。我很喜欢现在的工作，当然我还很喜欢运动，三年前我就开始打羽毛球，如果有空，每个星期和同事打两次，星期天再陪女儿打一个小时，我觉得挺快乐的。

做科研有时是孤独的，不顺利的时候很多，有时候都会觉得坚持不下去了，特别是在天气又阴又冷的时候，一个人工作到后半夜，会有一丝凄凉的感觉涌上心头，但与完成任务后的喜悦相比，这些又都算不了什么，我以我的工作为荣，这些辛苦和孤独是我必须面对和承受的。

现代水利周刊：您是民盟成员，在推进您的工作时是不是有更多的方便的地方？

窦希萍：经过我的导师和学姐的推荐，我在2000年加入了民盟。民盟成员以文化、教育、科技界的居多，恰好我对教育和科技很感兴趣，机缘巧合就加入了这个团体。由于差不多的经历和兴趣，大家在一起很开心，交流起来很舒服，共鸣比较多，对自己的工作帮助还是挺大的。

现代水利周刊：您怎样理解一个女人的事业，和家庭相比呢？

窦希萍：每个人都有自己想要的生活方式，我在想如果我不从事现在的工作，而是一位全职太太，有很多的时间陪家人，陪女儿，感受女儿健康快乐的成长，也是很幸福的。我知道追求的目标越高，付出的代价越大，但是我的个性会让我去追求一种“忙”的状态，有时候稍微闲下来，就会觉得不对劲，又开始想去干下一个事情，当然这样对家庭肯定是有影响的。我想一个人不能指望样样都能得到，自己选择的道路就要好好走下去，无怨无悔。

现代水利周刊：您如何看待一个人的成功？

窦希萍：过去我认为成功就是指一个人在他所在的领域做到极致，但是我现在想想所谓的成功也不仅仅是这样。如果你是一位普通的家庭妇女，把家里所有的事情安排得井井有条，那也是一种成功；当一个人回首他的一生，觉得做过一些有益的事情，有满足感，这也是一种成功。我现在更愿意用多样性去理解成功。只要尽力把自己范围内的事情做到最好，把自己在社会或家庭里的角色担当好，你就是一个成功的人。

现代水利周刊：在“三八”国际妇女节来临之际，您想对女性这个群体说点什么？

窦希萍：说一句共勉的话吧，在努力工作的同时，别忘了享受生活的乐趣。

记者手记

清凉山之梦

窦希萍当初的梦，很简单，只想做一名汽车售票员。

她笑着对记者说："我小时候的理想，是想做一名公交车上的售票员。因为可以站得很高很神气，当时我真的很向往这份职业。"直到大学毕业以后，窦希萍的这种情怀依然没有泯灭。在南京清凉山边，从单位到家每天要坐车，她会和售票员拉上关系，和人家混得很熟。有一位售票员很喜欢文学，很喜欢写东西，有时候窦希萍下班后就坐他的车帮他卖票，让他在旁边写点东西，转一大圈再回家。

她想了想说："我要去做一件事情，一定不会嫌不好，我一定会很认真地去做好它。"

现在的窦希萍是南京水利科学研究院的副总工，她获得了很多的荣誉，可她对当年那个并不难实现的梦想却还念念不忘。

她的父亲是水利大家、中国科学院院士窦国仁先生。窦老对窦希萍的影响已经深深地烙在她的骨子里，虽然窦老已经故去，但在窦希萍的心中，父亲永远是偶像，很多教诲让她受用终生。就在前些天晚上，窦希萍突然迷迷糊糊地听到父亲在喊她的名字，很急促的声音，感觉她父亲依然在她身边。有时候科研上有些问题，急得不行，会在夜晚的梦境里听到她父亲在说，你这条路走不通，那条路也走不通，何不想想中间一条路呢。第二天窦希萍就想，我不能钻到死胡同里，应该想想中间的路，这时候就会有豁然开朗的感觉。窦希萍感到父亲在冥冥之中还在帮助她，还在关心她。

在很多人的眼里，窦希萍不是一个称职的妈妈。她平常科研很忙，很少陪女儿，她几乎没有在女儿旁边陪她做作业超过5分钟。她对女儿说："你有你的事情，我有我的事情，我们都把自己的事情做好。"当然不陪女儿读书并不表示窦希萍在忽视女儿，如果没有出差，她每天早上六点会准时为她准备早饭，会尽量陪她上学，尽量拿出时间和她在一起。好在女儿非常理解她，现在女儿的动手能力、解决问题的能力都很强。如今女儿15岁了，有时候反过来主动关心和照顾妈妈，嘘寒问暖，母女情深，窦希萍会觉得这有着和工作不一样的幸福感，是更强烈的那种。

窦希萍的生活半径就在南京清凉山一公里范围内，她先生曾开玩笑讲，“你就没有离开过这座山头”。说的也是，她的幼儿园、小学、中学、大学、工作单位都在清凉山附近，惊人的巧合，像是一种命运的安排。采访窦希萍是在3月8日，正值国际妇女节。在她住的酒店里，一大束鲜花、一台笔记本电脑、一件特意为节日准备的中式上衣，构成了一幅难忘的画面，我相信任何一个采访者看到都会记忆犹新。

（原载2008年3月20日《中国水利报》）

创作札记

对话的温度

赵建平

对窦希萍的专访已推出五年有余，其间，我辗转从事多个岗位的工作，然而每每想起那次采访，心中却总泛起浪花。

在2008年全国“两会”之际，国际“三八”妇女节前夕，临时接到专访全国人大代表窦希萍的任务。

人物专访特指对新闻人物进行的专访报道。所谓新闻人物，系近期引起社会广泛注意的人物，或重大新闻里涉及的主要人物。每年“两会”是中国政治生活中的大事，对于“两会”代表的采访，特别是水利人物的采访，传递他们的声音是行业媒体的重要职责。

此前，对窦希萍这个人物不是很了解。专访前我尽可能从多方面对她的基本情况做了一些了解，如年龄、出生地、文化程度、职务变迁、工作经历、研究成果、兴趣爱好、家庭状况等，收集、阅读了一些她的相关资料。我想这样才不至于让被访人感觉你是一个外行，才有可能进行比较深入的交流。

儿时梦想、清凉山、提案、河口生态、父亲的叮嘱、泥沙模型、事业与家庭、坚守、女人等，这些关键词在我脑海里交织，如何串联成一篇成功的访谈？

她是院士窦国仁的女儿，是全国人大代表，是水利科研机构的管理者，是一个母亲，等等。这些角色的轮替和梦想的实现有何内在联系？

我想我一定要在读者面前呈现一个真实的窦希萍，要让读者从这个访谈里受到启发。

经过几个回合的碰撞，最终访谈定位在三个层面，即：角色期待、专业探讨、人生领悟。标题最后定为《窦希萍：父与女的梦想接力》，着力梦想的传承、职业和人生思考的接力。

我还专门用手记的形式讲述笔者采访窦希萍后的感受。用细腻的笔触抓住她最初的梦想和现在的职业理想之间的联系，从小时候的一个梦想开始，如何坚守与付出，直至成就现在的人生。两篇文章要能互相呼应。

多年来，我在报纸上发表的人物专访、通讯、消息、特写等有100余篇，但我最钟爱的是人物专访。在采写水利人物专访的过程中，有经验，也有教训。体会有四：

一、制订周密的采访提纲。采访前一定要制订切实可行的采访提纲，明确专访的主题，以及对采访中可能出现问题的对策等。有时采访你不熟悉领域的人，就需要先向内行请教，只有自己先搞懂，才能拟出有思想、有内容的采访提纲。采访准备越充分，越能掌握更多的信息。

二、保持原汁原味。通常情况下，采访对象身份、谈话风格、思维方式、性格特征各异。要注意尊重采访对象的个性风格，访问和写作要尽量保留谈话的本来面目，不要主题先行，歪曲对方谈话本意。

三、放大细节的力量。细节虽小，但很重要，尤其要抓住那些最能表现人物性格特点的细节，因为这会使人物专访具备灵气和神韵，会增强文章感染力。而要写好细节，记者就必须在采访中深入细致地观察，哪怕是瞬息即逝的动作。只有这样做才能在专访中刻画出一个丰满的有血有肉的新闻人物形象。

四、走进人物内心。如何走进水利人的精神世界，通过对话的形式生动地呈现，坦诚地分享？走进人物的心灵需要时间，因为记者和采访对象之间往往有一堵“墙”。采访是记者和采访对象之间思想的沟通，感情的交流。有一句话说得好，记者的思想有多少深度，采访才能达到多少深度，记者有多少激情，稿子写出来就有多少激情。这决定了访谈的温度。

前两年，笔者因为工作再次见到窦希萍，她还对我说，你那篇专访我一直珍藏着，把我的很多心里话写出来了，谢谢你。那个时刻，作为一名记者，我明白了这个职业带给我的所谓“幸福”的含义。

作品评析

巧问链接家国情怀
点睛凸显人格魅力

在人物专访中，人物选择是否恰当，往往决定专访及其采写的成败。相对而言，专访要比一般通讯题材更讲究针对性，选择的人物应有明确的背景和强烈的现实性，更要具有代表性。适逢全国“两会”，作为院士、水利学专家窦国仁的女儿、全国人大代表，又是水利科研机构的管理者的窦希萍，就成了水利方面专业报刊采访的典型人物。

访问对象选定后，尽快找到沟通双方思想情感的桥梁，营造一个轻松融洽的访问气氛，了解采访对象的性格特点、研究方向、科研成果、兴趣爱好等，这是优秀记者必备的案头工作，也是确定访谈内容和沟通方式的前提。为把一个有血有肉、有情有爱的专家型女性真实地呈现在读者面前，记者是经过精心设计和巧妙安排的。记者把访谈定位在三个层面，即：角色期待、专业探讨、人生领悟。并且用“父与女的梦想接力”来串联起这三个层次，使其成为立体化的有机整体，完整、真实地呈现窦希萍的人生轨迹。

窦希萍是一个高级知识分子，语言表达、情感沟通能力都很强，交流起来并不困难，关键是让她能轻松愉快起来，说出自己的心里话，因此提问的内容和方式至关重要。记者用拉家常的方式，从受访者本人当下感受、家庭谈起，非常轻松、温馨。即使最专业的科研问题，记者也是让她说说其中的感受，还有如何看待荣誉、成功、情感、家庭，这些普通读者最想分享的问题一一提出来，让我们看到一个女性科研工作者的普通生活和丰富的内心世界。难怪，当记者再次见到窦希萍时，她对记者说：“你那篇专访我一直珍藏着，把我的很多心里话写出来了，谢谢你。”

这篇专访还有一个特点就是“原汁原味”，最大限度地保留谈话的纪实风格，从而很好地体现出访问对象的个性特征。访谈采取的是直接引语的方法，作者不做任何主观评价议论，而是用主人公的个性语言，让主人公独白。在写作过程中，为了给读者更清晰的人物形象，记者运用点睛之笔，从主人公的谈话中撷取最精彩的话语，构成每一层次的主题词，放在小标题之后，既是对主题的提炼与升华，又是文章三层次内在逻辑的链接，从而很好地揭示出主人公的家国情怀。

另外，专访讲究访问时机、场合的选定，选择得适当，不仅给专访平添现场感，新闻价值也会陡增。采访感受作者用记者手记的形式加以呈现，一方面保留了专访的客观纪实性，另一方面也通过手记交待了专访的情景架构，还平添了采访“花絮”，让读者看到了新闻背后的故事。

（郭　奇）

九江城哭了……

◇ 于文国

9月15日。子弟兵走了。九江城哭了。

整夜未眠的数十万九江市民，天没亮就倾城出动，等在街道两旁，挥泪告别和他们生死与共，与洪魔搏斗了长达50多天的子弟兵凯旋。

九江人说：在江堤决口的日子里，是战士们用自己的胸膛堵住滔滔洪水，用自己的生命换来了我们的生命！

就是这些战士，临行前还把九江的街道打扫得干干净净。把节省下来的31.45万公斤大米、9万件衣服悄悄地运到大堤上留给了灾民，又从自己仅有的几十元津贴和并不高的工资中，挤出了162.96万元交给了灾区……

为了怕部队夜里开走，市民们自发组织起来，从9月10日开始就轮流在部队宿营地门口“值班”：不能让子弟兵们悄悄走了啊！

今天早晨5点，军车出来了。可当车刚出门口，就再也开不动了。一拥而上的上千名九江人急急地将手中的苹果和鸡蛋等礼物掷投到军车上。

此刻，士兵们都把手抬到了帽檐处 —— 敬礼！

此刻，士兵和市民们的胸膛起伏着，眼里含着泪水。

敬礼的士兵们雕像一般。

市民们则仍是忙不迭地往车上投掷礼物。

人群中，一个十几岁的孩子手中举着一条标语，上面写着歪歪扭扭的大字：“长大我要去当兵”。他叫赵框喜，是子弟兵们8月5日深夜江新洲决堤时救出的那群孩子中的一个。

九江师专的一群女学生，这几天早就商量好了。在军车路过时，她们拥出校门举起了她们的标语：“兵哥哥，真的舍不得您走！”一位身穿太阳裙的女青年则鼓足勇气冲到近处，把一条香烟扔到了车上。

到九江交通大厦时，30岁的职工胡民礼情急之下奔回厂里，扛着国旗爬到高处，狂舞起来。

在市民们搭起的凯旋门处，人山人海。鲜花、彩旗、标语，车声、歌声、鞭炮声，汇成一片：“兵哥哥再见！”“解放军万岁！”

挥手。握手。含泪的士兵们一遍又一遍地唱着《咱当兵的人》、《说句心里话》。

一位20岁姓姚的女青年向车上的两位战士高喊：“大李、大江，以后来九江还认识我吗？”

透过长焦镜头，记者看到，两位战士泪水早已挂在腮上。

8时30分，第一辆军车到达九江西站。不足5公里的路，竟走了整整3个半小时！

8时45分，距列车开动还有5分钟。九江水泥厂职工54岁的刘和平和50多位妇女突然挤出沸腾的人群吹起了笛子。人们大声伴唱《送别》和《北京有个金太阳》。

站在一旁与士兵们道别的董万瑞中将哽咽了：“我为有如此受人民爱戴的士兵感到骄傲。”泪水从将军的脸上流下。

8时50分，列车开动。站台上哭声一片。

（原载1998年9月16日《工人日报》，获第九届中国新闻奖二等奖，“’98抗洪救灾报道评选”一等奖）

创作札记

逼出了个“中国新闻奖”

于文国

1998年抗洪救灾期间，我到灾区共42天。这是此前在我职业生涯中采访灾情时间最长的一次，也是最苦、最累的一次。回报社时，朋友们看到我被晒黑的皮肤像从热带雨林归来一样，曾问我感想如何，我打了个比方：我一直以为自己少小离家吃了不少的苦，但与这次比差远了，简直就不是一个数量级的。

这一次我才亲眼看到了什么叫战斗，什么叫高温，什么叫昏倒在阵地上。

或许是缘于这种对事件的全过程、全方位、深层次的了解，当我写作《九江城哭了……》的现场特写时，几乎是一口气写完的，所用时间还不到一小时。

然而，就是这篇见报后曾两次获了新闻奖（一次是由中国记协举办的“’98抗洪救灾优秀报道评选”一等奖，另一次是第九届“中国新闻奖”二等奖）。820字的现场通讯，原来根本就不在我的采访计划中。换言之，是被总编辑一个电话给硬逼出来的。

前后经过是这样的：

1998年9月上旬，全国的抗洪救灾已取得了决定性胜利。这是经历了百年不遇的大灾之后的一次胜利。由于部队在抗洪战斗中的突出表现，大家知道今年抗洪部队的凯旋时刻将具有特别的政治意义，也肯定会有感人的场面。我和工人日报社主管摄影部的副总编辑申宜芬经过分析后，提早一个星期就开始布阵，准备分三路提前出击候拍这一历史性事件。9月11日我被派往了九江，另外两路去了黑龙江、湖北。

但是，到了九江后却很不顺利，至少不像原来想的那样简单。第一，部队何时走，不知道。后来了解到是部队方面为了不扰民，想在夜间悄悄地撤走。第二，住处不好找。连续一个多月高居不下的大水引来了方方面面的关注，政府官员、专家学者、社会救助等各方人士云集九江，尤其是能打长途电话的宾馆房间均已客满。好不容易才在军区招待所挤了个床位，住了下来。

据称：那几天，江西电视、电视台、《江西日报》等媒体天天都在黄金时段和一版显著位置留着空位准备高规格报道此事。

3天过去了，经过多方“侦察”和综合分析来自部队、群众及各新闻单位同行们的信息，终于弄准了第一批部队撤出的具体时间。获此消息时，已是9月14日深夜的12点钟。

那一夜为了准备第二天的采访，各个报社的记者都基本没有合眼。

那一夜40多万人的九江城也没合眼。

部队5点出发，不少市民4点钟就等在了马路两旁。

……

大约8点10分，我从沸腾的人潮中挤了出来，用手机向副总编申宜芬汇报说：“现在整个九江城都在哭啊……”申总没多说什么，当即向总编辑张宏遵作了汇报。令我想不到的是，总编辑立即下达任务：“让于文国写个现场特写回来。”我说：“我一个照相的，让我写文章这不是难为我吗？”总编辑说：“我不管。如果文章写不回来，连照片也不给你发。”碰上这种老总，不行也得行！

后来，我知道，当天下午总编辑已特意指派一版主编孙德宏留了下来，编我发回的文字稿和新闻照片。

所以，回想起来，《九江城哭了……》一文的获奖对于我至少有以下三点启示：

其一，当记者一定要有大感情。要积极走进生活，要善于提升素材，而提升素材的关键又在于记者的大境界、责任感、使命感和思想深度。我在想：如果当时我对解放军没有一种“见了你们格外亲”的情感，如果这之前，我没有对新时期军民关系发展前景的关切，可能在事件面前就会少了些发自内心的激动。九江市民的哭是对解放军舍生忘死保住家园的感激。战士落泪是付出后的欣慰。而当记者的仅有这些还远不够，还应有更高层面的理解，还需通过对事件表象的客观叙述去揭示更深的道理。或许这就是我们通常所指的思想深度和力度吧。

其二，一篇文章的推出是个系统工程，绝非记者的个人行为。我把这篇体会文章之所以取名为“逼出了个‘中国新闻奖’”其意图也在于此。可以肯定地说，一篇稿子从采稿到成文，任何一个环节出了问题，都难以成功，就更谈不上社会的好评和获奖了。试想，如果没有总编辑的“逼”（我理解这个“逼”字为知人善任），如果没有夜班值班老总在一版寸金之地给予了突出处理，就不会有今天的传播力度和社会效果。所以，我体会，《九江城哭了……》一文的成功，实质上是《工人日报》编辑部的成功。当我获得“新闻奖”的荣誉时，我向同行们特别要说的是：我是幸运的。

其三，摄影记者的文字功底同样重要。写新闻需要有高度的概括力，需要懂得用典型手法集中笔墨写事、写景、写情、写理，让读者在阅读新闻时有所获、有所悟。新闻摄影同样需要这些基本功，否则，人在事件现场就会见物不见人，见人不见意，就会缺乏个性的捕捉、典型细节的张扬，就很难用不多的照片说明抓住要害透视出一个重大的社会事件。事实上，近年来我国凡比较成功的几位摄影记者，他们均有较好的文字表达能力。文字功底好，理解能力强，不仅成了他们所摄图片命中率高的重要因素之一，而且在关键时刻，他们也一样能写出好新闻。

作品评析

以情感取胜　以细节定格

九江城，为人民子弟兵50多天来舍生忘死的英雄壮举所感动，哭了；本文作者，以饱含深情的笔墨聚焦3个多小时的军民离别场景，同样感人至深。

通读全文，不足千字、镜头丰富，语言轻松、感情充沛，架构清晰、浑然天成，以一篇短小精细的新闻特写诠释九江抗洪救灾这一宏大历史事件，立意高远，着笔精妙，雕琢上乘，有以下这么几个鲜明特点。

充沛的情感贯穿始终。军民别离之际，也是抗洪取得决定性胜利之时，如何再现人民子弟兵冲在抗洪斗争一线、用生命筑起不朽丰碑的历史壮举，恰有人民的感激感谢之情！作者抓住这条主线，以送别现场的悉心观察，用饱蘸深情的笔墨，鲜明生动地刻画了人民群众对子弟兵的爱戴和感激，写活军民鱼水深情。全文以简短的句子“9月15日。子弟兵走了。九江城哭了”开篇，又以简短的句子“8时50分，列车开动。站台上哭声一片”结尾，首尾呼应，意境深远。“意犹帅也”，以情感立意，统帅全篇，文章便有了引人共鸣的活的灵魂，让读者的情感伴随着文中人物情感的起伏而起伏。

生动的细节定格现场。强烈的现场感是这篇通讯的一大特色，文章主要依靠记者的目击写成。从“……军车出来了……一拥而上的上千名九江人急急地将手中的苹果和鸡蛋等礼物掷投到军车上”开始，一个又一个的“特写镜头”：“人群中，一个十几岁的孩子手中举着一条标语，上面写着歪歪扭扭的大字：‘长大我要去当兵’。”“九江师专的一群女学生……拥出校门举起了她们的标语：‘兵哥哥，真的舍不得您走！’”“一位身穿太阳裙的女青年则鼓足勇气冲到近处，把一条香烟扔到了车上。”“30岁的职工胡民礼情急之下奔回厂里，扛着国旗爬到高处，狂舞起来。”一个个生动细节，就是一组组鲜活镜头，将感人至深的新闻现场定格，使读者如临其境，如闻其声，增强了通讯的亲切感、真实感和生动性，有力地表达了“军爱民，民拥军”的主题思想。

一线的挖掘弥足珍贵。优秀的新闻作品，是记者勤奋努力、深入一线精心采写的结果。正是凭着这种不怕苦、不怕累的坚韧专业精神，作者顽强地深入到抗洪抢险的第一线，对事件的全过程进行全方位、深层次的了解。掌握第一手活生生的材料，才能形成写作的激情，才可以发现事件中的生动细节。在一线，作者发挥其摄影专长，将摄影理念和技能融入现场新闻捕捉和素材组织中，以高度的新闻概括力，典型手法集中笔墨写事、写景、写情、写理，使新闻写作与新闻摄影融会贯通、相得益彰，树立了一个记者“两翼齐飞”的优秀榜样。

（徐清华）

“我请总理到九江大堤照张相”

◇ 陶丽琴

3月4日，全国人大代表、江西省水利厅厅长刘政民向记者坦陈他珍藏已久的心愿：借参加这次九届全国人大五次会议的机会，邀请朱镕基总理到九江长江干堤照张相。

原来，朱镕基总理1999年视察江西九江，看到’98大水期间曾经决口的九江长江干堤建设得标准高、质量好，非常高兴。并大声问前来围观的群众：“这个大堤建得好不好？”在场的群众异口同声地说：“建得好！”总理又说：“你们住在附近，要经常来看看，经常来监督，大家共同把大堤建好。”看到朱总理兴高采烈的面容，刘政民忍不住提出，希望能够与朱总理一起合影。朱总理高兴地答应了。

在朱镕基总理离开江西去机场的路上，他语重心长地对刘政民说：“你们一定要把九江干堤建设好。今年防汛一定不能出问题。等你们把九江大堤建好了，我和温家宝副总理再来照相。”

九江长江干堤今年6月将基本完工，已完成的单元工程合格率100%，优良率80%以上。九江长江干堤的建设者们没有辜负朱总理的嘱托，他们出色地完成了任务。如今，刘政民期待着将他的愿望变为现实。他说，这次会议期间，如果有机会，他将代表奋战在九江长江大堤的建设者们请朱总理再到九江来检阅，再到长江大堤留个影。

（原载2002年3月7日《中国水利报》）

创作札记

聊天“聊”出的新闻

陶丽琴

2002年3月，按照报社工作安排，我第5次参加全国“两会”的采访。之前，报社对“两会”制定了报道策划，对水利行业参会的代表委员进行专访。

“这次会议期间如果有机会见到朱镕基总理，我准备请他到九江大堤上看一看，请他在大堤上照张相。”因为熟悉的缘故，采访第九届全国人大代表、时任江西省水利厅厅长的刘政民并没有按照事先拟定的采访提纲进行，而是一见面就聊开了他憋在心里很久的一个愿望，也就是这次会议期间他的一个重要计划。

我赶忙问他到底是怎么回事。刘政民对我讲述了1999年时任国务院总理的朱镕基视察九江堤防时的情景：原来，朱镕基总理视察江西时，专程来到正在建设中的九江长江干堤工地，看到’98大水期间曾经决口的九江长江干堤建设得不错，很是高兴。并大声问闻讯赶来的群众：“这个大堤建得好不好？”在场的群众都说：“建得好！”朱镕基又说：“你们住在附近，要经常来看看，经常来监督，大家共同把大堤建好。”看到朱总理兴高采烈的面容，刘政民忍不住提出，希望能够与朱总理一起合影。朱总理高兴地答应了。

在朱镕基总理离开江西去机场的路上，他嘱咐刘政民说：“你们一定要把九江干堤建设好。今年防汛一定不能出问题。等你们把九江大堤建好了，我和温家宝副总理再来照相。”

介绍完这段往事，刘政民说，此后几年中，九江长江干堤的建设者谨记朱总理的嘱托，抓质量，保进度。现在九江大堤建好了，我想请他再去九江长江干堤视察，再照张相。

这一段采访完全偏离了原定的采访提纲，但我认为写这个小故事更有意义，更有可读性。

'98大水期间，九江长江干堤溃决，引起全社会对水利工程建设质量的高度关注。堤防决口后，朱镕基赶到九江防汛一线，当时九江市一位不懂业务的副市长汇报说，决口的断面没有钢筋（实际上是伸缩缝），朱镕基听后怒斥九江堤防是“豆腐渣”工程。社会上一些人也据此认为水利工程的建设质量不高。此后，九江长江干堤成为社会各界关注的焦点工程、标志工程。

'98大水暴露出水利工程的种种问题，也促使国家下大力气，投入巨资，从1998年到2002年对大江大河大湖大库进行综合整治。可以说，堤防建设成为这一时期水利工作的主基调，堤防整治是5年来“两会”的热点。作为行业报，水利报应该回应社会的关切，通过宣传九江长江干堤建设的成效，映射出水利行业在大江大河大湖大库的治理中，致力于优质高效建设，确保两岸安澜。

基于上述背景，我想通过讲述刘政民请总理到九江长江大堤照张相这一心愿及其背后的故事，传递三方面的信息：一是党中央对防洪减灾保民生的重视，对水利建设的重视。二是水利人真抓实干，以对国家和人民高度负责的精神，全力搞好水利建设。三是以小见大，5年来完成的水利工程质量优良。在标题的制作上和稿件的切入点上，直接写出刘政民的心愿，更简洁，更加吸引人。

作为行业报记者，采访的多是一些工作味的话题。从《我请总理到九江大堤照张相》这篇稿件可以看出，主题重大但相对枯燥的工作话题同样也可以通过充满情感、充满情节的小故事来体现。只是，需要记者善于发现。

作品评析

由近及远好由头　背景故事映新闻

新闻是新近发生的重要事实的报道，新鲜是新闻的主要特征之一，事实是新闻写作的核心。“我请总理到九江大堤照张相”只是全国人大代表、江西省水利厅厅长珍藏已久的心愿，并未成为事实，但是，作者巧妙地把这个心愿作为新闻由头，通过讲述背后的故事，凸显出新闻的价值和意义。

列宁曾经指出：“要真心地认识事物，就必须把握和研究它的一切方面、一切联系和中介。”任何事情的出现都不是凭空而来的，都有其先前片段和发展过程，“新”和“旧”是相互联系的，也是辩证统一的，“新”是相对“旧”而言的，是在“旧”的比照下才称为“新”。因此，新闻背景是新闻报道的有机组成部分，是与新闻人物及事件形成有机联系的相关环境和历史事件。它紧扣新闻要素中的“为什么”而展开，是对形成新闻事实的来龙去脉、因果关系的剖析与揭示，通常被称为新闻背后的新闻。但若要成为新闻，必须选好“出新”点，即新闻由头，让其引发出新闻背后的新闻。记者借“两会”报道时机，让人大代表谈心愿，这是新闻采访的常规动作，不料想却引发了这样一段新闻故事。人大代表的心愿成为读者心中的“悬念”，大家急于知道为什么要“邀请总理到九江大堤照张相”呢?

《纽约时报》前总编辑莱斯特·马柯尔曾指出：“我看不出解释和背景有何区别”，“解释，就是提供新闻的背景知识，从而使读者能够对新闻事件作出客观的判断”。新闻报道应以受众接受和明白为原则，凡是报道中涉及的可能使受众产生困惑不解的事实，记者应适时提供这一新闻事件产生的原因、环境和条件等背景材料，帮助受众解疑释惑。1998年的长江洪水冲垮了号称固若金汤的九江堤坝，朱镕基总理在抢险现场痛斥其为“豆腐渣工程”，这一事件当年几乎家喻户晓，人人皆知。总理心系百姓安危，1999年再次视察九江，“看到’98大水期间曾经决口的九江干堤建设得标准高、质量好，非常高兴”，并与水利厅厅长相约：“等你们把九江大堤建好了，我和温家宝副总理再来照相。”谜底揭开了，水利厅厅长的心愿原来是邀请总理“践约”。那么，疑问又来了，大堤建好了吗？

一般新闻和通讯都要求事件的完整性，事件产生的原因及其意义，背景说明与解释，故篇幅都较长。而此文意义高远，但篇幅不长，并且环环相扣，设置了一连串的疑问。这主要取决于对材料的剪裁与结构的紧凑，总理之约的前提是“大堤建好”，而“九江长江干堤今年6月将基本完工，已完成的单元工程合格率100%，优良率80%以上”。不负总理嘱托，邀请总理“赴约”再到九江检阅，水利厅厅长的心愿里刻满了水利建设者的自豪。文章至此，解疑释惑，首尾照应，可谓纸短情长。

（郭　奇）

程师的建议果断决策，成建制引进中国水电施工队伍，分包三条导流洞施工。应该说这是外商绝路逢生之上策，但是因中西方思维方式的差异，外商一时难以接受。经过10多天的艰难谈判，1996年1月，外商现场经理在不承担截流目标的前提下签订了分包协议，同意中方成建制队伍进场，但只是提供劳动力和对劳动力负责管理的劳务分包。此时，泄洪排沙工程已延误11个月之久。

所谓劳务分包，其实质是确保截流目标必须由“打工仔”身份的中国施工队伍承诺。这确实大失公允，令小浪底人愤愤不平，但他们顾全大局，忍辱负重，在压抑中叫响“在外国人面前是中国人，在中国人面前是小浪底人”的豪言壮语。

爱国不需要理由，一种力量在中国水电工人身上凝聚，一种刻骨铭心的爱在小浪底人心中沸腾，全工区的中国施工队伍在小浪底建管局党委的发动下掀起了一场可歌可泣的“为祖国而战”的“赶工战役”。由于外商对工程的复杂性认识不足，施工设备准备不够，身为“打工仔”的四个中国水电施工局在经济十分拮据的情况下，从各工程局迅速调配和贷款购买达5000万元的各类施工设备投入到赶工战役中。这一战就是22个月。

小浪底人，义无反顾，顽强拼搏，攻克塌方，闯过险阻，承受“撞击”，力挽狂澜，抢回了11个月的工期。这是小浪底人的光荣，这是国人的光荣，这是国家的光荣。小浪底群情激昂，欢欣鼓舞。正值香港回归之年，1997年9月28日，我在《小浪底工程报》上发表了《小浪底——水利战线一面爱国主义的旗帜》（10月21日被《中国水利报》头版头条采用）一文，文章的题记也充满这种抑制不住的激动。

在当今“和平与发展”的年代，在公平竞争的国际招标市场，小浪底人在世人面前谱写了一曲奋起抗争、奋发图强的爱国主义赞歌。

1997年10月28日，小浪底工程终于迎来了如期截流。这天小浪底工地，艳阳高照，碧空如洗。国家领导人来了，水利部和各地方领导来了，意大利、德国、法国驻华大使来了，世界银行代表和国际友人来了，周边四乡八村的乡亲们来了，150多名记者来了，中央电视台带着地面卫星转播车在这里进行第一次大型工程现场直播来了……全国乃至全世界一双双关注和期盼的目光都汇集到大河的龙口，见证这来之不易的截流壮举。

上午10时，40多辆载重65吨的巨型自卸汽车一字排列，似一条钢铁巨龙驶向截流戗堤，将满车的巨大的石块、沙砾石和黏土一车车倾入龙口，一声声雷鸣般的巨响，激起一个个数米高的大浪，人们在几十米以外都能感受到大河的颤动。10时27分30秒，戗堤南、北两岸的8辆汽车同时掀起巨大的翻斗，将满载的石料倾泻在狭窄的龙口，切断最后一股急流。

10时28分，北岸陡峭的山壁上一面巨大的五星红旗呼啦展开——黄河小浪底工程截流成功了！黄河两岸彩球腾空，鼓乐齐鸣，所有机械鸣笛一分钟，小浪底沸腾了。

为了抒发强烈的爱国激情，截流仪式的组织者悄悄设计了在劈开的绝壁上悬挂五星红旗的议程，事先未告知与会领导和来宾包括记者。黄河南岸河滩的观礼台面对截流龙口，台下的记者们是背对龙口拍摄观礼台领导的活动，背后发生的突然变化全然不知。在拍完国家领导人宣布截流成功的照片后，我看见观礼台上有的领导用手指着北岸，脸上都绽放着惊喜。出于摄影记者的敏感，我转身向龙口瞟了一眼，才发现这惊喜的一幕—— 一面巨大的鲜红的五星红旗在北岸的山腰舒展，庄严、神圣气氛笼罩黄河两岸。我立即举起相机拍下这激动人心的镜头。正当我准备再按动快门时，观礼台上的领导让我去帮忙拍几张合影，之后，我就一直忙着拍其他活动的场面。胶片一冲洗出来，我特地关注这唯一的一张底片，庆幸的是，在匆忙而激动的时刻，我的手没有抖，照片比较清晰，虽仅此一张，但已经足够。它是我和小浪底历久弥新的永久纪念。

通过小浪底，我们了解了世界，世界通过小浪底认识了中国。小浪底人以坦荡的胸怀、真挚的友情向世界展现出中国的大度与风范。小浪底人以善良、勇敢、勤劳的美德让五星红旗熠熠生辉。

“为什么我的眼里常含泪水，因为我对这片土地爱得深沉。”为什么我的眼里常含着激动的泪水，因为我对五星红旗爱得深沉。五星红旗我为你骄傲，五星红旗我为你自豪!

（原载2009年10月1日《中国水利报》，荣获2009年“见证水利60年”大型有奖征文一等奖）

创作札记

位卑未敢忘忧国

刘凤翔

2009年是新中国的60周年华诞，是“十年一大庆”的大喜大庆之年。4月初，小浪底建管局党委工作处先后将水利部办公厅、中国水利报社联合举办大型有奖征文“见证水利60年”和中国水利文学艺术协会举办庆祝新中国成立60周年“放歌水利，心系民生”文学作品征文启事放在我的手上，让我感到沉甸甸的分量。

如何完成好这两个任务，我进入沉思。思谋的目光落到摆放在案头上的五星红旗照耀下的黄河截流照片上！我顿时眼前一亮，这不正是征文启事中寻觅的“具有史鉴价值、珍贵的新老照片”吗！这不正是照片背后藏有丰富故事的“60年光影”吗！我立即确定了标题，一口气完成了2300字的《五星红旗我为你自豪》的写作，还觉得意犹未尽，于是夜以继日，挑灯夜战，一篇12500字的报告文学《五星红旗我为你自豪》也紧随收笔。

《五星红旗我为你自豪》以电子文本寄出后，得到《中国水利报》领导的重视，安排在10月1日《现代水利周刊》“见证水利60年”特别策划中刊出，收到很好的效果。2010年3月，《五星红旗我为你自豪》荣获“见证水利60年”大型有奖征文一等奖。另一篇报告文学——《五星红旗我为你自豪》在《大江文艺》上发表并荣获庆祝新中国成立60周年“放歌水利，心系民生”文学作品一等奖。

通过《五星红旗我为你自豪》的创作，思有所得，让我感受最深的是水利建设的职工“位卑未敢忘忧国”的爱国精神和对共和国的忠诚。正如静心编辑在策划词《今天是你的生日》中所说的那样：“打开‘见证水利60年’画卷，犹如心窗洞开。那照片里的故事，印证了60年激动人心的历程，那追溯细节的真情回忆，还原了张张脸庞上每一滴汗水和泪滴，那牵动人心的百姓故事，讲述了民生水利对共和国忠诚的献礼。”

“位卑未敢忘忧国”。小浪底前期工程的开拓者，在共和国经济困难之时，为国分忧，艰苦奋斗，发扬“干打垒”的精神，以漂亮的前期准备工程接受世界银行的十多次严格的检查，为共和国赢得了美誉。

“位卑未敢忘忧国”。小浪底主体工程的中方建设者为国分忧，没有因为自己是外商的“打工仔”，“地位”低微而懈怠，仍然敢于担当黄河如期截流的重大责任，为共和国赢得了国际的赞誉。

“位卑未敢忘忧国”。当黄河洪峰袭来的时候，当下游凌汛突发的时候，当黄河断流的时候，当旱魔肆虐、黄河下游工农业生产和人民生活用水告急的时候，小浪底的水利人极大地发挥防洪、防凌、供水等功能，为国分忧为民分忧，化危机为安宁，为黄河中下游国民经济发展提供强大的正能量。

小浪底的水利人，他们虽然身不居高位，却在自己平凡的岗位上用对祖国对人民的忠诚推进着水利事业和国家的现代化进程，展示出水利人“位卑未敢忘忧国”的高尚境界，锐意进取、自强不息的可贵精神。

通过《五星红旗我为你自豪》的创作，写有所获，启示深刻。“文化是一个民族的精神和灵魂，是国家发展和民族振兴的强大力量。”十八届三中全会提出，建设社会主义文化强国，增强国家文化软实力，必须坚持社会主义先进文化前进方向，坚持中国特色社会主义文化发展道路，坚持以人民为中心的工作导向……这是时代的呼唤、历史的要求、人民的期盼，也是我们新闻工作者和文艺工作者的神圣使命和历史责任。无论是文字记者还是摄影记者，都应该发扬“位卑未敢忘忧国”

的担当精神，深入实际、深入群众、深入生活，创作出更多无愧于时代的优秀作品，鼓舞和激励亿万人民，为实现中华民族伟大复兴的中国梦而努力奋斗！

作品评析

现实的瞬间　历史的永恒

特写，运用电影中的近镜头（特写镜头）的表现手法，生动、形象地描绘人物或事件的富有特征的片段、镜头、瞬间，给人以强烈、深刻的印象。本文就是一篇再现黄河小浪底工程截流的宏伟历史瞬间的优秀特写。

虽然特写中描绘的小浪底截流场面发生在12年前，但因为作者写作此文的目的是参加"'见证水利60年'大型有奖征文活动"，就此意义而言，这篇特写的时效性还是比较强的。

特写的写作，最重要的是要选准一个有意义的"镜头"加以放大，作为写作的目标，然后围绕这个中心目标作细致入微的描绘。《五星红旗我为你自豪》一文，从一张"五星红旗下黄河小浪底截流"的珍贵照片入笔，以截流现场悬挂的这面"五星红旗"为切入点，展现了一个重大水利工程的一个宏伟、辉煌、壮观的场面。"五星红旗"是祖国的象征，是人民希望与向往的象征，是实力和精神的象征。作者"自豪"，是因为祖国的伟大，是因为人民的力量和勇气。"镜头"选得准，文章的思想性被提到相当的高度。

特写的写作，还要善于抓生动的形象，善于捕捉人物、事物的动态、动势。《五星红旗我为你自豪》写截流现场："国家领导人来了，水利部和各地方领导来了，意大利、德国、法国驻华大使来了，世界银行代表和国际友人来了，周边四乡八村的乡亲们来了，150多名记者来了，中央电视台带着地面卫星转播车在这里进行第一次大型工程现场直播来了……”；“40多辆载重65吨的巨型自卸汽车一字排列，似一条钢铁巨龙驶向截流戗堤，将满车的巨大的石块、沙砾石和黏土一车车倾入龙口，一声声雷鸣般的巨响，激起一个个数米高的大浪，人们在几十米以外都能感受到大河的颤动”；“戗堤南、北两岸的8辆汽车同时掀起巨大的翻斗，将满载的石料倾泻在狭窄的龙口，切断最后一股急流”；“北岸陡峭的山壁上一面巨大的五星红旗呼啦展开”；截流成功后，“黄河两岸彩球腾空，鼓乐齐鸣，所有机械鸣笛一分钟，小浪底沸腾了”。这些有关人物、事物动态、动势的描写，像电影中的一幅幅画面，形象、生动，仿佛把读者带入到了事发现场，给人以亲临其境之感。

特写还善于抓住人物的特点，把人物放在大的时代背景下，展示人物的精神面貌，收到“以少胜多”、“一言胜百语”的效果。小浪底人的“忍辱负重”、“大局观念”、“顽强不屈”让世界认识了中国，小浪底人的坦荡胸怀向世界展现出中国的大度与风范，小浪底人的善良、勇敢、勤劳的美德让五星红旗熠熠生辉。

现实的瞬间，见证的是一段辉煌的历史，更见证了中国人的精神。这是一曲高亢的爱国主义的嘹亮赞歌。

（葛美英）

深度报道

盛世治水　润泽神州

（跨越·十年）

◇ 赵永平　陈仁泽

水利是国家的命脉，兴国必先治水。盛世治水谱写辉煌新篇。

这是水利发展最快的十年：一座座大坝巍然屹立，护卫江河安澜；一处处水源工程互济南北，注入发展活力……

这是人民群众受益最多的十年：一缕缕清泉流进千家万户，润泽百姓心田；一条条渠道通向地头，浇灌希望田野……

大投入、大民生、大跨越，10年来，中国水利科学发展、和谐发展、跨越发展，有力支撑和保障了经济社会发展、人民幸福、社会和谐稳定，在中华民族实现伟大复兴的道路上闪耀夺目光彩。

保发展——

以占世界人均60%的综合用水量，保障了国民经济快速增长迈入新世纪，一系列水问题更加凸显——

大旱、大水，旱涝交织，灾害频发，水少、水多、水脏……发达国家200多年工业化过程中分阶段出现的水问题，在我国现阶段集中显现。国际上甚至有人喊出“中国水威胁论”，中国的水资源能否支撑经济社会快速发展?

以水资源可持续利用支撑经济社会可持续发展，水利重任在肩，责无旁贷。

立足国情水情，直面发展难题。党的十六大以来，党中央、国务院把水利作为基础设施建设的重中之重。特别是2011年中央1号文件和中央水利工作会议，首次提出“水是生命之源、生产之要、生态之基”，动员全党全社会力量，形成治水兴水合力。

新时期、新定位，治水理念不断提升，可持续治水思路不断完善。坚持“科学规划、统筹安排、综合治理、节水优先、强化保护、量水而行”，传统水利加速向现代水利转变。

新思路、新理念，推进水利跨越式发展。

这10年，水利建设规模空前，全国累计完成水利建设总投资1.32万亿元，是新中国成立以来的3.2倍。尤其是2011年，中央水利投资达到1141亿元，是2002年的2.8倍。

——保防洪安全。10年来，江河治理成效卓著，重点水利工程建设规模刷新历史纪录。三峡水库建成运行，黄河下游标准化堤防逐步推进，治淮19项骨干工程全面完成……工程为基，全国大江大河主要河段基本具备了防御新中国成立以来最大洪水的能力。

——保供水安全。10年来，供水能力显著提升。南水北调工程开工，中线京石段实现向北京应急供水，首都水资源可持续利用工程实现从山西、河北向北京集中输水……一个个调水工程使江河成网，水系连通，全国新增供水能力600多亿立方米，供水能力超过7000亿立方米。

——保粮食安全。10年来，农田水利基础不断夯实。农田有效灌溉面积达到9.25亿亩，以占全国耕地面积一半的灌溉农田生产了全国75%的粮食和90%的经济作物，为实现全国粮食产量“八连增”提供了坚实的水利支撑。

——保生态安全。10年来，综合治理能力不断提高。黄河水量统一调度和调水调沙，保障了黄河干流连续13年不断流；塔里木河综合治理，结束了下游干涸近30年的历史；水土流失综合治理，实现了治理区生态向好的历史性转变……

10年，水利发展交出了一份亮丽答卷：中国以占世界平均水平60%的人均综合用水量，保障了国民经济快速增长。

惠民生——

民生水利投资占62.4%，优先解决事关群众利益的水利问题

“山沟沟泉水一点点流，提起个挑水心里发愁，十里路上吃水贵如油……”一曲民谣唱出了山区农民吃水难的辛酸。

“修池建窖打水井，清水甘甜润民心；饮水解困及时雨，喝口甘泉颂党恩。”这是四川省通江县七星村村民贴在村供水站门上的对联。村民张成元说：“告别苦咸水，喝上自来水，农民打心眼里感谢党和政府！”

这是农村饮水安全工程的一个缩影，也是民生水利建设的见证。

水利，与民生息息相关，关乎百姓的生命健康，关乎百姓的幸福指数。10年来，民生水利的理念化成全行业的实际行动，解民忧，纾民困，从更宽领域、更大规模、更高标准上惠及亿万群众。

民生优先，舍得真金白银。10年来，中央水利建设投资结构不断优化，涉及民生水利的投资比重占到62.4%。优先解决人民群众最关心、最直接、最现实的水利问题，每一项重大决策，每一种制度安排，每一次规划部署，都融入暖暖的民生情怀——

尽早让农民喝上放心水。10年来，从广袤的西北农村，到辽阔的黄淮海平原，在饮水不安全的各个角落，3.26亿农村人口告别饮水难，舒展了笑颜。全国集中式供水工程人口受益比例达到63%。

瞄准防洪薄弱环节攻坚克难。10年来，1.4万多座病险水库实施了除险加固，保障了水库下游3.66亿人、上千座县级以上城市的安全；完成2000多条重点中小河流重要河段治理；在2058个山洪地质灾害防治重点县，初步建成了基层山洪灾害监测预警系统和群测群防体系。

打通灌溉"最后一公里"。10年来，中央财政累计投入303亿元，加强小农水建设，维修改造塘坝5.3万处，整治渠道36.4万公里，新增粮食生产能力438亿多斤，被农民称为"民心工程"。

综合治理水土流失，让土地增绿、农业增效、农民增收。10年来，全国实施坡改梯面积3100多万亩，2000多万山丘区群众的生计问题得以解决。

告别砍柴烧火。全国小水电代燃料工程累计有159个项目建成发电，解决了31.8万户、120多万农民的生活燃料问题，保护森林面积 500万亩，恢复了青山绿水，改善了人居环境。

……

清泉福水润民心，民生水利的阳光照耀广袤大地。这十年，成为亿万群众得实惠最多的10年。

谋长远——

深化改革，实施最严格水资源管理制度，注入发展新活力

水资源管理体制、水利投入机制……新时期，水利发展面临着一道道绕不开、躲不过的难题，改革时不我待!

迎难而上。既要顾当前，又要谋长远，为子孙后代留出生存发展空间。10年来水利改革发展不断向纵深推进——

破解水资源瓶颈，全面实施最严格水资源管理制度。国务院出台意见，将这一制度提升到国家战略层面，明确了水资源管理的"三条红线"。目前，25条跨省江河流域水量分配技术方案基本完成。从供水管理向需水管理转变，各试点地区严守"三条红线"，强势推进。山东省

一年间用水量减少51亿立方米，农田灌溉水有效利用系数达到61%，农业用水保持零增长。

转变用水方式，节水型社会建设加快推进。10年来，全国开展了100个国家级和200个省级节水型社会建设试点，带动了节水型社会建设向深层次、全方位发展。作为全国第一个省级试点，宁夏5年来用水总量减少5.7亿立方米，万元GDP用水量从1274立方米下降到651立方米，成为节水型社会建设的一个生动注解。

破解投入难题，水利投入保障机制逐步健全。10年来，中央不断完善政策支持体系，尤其是2011年，中央明确从土地出让收益中提取10%用于农田水利建设。初步形成了公共财政投入为主、社会投资为补充的多元化水利投入增长机制。

破解工程管理难题，重点改革不断突破。10年来，全国大中型水管单位改革任务基本完成，落实“两费”150亿元；建立乡镇或流域水利站2.6万个，成立农民用水户协会7.8万个，建成各级抗旱服务队14064支，“三驾马车”推动基层水利服务体系逐步建立。

改革注入活力。从供水管理向需水管理转变，从开发利用为主向开发保护并重转变，大改革，大发展，人水和谐成为主旋律。

10年来，水资源利用效率不断提高。全国万元GDP用水量从469立方米下降到225立方米，万元工业增加值用水量下降48%，农业灌溉水有效利用率提高到0.5。

10年来，全国用水总量实现微增长，部分地区实现了零增长甚至负增长。

……

站在新起点，水利改革发展的新征程已开启。承载新使命，到2020年我国将基本建成防洪抗旱减灾体系、水资源合理配置和高效利用体系、水资源保护和河湖健康保障体系、水利科学发展的制度体系。

一卷普惠亿万人民的水利现代化蓝图正在中华大地徐徐展开！

（原载2012年9月20日《人民日报》）

创作札记

站在全局看水利

赵永平

作为《人民日报》“迎接党的十八大——水利特刊”头条，采写这篇稿件面临的最大挑战是，如何用有限篇幅全面展示水利10年的发展成就。

事实上，跑水利这么多年，深切感受到水利改革发展的巨变，不管是国计还是民生，都越来越离不开水，越来越受益于水。然而，要让这些感性的东西变成文章，还需要进一步凝练—归纳—提镏。

第一步是搭架子。从哪几个方面反映水利10年跨越，是文章成败关键。一个思路是按照水利自身发展来写，大工程建设、民生水利、水资源管理等等，历历在目，成就斐然，但这样给人的感觉是“就水利说水利”，难突出水利在全局的重要地位。因此，我们选择“站在全局看水利”，用“保发展”、“惠民生”、“谋长远”三个层次，凸显新时期水利“生命之源、生产之要、生态之基”的重要战略定位。

第二步是添骨肉。水利10年改革发展成绩很多，选取什么样的素材表现？我们尽力选取最新最精练的数字，最简练生动的表述。比如，说到保发展，“以占世界平均水平60%的人均综合用水量，保障了国民经济快速增长”；说到保粮食安全，“以占全国耕地面积一半的灌溉农田生产了全国75%的粮食”；说到民生水利，民生优先，舍得真金白银，“民生水利的投资比重占到62.4%”，打通灌溉“最后一公里”；说到水资源利用，“10年全国用水总量实现微增长”。

第三步是强思想。稿件能不能反映水利10年改革思路，主要看文章有没有思想性。我们从问题入手，开篇直指一系列水问题——“大旱、大水，旱涝交织，水少、水多、水脏……中国的水资源能否支撑经济社会快速发展？”之后迎着问题层层解析，“立足国情水情……新时期、新定位……新思路、新理念”，然后是水利“解民忧，纾民困”，最后是“深化改革”，“既顾当前，又谋长远，改革注入活力”，“承载新使命，水利改革发展开启新征程”，深化了主题，立意更加高远。

作品评析

题材重大立意深刻
高度浓缩手法灵活

“深度报道”的关键在于“深度”，这类报道不仅题材重大，而且报道面宽广，是一种深度透视新闻事件与社会问题的重要的新闻报道形式。

《盛世治水　润泽神州》是《人民日报》迎接党的十八大水利特刊的综述文章。报道具有题材重大、立意深远、内容广泛、手法多样等特点。该文把中国10年治水重大成就，浓缩在在3000字的文章内，其最大特点在于对历史材料的高度凝练和浓缩。

报道的深度首先体现在一个“重”字上。本篇报道的是我国10年治水的经验。“水利是国家的命脉，兴国必先治水”，是作者写作这篇报道的出发点。有关水利的问题，是事关国计民生的大问题，是受广大人民群众普遍关心的问题，也是实际工作中迫切需要解决的问题。报道以此为出发点，深入、全面总结我国10年成功治水的经验，题材重大，主题重大，意义重大。报道的“重”还体现在选材的“典型”之上。作者站在“国计民生”的大的立场之上，从“防洪安全”、“供水安全”、“粮食安全”、“生态安全”的角度对问题展开分析，对这个重要的社会问题进行深度的挖掘和广度的拓展，使报道的深远影响力和现实实际应用价值都大为提升和强化。

其次，报道深度体现在一个“深”字上。报道的深度不仅体现在思想深、认识深层面，还体现在内涵深、开拓深层面。报道不仅回答了“是什么”的问题，更重要的是回答了“为什么”和“怎么办”的问题。作者站在科学发展和可持续发展的战略高度，对十年治水的丰硕成果进行了高度概括。作者将其归纳为“保发展、惠民生、谋长远”三个方面,并分别从这三个角度对“治水”的重要性作了本质性的分析论证。

在“保发展”方面，作者先是阐明“水”对国民经济发展的重要意义，又对现实中存在的“水资源”的问题进一步揭示，直面发展难题，最后从四个方面分析了“保发展”的措施，揭示了现代领导人的“治水”新理念及“大投入、大民生、大跨越”“保发展”的本质。在“惠民生”方面，作者以典型、具体、生动的事例，表达出“治水”给我国农民带来的新变化，表明我们党“以民为本”的执政理念。在“谋长远”方面，作者从对“水资源”的强化管理机制入笔，以解决现实中的矛盾和难题为出发点，分析和解释了现代水利管理的方略：从供水管理向需水管理转变，从开发利用为主向开发保护并重转变，大改革，大发展，人水和谐。作者通过对大量事实的报道，直接发表自己精辟的见解，揭示出事物的本质和发展规律。

报道的深度还体现在一个“广”字上。报道不局限于一人一事或一时一地，而是注重多人多事、多时多地，全方位、多侧面地报道。报道中宏观上涉及国家、政府，微观上涉及饱经吃水难的“山区农民”；报道中既有“水利工程”的宏大场面，又有“四川省通江县七星村村民贴在村供水站门上的对联”的典型细节。从报道所涉及新闻事实的时间跨度上看，作者没有仅仅局限于“十年”，“民谣”唱出的“山区农民吃水难的辛酸”就是昔日的见证，而村民贴在村供水站门上的对联又是今天水利工程改变民生的最好诠释。这种时空上的跨越，也很深刻地突出了报道的主题。

最后，报道的深度还体现在一个“活”字上。报道手法灵活，表达生动有趣。报道有叙述，有描写，有抒情，有议论，有阐释，有分析。语言运用也富有特色。“一座座大坝巍然屹立，护卫江河安澜；一处处水源工程互济南北，注入发展活力”“一缕缕清泉流进千家万户，润泽百姓心田；一条条渠道通向地头，浇灌希望田野”，形容和排比修辞手法的运用，阅读起来朗朗上口，富有情趣，深含文学的审美意蕴。作者将枯燥的总结材料进行新闻化转换，文字精练，句式简短，重点用数据说话，大量采用形象化的“引语”，丰富了作品内涵，增强了报道的感染力。报道在结构安排上也比较简单灵活，每部分论述，均呈现出简要提出问题、思路、对策后，对每项成就再次进行分论述，每个段落体现一层内容，每个段落的起始句形成对本段内容的高度浓缩。

综合看来，这篇报道的特质在于题材的广度和深度。作者以宏观的视角，优美的文笔，新颖的观点，通过全方位、多角度、多侧面、多色彩的报道，浓缩中国10年治水在“保发展、惠民生、谋长远”中的重大作用，并把10年治水的成功经验总结起来，在理论上加以确认，体现了兴国必先治水这一重大理念。

（凌宁宁）

大发展·大突破·大跨越

——2011年全国贯彻中央一号文件治水兴邦工作纪实

◇ 于文静　林　晖

刚刚过去的2011年，是我国水利发展史上具有里程碑意义的一年。中央出台一号文件、召开中央水利工作会议，对加快水利改革发展作出全面部署，掀开了中华民族治水兴邦史册的新篇章。

回眸2011，从东海之滨到西部边陲，从江南水乡到塞外高原，神州大地治水兴水春潮涌。全面战胜三次大范围严重干旱，洪涝灾害死亡人数为新中国成立以来最低；水利投资大幅增长、民生水利和薄弱环节建设全面提速、管理改革不断加强，为粮食总产“八连增”和经济社会又好又快发展提供了有力支撑。

科学谋划，政策创新——顶层设计有力有效

水是生命之源、生产之要、生态之基。由于历史等原因，长期以

来，我国水利建设发展远远落后于电力、交通等国家基础部门发展，农田水利建设滞后制约农业稳定发展，水资源供需矛盾成为可持续发展主要瓶颈。

审时度势，科学谋划

2011年新年伊始，我国吹响加快水利改革发展新跨越的进军号，中央各部门立足国情、统筹规划。水利部会同财政部、国家发展改革委等部门，出台《水利建设基金筹集和使用管理办法》《中央分成水资源费使用管理暂行办法》《关于从土地出让收益中计提农田水利建设资金有关事项的通知》等配套政策文件。

各地结合省情水情，精心谋划。31个省（自治区、直辖市）均出台落实中央一号文件实施意见或决定，27个省（自治区、直辖市）以党委、政府名义召开水利工作会议，全力加快水利改革发展。

决策果断，部署有力

在这些政策中，建立稳定增长的水利投入机制令人瞩目。

中央一号文件要求，力争今后10年全社会水利年平均投入比2010年高出1倍。这意味着，今后10年年均水利投资将达4000亿元，总量达4万亿元。

截至2011年12月31日，2011年全国水利投资3452亿元，其中中央投资1141亿元，首次突破千亿元，同比增幅达15.9%；地方投资2311亿元，首次突破2000亿元。

“对水利部门来说，一项重要任务就是怎么把钱高效使用。”水利部总规划师周学文说。据悉，水利部完善一系列资金监管制度，与审计署共建“水利资金免疫系统”，通过科技手段加强资金监管，与监察部建立联合监督检查机制。水利建设还被纳入中央加快转变经济发展方式监督检查。

工程前期工作至关紧要。2011年，水利部向发展改革委报送重点水利工程项目45项，总投资1768.22亿元；已批复或核定42项，总投资1729.41亿元。通过实施计划进度精细化管理，确保工程质量。

从土地出让收益中提取10%用于农田水利建设，被认为是中央一号文件中含金量最高的政策。

从重旱灾区到欠发达地区，从东海之滨到茫茫戈壁……这项政策在全国大部分省区市明确落实，一些省份计提比例明显高于国家规定，如贵州达到12%、山东10%~20%、黑龙江10%~15%。为解决土地出让收益与水利建设任务不匹配问题，一些省份还明确省级统筹，如云南50%、广东45%、宁夏40%。

为政之要，其枢在水。中央一号文件为水利改革发展送来春风。面对战略机遇和重大历史使命，各级水利部门开拓进取、扎实工作，水利改革发展扬帆起航。

瞄准“短板”，改善民生——基础建设全面提速

隆冬时节，西域边陲喀什滴水成冰。广袤大地上，广大干部群众掀起水利基础设施建设高潮：阿尔塔什水利枢纽工程奠基、齐热哈塔尔水电站开工建设、叶尔羌河中游渠首完工……这些工程对防洪、灌溉、改善生态及繁荣经济、民族团结意义重大。

喀什，是全国水利基础设施建设全面提速的缩影。

一座座“长虹”凌空飞跃，一条条“巨龙”逶迤向前。2011年，是我国多年来重点水利工程开工建设最多的一年，一些一直想建而未建的工程开工了。江河治理、骨干枢纽、重点水源、水土保持、农村水电等水利建设项目全面推进。

淮河入江水道整治工程开工，长江中下游河势控制及重点河段崩岸治理深入开展，黄河标准化堤防建设顺利推进，洞庭湖、鄱阳湖近期治理项目建设加快，南水北调东、中线一期工程全面加快建设，吉林引嫩入白全线通水，农村水电全年新增装机300万千瓦，水土流失综合治理5万平方公里……

2011年，水利建设交出亮丽的成绩单，不仅夯实国民经济发展基础，也让暖流荡漾在亿万百姓心间。

冬日陇原大地，得益于农村饮水安全工程，甘肃省天水市凌温村216

户农家告别了饮用塘水、苦咸水的历史，用上自来水。

村民凌耀明感慨万千："以前用沟里水和水窖水泡茶，味道难闻，经常闹肚子。现在喝的清洁水，像甘泉一样甜咧！"

凌温村的大变化，是水利惠民生的真实写照。

中央一号文件指出，要着力解决群众最关心最直接最现实的水利问题，推动民生水利新发展。

2011年，国家安排中央投资770亿元用于民生水利，占全年中央水利投资的67.5%，解决了6398万农村居民和农村学校师生的饮水安全问题。中小河流治理、小型病险水库除险加固、山洪灾害防治等防洪薄弱环节建设全面实施，大中型灌区续建配套等加快推进，显著改善农村生产生活条件，保障群众生命安全。

面对成绩，水利部部长陈雷坦承，近年来，各种极端天气灾害出现频率和强度明显上升，必须进一步完善防汛抗旱减灾体系；粮食产量"八连增"之后，加强农田水利建设更为紧要；还有2亿多农村人口存在饮水安全问题；水土流失依然严重……

这是对新形势、新情况的清醒认识。

看清问题，才能从容应对；直面挑战，才能迎难而上。陈雷表示，新的一年，水利部将深入贯彻落实中央精神，大力发展民生水利，奋力开创水利改革发展新局面。

落实"三条红线"，实现可持续发展——水资源管理扎实推进

这一幕令人难忘——

2011年8月13日下午，正在广州考察的胡锦涛总书记不顾暑热，来到越秀区了解广州市河涌综合整治情况。流经广州中心城区的东濠涌以前污染十分严重，整治后水质明显改善。总书记走到岸边，俯下身子，用手舀起水来，仔细察看水质。

这一场景，体现了总书记对保护生态环境的高度重视，更是党中央对加快科学发展的迫切要求。

人多地少水缺，水资源时空分布不均，是我国的基本国情水情。人

均水资源占有量仅为世界平均的28%，全国有2/3的城市不同程度缺水，正常年份全国年缺水500多亿立方米。

中央一号文件指出，要实行最严格的水资源管理制度，确立水资源开发利用控制、用水效率控制、水功能区限制纳污“三条红线”。

科学决策，才能化危为机；运筹帷幄，方能决胜千里。

2011年，水利部抓紧落实“三条红线”。基本完成2015年考核指标在流域层面分解，编制完成《全国节水型社会建设“十二五”规划》，分解落实各省（自治区、直辖市）万元工业增加值用水量指标；对高用水行业用水定额进行修订，启动全国重要河湖健康评估，深入开展水源地达标建设，确定山东、天津等4个省（直辖市）作为加快实施最严格水资源管理制度试点。

各地因地制宜加强部署。山东在用水总量控制基础上，从省级层面划定“三条红线”；辽宁要求在能满足用水需求前提下，现有城镇地下水取水工程按规定时限全部关停；内蒙古提出取用水量已达或超过控制目标地区可采取水权转换等方式解决……

2011年，全国水利管理力度不断加大。完成河北向北京应急调水、引黄济津济冀应急调水、珠江枯水期水量统一调度，修订后的《水土保持法》全面实施，《太湖流域管理条例》颁布出台，开展了淮河、黄河流域河道采砂专项整治和全国河湖管理执法检查。

向管理要资源，向管理要效益。各地各部门通过加强水资源管理，努力实现水资源可持续利用和经济社会可持续发展。

理顺管理体制，建立长效机制——水利改革向纵深迈进

长期以来，基层水利管理薄弱，工程建后管护“缺位”是农村小型水利工程无法充分发挥效益的重要原因。专家指出，未来5年，水利建设大部分是中小型水利工程，建立健全管护模式对确保工程质量和安全至关重要。

在山东省日照市岚山区杏坊村，过去农田灌溉经常出现的抢水现象得到解决。通过建立水管员制度，3名水管员负责灌溉泵站工程管理维

护，水费收入由村委和水管员五五分成，村委得到维护费用，水管员得到工资。

村支部书记孙夫竹笑着说："村里的水利工程找到娘家了。"

杏坊村的实践是全国各地探索小型水利工程管理长效机制的一面镜子。

中央一号文件明确提出，要基本建成有利于水利科学发展的制度体系。

"2011年，我国水利改革向纵深迈进。"陈雷表示，水资源管理体制进一步完善，中小型水利工程建设管理模式不断创新，水管单位体制改革继续深化，基层水利服务体系建设得到加强，水价改革稳步推进。

在水资源管理体制改革方面，成立内蒙古鄂尔多斯市水务局等28个县级以上水务局，全国76%的县级以上行政区实现了水务一体化管理。

在水利工程管理体制改革方面，印发《中央财政补助中西部地区、贫困地区公益性工程维修养护经费使用管理暂行办法》，落实中央年度专项补助资金10亿元；探索中小型水利工程建设管理的组织形式，如浙江推广物业化管理、民间组织管理等模式；积极推进水利建设项目进入有形市场交易。

在基层水利服务体系方面，各地新建恢复一批乡镇或流域水利站，大力发展农民用水合作组织，扶持发展1200支县级抗旱服务队。

在水价改革方面，明确对农村饮水安全工程供水用电执行居民生活或农业排灌用电价格；相关部门正在研究起草加强小水电建设管理的文件，加快制定农民定额内用水享受优惠水价、超定额用水累进加价政策的具体办法，研究落实农业灌排工程运行管理财政补助具体政策。

日出江花红胜火，春来江水绿如蓝。回眸2011年，中国吹响水利改革发展新号角；站在新的历史起点上，机遇与挑战并存，困难和希望同在，大禹的子孙将奋发进取，开创水利改革发展新局面。

（原载2012年1月19日《新华每日电讯》）

创作札记

初次驾驭大主题

于文静

2011年是中国水利发展历史上非常重要的一年。在这一年，中央一号文件首次聚焦水利，中央水利工作会议首次召开，支持政策不断出台，“欠账”多年的水利事业迎来新的发展机遇。一年时间过去，记者试图对中央的战略部署落实情况进行梳理，客观反映水利发展现实。

撰写此稿件时，记者接触水利行业仅半年时间，还是个“门外汉”。水利事业内容丰富，涉及众多层面，如何驾驭这篇文章让我斟酌许久。最终，决定从顶层设计、基础设施和民生水利、水资源管理、水利改革四方面布局谋篇。

通过这种文章结构，试图既体现中央的战略部署，又着眼各地因地制宜落实情况；既反映国家水利战略布局不断完善，又体现关注民生；既表达工程水利不断完善，又体现资源水利理念融入发展；既反映解决当前的水问题，又体现通过改革来助推今后的跨越式发展。

客观地说，水利新闻并不是公众关注的热点，这就尤其需要提升文章的可读性。本文着力通过小切口来反映大主题，通过截取总书记考察水污染治理、甘肃农民结束喝“苦咸水”历史、山东农民创新“水管员”模式破解“抢水”问题等小故事和片断，使文章生动鲜活。同时，通过增加文学性语言、多种修辞手法等方式，使文章形式富于变化，可读性强。

稿件播发后，得到水利部部长陈雷的批示和肯定，《新华每日电讯》《青海日报》《河南日报》等报纸广泛采用，多家网络媒体进行转载。

近三年时间过去，回头再看，这篇文章还显稚嫩。我想，如果能站得更高些，从治水思路、理念的转变，从国家水安全的层面，并且联系国际国内、历史的案例，增加时空的纵深感，使视野更广些，文章的效果会更好些。

作品评析

大手笔写出“大发展”

2011年1月29日中共中央、国务院发布的《关于加快水利改革发展的决定》，是新世纪以来中央关注“三农”的第八个“一号文件”，也是新中国成立62年来中央文件首次对水利工作进行全面部署。文件发布一年的时候，新华社发表了题为《大发展·大突破·大跨越——2011年全国贯彻中央一号文件治水兴邦工作纪实》一文。该文站在全国大局的高度，从宏观上全面展示一年来在“一号文件”的指引下，我国水利建设取得的“大发展、大突破、大跨越”，以及全国各级政府对水利建设的重视程度和成功探索，这是全国各地贯彻、落实中央一号文件的全方位总结。

本文最突出的特点就是宏观、全面，放眼全国，用大手笔描绘全景图，视野开阔、场面宏大，整个中国从南到北、从东到西，江河湖泊尽收笔底。作者站在战略高度，围绕“大”字结构全篇，从四个方面描述“大发展、大突破、大跨越”。

首先是“科学谋划，政策创新——顶层设计有力有效”，这是“大发展”的前提保证。随着“中央一号文件”的发布，水利部等相继出台配套文件，“各地结合省情水情，精心谋划。31个省（自治区、直辖市）均出台落实中央一号文件实施意见或决定，27个省（自治区、直辖市）以党委、政府名义召开水利工作会议，全力加快水利改革发展”。这是务虚，紧接着就是务实。作者用一连串数字——既有计划中的数字又有已投入金额，说明从中央到地方各级政府对水利建设的高度重视程度，水利“大发展”有政策、资金做保障，前景一片光明。文章的第二部分：“瞄准‘短板’，改善民生——基础建设全面提速”，这是“大发展”的具体内容。这里既有宏观大扫描——江河湖泊的治理，又有微观关照——陇上村民用上自来水，这“是水利惠民生的真实写照”。再好的政策、再多投资，如果管理跟不上也无法落到实处。于是推出第三部分：“落实‘三条红线’，实现可持续发展——水资源管理扎实推进”，对各地一年来落实“三条红线”的举措给予了充分的肯定：“向管理要资源，向管理要效益。各地各部门通过加强水资源管理，努力实现水资源可持续利用和经济社会可持续发展。”这应该是“大突破”。文章最后一部分：“理顺管理体制，建立长效机制——水利改革向纵深迈进”，介绍了全国一盘棋、从上到下管理制度化，“水利改革向纵深迈进”，这可以说是“大跨越”。整篇文章着眼于全国大局，可谓大气磅礴！

但是，如果文章只是“大扫描”、概括叙述，难免流于空泛。而这篇文章的可贵之处就在于大中有小、小大结合，而且还能以小见大。俗话说“细节决定成败”。本文有几处细节描写很是出彩，起到了画龙点睛的作用。比如：“村民凌耀明感慨万千：‘以前用沟里水和水窖水泡茶，味道难闻，经常闹肚子。现在喝的清洁水，像甘泉一样甜咧！’”这是“水利惠民生”受惠者的切身感受，这样带着泥土味的朴实语言鲜活生动、真实可信！再比如：总书记“俯下身子、用手舀水”的细节描写，现场感极强，能给读者留下深刻印象。作者善于捕捉典型环境、典型形象，从最基层的村民到党的总书记，最鲜活的语言、行动才是最感人的！

面对如此重大的题材，作者调动了各种写作手法，不仅有宏观的“大扫描”，也有微观的“小特写”，概括叙述与细节描写相结合，既有叙事的广度，又有理论的深度，充分显示了作者善于驾驭重大题材的能力。尤其是那个充满哲理的结尾：“日出江花红胜火，春来江水绿如蓝。回眸2011年，中国吹响水利改革发展新号角；站在新的历史起点上，机遇与挑战并存，困难和希望同在，大禹的子孙将奋发进取，开创水利改革发展新局面。”这是催征的战鼓，给人希望，让人振奋并跃跃欲试——水利改革，时不我待，把我们的聪明才智都贡献出来吧！

（韩爱平）

照亮文明古国的水利现代化之路

——写在2011年中央一号文件发布之际

◇ 王　鑫

历史将永远铭记：2011年，中央一号文件首次聚焦水利。这是新中国成立以来，中央第一次出台综合性水利政策文件。

中共中央、国务院《关于加快水利改革发展的决定》出台，标志着我们党对水利的认识达到了一个新的高度；以中央一号文件为标志，水利改革发展步入新的历史征程。

认识之路

站在中国的地理坐标系中，追溯五千年治水历程，我们对中央一号文件出台的重大历史意义和现实影响会理解得更深。

没有哪一种资源像水一样对人类文明进程有如此重要的影响

有水才有生命的希望。

在浩瀚的宇宙中，全球科学家们苦苦探寻与地球同样存在生命的星球。有没有水，成为探测的主要内容，作为判别的重要标准。

从太空中俯瞰这颗美丽的蓝色星球，作为智慧的主体，人类可以领悟到水对生命的至高意义。

水，是生命的摇篮。

70%，这是水占地球表面积的比例，同样是水占人体总重量的比例。如果说有谁是地球奇迹的创造者，那么答案应该是“水”。现代科学研究证明，地球上的生命发生在水中，并有十分之九的时间生活在“水里”。水是构成一切生物体的基本成分，不论是动物还是植物，均以水维持最基本的生命活动。

追溯地球从诞生初期的一个荒凉寂寞、毫无生机的星球到万物生长、生机勃勃的世界，从没有花草树木、飞禽走兽到人类主宰地球的漫长历程，完全可以证明，没有水就不会有生命的发生，没有水域就不会有生命的发展，没有含有大量水分和使水分循环的有机体，生命就不能进化到人类这一高级阶段。

水，是文明的根基。

人类文明的发祥与发展与水密不可分。世界四大文明古国都依傍大河而生：黄河与长江哺育了中华文明，尼罗河孕育了古埃及文明，印度河与恒河催生了古印度文明，底格里斯河和幼发拉底河诞生了古巴比伦文明。河水的泛滥为人类提供了肥沃的土地，使远古时代的人类在生产力水平低下的情况下能够收获粮食，繁衍生息。

“洪水横流，泛滥于天下”的生存环境，让远古时代的人们加强了沟通与交流。协同治水的实践推进了部落与民族的融合，推进了语言与文字的交流，推进了城郭与国家的兴起。正是先人们伟大的治水斗争和独特的水资源环境，才创造出光辉灿烂的古代文明。

文明因水孕育，受水滋养，随水流淌，与水共存。徜徉在五千多年的文明时光里，人们傍水而居，协力推动历史前进和社会进步。

没有哪一个民族像中华民族一样对水有如此深刻的理解

面对最大的海洋——太平洋，背靠最大的大陆——亚欧大陆，海陆相接的地理环境、西高东低的阶梯分布，决定了我国旱涝频繁的基本国情，特别是大江大河的洪水灾害始终是中华民族的心腹之患。

据史料记载，新中国成立前的2155年间，我国发生较大洪水1092次，发生较大旱灾1056次。一部中华文明发展史，也是一部人与水旱灾害的抗争史。

正因如此，中华民族对水有着特别深刻的感悟。

“善为国者，必先除其五害”，“五害之属，水最为大。五害已除，人乃可治”。2500多年前，管仲提出如此论断。

“甚哉，水之为利害也！”2000多年前，司马迁发出如此感慨。

“自古致治以养民为本，而养民之道，必使兴利防患，水旱无虞，方能使盖藏充裕，缓急可资。”300年前，乾隆作出如此论述。

“为政之要，其枢在水”。纵观我国历史，历代善治国者均以治水为重，善为国者必先除水旱之害。从大禹治水到秦皇汉武，从唐宗宋祖到康熙乾隆，每一个有作为的统治者都把水利作为施政的重点。我国历史上出现的一些“盛世”局面，无不得力于统治者对水利的重视，得力于水利建设及其成效。

马克思指出，东方社会有一个显著的特征，就是水利作为国家的公共工程，在东方社会的生产方式和国家的政治活动中，具有十分重要的地位。纵观中国几千年的发展史，水利事业的盛衰往往同社会制度和生产关系的变革有着直接的关系。一方面，水利作为社会生产力的组成部分直接作用于社会，引起社会的变革，一方面社会的变革又影响水利事业的发展。

几千年经济社会发展的历史证明，有水就有粮，有水就有油，有水就有棉，有水就有鱼。水利兴而百业旺，水利兴而天下定，水利兴而人心稳。回望历史，兴水富民、兴水安邦、兴水强国的事例还可大量列举。翻阅史书，因为水利工程年久失修、水旱灾害频繁，经济凋敝，民不聊生，灾逼民反，揭竿而起，以致改朝换代的事例同样不少。

以史为鉴，可以知兴替。历史雄辩地说明，治水害、兴水利，是治国安邦的大事。

没有哪一个政党像我们党一样对水利倾注如此多的心血

1921年7月，中国共产党宣告成立。自此以后，中国共产党把自己的命运与中华民族的命运紧紧联系在一起，同时也成为为人民除水害、为国家兴水利的积极倡导者和伟大实践者。

1934年1月23日，江西瑞金。在红色摇篮里，毛泽东主席作出了“水利是农业的命脉”的重要论断。

这一科学论断准确地表述了水利在农业生产中的重要地位，对苏区的农业建设起到了重要的指导作用，而且也为新中国成立后的水利工作确定了地位，成为水利建设的重要指导思想。

新中国成立以后，作为一个以工农联盟为基础的执政党，中国共产党领导人民开展了波澜壮阔的水利建设。

新中国成立之初，面对水利工程残破不全、江河泛滥成灾的落后局面，党和国家掀起了大规模兴修水利的热潮，动员亿万人民群众开展水利建设，开创了治山治水的新局面，铸就了一个又一个水利丰碑。“一定要把淮河修好”，“要把黄河的事情办好”，“一定要根治海河”，“南方水多，北方水少，如有可能，借一点来是可以的”，“更立西江石壁，截断巫山云雨，高峡出平湖”……毛泽东主席治理江河的伟大号召和修建三峡工程以及南水北调工程的宏伟构想，无一不是指导水利工作的真知灼见。

改革开放以来，党中央明确提出要从战略高度来认识水的问题的重要性，把水资源同粮食、石油一起作为国家的重要战略资源，从支撑经济社会可持续发展的战略高度把水利放在更为突出的位置，不断加大水利基础设施建设力度。

1990年，党的十三届七中全会提出，水利是基础设施的重要组成部分，不仅关系到农业，而且关系到工业建设和人民生活，中央和地方都要充分重视和认真抓好。

1995年，党的十四届五中全会通过的《中共中央关于制定国民经济和社会发展“九五”计划和2010年远景目标的建议》，把水利摆在了国民经济基础设施建设的首位，强调要加快大江大河大湖治理，重点建设一批具有综合效益的大中型水利工程，提高防洪、抗旱、排涝能力，缓解部分地区缺水的状况。这是党中央综观全局、总结经验作出的重大战略决策。

在成功抗御1998年长江等历史罕见的流域性大洪水后，中央作出灾后重建、整治江湖、兴修水利的重大战略部署，大幅度增加水利投入，在全国掀起水利建设的高潮。

党的十六大以来，党中央、国务院把水利作为基础设施建设的重中之重，加大政策支持力度，加快水利发展步伐，明确提出“全面规划，统筹兼顾，标本兼治，综合治理，兴利除害结合，开源节流并重，防洪抗旱并举”的水利发展思路。根据我国水资源情况，明确提出，水资源可持续利用是我国经济社会发展的战略问题，核心是提高用水效率，把节水放在突出位置。

党的十七届三中全会明确指出，以农田水利为重点的农业基础设施是现代农业的重要物质条件，并确定了病险水库除险加固、农村饮水安全、灌区节水改造三大工作目标。

党的十七届五中全会鲜明提出，要下决心加快推进水利建设，农村基础设施建设要以水利为重点。

从新中国成立60多年壮美的治水画卷中，我们可以探寻出这样一个真理：对于我们这样一个水旱灾害十分频繁、治水任务异常艰巨的国家，发展水利始终是我国现代化建设中的一项重大而紧迫的战略任务，始终是党和国家领导集体倾注大量心血重点关注的千秋伟业。

没有哪一个时期像现在一样对水利有如此高度的认识

回溯五千年中华文明历程和新中国治水的伟大实践，我们深刻感受到水利对一个民族、一个国家的重要意义。

面对中华民族伟大复兴的远大目标和人民群众对水利事业的崭新期盼，我们更加清醒地认识到，水利发展仍需加倍努力。

“人多水少、水资源时空分布不均是我国的基本国情水情，洪涝灾害频繁仍然是中华民族的心腹大患，水资源供需矛盾突出仍然是可持续发展的主要瓶颈，农田水利建设滞后仍然是影响农业稳定发展和国家粮食安全的最大硬伤，水利设施薄弱仍然是国家基础设施的明显短板。”这是中央一号文件中的重要论述，体现了我们党对国情水情的深刻把握和清醒认识。

回首刚刚过去的2010年，我们会对水有更加刻骨铭心的感受。这一年，我国的水旱灾害，发生频次之高、影响范围之广、持续时间之长、人员伤亡之多、灾害损失之重，可谓历史罕见。当我们在西南五省份特大干旱中俯视龟裂的土地，当我们在长江、松花江大洪水时面对咆哮的洪水，当我们在舟曲特大山洪泥石流后直面壅塞的河道……大自然都在警示着我们，防治水患任何时候都不能松懈，兴修水利任何时候都不能松劲。

2011年中央一号文件出台，这是水利发展的重大里程碑。

从水利是农业的命脉到水利是国民经济和社会持续稳定发展的重要基础和保障，从水是人类生存的生命线再到水资源是基础性的自然资源和战略性的经济资源。伴随着治水实践，我们对水资源的认识不断深化，对水利的认识不断跃升。

“水是生命之源、生产之要、生态之基。”这是党中央对水资源重要作用的全新定义。

“水利是现代农业建设不可或缺的首要条件，是经济社会发展不可替代的基础支撑，是生态环境改善不可分割的保障系统。”这是对水利在新形势下重要地位的深刻阐述。

“水利具有很强的公益性、基础性、战略性”，“加快水利改革发展，不仅事关农业农村发展，而且事关经济社会发展全局”，“不仅关系到防洪安全、供水安全、粮食安全，而且关系到经济安全、生态安全、国家安全”。这是第一次将水利提升到关系经济安全、生态安全、国家安全的战略高度，第一次鲜明提出水利具有很强的公益性、基础性、战略性。

这一系列对水利的重要论述，是我们几千年治水实践的科学总结，是一代代人治水经验的智慧结晶，更是对我国基本国情和基本水情的准确把握，是对水利发展阶段特征的科学判定，是今后统筹水利改革发展、完善水利扶持政策的基本依据。

这是我们党对水利工作认识的又一次重大飞跃，对统一全党思想、形成全民共识、凝聚全社会力量、加快水利改革发展，必将起到巨大的推动作用和深远的历史影响。

审视之路

伴随着对水认识的不断提高，治水实践也在渐次推进。站在实现中华民族伟大复兴的道路上向前瞭望，水利事业仍需不断推向前进。站在历史的新起点上审视，水利发展的道路依然漫长。

突出加强农田水利等薄弱环节建设的期盼如此热切

中央一号文件明确提出，要突出加强农田水利等薄弱环节建设。这一重大举措的出台有着深刻的历史背景。

这也许是一种巧合。2004年到2010年，中共中央连续发出7个指导“三农”工作的一号文件，全年粮食总产实现了半个世纪以来的首次“七连增”。

巧合的背后蕴含着必然的联系。粮食连年增产，是中央一系列“三农”政策效应的持续释放。而粮食生产和农民收入要在连续7年增产增收的高基础上继续前行，亟需新的动力引擎。

对于一个拥有13亿人口的大国，农业仍是我国经济社会发展的最大隐忧，而基础脆弱是农业发展的最大制约。基础不牢，地动山摇。粮食要实现可持续增产，水利基础设施是一个很大的瓶颈。西南大旱、洪涝灾害中，有无水利设施，农业生产完全是两种景象两重天，更加说明大兴农田水利对保障国家粮食安全的极端重要性。

今年中央一号文件锁定水利，把农田水利作为农村基础设施建设的重点任务。这是我们党立足我国的基本国情水情和经济社会发展的阶段性特征，科学把握水利发展规律，顺应时代发展趋势所作出的重大战略决策。突出加强农田水利等薄弱环节建设，既与前7个中央一号文件统筹城乡新发展的思路一脉相承，形成有机衔接，又是发展“三农”政策层面的一次递进与创新。

中央一号文件对农田水利建设作出全面部署：做好灌区建设，完善灌排体系，健全农田水利建设新机制，加快小型农田水利重点县建设，兴建中小型水利设施，发展节水灌溉……大兴农田水利建设目标明确，任重道远。

近年特别是2010年频繁发生的洪涝干旱灾害也集中暴露出水利基础设施的突出薄弱环节，主要表现在中小河流和大江大河主要支流缺乏系统治理、小型水库病险情况严重、山洪地质灾害隐患突出、抗旱能力建设滞后等。

中小河流洪涝灾害损失十分严重。据统计，一般年份中小河流水灾损失，约占全国水灾损失的80%。大幅度提高中小河流防洪能力，确保人民生命财产安全的任务尤为艰巨。

占8万多座水库总数95%的小型水库许多都是带病运行。点多面广的小型病险水库，仍然是威胁下游群众的不定时“炸弹”，加快病险水库除险加固刻不容缓。

西南五省份在大旱中暴露出工程性缺水问题。如何让西南等地区不再喊“渴”，成为需要加紧解决的现实命题。

舟曲白龙江淤堵河道清淤疏通的过程依然历历在目，唱凯堤决口的场景回想起来仍然怵目惊心，北方冬麦区的旱情又让人们牵挂在心……

落实中央一号文件，必须进一步明确目标，落实责任，加大投入，强化管理，突出加强水利薄弱环节建设，大兴农田水利建设，加快中小河流治理和小型水库除险加固，抓紧解决工程性缺水问题，提高防汛抗旱应急能力，继续推进农村饮水安全建设。这是时代的呼唤，是人民的期盼，是进一步增强抗御自然灾害能力、改善农村生产生活条件的必然选择。

全面加快水利基础设施建设的愿望如此强烈

水治则天下宁。江河岁岁安澜始终是亿万国人的心愿，大江大河治理一直是水利建设的重点。

从过去“小水大灾”、洪水泛滥，到现在“大水小灾”、有序应对，黄河、长江、淮河、珠江……一条条安澜的江河见证了新中国水利的辉煌成就；长江三峡、黄河小浪底、长江干堤……一个个重点工程筑起了新中国一个又一个治水丰碑。

治理江河，建设枢纽、堤防，矗立的不只是一座座防洪工程，也是一座座保障民生、改善民生的民心工程。经过60多年治理，大江大河洪水处置有方，基本实现了岁岁安澜，让老百姓安居乐业，踏踏实实致富奔小康。

伴随着江河治理，水资源配置工程成为经济发展的重要保障，水土保持成为生态文明建设的重要内容，水电成为我国能源安全的重要支撑。

成绩来之不易，水利基础设施建设功不可没。

然而，洪涝灾害的必然性和突发性决定了江河治理的长期性和艰巨性，经济社会的高速发展又为水利建设提出了更高要求。

审视当今的水利建设，我们同样要站在前人的肩上，总结前人的智慧、经验和方法。必须继续实施大江大河治理，不断完善防洪抗旱减灾工程体系，提高应对水旱灾害的能力，努力解除洪涝灾害这一中华民族的心腹之患。

我国水资源空间分布不均，与生产力布局不相匹配，南方多北方少，东部多西部少，山区多平原少。促进经济社会又好又快发展，倍加需要加强水资源配置工程建设，大力提高水资源调控水平和供水保障能力。

实现经济社会发展与自然环境协调相处，倍加需要搞好水土保持和水生态保护，推进生态脆弱河流和地区水生态修复，为国民经济的全面协调可持续发展优化基础。

发展清洁、绿色能源，转变经济发展方式，倍加需要加快水能资源开发利用，为国民经济发展提供强劲的动力支持。

以水利信息化带动水利现代化，倍加需要强化水文气象和水利科技体系支撑，提升水利建设的科技含量，为国民经济和社会发展提供高质量的综合服务。

“将水利建设放在国家基础设施建设的优先领域！”激越的号角在神州大地回荡。站在新的历史起点，全面加快水利基础设施建设，切实增强水利保障能力，促进国民经济和社会平稳快速协调发展，条件具备，正逢其时。

实行最严格水资源管理制度的要求如此紧迫

从水资源的角度审视经济社会发展，我们不免担忧：资源短缺与用水浪费并存，生态脆弱与开发过度并存，污染治理与超标排放并存，经济社会发展与水资源水环境承载能力不相适应，付出的水资源水环境代价过大。

河流断流、湖泊萎缩、湿地退化、地面沉降、海水入侵……发达国家200多年工业化过程中分阶段出现的资源与环境问题，在我国现阶段集中显现。发达国家在经济高度发达后花几十年解决的问题，我们必须在较短的时间内加以解决。

严峻的水资源形势，要求我们必须有所作为，必须正确作为。中央一号文件明确提出，实行最严格的水资源管理制度。其核心是确立用水总量控制、用水效率控制、水功能区限制纳污“三条红线”。

水资源总量有限，而用水需求不断增长，只有守住这“三条红线”，让水资源要素在我国经济布局、产业发展、结构调整中成为重要的约束性、控制性、先导性指标，才能引导各地自觉转变发展方式，调整经济结构，优化发展布局，拓展发展空间，使经济社会布局和发展战略主动适应水资源禀赋条件。

从山东省出台《山东省用水总量控制管理办法》，到浙江省把最严格的水资源管理制度写入《中共浙江省委关于推进生态文明建设的决定》，七个先行先试省市的创新实践，其意义不仅仅在于收获了成绩和经验，更在于坚定了严格水资源管理的决心和信心。

伴随着一号文件的出台，水资源管理也将纳入各级政府评估考核体系，为制度实施提供刚性手段。让“三条红线”硬起来，这必将成为中国水利发展史上的又一重要节点。

路在脚下

“把水利作为国家基础设施建设的优先领域，把农田水利作为农村基础设施建设的重点任务，把严格水资源管理作为加快转变经济发展方式的战略举措”，“努力走出一条中国特色水利现代化道路”。中央一号文件明确了新时期水利改革发展的指导思想，为水利改革发展指明了方向。

人多水少、水资源时空分布不均，水利建设明显滞后、发展很不平衡，决定了中国水利不能照搬国外做法和模式，必须走出自己的路子。

努力走出一条中国特色水利现代化道路，这是历史的重托、时代的要求、人民的期望。

有方向还要有奋斗，要奋斗就须有所遵循。

中央一号文件明确提出了水利改革发展的基本原则：坚持民生优先，坚持统筹兼顾，坚持人水和谐，坚持政府主导，坚持改革创新。

水利事关人民群众的生命安全、生活保障、生产发展、生态改善。近几年，水利部党组大力发展民生水利，加快解决直接关系人民群众生命安全和切身利益的水利问题，水利惠泽亿万群众，受到广泛欢迎。实践证明：努力走出一条中国特色水利现代化道路，就必须坚持民生优先。

我国地域广袤，江河众多，必须全面规划、统筹兼顾、标本兼治、综合治理，促进流域与区域、城市与农村、东中西部地区水利协调发展，使水利更好地为流域和区域经济社会发展服务。实践证明：努力走出一条中国特色水利现代化道路，就必须坚持统筹兼顾。

人水和谐、人与自然和谐是和谐社会的重要内容，是人类反思资源过度利用、生态破坏造成恶果之后思想上的升华。努力走出一条中国特色水利现代化道路，就必须坚持人水和谐。

水利具有很强的公益性，提供公共服务，是各级政府的重要职责。加强水利建设需要政府发挥主导作用，公共财政给予更大支持。实践证明，努力走出一条中国特色水利现代化道路，就必须坚持政府主导。

我们还必须清醒地看到，当前我国水利发展中存在的诸多不协调、不适应、不符合科学发展观要求的矛盾和问题，必须通过改革破解发展中的问题，努力从体制机制和制度上，通过创新找到解决问题的途径和办法。实践证明：努力走出一条中国特色水利现代化道路，就必须坚持改革创新。

“五条原则，五个坚持”，经过了实践的洗礼，经受了历史的检验，是对治水成功经验的深刻总结，也是水利改革发展必须始终遵循的重要原则。

贯彻落实中央关于水利工作的一系列重要指示精神，解决我国日益复杂的水问题，推动水利事业又好又快发展，最根本的是要靠政策，靠制度，靠改革。

制度更带有根本性、全局性、稳定性和长期性。从春秋时期的“无曲防”到唐朝的“水部式”，从宋朝的“农田水利约束”到民国时期的《水利法》，水利制度建设折射着各个时代水利发展的水平。

中央一号文件制定和出台了一系列支持水利的新政策新举措，涉及财政、投资、金融、税收、土地、价格、政绩考核等各个领域。

梳理近年的水利发展，我们办成了一些多年来想办但一直没办的大事，关键在于国家加大了投入力度。而我国水利基础设施滞后的局面没有根本转变，关键也在于我们在水利上的投入欠账实在太多。

想改变水利基础薄弱、发展相对滞后的现状，必须牢固夯实基础，切实增加投入。

中央一号文件在水利投入机制上有新突破。要求建立水利投入稳定增长机制，进一步提高水利建设资金在国家固定资产投资中的比重，大幅度增加中央和地方财政专项水利资金，从土地出让收益中提取10%用于农田水利建设，进一步完善水利建设基金，加强对水利建设的金融支持，多渠道筹集资金，力争今后10年全社会水利年平均投入比2010年高出一倍。

在水利发展体制机制上，中央一号文件明确提出，坚持改革创新，加快水利重点领域和关键环节改革攻坚，破解制约水利发展的体制机制障碍。要完善水资源管理体制，健全水利工程良性运行机制，健全基层水利服务体系，积极推进水价改革。坚定不移深化水利改革，不断创新体制机制，为水利又好又快发展进一步激发新的活力，注入新的动力。

增加投入，创新机制，一系列扶持水利的重大举措出台，这些是对各地水利实践探索的总结升华，是对过去水利扶持政策的集成发展，是对水利发展体制机制的完善创新，更是水利改革发展的重大机遇。

推动水利实现跨越式发展的主要任务和基本目标已经明确，当务之急是狠抓落实。

加强水利工作，需要各级党委和政府加强领导。

落实中央决策部署，关键看领导。中央一号文件把水利工作摆上党和国家事业发展更加突出的位置，各级党委和政府必须从这一高度上认识水利工作，把水利工作摆上更加重要的议事日程。要建立健全领导责任制和岗位责任制，确保责任到位、政策到位、工作到位。要明确政府在水利发展中的主要责任，及时研究解决水利改革发展中的突出问题，切实把水利作为公共财政预算安排的优先领域，大幅度增加水利投入。

加强水利工作，需要各级水利部门真抓实干。

水利事业的又一个春天已经到来。面对难得的机遇、光荣的使命、艰巨的任务、重大的责任，我们必须行动起来，真抓实干。要带着对人民群众的感情，对水利发展的热情，对改革攻坚的激情，对献身事业的痴情，扑下身子做好工作，心无旁骛狠抓落实。对中央已经明确的政策要抓紧实施，对实践中行之有效的做法要总结推广，对迫切需要解决的问题要敢于先行先试。

加强水利工作，需要团结治水，形成合力。

我国是世界上治水难度最大的国家，特殊的国情水情决定了不可能照搬国外的经验，这就要求我们必须动员全社会的力量关心支持水利工作。团结治水、合力兴水，这是水利发展的一条宝贵经验。走出中国特色水利现代化发展道路，就必须发挥社会主义制度优势，集中力量办大事，团结各方渡难关，凝心聚力克时艰。

茫茫九派流中国，纵横当有凌云笔。

承载着民生期待，中央一号文件奏响了加快推进水利跨越式发展的激越旋律。肩负着历史重任，水利必将再展更加绚丽的画卷，拥抱又一个大发展的春天！

（原载2011年2月11日《中国水利报》）

创作札记

使命召唤

王 鑫

2011年，中国水利史上具有里程碑意义的一年。是年1月29日，《中共中央 国务院关于加快水利改革发展的决定》正式公布。这是新中国成立以来，中央首次系统部署水利改革发展全面工作的政策性文件。

此前一个月，从中央农村工作会议研究讨论关于加快水利改革发展决定的消息传出，到全国水利工作会议上陈锡文主任和陈雷部长的重要讲话，都传递出一个信号：中央对水利工作高度重视，水利发展迎来了又一个春天。

作为一个行业媒体人，面对这千载难逢的机遇，感受到的是使命的召唤，涌动着谱写这一水利盛事的激情。不仅仅是我，这是此时此刻所有水利新闻工作者的精神状态。

“写一篇水利报的‘任仲平’文章”，这是报社领导给我立下的军令状。

说起来容易，想起来不容易，做起来就更难。

那些天，我采访了一些长期从事水利政策研究的权威专家。问题一点点深入，思路一步步清晰。

那些天，我找来了水利史、党史、文明史。案头上的书堆得越来越高，思路越来越开阔。

那些天，同事们说我是闭关修炼。两耳不闻其他事，一心只向稿件中。

中央一号文件公布后，我又逐字逐句精研细读文件，逐字逐句精雕细刻稿件。

社长认真修改把关，总编辑全程悉心指导。记不清几易其稿，稿件终于刊登。

文章见报后，收到了一些好评。然而，我深知，不是稿件写得好，是赶上了一个好时代，遇到了一个好题材。而我所做的，就是听从时代的召唤。这是对一个水利工作者的使命召唤，也是对一个新闻工作者的使命召唤。

面对这样一个重大政策发布的题材，如何做到不辱使命，我想大抵有这么几点：

其一，政策要吃透。真实性是新闻的第一属性，而对于一篇政策出台的时政述评，真实不仅仅是政策有什么、是什么，更重要的是政策新在何处，好在哪里，最有含金量的内容是什么。只有把这些问题都弄清搞懂，才能做到观点鲜明，论述透彻，才符合政治家办报的要求。

其二，视野要打开。政策解读不仅仅要写政策本身，更要写出政策背后的东西，那就是政策出台的背景、出台的意义、出台的影响。这就不能就事论事、就水谈水，要有一个宽宏的视野。比如这篇稿件，从对生命和文明的意义反映水资源的重要性，从地理条件和历史典故反映中华民族与水的特殊关系，从革命党和执政党的不同阶段反映我们党对水利的一贯重视，从民族伟大复兴远大目标和人民群众崭新期盼反映中央一号文件的重要意义。一步一步，由远及近，剥茧抽丝，对水、对水利的认识更加立体、更加清晰。

其三，积累要足够。一篇有深度的报道，决不可能靠临时抱佛脚。作为一名行业媒体从业人员，优势在于专业，就是对一个领域长期的跟踪和积累。只有积累多了，对这方面的内容融会贯通，才能把理论和实践结合起来，文章才会有厚度，有纵深感。比如文中例举的西南大旱、舟曲泥石流、唱凯堤决口等时事，分析的我国基本水情特征，虽都是点到为止，但对观点却起到了一定支撑作用。

当然，最重要的是热爱，对这个行业的热爱，这份热爱令你充满力量，倾注激情。

作品评析

解读中央一号文件
为水利现代化建言献策

解读中央一号文件的长篇政论《照亮文明古国的水利现代化之路——写在2011年中央一号文件发布之际》，一开篇就站在历史高度，充分肯定中央一号文件的战略意义，高屋建瓴、气势恢宏，为下文的宏观大论做了很好的铺垫。而且新的“历史征程”又照应标题的“之路”——一个“路”字，连接历史与未来，同时还暗含“水利现代化”之路，前途光明、任重道远！

这篇洋洋近万言的长篇政论，观点鲜明、内容充实，紧紧扣住“路”字做文章，其结构的三大块都以“路”字作题：

“认识之路、审视之路、路在脚下”，层层递进、环环相扣、结构严谨、大气磅礴，分析、解读入情入理，具有极强的思辨性、认识价值和说服力。

第一部分：“认识之路”。作者从水资源对于人类文明进程、中华民族重视治水的历程、新中国成立后党和政府对水利的大量投入、新的历史时期对水利的高度认识四个层面，由远及近，剥茧抽丝，站在历史高度、用历史眼光，论述了水利对中华民族伟大复兴远大目标实现和人民群众热切期盼加大加快水利建设的重要意义。

第二部分：“审视之路”。作者用一分为二的观点，全面分析了改革开放以来水利治理的经验成就，也指出了制约水利发展的短板与问题所在。用全党、全国、全社会热切盼望突出加强农田水利等薄弱环节建设，强烈希望全面加快水利基础设施建设，迫切要求实行最严格水资源管理制度，论述了2011年中央一号文件发布的历史背景、政策内容以及对改善民生和促进经济社会可持续发展的现实意义。

第三部分：“路在脚下”。作者瞻望前路，建言献策，对落实中央一号文件必须遵循的“坚持民生优先，坚持统筹兼顾，坚持人水和谐，坚持政府主导，坚持改革创新”五项基本原则进行了解读，指出贯彻落实中央一号文件要靠强有力的政策、完善的投入机制和改革出台相关制度，动员全社会治水兴水，“加强领导、真抓实干、形成合力”。

特别值得提出的是，这篇解读中央文件的长篇大论，发表于“文件”发布后的第13天，可谓反应迅速、解读及时，体现了水利专业报纸的责任担当，同时也反映了作者的政治理论水平及娴熟的文字驾驭能力。作者以大战略、大思路、大气势、大手笔，集引导力、感召力和可读性、文学性于一身，说理透彻、语言简练、气势充沛，有情有理、情理相生，既以情感人，更以理服人。无论内在的气韵还是外在的文体风格，都透射出传统政论的精髓和魅力，彰显了作为水利主流媒体的内在引导力和感召力。

（韩爱平）

水 水 水

◇ 吴锦才

H_2O，2个氢原子和1个氧原子结合而成的最简单氢氧化合物——水，覆盖着地球70%的表面。它似乎是无处不在，“取之不竭，用之不尽”。

但如今，水向我们发出了警告。

1977年8月，在联合国水资源会议上，科学家们断言：“水，不久将成为一个深刻的社会危机。”

确实如此，地球海水占了97.2%，陆地水仅占2.8%。再除去不易利用的冰盖与冰川、地下水与土壤水、湖沼、大气水，人类所能利用的只是这2.8%中的0.01%!

80年代的中国，也同样面对着这个难题。

用水知多少

1982年，水电部水利水电规划设计院组织全国各流域、部署有关设计、科研单位及各省（自治区、直辖市）的水利部门进行了全国水资源的供需分析研究，得出结论：

我国现在用水总量每年约为4400多亿立方米，其中农业用水3900亿立方米，约占全国总用水量的87.8%；工业用水469亿立方米，约占10.4%；城镇生活用水量为67亿立方米，约占1.5%。上述用水量约占我国水资源总量的16%。同时，科学家们还预测出，到2000年时全国的需水总量为7000亿立方米。供与求之间，能搭起平衡的桥梁么？

一本水的“赤字”簿

960万平方公里的中国国土上，水资源总量为2.8万亿立方米，枯水年减少到2.46万亿立方米。

我们是不为老天爷所厚爱的一个。按人口平均的话，人均占有水资源才有2380立方米。这不过是世界人口平均占有量的1/5。

就是如此少的水量，还偏向于南方和夏季，使水的布局极不平衡。

从几条大江看，长江、珠江、松花江的水量有余，黄河、淮河、海河、辽河水量则普遍紧缺。

从水的时间分布看，北方地区6~9月的雨量占全年雨量的85%，冬干春旱不断地困扰着人们。且不说地广人稀的西北大沙漠地带的缺水窘状，即以北方水源较丰富的海河、滦河流域而论，随着经济的发展，也已表现出明显的供水不足。

1980~1982年，海河、滦河流域连续3年降雨量比正常年份减少35%~40%，直接影响京、津两市正常供水。1980年8月~1981年7月，两市缺水达8.3亿立方米，动用了官厅、密云两大水库近10亿立方米的库存，才勉强保证了两城市的生活和工业用水。1981~1982年又逢枯水年，官厅、密云两大水库的可供水量只剩下0.2亿立方米，国务院研究决定：两水库的汛末来水只供北京市用；天津市4亿~5亿立方米的缺水，从800公里外的黄河跨流域引水解决。依靠河南、山东、河北的协助，天津市在1981年10月~1982年1月从黄河取水4.5亿立方米，耗资8亿元才度过这次危机。

青岛在1981年更遇上20年一遇的枯水年，大沽河水源断流，城市用水量不得已锐减。度过困难后计算，这一年产值减少了3亿元。

据分析，目前全国一年大致缺水350亿立方米。

中国的“水簿”，写满“赤字”的“水簿”！

“大锅水”喝不得

在北京，工业用水价格是4分钱/立方米，居民用水也不过0.12元/立方米。向记者介绍情况的水电部水资源办公室主任柯礼丹算了笔账：他家每月用水12立方米，支付水费1.44元，占工资收入的0.5%。

在天津，引滦工程引入的高质清水成本高些，但也不过是工业用水0.35元/立方米，居民用水0.08元/立方米。

据对全国用水收费标准的估测，工业用水的单价多在0.03~0.05元/立方米，生活用水在0.10元/立方米上下，而农业用水更便宜到只有1分钱左右。

然而，水价低并不等于说水来之容易。

国务院领导同志1983年巡视陕西时曾说：“农业、工业，都要用水。北方工业用水这样紧张，好多同志在十几年前还无法想象。那时想得很简单，发展工业，盖工厂就是了，根本没有想到工业用水也会成问题。没有水，盖了工厂也没有用。这是一个非常严重的问题。

中国水这么缺，工业、农业，都要节约用水。这应该成为我国经济建设的一项重大政策。”

这将促使全社会形成一个新的观念。事实上，一些措施也正在实行中。

装水表。这已成为北京居民大院普遍推行的节水措施。过去有种“包费制”，一院内按人头月收水费若干，同喝一盆“大锅水”。现在家家户户像用电一样看着水表的走字，拧开水龙头时就多少有些谨慎。据统计，北京市区这三四年内新装水表60万个。

定额制。工厂——这一个个吃水大户则受到了“定额”的限制。“万元产值耗水量”正在作为一个新的指标进入厂门。统计数字表明：按全国水平测算，每创造1万元工业产值，就得付清400立方米水的代价！

国家不得不为各行各业制定出用水的限额标准。

不是苛求

回溯历史即可发现，往日的决策失误是今朝恶果的导因。

即以京、津、唐地区来论，古往今来的一次次水利建设，使水资源的控制、利用达到相当高的程度，河流流量与所能提供用水量之比为“开发率”。在海河、滦河，这一比率竟高至65%!

这不妨看做人类在控制大自然方面的又一杰作。但它的另一面，则是水资源潜力不大的明确表示。

按科学规律，在这样的水资源条件下，应该发展与其适应的经济，但多少年来这一地带工业的发展却集中在高耗水类型的冶金、化工、电力、造纸、印染上。据京、唐两市冶金、电力、燃料及动力、化学、机械五大行业统计，它们的年用水量占这一地区工业用水总量的90%以上!

农业生产结构上，这里则迅速扩大了需要大量水的水稻与小麦的种植。1982年水稻种植年耗水近40亿立方米。

更遗憾的是，人们一面吞食着前辈留下的这些苦果，一面又在盲目地重蹈这一覆辙。

密云水库，作为北京人饮用水水源重地，多年为人瞩目，80年代初，环境科学家就不断提醒：这里不宜作游览区开放；而同时，供人游泳、荡舟、野营、野炊、垂钓的度假村又在紧锣密鼓地建设。

在自己仅存的一盆“净水”中嬉戏——这种荒唐之举经过专家们上下左右的请示、磋商、呼吁……才终于转为被压倒的劣势。

1985年8月1日，《北京市密云水库、怀柔水库和京密引水渠水源保护管理暂行办法》施行。

但我们能够由此相信这类事件就永远不会重演么?

下笔时想一想水——这样的吁请，对城市设计师来说该不是一种苛求吧!

危机，是水稀释不了的

在缺水的地域里，污染的加剧使可用的水愈加短缺。

这个警号一经响起，便将经久不息。

这些事实都摆在我们的眼前：

——每年，全国的江河至少要接受人们排放的污水达300亿立方米，平均每天8000万~9000万立方米。而其中85%以上未经任何处理就直接流入江河。

——江河所接收的还包括矿渣、垃圾以至医院里的排泄物等。再干净的水在这种浓得化不开的污染物浸入后也只能成为一盆浑汤。

——西湖，每天仅湖面上清出的游人抛弃物就达2吨之多。

——上海市有人测定，流经市区的苏州河之“黑”，乃是世界所有江河中的第二。

——北京每天排出的污水达200万立方米，而又大都浇到郊区的菜地里，形成一种“恶性循环”。

即使是京、津、唐三市的地下水，也出现了硬度升高、硝酸盐含量升高的症状，同时还有氰、铬等的污染。白沫、黑水，已经成为我们多少江河的“新形象”？

博大为怀的水，荡涤了千百年来人所创造的多少污秽？然而水的承受力终归是有限度的。

不是不报，时候未到。

要一个“节水型”社会

我们要一个“节水型”的社会。

在那水贵如油的日子即将到来之时，用水良方从何而寻？

我国的实践是：

引水补源。在充分挖掘当地水资源潜力的前提下，有计划、有步骤地兴建一些大江大河之间的跨流域调水工程。

污水资源化。北京现在每年有污水7亿~8亿立方米，若都能处理利用，等于建了一个（枯水年的）密云水库。

海水代用。在一部分地区，海水作为冷却水使用也展现出前景。大连市依靠这个措施，使万元产值的耗水量减少到90立方米，比全国平均水平低了77.5%。沿海城市以海水作冲洗厕所、马路之用，均可取得节水效果。

政策调整与观念变革。这包括：对目前过低的水价进行适当调整，改变“无偿用水”的观念和状况；在缺水严重的城市，限制大耗水企业的发展或进行转移；推广合理用水、节约用水的各种行之有效的管理和技术措施，使工业用水的重复利用率和万元产值水耗达到更先进的水平。此外，据透露，在全国水资源协调小组主持下，水利电力部、国家计委、交通部、城乡建设环境保护部、地质矿产部、农牧渔业部和中国科学院联合起草的《中华人民共和国水法》送审稿已拟就并上报国务院审定，然后再报请全国人民代表大会常务委员会审议。

但是，按专家们的分析预测，到2000年，即使将新增的供水设施及节约用水成果考虑在内，全国仍缺水500亿立方米。

全国水资源协调小组办公室的测算结果则表明，这一缺口可能会达到1000亿立方米。

缺水局面将会长期存在。

水啊水啊水!

（原载1986年6月1日《经济参考报》，获1986年度全国好新闻一等奖）

创作札记

深度源于对现实矛盾的思考

吴锦才

《水　水　水》是我记者生涯中写的第一篇预言性新闻。

当时，1986年，正是改革初兴、发展加速、社会转型的征兆刚刚显现之际。

那年，我24岁，已经在新华社记者岗位上奔波了 4 年，主要分工采访国家经委、电子工业部、邮电部、全国总工会等部委级单位。日复一日的采访，日复一日对全国宏观问题的接触，使我整天关注全中国的宏观问题。

因为工作性质的需要，我那时以“快枪手”的节奏，把我了解到并确认有政治意义并有传播价值的事实写作成一条又一条消息。有时一天写两三条。这种消息写得多了以后，我逐渐感悟到这样类型的作品太零碎了，不能从更大的范围介绍我所了解到的事实。

1986年春末，一个偶然的机会，我看到一条消息介绍说北京召开了一个水资源问题的研讨会，中外专家在会上呼吁全社会重视水短缺问题。缺水吗？如果缺，又缺到什么程度？这个问题引起了我的注意。

其实，1986年这一年春天北京的雨水并不算少。此前的1985年，我在重庆驻点并沿长江而下去宜昌等地采访，在长江边上走了个把月；到陕北的毛乌素沙漠中采访，常常听到当地人们在水资源问题上的乐观：“一挖半尺，沙下见水”；走出沙漠，见到洁澈的无定河，我一直走到黄河边，在河滩上还坐过半天，就那么呆呆地看那汹涌的大水……这些关于水的情景相迭闪跳出来，使我看到了一个个矛盾：这是常识与理论的矛盾，这是凡人与学者们的矛盾，这是现象与内里的矛盾，这是眼睛和大脑的矛盾。

出于对这些矛盾的兴趣，我想去了解一下这个“水”的问题。我得到了一个宝贵的电话号码：365331转1110（28年前北京市的电话号码还是6位数），这是水电部的水资源办公室。打电话后约定第二天，我坐公交车去位于白广路的水电部大院采访。

说来也巧，采访这天正是一个大雨瓢泼的日子。在这样的背景下，眼望着窗外的水迹，嘴里却谈论着缺水的话题，我和水资源办公室的负责同志都好像感受到了这个矛盾，常常谈着谈着就对视而笑。

我从水资源办公室取得了一大摞关于水资源短缺的书面材料。作为一个负责任的记者，我在新华社受到的新闻采访职业训练的经验告诉我：还应该采访更高层的看法、采访最普通人的看法（所谓“吃透两头”）。

我的岗位特性使我可以十分便利地从各个侧面观察问题。我去了城乡建设部大楼，采访在部内办公的环境保护局，得到的是与水电部相同的结论，以及生态环境角度的一些新鲜事实。

采访收集有关水资源短缺的有关材料的过程，真正是一次体验感性与理性的冲突的过程。水资源短缺或即将短缺，并不是我自己的发现，而是一些有先见之明的有识之士先人一步的见识。水电部当时成立“水资源办公室”这样的专门机构，就是一个明证。当时的国务院赵紫阳总理，于1986年春天在陕西视察时有一次讲话专门讲到，随着发展速度的加快，水资源形势会很严峻。北京市则正是刚刚开始面对缺水状况的年代，居民楼里开始装“水表”，也被视为节水的一个措施……

从宏观的面上，到微观的点上，证明“水将贵如油”的多个材料，纷至沓来。我有了足够充分的材料和事实，自信可以向人们全面地讲解“水资源将日益短缺”这一结论，警示人们加快调整用水、管水的观念。

当时一定会有人觉得我的介绍有点夸张、结论下得早了。但这一警示确实引起了许多地方、许多同志的重视。上海市经委发文件要求下属单位读这篇文章。有许多同志夸这篇文章写得好。所以，稿件6月1日在新华社创办的《经济参考报》上登出后，时隔一个月，新华社组织的1986年上半年全社优秀新闻作品评审中，就把这篇稿件评为社级好稿。接着，又作为新华社年度优秀作品推荐参评全国好新闻，于1987年春天获得一等奖。那时的学术空气是真的单纯、干净。评出奖后，全国记协在北京人民艺术剧院灯火通明的舞台上举办了颁奖会，我从观众席走上舞台领那本简陋的获奖证书时，被舞台的大灯给照得有炫晕之感。

这是一个提早了几年、十几年向人们发出的预警。将近30年过去了，缺水的景象一天天成为现实，成为我们社会发展中日益紧迫的一个重大的问题。

比如，清点自己工资口袋时，谁对那数字厌烦过？这就为我们在经济新闻中处理数字提供了一个启示：要让读者有贴近感。”作者处理新闻就很善于用数字说话。《水水水》的成功在于文章所举的例子和采用的数据无一不贴近读者的生活，中国水资源的匮乏与浪费，这一宏观的问题用贴近生活的事例和准确严峻的数字呈现在读者面前，不仅准确形象、令人信服，更能引起读者强烈的共鸣并带来深层次的思考。

许多被称为深度报道的文章之所以深度不够，原因在于主题的阐发上过于肤浅，一味罗列许多价值等同的素材，结果只能说明浅层次的道理，再想讲深一些，素材没有了，话也似乎说尽了。《水水水》行文循序渐进、层层深入，作者从初露苗头的水危机事实中，发现了水资源因素对社会进程的巨大影响，进而提出建立“‘节水型’社会”这一极具前瞻性的构想，并从节约用水、开源节流等方面给出科学的用水方案：引水补源，污水资源化，海水代用，政策调整与观念变革。但这些方案要落到实处还需时日，因此，作者用“缺水局面将会长期存在。水啊水啊水！”收束全篇，这不仅仅是对开头呼应，更重要的是可以给读者留下极为深刻的印象，从而唤醒读者的水忧患意识，让节约用水成为自觉行动！

（曹辰波　韩爱平）

用智慧和忠诚创造奇迹

——写在全面夺取舟曲白龙江疏通胜利之际

◇ 姚润丰　赵　锋

这是一个值得铭记的时刻：8月30日12时，湍急的白龙江江水沿着疏通后的河槽奔涌而下，堰塞湖上游存蓄水量全部安全下泄，舟曲县城受淹区域已全面退水，局部低洼处积水已完成抽排，被洪水浸泡了23天的美丽山城终于露出真容。

8月30日15时，从白龙江清淤疏浚现场传来振奋人心的消息：舟曲特大泥石流发生后，抢险救援三大任务中最为艰巨的白龙江淤堵河段清淤疏通工作取得决定性重大胜利，不仅彻底解除了对下游4个县区20个乡镇114个村153万人生命财产安全的威胁，而且为灾区群众重返家园、恢复正常生产生活及开展灾后重建创造了有利条件！

8月30日，胡锦涛总书记、温家宝总理等中央领导同志闻讯后作出重要指示，向参加清淤疏通的人民解放军、武警官兵和广大干部职工、工程技术人员表示诚挚慰问和崇高敬意！

浊浪翻滚，洪水归槽。英勇的中国军民，攻克了堰塞体方量巨大、结构复杂、水下作业和淤泥软基施工等前所未有的难题，让狼奔豕突的白龙江水终于按照人们的意愿流向所归。这场复杂、艰巨、紧迫的除险行动也创造了堰塞湖应急处置及河道清淤疏通的人间奇迹！

排山倒海——特大泥石流堵塞白龙江威胁下游10余万群众，处置难度之大超过想象

舟曲，这个西部小山城，一直寂寂无名，却因为特大泥石流一夜之间成为世人瞩目的焦点。

8月7日23时，历时40分钟、雨量达97毫米的暴雨突袭了这个夜幕中的西部小城。8日凌晨，汹涌的泥石流沿着三眼峪和罗家峪两条沟道倾泻而下。转瞬之间，两条沟道及周边房屋被夷为平地。江水漫溢，泥浆满地，昔日“陇上桃源”变成了水上孤岛。

在经历了新中国成立以来最大的泥石流灾害后，当幸存的人们以为这场生死浩劫已经过去时，他们万万没想到，更大的洪水威胁迫在眉睫！

特大泥石流在夺去1000多名同胞生命的同时，150万立方米岩石等杂物堆积在白龙江城江桥至瓦厂桥之间长达1.2公里的江道内，致使白龙江舟曲县城段河床抬高约10米，形成堰塞湖，在10万舟曲人民头上悬挂了一把利剑，也给抢险救援的水利专家出了一道世界少有的难题。险情考验着水利专家的智慧和技术，检验着人民子弟兵的勇气和力量。

说是利剑，是因为泥石流形成的河道堆积物迅速壅高水位，在受阻江水淹没县城低洼地区的同时，也形成了一个庞大的堰塞湖。而堰塞体却是成分复杂的泥石流堆积物，一旦突然溃决，将严重危及舟曲县城及下游10余万人民的生命财产安全，饱受创伤的灾区人民将雪上加霜。

说是难题，是因为泥石流滑坡体强行占据了近1.2公里的河道，抬高河床，厚度有9~10米，超过正常堤防高度达五六米之多。更重要的是堰塞体成分比较复杂，既有整栋楼房，又有桥梁、树木、块石，还有很多的泥沙淤积。

水利部前方专家实地踏勘结果表明，与汶川大地震后由山体滑坡截江而成的唐家山堰塞湖不同，舟曲堰塞湖是因特大山洪泥石流淤积河道形成软基堵塞而成的堰塞湖，极为特殊，舟曲堰塞湖的处置比唐家山堰塞湖还要复杂！

与此同时，由于处在主汛期，天气不确定性因素很多，灾区强降雨的概率很大，随着白龙江上游水位的不断增长，以及地质灾害隐患的进一步暴露，应急处置的难度和风险也越来越大。

学校要复课、灾后要重建……紧急排除堰塞湖险情，加速河道清淤疏浚，保障县城退水重建，成为特大泥石流灾害发生以来抢救幸存生命之后压倒一切的头号任务，亿万人民的眼睛都聚焦到泥石流灾区这个极难处置的庞大堰塞湖！

挑战难题——党中央、国务院果断决策，各方力量驰援舟曲，“挖、爆、冲”相结合的应急处置科学方案迅疾制订

坚决避免舟曲堰塞湖发生突然溃决，坚决避免遭受特大泥石流劫难的灾区群众和救援将士再次遭受洪水浩劫！

壅高的水位，淤积的河道……时刻牵动着党中央、国务院领导同志的心。胡锦涛总书记、温家宝总理和李克强、回良玉副总理第一时间作出重要指示。

8月10日，胡锦涛总书记主持中共中央政治局常务委员会会议，全面部署甘肃省甘南藏族自治州舟曲县特大山洪泥石流灾害抢险救援工作，强调要科学制订方案，尽快安全处置堰塞湖，调集大型机械设备，加快清除城区淤泥，抓紧进行河道整治。要全面排查地质灾害隐患，及时转移受威胁群众，防止次生灾害。

温家宝总理、回良玉副总理两次来到舟曲灾区。温家宝总理强调，必须尽快处置好堰塞湖，疏通白龙江河道，这样才能降低被淹城区水位，也才能进行淤泥清理、开展灾损评估以及市政设施修复等工作。

不惜一切代价排除堰塞湖险情、疏通白龙江淤积河道，这是党中央、国务院作出的坚定抉择，是灾区广大人民的殷切期望，是对舟曲特大山洪泥石流灾害抢险救援的重大考验！

险情就是命令，时间就是生命！迅疾制订合理的应急处置方案，是摆在水利部舟曲堰塞湖抢险指挥部面前一道亟待攻克的难题。

8月8日凌晨，国家防总副总指挥、水利部部长陈雷主持紧急会商会，研究堰塞湖应急处置及危险区人员转移等问题，随后陪同温家宝总理迅即赶赴舟曲。此前，由水利部副部长刘宁带队的国家防总工作组乘坐早班飞机火速赶往灾区。

实地踏勘、连夜会商。对灾害的特殊性，在借鉴以往处理堰塞湖经验的基础上，第一时间到达舟曲灾区现场的陈雷、刘宁带领水利专家经过现场查勘，提出了“挖、爆、冲”相结合的堰塞体应急排险方案。8月8日深夜至9日凌晨，温家宝总理在舟曲主持召开会议，明确了“安全、科学、迅速”的堰塞湖处置原则，并审定批准了该方案。挖，就是利用大型施工机械对河道局部进行挖深，加大水位落差，尽快下泄湖水；爆，就是对影响水流下泄的局部阻水建筑物或水下较大的堆积体，实施水下爆破或定点清除；冲，就是利用上游洪峰刷深河流主槽，加大河流比降、落差，使上游洪水冲开堆积体，让堰塞湖水尽快下泄。

排险方案虽然形成，但专家也深知，舟曲堰塞湖应急处置工程工期之急、任务之重、难度之大，在全世界范围内都十分罕见，没有先例可循，是一般水利工程不可比拟的。同时，还存在着天气变化等不可预测因素，为工程实施增加了无法预知的难度：

——河道淤积严重，堆积体构成复杂。堆积体中有泥石流、树木、房屋，甚至整栋楼房，形成了瓦厂桥、罗家峪、三岔口、三眼峪、城江桥等多个水上及水下淤塞阻水断面，清除难度很大。

——施工条件受限，150万立方米的堆积体基本都在水下，而且泥石流堆积区及河道两岸均为软基，大型机械必须通过路基箱等辅助工具进占后，再构筑丁字堰形成工作面，才能进行挖掘作业。

——淤堵河段水面宽阔，落差小流速慢，不利于利用水流冲刷淤堵河道，清淤疏通工作主要靠机械挖掘和局部爆破。

——清淤疏通作业既有挖方，又有填方，而且在施工过程中还会不断出现新的淤积，必须在两岸沿线布置大量挖掘设备，形成连续作业面，24小时不间断地挖掘，施工工程量巨大。

——当前正值主汛期，白龙江上游来水多，加之上游降雨形成的洪峰流量及水位变幅大，既增加了水下施工的难度，也对抢险救援人员的安全和施工进度造成较大影响。

……

时间不等人，上游降雨导致水位上涨可能随时发生险情！紧急关头，8月10日，国家防总从上海调运480块适合软基施工的路基箱。根据现场条件和作业要求，水利部前方工作组巧做方案，科学调度，合理分配：三眼峪工作面铺设240块，罗家峪、瓦厂桥、三岔口和右岸作业区各铺设60块，为大型机械进入施工现场创造了有利条件，赢得了宝贵时间。

各路抢险队伍火速赶往舟曲。水利部紧急调集120多名水利专家和抢险突击队。武警水电部队从四川、青海、陕西抽调200多名操机手、80台（套）大型工程机械，千里大驰援，增援堰塞湖应急抢险工作。兰州军区某部工兵部队迅速架起一座浮桥，让挖掘机横渡白龙江，邱少云旅的大型挖掘机沿右岸展开作业……

为了人民群众的生命财产安全，水利专家和中国军队义无反顾地扛起自己的责任！

合力攻坚——与时间赛跑，与洪水争速，23个昼夜鏖战开挖出一条泄洪渠，郁结在舟曲人民心头的洪水威胁宣告解除

这是一场前所未有的硬仗！

堰塞湖处置及淤堵河道应急疏通工作主要分为三个阶段：第一阶段是迅速排除堰塞湖溃决险情，清除堰塞湖对舟曲县两岸及下游人民群众

处积水已完成抽排，浸泡舟曲县城23天的洪水终于按照人们的意愿逐渐退去。在加快实施河道应急疏通的同时，水利部已编制完成了3个规划和4个实施方案，后续河道整治和防洪工程建设、县城及周边区域山洪灾害防治、损毁水利设施修复也将全面展开。

历经劫难的山城欢声雷动，翘首以盼的人们奔走相告……

舟曲，在这个蜀汉时期诸葛亮、姜维曾多次出兵的地方，在2000年之后的今天，英勇的中国人民在特大山洪泥石流灾害面前，再次挺起坚强不屈的脊梁，用智慧和忠诚创造了白龙江堰塞湖应急处置和河道清淤疏通的奇迹，谱写了一曲感天动地的壮丽凯歌！

（2010年8月30日新华社）

创作札记

历史时刻的真实记录

姚润丰

2010年8月29日，周日。下午5点多，我正在家休息，突然接到水利部办公厅宣传信息处李中锋处长（现任中国水利水电出版社副社长）的电话，中锋同志在电话中说，根据舟曲泥石流水利部前方工作组预测，8月30日，舟曲特大泥石流抢险救援三大任务中最为艰巨的白龙江淤堵河段清淤疏通工作将取得决定性重大胜利，舟曲堰塞湖应急处置将为处置大方量水下堰塞体、疏通大规模泥石流淤堵河道开创世界成功先例。

为记录这个重大节点、重大事件，水利部党组成员、办公厅主任陈小江（现任水利部黄河水利委员会主任）指示，立即精心策划深度报道，邀请中央主要媒体记者采写一篇长篇通讯，全景记录水利人迅速行动，坚决贯彻党中央、国务院领导指示，克服重重困难与堰塞湖和河道淤积体展开艰苦卓绝的较量，用智慧和忠诚创造的人间奇迹。中锋同志说，经研究并报部领导同意，决定由我来执笔这篇通讯稿件。

作为一名新华社记者，理应在国家、民族发展的关键时刻和应对处置重大突发事件的重要节点，留下一份真实的历史记录。而我又是那么的幸运，水利部领导把如此重要的报道任务交给了我。

使命光荣，责任重大。接到任务后，说实在的，当时感到很大的压力。主要是时间紧任务重，必须立即动手，当天晚上要将初稿送水利部领导审定，如此短暂的时间内，能够成功吗？但，这样的报道机会对一个记者来说是多么巨大的“诱惑”啊——能够记录这伟大的时刻，无论辛苦与否，必须圆满完成任务，这是领导的充分信任和职业的至高荣誉。

巧妇难做无米之炊。没有去一线采访，手头没有任何材料……在十分茫然之际，我接到了陈小江主任亲自打来的电话，给我解说题目，他将这篇通讯的立意、架构、布局等进行了明确的点拨，更让我感动的是，他还将自己对布局谋篇的思考编辑成详细的短信息发给我。陈小江主任曾经担任中国水利报社社长，是我十分敬重的新闻界的前辈，许多水利报道不朽名篇都与他的名字连在一起。陈主任的点拨，让我豁然开朗，迅速找到了方向，甚至有些兴奋。

立即做案头工作。收集中央主要媒体和甘肃省主要媒体关于舟曲泥石流的重点报道，上水利部网站搜集相关信息。十分幸运的是，水利部网站《舟曲抢险救灾》的专题信息量十分丰富，还有中国水利报社派出精兵强将在一线深入采访，采写的一批重头报道。从8月8日舟曲特大泥石流灾害发生到8月29日，各类媒体刊发了几千篇报道，我足足花了几个小时搜集了几十万字的素材，看得兴奋而头疼。兴奋的是，材料很丰富。头疼的是，材料太丰富，怎么驾驭？

大主题需要大布局。材料如此丰富，如何去提炼，如何去布局？陈小江主任电话中的一句话让我找到了灵感：从8月8号陈雷部长陪同总理去一线，整整23天，共和国的部长亲自在一线坐镇指挥，每一天都在与灾难搏击，每一刻都在与洪水争速，每一秒都在与时间赛跑，这是一种什么精神？这说明部长的心里始终装着人民的安危！

用心去写，用情去写，脑海盘旋的是舟曲的千军万马，萦绕的是水利专家的殚精竭虑。布局谋篇、设计骨架、遴选素材、丰满细节……愉快而紧张的工作进入实质性阶段。整整一夜未眠，把几十万字的背景资料浓缩成一篇稿件，一个细节、一个数字、一个标题、一个用语，都锤炼思想，修改打磨，到凌晨4点半，初稿完成，迅速发给一直在等我稿件的陈小江主任精心修改。印象最深的是，陈主任将我初稿的标题“一切为了人民的生命安全”修改为“用智慧和忠诚创造奇迹”，足见其字词句章功底、政策理论水平。那个夜晚，充满艰辛。但，要追求精品，除此别无选择。

辛苦没有白费，付出总有收获。这篇通讯发至前方经过水利部领导再次修改后并及时反馈给我，及时传到新华社总社编辑部，获得编辑高度评价并迅速向国内外播发通稿，新华社总编室还向各媒体提前播发了重要稿件预告。8月31日，包括《新华每日电讯》《经济日报》《光明日报》《中国青年报》《工人日报》《甘肃日报》等几十家中央和地方主要媒体在头版或重要版面予以刊发，人民网、新华网、新浪网、搜狐网等中央重点新闻网站和门户网站也纷纷转载。水利部领导高度赞许，许多司局长来电或来信息表示祝贺，水利部网站在水利要闻栏目置顶转载了近两个月时间。其实，我想说的是，这篇报道虽然署了我的名字，但它凝聚了最真实的集体智慧，在完成这篇报道的短短几个小时内，我得到了太多可贵的启发、指点和帮助。

成功固然可喜，但我更加珍视的是这次难得的报道经历：这是对我新闻写作能力的一次历练，打造精品，一定要用心、用情去采写，一定要超越自我、挑战极限。“有耕耘才会有收获”。

作品评析

“蒙太奇”定格奇迹的诞生

2010年8月7日23时，甘南藏族自治州舟曲县城东北部山区突降特大暴雨，150万立方米岩石等杂物堆积在白龙江城江桥至瓦厂桥之间长达1.2公里的江道内，致使白龙江舟曲县城段河床抬高约10米，形成堰塞湖，严重危及舟曲县城及下游10余万人民的生命财产安全。险情就是命令，一方有难八方支援，党中央一声令下，各路救援大军奔赴灾区，争分夺秒抢险救灾，更有各路记者第一时间报道灾情、报道救灾战况，电视台的滚动播出、网络的实时更新，让全国人民及时了解灾情、了解救援情况，在这样的重大自然灾害面前，所有媒体都在使出浑身解数争速度、抢新闻。可是，《用智慧和忠诚创造奇迹——写在全面夺取舟曲白龙江疏通胜利之际》，这篇报道却是写在灾害发生的23天后。记者用如椽之笔记录下一幕幕惊天动地的除险图，为历史留下了珍贵的胜似镜头的感人场面！

这篇深度报道由于报道的是重大事件，时间跨度大、参与人员多，因此作者就采用“蒙太奇”手法结构文章，大手笔描绘了四个宏阔的场面——圆满结局、特大险情、“挑战难题”、“合力攻坚”，像电影的分镜头一样，详尽、具体而形象地描写了舟曲处置堰塞湖特大险情的全过程，全方位地记述了这场复杂、艰巨、紧迫的除险行动。

我们先看第一个场景——在全国上下都在揪心的日子，文章却描绘了一个令人欢欣鼓舞的画面：“这是一个值得铭记的时刻：8月30日12时，湍急的白龙江江水沿着疏通后的河槽奔涌而下，堰塞湖上游存蓄水量全部安全下泄，舟曲县城受淹区域已全面退水，局部低洼处积水已完成抽排，被洪水浸泡了23天的美丽山城终于露出真容。”多么艰辛、多么难熬的20多个日日夜夜，终于有了这么一个好的结果！文章开篇让人振奋、鼓舞，同时也给读者留下悬念：这个特大险情是怎么排除的？牵引读者寻找答案。接下来作者笔锋一转，带领读者回望23天前的“排山倒海般”的泥石流，尤其是“在经历了新中国成立以来最大的泥石流灾害后，当幸存的人们以为这场生死浩劫已经过去时，他们万万没想到，更大的洪水威胁迫在眉睫”！这就是庞大的堰塞湖，作者形容它像一把利剑悬在10万舟曲人民的头上，而且“堰塞体成分比较复杂，既有整栋楼房，又有桥梁、树木、块石，还有很多的泥沙淤积”，“给抢险救援的水利专家出了一道世界少有的难题”。这是不可抗拒的天灾，但这个难题必须解决。记者记录下了中国人民万众一心、众志成城、排艰除难的决心和勇气。从中央到地方的各级领导、参与抢险的各路人马，尤其是水利专家，敢于担当，大家集思广益、科学决策，制订了切实可行的解决世界难题的方案。记者在这里遣词造句精当准确，诸如“迅疾制订”、“坚决避免”、“不惜一切代价”、“义无反顾”等等，真实反映了抢险英雄们“挑战难题”的大无畏英雄气概！

有了科学的方案，接下来就是“与时间赛跑”，争分夺秒地实施。实施的过程可以说是惊心动魄。我们先看几个特写镜头：

——“‘轰！’一声巨响，炸药爆破在水面激起冲天巨浪。”

——“在白龙江左岸，从三眼峪泥石流沟口到瓦厂桥600多米长的地段上，长短不同的挖掘机手臂此起彼伏，形成了十分壮观的‘千手观音’画面，5个重点作业面施工全面展开。”

——“一时间，从城江桥到瓦厂桥，一字排开的挖掘机轰鸣着，从江水中不停地掏挖泥石杂物，在漆黑的夜幕下，白龙江两岸却灯火通明，构成一幅紧张激越的鏖战画卷，战士们和指挥员与时间赛跑。”

这样大气磅礴、极富动感的场面描写，令人震撼、振奋，能让读者如临其境！人民军队为人民、不怕牺牲、排除万难、感天动地的英雄主义精神被作者表现得淋漓尽致，令人敬佩！尤其是叙述到关键时刻，文中的时间精确到“分”，接近尾声时，几个段落都用时间开头，这无疑让读者也感受到现场的紧张气氛，的确是在与时间赛跑，而且最终取得了胜利！

这篇4000多字的深度报道，作者一夜未眠写就。记者把捕捉到的、感动了他的美丽场景定格，调动多种写作技巧，把深刻的道理和丰富的感情融进排除奇特险情、解决世界难题的叙述和描写之中，讴歌了英勇的中国人民在灾难面前挺起脊梁、众志成城，用智慧和忠诚创造了白龙江堰塞湖应急处置和河道清淤疏通的奇迹！

（韩爱平）

决战唐家山

——水利专家科学除险唐家山堰塞湖侧记

◇ 陈松平　胡志刚

6月10日，四川唐家山堰塞湖抢险取得决定性胜利：一天内坝前水位降低20余米，下泄洪水1亿多立方米。至6月11日晨，泄流渠宽度已达140余米，渠底最低点高程约710米，形成相对稳定的河槽，取得了不出现短时溃决下泄巨大流量的最佳效果。

难能可贵的是，整个泄洪过程无一人员伤亡。国务院抗震救灾总指挥部给唐家山堰塞湖应急处置指挥部发来贺电，盛赞“创造了世界上处理大型堰塞湖的奇迹”。

作为流域管理机构，为唐家山堰塞湖排险，长江水利委员会义不容辞。长江委主任蔡其华九赴唐家山，亲历和见证了堰塞湖科学排险的每一步。她说，抢险成功的关键，是尊重规律，崇尚科学。

“悬湖”之危，险情揪人心

唐家山，在汶川大地震前，并不为人所关注。

地震发生后，唐家山不仅有山，还有水，绵延20多公里、蓄量超过1亿立方米的水，就是没有路。

汶川大地震带来的山体滑坡，使唐家山出现了一个巨大的堰塞湖。5月22日，震后第十天，唐家山堰塞湖蓄水量已达1亿立方米，并且蓄水量还以每天500万立方米的速度增加。

唐家山堰塞体溃决的危险在累积。如果泄流不畅，堰塞湖会越来越大，直到有一天这些松散的山石再也承受不住水压，轰然溃塌。

险情就是命令。水利部门针对唐家山堰塞湖的密切监视从5月15日就已开始。为全面了解唐家山堰塞湖有关情况，掌握第一手资料，水利部部长陈雷、副部长矫勇，长江委主任蔡其华，水利部总工程师刘宁等领导专家多次乘坐直升机前往坝顶现场查勘。

来自长江委的水文地质、规划设计、施工爆破等专业的专家，也在第一时间赶到设在四川省绵阳市的唐家山堰塞湖抢险指挥部报到，参与唐家山堰塞湖应急疏通工程的地质勘测、水文分析和设计施工方案的制订。

5月16日和5月18日，历经多次努力，有关领导强行到达北川唐家山堰塞体顶部现场勘察，同时，空军两架直升机运送水利专家成功对唐家山堰塞湖实施低空察看。初步判断，汶川大地震后，山体滑坡大量堆积在通口河唐家山处，形成一座长800余米、宽600余米、最大坝高120余米、体积2000多万立方米的土石堆积坝体，堵塞河道形成堰塞湖，总库容3亿立方米以上，相当于一座大Ⅱ型水库的库容。

进一步勘测结果表明，唐家山堰塞体最高点和最低点垂直高度最大相差124米多，这是一般大型水库堆石坝中少有的。

有着大型水库的库容，却没有大型水库坚固稳定的坝体，也没有与之配套的溢洪道，一旦水位上涨至坝顶，产生漫溢，将会造成堰塞体溃决。

同时，不断上升的水位进一步增加唐家山堰塞体溃决的可能性。5月

22日下午2时，唐家山堰塞湖蓄水量已达1亿立方米。并且由于上游来水较多，蓄水量正以每天500万立方米的速度增加。长江委水文专家估算，在不考虑上游发生强降雨的前提下，预计从5月22日开始，18~24天后水位可达到堰塞体垭口高程，开始发生溢流。

随着时间的推移，川北地区将进入雨季，降雨的概率进一步加大，唐家山堰塞湖上游河道来水随时面临猛涨的可能，溃坝的风险会越来越大。

危湖高悬，揪着全国人民的心！

专家“会诊”，明渠解危局

唐家山堰塞湖险情不断升级，严重威胁着下游灾区130多万群众和抢险人员的安全。

党中央、国务院对此高度重视，胡锦涛总书记要求把确保灾区人民生命安全放在首位；温家宝总理乘飞机专程到唐家山堰塞湖坝顶现场察看，明确提出了处理堰塞湖问题的三条原则：一是主动处理，避免被动处理；二是要立足早处理；三是同时制订工程排险方案和人员转移避险方案。

确保唐家山堰塞湖防洪安全，成为压倒一切的任务。

长江设计院总工程师杨启贵，被确认为应急疏通工程技术负责人。同时，中国工程设计大师徐麟祥，老水利专家蒋乃明，还有从水电成勘院抽调的水文、地质、水工等专业专家，齐聚唐家山，会诊堰塞湖。

在武汉，长江委雄厚的技术力量，为前线指挥部提供有力的智力支持。5月23日，根据一线传来的技术方案，马建华、魏山忠、钮新强等长江委领导，组织文伏波、郑守仁、陈德基等数十名专家紧急会商，进一步加强方案实施的安全性。长江委水文局和长江设计院技术人员夜以继日，计算唐家山堰塞体不同溃决高度的洪水演进，并及时向指挥部报送相关计算分析成果。

根据前方专家的“会诊” 和后方的计算数据，方案最终敲定：开挖一条导流明渠——这条上部宽度60米、下部宽度20米的梯形明渠，将会把蓄集于湖内的水往下游导出，减小对堰塞体的压力。

杨启贵说，这次制订应急处置方案的专家们，大都参与过2000年4月发生的西藏易贡3亿立方米堰塞湖应急处置，为迅速制订完成唐家山堰塞湖方案提供了宝贵经验。

同时，根据唐家山堰塞湖不同的溃坝方式和溃坝后的影响，按照1/3、1/2和全部溃坝产生的洪水径流，专家们演算出堰塞湖水直泄影响范围，地方政府测算了需要转移疏散的人员并制订出安全转移方案，确保人民群众生命安全。

决战时刻，排险战尤酣

在坝顶上方开挖导流明渠，意味着必须有大量的抢险人员和挖掘机、推土机等重型设备进入唐家山堰塞湖坝顶。

然而，天有不测风云。

5月24日上午9时许，执行运送任务的解放军某部出动一架米–17直升机，运送5名抢险施工指挥员前往唐家山堰塞湖堤坝。此后，“空中走廊”就被厚厚的云层彻底关上——北川上空时断时歇地出现了降雨，再也没有一个人和一份补给能够被运送到唐家山堰塞湖坝顶。

这样的局面一直持续着，水位仍在上升。5月25日下午，四川青川地区发生6.4级余震，地质专家由此认为，这次余震有可能会对唐家山堰塞湖坝体产生影响。

唐家山堰塞湖的状况开始恶化。所有的不利因素都集中在一起。大型装备不能运送，一旦大雨来临，唐家山堰塞湖将会经受严重考验。

局势瞬息万变。

唐家山堰塞湖应急处置工程指挥部开始修正方案。专家介绍，当时形成的意见是，将抢险方案从开始的以大型机械设备开挖导流明渠为主变为施工与爆破两个方案同时进行，以爆破为主；人力和设备的开进途径从过去的空运为主变为空运与徒步运输同时进行，以徒步开进为主。

长江委主任蔡其华说，这两个方案的目的一样，都是要在坝的顶部开出一条泄流明渠，尽最大可能降低坝前水位，减少蓄水量。一旦天气好转，仍将采取机械挖掘的形式。

26日凌晨1时许，经过7个多小时的急行军，1800名携带着炸药的武警官兵最终到达唐家山堰塞湖坝顶。

水位仍在一分一秒的升高。唯一的好消息是，大雨没有降临。

5月26日，在北川上空，天色已露出了转晴的迹象。上午10时，随着米–26直升机的轰鸣，一台台挖掘机械被送往唐家山堰塞湖应急疏通工程施工现场。唐家山堰塞湖应急疏通工程施工按设计方案全面展开。

6月1日，一条长475米、开口宽50余米、深13米的泄流渠，纵卧在唐家山堰塞湖坝顶上。唐家山堰塞湖应急疏通工程提前完成施工！

6月7日7时8分，泄流渠开始泄流。

6月8日16时，泄流渠流量已达20余立方米每秒。第八次奔赴唐家山堰塞湖现场指导工作的长江委主任蔡其华说："泄流流量的增加速度和泄流渠的溯源冲刷态势，稳步向应急处置方案设计的目标发展。"

6月10日6时，泄流渠在连续3日下泄流量不断增加的基础上，从337立方米每秒急剧加大，至11时30分，流量迅速加大到6500立方米每秒，泄洪口宽度拓至100多米，堰塞湖水位逐渐下降。20时，唐家山堰塞湖坝前水位回落至719.48米，降到了720米这个比较安全的水位以下。

6月11日晨，泄流渠宽度已达140余米，渠底最低点高程约710米，已形成相对稳定的河槽。专家分析认为，唐家山堰塞湖险情已排除，剩余堰塞体整体稳定，不会发生瞬时溃决。按避险方案所疏散转移的24万群众，可结束避险，返回家园。

险情结束，平安重至。11日傍晚，记者在绵阳市区看到，流动宣传车不断播报：从现在开始，绵阳市恢复生产生活秩序。20多天来一直为唐家山堰塞湖的排险而殚精竭虑的长江委专家露出了久违的笑颜。

（原载2008年6月15日《人民长江报》）

创作札记

揪心的二十三天

陈松平

“到一线去，为抗震救灾出力!”想必这是四川汶川大地震发生后，每一个热血男儿的共同心声。而作为一名记者，深入灾区一线，用手中的相机和笔记下中国人民在灾害面前感天动地、气壮山河的英雄事迹，更是义不容辞的责任。

2008年5月12日下午地震发生后，我即向单位领导请缨赴灾区一线采访。经过一系列的准备与安排部署，16日，我与长江委参与抗震救灾的科研设计专家一道，奔赴四川灾区，开始了我人生中一段不寻常的经历。30个日日夜夜，我用笔和镜头记录下了水利专家在包括唐家山、石坎河、东河口在内的30余座堰塞湖和数以千计的震损水利工程上冒着随时塌方的危险，进行现场查勘，果断拿出除险设计方案，立即组织抢险队进入施工，并最终取得胜利的精彩瞬间，见证了地震灾区所有堰塞湖和震损水库无一溃坝的重大胜利，完成了数十篇重要报道。而这其中，记忆最深刻的，是关于唐家山堰塞湖科学除险的报道。

最初意识到唐家山堰塞湖有大新闻，是5月19日，当时水利部、四川省、长江委三方领导开联席会议，会议间隙我从部长和专家们聊天中发现，“唐家山”这个地名被部委领导一再提及。

凭借记者的新闻敏感，这个唐家山绝非寻常！会后，我从中国工程设计大师徐麟祥那里得知，唐家山是一处大型堰塞湖的所在地，位于涪江支流通口河唐家山处，是中科院对地观测中心无人驾驶飞机航拍数据时发现的，水利部副部长矫勇、时任长江委主任蔡其华等领导，18日已乘米-17直升飞机在堰塞湖坝顶悬停低空察看过，初步断定唐家山堰塞湖是大地震生成的30余个堰塞湖中最大最险的一个。

与徐麟祥的一席谈，让我感觉到，下一步报道的重点工作，要紧盯唐家山堰塞湖的除险。之后数天，我先后随震损水库查勘组和水质巡测组转战于彭州、德阳、青川和剑阁等地，完成日常动态报道的同时，为了积累有关唐家山堰塞湖除险的有关资料，我每天通过电话向蔡其华的秘书和其他专家了解唐家山堰塞湖除险方案制订和实施的情况。

唐家山堰塞湖的险情，逐渐引起了党中央、国务院的高度重视，解除唐家山堰塞湖险情成为此次救灾的重中之重。情况的发展，也印证了我最初的判断，唐家山堰塞湖的除险工作是一个重大新闻。

31日，得知唐家山堰塞湖排险工作进入关键阶段，我又紧急从都江堰赶至绵阳，向蔡其华“请战”，要求飞赴唐家山除险现场。当天晚上，下午在理县执行任务的邱光华机组失事的消息已传至唐家山堰塞湖抢险指挥部，为保证安全，指挥部决定对翌日飞赴唐家山的队伍进行减员，记者首先成为减员对象。这下我急了，疏通工程完工的重要时刻，如果不去现场，怎么能做好报道，于是我反复向蔡其华说，专家要上，我们记者更要上，唐家山堰塞湖除险取得了如此重大成就，作为记者，我有责任向全国人民展现水利部门为除险做出的巨大贡献，不去现场，是不称职的。最终，蔡其华出面与指挥部相关领导协调，同意了我随机飞赴唐家山。

6月1日早上，我和专家们在绵阳南郊机场登上了米-17直升机，登上了唐家山堰塞湖坝顶，呈现在眼前的场面是壮观的：脚下体积约2000多万立方米的堰塞体，像个水瓶塞子一样鬼斧神工地堵塞了通口河，聚成地图上从未有过的唐家山堰塞湖。而在坝体右岸，虽然山崖上一直有滚石落下，弥漫出黄色尘烟，但用米-26直升机吊装到坝顶的46套重型挖掘机械，正在6个作业面轰鸣而作。而如果不到现场，这些景象是不可能看到的，没有切实感受，后来做出的报道当然就缺乏现场感和感染力。

上午11时许，唐家山堰塞湖泄流渠贯通。我赶紧在左岸帐篷里找到唐家山堰塞湖应急处置工程技术负责人、长江委设计院总工程师杨启贵，现场专访，了解从踏勘、制订方案到指导施工的前前后后。在此过程中，记录唐家山科学除险的全景式报道《决战唐家山》的腹稿已打好。

之后几天，我每天都随专家飞赴唐家山堰塞湖除险现场，随水利专家查看正在过水泄流的唐家山泄流渠冲刷情况，详细记录专家对唐家山堰塞湖的水情、雨情、工情和堰体稳定性每天测量的结果，为充实报道获取大量素材。

6月10日，唐家山堰塞湖应急除险工作取得决定性重大胜利，国务院抗震救灾总指挥部发来贺电，称唐家山堰塞湖应急除险创造了世界上处理大型堰塞湖的奇迹。从5月19日得知唐家山堰塞湖及其危险性到现在，我揪着23天的心终于放下。时机成熟，我马上着手报道。由于准备充分，现场调查扎实，素材丰富，腹稿成熟，当晚我第一时间发回深度报道《决战唐家山——水利专家科学除险唐家山堰塞湖侧记》。文章刊发后影响巨大，被新华网、中国政府网、《湖北日报》等多家媒体转发，受到部委领导和水利专家们的高度赞誉，并在次年荣获湖北新闻奖二等奖和湖北省专业报新闻奖一等奖。

作品评析

惊心动魄话“决战”

唐家山堰塞湖抢险，事体重大，参与人员众多，时间紧、任务重，容不得半点疏忽。本文作者立足“危”、“急”架构文章，从主标题到三个小标题都体现着紧张的“决战”气氛，再现了争分夺秒、化险为夷、惊心动魄的抢险过程。

常言说“题好一半文”。“决战唐家山”，这个标题气势非凡，反映的是人类战胜自然灾害的豪迈气概！唯其“决战”，可以想见困难之多、难度之大，作者遣词造句，用意极深！而三个小标题也各具特色：“‘悬湖’之危，险情揪人心”、“专家‘会诊’，明渠解危局”、“决战时刻，抢险战尤酣”，犹如电影的分镜头，具有很强的画面感，惊险、紧张，悬念重重，扣人心弦！

俗话说：“文似看山不喜平。”因为事件本身就险象环生，文章按照事件的发展布局行文，结构上环环相扣，行文中更是悬念迭起，从而调动读者的阅读兴趣。比如文章开篇就介绍唐家山堰塞湖岌岌可危的险情，汶川大地震牵动着全中国人民的心，这样的开头一下子吸引了读者的眼球。文章的主体部分，问题、困难、危机、办法交替出现，一张一弛、一波三折，而且办法总比困难多，吊足了读者的胃口。如第一部分结尾的“危湖高悬，揪着全国人民的心”；第二部分开头的“唐家山堰塞湖险情不断升级，严重威胁着下游灾区130多万群众和抢险人员的安全”；第三部分的“然而，天有不测风云”和“局势瞬息万变”等等。

大自然尤其是大地震造成的毁灭性打击人类无法抗拒，但是，人类通过自身的聪明才智、勇毅顽强，完全可以避免次生灾害的发生，把自然灾害造成的损失减少到最低程度。唐家山堰塞湖成功除险，就是人类战胜地震次生灾害而创造的奇迹！

《决战唐家山》忠实地记录了这个奇迹诞生的全过程，从“悬湖”到“会诊”再到“决战”，作者刻画了参与抢险的英雄群像：党中央的正确决策、从总书记到总理的高度关注、专家组的攻关克难，尤其是武警战士的冒险奋战、英勇顽强：“5月26日凌晨1时许，经过7个多小时的急行军，1800名携带着炸药的武警官兵最终到达唐家山堰塞湖坝顶。”和平时期的军人风采，令人肃然起敬！他们不愧为新时期最可爱的人！所有这一切，作者旨在告诉人们，任是再大的自然灾害，只要从中央到地方上下一心、决策正确、方案科学、众志成城，什么样的困难都能克服，再大的灾难也难不倒中国人民！

唐家山堰塞湖成功除险，无疑是一首人类战胜大自然的颂歌！这个颂歌由《决战唐家山》作词、谱曲、传唱，在当时，无疑给抗震救灾的人们，特别是灾区人民以及全国人民以极大鼓舞，于后世，作为攻坚除险的成功案例，为抢险救灾树起一个学习的典范，作者功莫大焉！

（曹辰波　韩爱平）

英国前首相撒切尔夫人称，东深供水工程是关系到香港繁荣的特殊工程——

一座水库与两个城市

◇ 王梦婕

与香港一山之隔的深圳水库（广东省水利厅供图）

香港昔日“制水”（控制用水）的场景，家家户户排队取水（资料照片）

26岁的吴伟峰已经无法想象，爷爷与邻居密密麻麻地挤在九龙石硖尾，提着大方塑料水桶，在烈日下头戴草帽“轮候等水”的一幕。那是1963年，香港逢60年一遇的大旱。

香港，一座淡水奇缺的城市，历史上曾几度干涸难耐，最严重时出现过每4天才供水4小时的情况。

直到1965年3月，6800万立方米淡水从深圳输入香港。从那时至今47年来，由周恩来总理亲自批建的东深供水工程（东江到深圳），持续供应着占香港用水总量75%以上的淡水，如古老却忠实的钟摆，从未停摆。

吴伟峰的女朋友李嘉，就住在罗湖口岸的另一头，梧桐山下，深圳水库旁。每次来看李嘉，吴伟峰都要经过这片浅绿色的水面——深圳水库——东深供水工程的最后一站。在官方眼中，它是政治水、经济水、生命水，在这对年轻的“深港配”眼里，它有更甜蜜的解读：

“这是水，也是爱。”

香港：为了你，东江水倒流83公里

“冇水了！”“冇水了！”（香港方言，意为“没水了”——记者注）

这个声音吴伟峰的爷爷熟悉。半个世纪前，香港还随处可见三四层的唐楼，来自楼上住户的“唤水声”，曾是一整代人的记忆。

三面环海的香港，曾饱受淡水奇缺之苦，直到1864年才供应自来水。但开埠初期的香港，主要“水源”多靠收集山涧水和雨水，因此每遇大旱，水荒必至。

1895年，1929年，1963年……水荒笼罩下的香港，港府屡次宣布“制水”（限时供水），洗澡、洗衣都成了问题。全家人提着水桶，到街上轮流排队取水，成了一般港人生活的重要环节。“因为轮候争水，街坊反目，甚至闹上法庭的事情都有，‘楼下关水喉’更多。”爷爷不止一次念叨。

“像电影《岁月神偷》里演的一样，当年的香港人，大多数住在不超过4层的唐楼里，供水系统是由楼下向楼上‘压’的。遇上抢水时，水压严重不足，楼上的人常常得不到。就是有，也是‘细流一线’，这就是被‘楼下关水喉’了。”曾在北京研修香港历史的吴伟峰这样解释。

最严重的水荒，出现在1963～1964年。香港在这一年多的时间里，“河塘干，田园裂”。本地水库的蓄水最危急时，只够供应43天的居民饮用水。350万港人的生活陷入困境，20多万人逃离家园。

“一盆水五六个人轮流洗澡，留下的污水洗衣服，最后冲厕。”那时，吴伟峰的父亲只有4岁，小孩子那双干渴难耐的眼睛，令大人不忍回忆。

建筑进度减低40%，工业损失过亿……翻阅1963年的旧报纸，水荒，使经济刚走上“起飞道”的香港，陷入了前所未有的危机。

这种痛把深圳与香港——一个当年还不是特区的小渔村，和一个仍处于港督统治下的“海外游子”，紧紧连在一起。

“香港中华总商会请求祖国支援！”“港九工会联合会来电请求帮助！”……求援信如雪花般涌向北京。1963年12月，周恩来总理特批，中央财政拨款3800万元，东江—深圳供水工程开始修筑。

由此，“引东江水济香港同胞”，也成为流传在当时南粤大地上的时代强音。

1965年3月1日，后来被誉为“香港人生命线”的东深供水工程，通过深圳水库，正式对港供水。当汩汩自来水，从干涸已久的水龙头里奔腾而出时，孩子们用毛巾“好好地擦了一把脸”后的灿烂笑容，让老一辈香港人“好久好久忘不了”。

他们也许不知道，为了这6800万立方米淡水，1万多人用了11个月，凿山劈岭，架管搭桥，将水源地——东莞市桥头镇的东江河水的水位提高了46米，使之倒流83公里而进入深圳水库。再经过3.5公里长的输水涵管，输入香港。

从1983年起，香港正式结束“制水时代”。

40多年来，经过4次大规模扩建改建，这一工程已从最初每年对港供水0.22亿立方米，提高到目前的每年约8.2亿立方米。

“现在，香港每年的饮用水供应有70%～80%来自东江。根据特区政府统计处的最新资料，香港在2011年的全年用水总量为9.23亿立方米，其中8.18亿立方米来自东江。”香港水务署这样告诉中国青年报记者。

深圳：用一座城市的力量护佑“生命水”

李嘉是地地道道的深圳人，从祖父开始就生活在深圳。她经常告诉吴伟峰，深圳与香港的“姻缘”，不仅早于两人的大学相识，早于东深供水工程启动，甚至早于1963年那场“大水荒”。

1960年，深圳水库就见证了深港的第一次因水“牵手”。

中国青年报记者从香港水务署了解到："广东省政府1960年建成深圳水库，在完工大会上，广东省委书记陶铸就向参会的本港知名人士表示：如有需要，可以从深圳水库引水供港人使用。后来，经过双方磋商，决定以供水协议的形式输水香港，以大约每3.78立方米0.1元人民币的价格每年供水50亿加仑(约合2270万立方米)。"

1961年2月1日，深圳水库开始对港供水。

但对经济正起飞的香港来说，仅凭深圳一地之力，难克"水荒"。后来，东深供水工程建成。位于"深圳绿肺"梧桐山间的深圳水库，就作为东江水由内地入港的"最后一站"，承担起了存储、调节并净化"供港水"的任务。

任务艰巨。

从东莞而起，数十公里的输水道越山而来，汇入水面约5平方公里的水库。一路上，有企业，有村庄，有居民区，农业生产、旅游、养殖……污染似乎很难杜绝。即使进了水库，也可能有人捕捞、垂钓；加上一部分梧桐山上的雨水，会随山涧溪流汇入水库，倘若遇上山体滑坡或泥石流，混杂着泥石的水涌入水库，哪怕它只占总水量的1%，也会让水质降低。

"有人的地方就有污染，内地要如何做到在1989年的供水协议里，向香港承诺的'水质达到中华人民共和国《地表水环境质量标准》(GB 3838)第Ⅱ类标准'，成为摆在每个人面前的严肃考卷。"具体负责深圳水库管理的广东粤港供水有限公司深圳管理部副总经理陈晓岭，这样告诉中国青年报记者。

为此，广东省水利厅投入47亿元，把明渠和河道输水"全线升级"成封闭式的专用输水管道。2003年起，一道61公里的白色巨龙，彻底让东江水在南下过程中，实现了"清污分流"。

深圳更是集全城之力护水。

在陈晓岭的办公室里，一幅大地图格外醒目：水库西南侧一片人口密集区中，与水库相连的河道上，标出了个"红卡子"。"'红卡子'

是2002年建设的沙湾截排污工程，它让沙湾的生活污水不经水库，能直接被处理、排放。”陈晓岭说。

深圳市公安局东深分局主要负责东深工程的安全保卫、清除水质隐患。

深圳东深水源保护办公室专门负责保护深圳辖区的东深水源保护区。

若你紧贴水库而行，更一目了然。

2011年，深圳市罗湖区政府沿着水库修筑了一道绵延13公里的翠绿围墙，使库区实现了全封闭管理。

武警广东省边防总队七支队一大队、五大队驻守的梧桐山的特区管理线，大部分守区与水库库区“重合”，一旦出现紧急情况，总是第一个到岗。五中队指导员王告诉中国青年报记者，支队组建30年来，官兵们都已习惯了“一天一两次巡逻，一周去一次水源保护区，排查乱伐树木、乱丢垃圾”的生活。

“你看这两座山头密密的小树苗。”王指着连接深港的那片山说，“每年新兵入伍、老兵退伍，老兵都会在离开前，在水源保护区里种上一棵树，嘱咐新兵：‘生命水，好好守。’”30年，50余万棵树已经是一条迤逦10余公里的防护林带。

在股股“合力”之下，深圳检验检疫局的水质检测数据显示：他们每月对“出水口”进行一两次抽样检测，粤港供水有限公司每天对供港水质进行检测，检测结果均优于国家Ⅱ级水源标准，其中，多项指标已达到国家地表水Ⅰ类水质标准。

“哪怕遇到一点点水质问题，立即停止供水。”这是原广东东深供水管理局对香港水务署的承诺，改制后，成了粤港供水有限公司的承诺。

在原广东东深供水管理局干了近20年的陈晓岭，平生一件欣慰之事即是，47年里，这座供水钟摆，从未“停摆”，哪怕一个小时。

深圳与香港：这是水，也是爱

一座水库也弥合着深港之异。

“哇——好大。”“我饮的水是从这里来？好犀利。”（香港方言，“犀利”意为“厉害”——记者注）2010年，几千名香港中小学生来深圳水库参观时，“七嘴八舌”的赞叹声，让陈晓岭记忆犹新。

因这座水库，深港多次互动。

香港特别行政区首任特首董建华曾造访东深供水工程和深圳水库，重申“饮水思源”。这成为深港高层交流的传统之一。

“自1965年起，粤港双方也一直为供水保持着紧密联系，前后9份供水协议，确保了香港的供水稳定。”香港水务署负责人告诉记者。

更多的互动来自普通人，因为水已渗入了他们生活的每个细节。

记者从香港水务署了解到，在香港，来自深圳水库的水经过水厂的一套后期处理程序后，便经由分配系统，送至各家各户的水龙头里，也被送往商铺和生产线。“本港居民会用它来洗菜煮饭、个人清洁、洗涤衣履和家庭饮用。供给本港服务业及商业客户的水，用途更多：理发店会用来清洗头发及清洁店铺，餐室会用来煮食、清洗碗碟，而洗衣店则会用来清洗衣服……”

因此，吴伟峰有时候觉得，深圳水库虽隔着山，但离自己很近。

“又制水真正受气，又制水的确系无谓，又制水今晚点冲凉，成晚要干煎真撞鬼……”吴伟峰一直记得本港歌手许冠杰的《制水歌》，如今，歌中的场景却早已成为历史。

现在，香港中小学生和各界人士，每年会定期造访深圳，见证港人食水的“源泉”。2005年3月，一张香港小学生进警营参观时，对护水有功的人们竖起大拇指的照片，令硬汉子王至今动容：“这是一种发自内心的感谢，无法用语言形容。”

“实有赖东深供水工程、深圳水库对港供水的工作，确保香港长期享有充足的水源，以应付市民及各行业对优质食水的需求，也维持香港的可持续发展。”香港水务署这样评价一座水库、一个工程，带给香港的益处。

有人说，从某种意义上讲，正是有了东深供水工程，香港经济才迅速腾飞，跻身亚洲“四小龙”之列。连英国前首相撒切尔夫人也在回忆录中写道：“东深供水工程是关系到香港繁荣的特殊工程。”

对深圳来说，香港的腾飞更是机遇。

为承接香港腾飞后的几次产业升级，深圳借着特殊的地理优势和政策优势，吸收了香港80%以上的产业转移。香港也得以成功转型，集中发展一系列第三产业，成为世界第三大金融贸易中心和航运中心。

“大陆好香港就好，我说深圳好香港才更好。”这是董建华经常挂在嘴边的话。一座深圳水库，既成了深港两地携手共赢的保证，也是内港同胞骨肉情深的证物。

如今，在深圳梧桐山上，环绕水库修起了一条绿色步道。吴伟峰与李嘉时常去那里健行，一起看朝阳把青山两侧的深圳与香港笼在同一片甜蜜的金色里。

“政治水、生命水、经济水，在我看来正对应着香港的三个关键词：稳定、健康与繁荣。”广东省水利厅供水局局长周德蛟认为，香港回归15年来，“这正是最贴切的注脚”。

如今，在香港，家家户户挑水用的“红A牌塑料水桶”、因缺水而关闭的湾仔安乐汽水厂、用一碗清水两勺子黑醋清洁身体的“干浴法”……这些缺水的历史早已远去。取而代之的，是蛋挞，是咖喱鱼蛋，是在天星小轮上饮一杯丝袜奶茶，看维多利亚港两岸灯火闪耀。

一切美丽光明物，一切活泼生灵，都涌动着东深水的身影。在吴伟峰眼里，它既与恋人有关，与她的家乡有关，也与一个叫祖国的地方有关。

吴伟峰说，润万物而不争，这是水，也是爱。

（原载2012年7月31日《中国青年报》）

创作札记

“这是水，也是爱”

王梦婕

2014年6月，距离我采写《一座水库与两个城市》这篇报道已有两年，如今重读，竟依然能把自己感动。

采访缘起于2012年6月底，正值香港回归15周年前夕。当时我正在为一篇舆论监督报道而在深圳出差，同时，在思考着另外一个任务：“怎么为纪念香港回归15周年，写出一篇‘角度独特’的报道？”

当时，全中国媒体都在围绕此进行“同题作文”，角度从香港社会稳定、经济繁荣到内港关系，不一而足。但宏大叙事背后的共性问题是细节缺乏，与读者的“贴近性”不强，传播力始终有限。而我所在的中国青年报社奉行一句话：“同题作文之下，中青报记者拿到第一是常态，拿第二就是不及格。”我所属的法治社会部编辑更是对我提了具体要求：要采写出一篇“与众不同”的报道，既要有细节，有故事，更要有格局，有情怀。说得更直白，就是“大气”+“好看”，但要找到这样一个切入点，可想而知有多难。

直到我看到东深供水工程，才真正眼前一亮。

水！从水切入。“引东江水济香港同胞”，40多年来，这座水库一直用汩汩清流维系着香港的稳定、繁荣与和谐，同时，反哺着深圳。水，让两座城市的老百姓有最切身的民生感受，更让两座城市水乳交融、和谐安宁。这不正是内港人民同舟共济的生动例子和祖国—香港关系的最佳注脚吗？

说做就做。于是，我立刻赶赴东深供水工程所在地。我要实地看一看，这座水库是以怎样的原理实现输水、净水和供水。此后，就是紧锣密鼓的采访阶段：初步采访，我在具体负责深圳水库管理的广东粤港供水有限公司深圳管理部副总经理陈晓岭带领下，参观了其办公室，在图纸前、资料盘里、水库旁，详细了解了供水工程的历史钩沉与运作原理；在深圳公安机关和武警部门带领下，我又驱车前往水库周边，沿途了解24小时“水质保卫战”的精彩幕后故事；此外，我花了半天时间，参观了护水警营的图片展，并在与武警官兵的互动座谈中，撷取他们心中的“护水故事”和感动瞬间……

只有这些素材还不够，那只会是纪录片。下一步，我要“打开格局”。

东深水对内地意味着什么？水利部门怎么看待东深水的政治意义、经济意义和社会意义？对香港人来说，东深水又是什么？在他们的日常生活里、经济繁荣里，它扮演着怎样的角色？而一座水库，对深圳与香港两座城市，又分别意味着什么？它是否是一种象征，象征着祖国—香港绵延15年之外的深情互动？

这些问题，就是“格局”，也是《一座水库与两个城市》的筋骨所在。而要回答这些，最佳诠释者非广东省水利厅和香港水务署莫属。

于是，在实地采访结束后，我没有匆忙写稿。而选择联系上述两家单位，我的一些同行说，既然是宣传报道，现有素材已“足够用了”；但我不这么看，好的宣传报道一定要建立在扎实采访的基础上，如果来自香港整体的数据和感受缺乏，这篇报道就注定不完整，也不够有说服力。

当我辗转采访完上述两个部门，已是一周之后。但我依然迟迟未动笔，因为，最后一步还没完成：我要寻找撑起这个故事最重要的东西——“人”。

一切民生工程，落脚点是“人”。这座联系内港繁荣稳定的特殊工程，若没有“人”，必然是自说自话。我希望找到一家香港人，通过他们的回忆与感触，“激活”东深水对“人”的含义，也让读者有代入感，最终被打动。

而要完成这个任务，似乎比前两步采访都要艰难。一定程度上，这要靠机缘。

一个偶然机会，我回到母校北京大学，在同学口中得知，当年有一个香港留学生，与一位深圳女孩是恋人。“‘深港配’？这里面说不定有关于‘水’的故事！”我一听，按捺不住兴奋，马上联系并见到了报道中的主角吴伟峰。我与他谈了数个小时，从他口中，香港“大旱”时代的长辈回忆、港人许冠杰曾流行一时的《制水歌》、港片《岁月神偷》里“锁水喉”的一幕，如电影般一一闪现。我有一种“珍珠终于获得了穿线”的感觉。与他交谈当晚，我又与他的女友通了电话。然后，一口气写下了这篇报道。

最终，《一座水库与两个城市》被分成三个小标题“香港：为了你，东江水倒流83公里”、“深圳：用一座城市的力量护佑‘生命水’”和“深圳与香港：这是水，也是爱”，来层层递进地展现东深水利工程对香港、对内地、对内港关系三者的特殊含义，让报道做到：有“水”，有“人”，也有“情”。

报道行将收尾时，如何让这篇水利报道打动人心？我斟酌良久。

这对“深港配”的一段经历、一句话始终在我脑海萦绕——他们会去水库旁的步道上健行，看朝阳把两个城市罩在同一片甜蜜的金色里。作为中青报记者，我看到的不仅是这对青年恋人的爱情，更有他们身上的象征意义——内港交融、共同成长的印记——这是小爱；而在这当中，吴伟峰提过一句话：“水，润万物而不争。”我想到的是，对香港来说，润万物而不争的何止是水，难道不是另一种大爱？来自祖国的。

于是，我在报道最后提笔写道：“润万物而不争，这是水，也是爱。”

作品评析

一座水库惠及香港同胞
一篇报道书尽浓浓爱意

《一座水库与两个城市》这篇深度报道最大的特点是采用分镜头电影剧本的写作方法，即“蒙太奇式”写作手法，把新闻报道的写实性与电影镜头的艺术性结合在一起，通过特写、闪回、剪辑以及人物语言，呈现出一个个动人的画面：香港的水荒、东深水库的万人投入、港人用到“爱心水”的兴奋、“深圳：用一座城市的力量护佑‘生命水’”等等，这一个个画面，都充满了浓浓的爱意，感人至深！

本文作者的高明之处就在于借吴伟峰之口讲述故事。作者一开始便给文章的开头段落画了一个富有哲理的甜美的句号：“在官方眼中，它是政治水、经济水、生命水，在这对年轻的‘深港配’眼里，它有更甜蜜的解读：‘这是水，也是爱。’”

作者简要介绍了东深供水工程的始末，但却把一幅幅工程兴建前后香港人民的生活画面生动地展现出来，充分反映了东深工程的水对香港人民、对香港繁荣发展的重要意义。之后则采用侧面烘托的写作手法。作者再次绘制两幅场景：负责深圳水库管理的广东粤港供水有限公司深圳管理部副总经理陈晓岭将确保水质达标的工作视为考卷，更是将重要区域在地图上用“红卡子”标注并悬挂在办公室最显眼的地方；驻守在梧桐山特区管理线的武警们更是以护卫优质水源为己任，兢兢业业、一丝不苟……

北周庾信的《徵调曲》有这么一句话：落其实者思其树，饮其流者怀其源。“深圳与香港：这是水，也是爱。”文章的最后一部分则着重强调了东深供水工程对香港经济腾飞做出的卓越贡献，尤其是运用人物语言，充分表达了香港上到行政长官、下到平民百姓对深圳乃至大陆的感激之情。正如董建华所言：“大陆好香港就好，我说深圳好香港才更好。”也如作者所言：“一座深圳水库，既成了深港两地携手共赢的保证，也是内港同胞骨肉情深的证物。”

一座水库惠及香港同胞，一篇报道书尽浓浓爱意。文章结尾呼应开头，仍用吴伟峰的话：“润万物而不争，这是水，也是爱。”作者一直让受惠人吴伟峰娓娓道来，以“爱”开篇，又以“爱”收篇，中间更有“爱”的照应，用“爱”这根线贯穿全篇，使文章首尾呼应、结构谨严、层次清楚、主题明确，显示了作者架构重大题材的能力以及谋篇布局的娴熟技巧。

（曹辰波　韩爱平）

鲁布革冲击

◇ 杨 飏

云贵边界。深山峡谷。黄泥河上。372米落差。

据说，早年水力勘测人员惊喜发现此地，问及地名，当地布依族人回答："鲁布革！"本意为"不知道"，勘测人员误作地名，标入地图。

如今，这个"不知道"，不仅全国闻名，而且为世界所知。

1981年6月，国家批准建设装机60万千瓦的鲁布革水电站，并列为国家重点工程。

1984年4月，鲁布革工程作为水电部第一个对外开放的窗口，采取了一系列开放措施。此后，出现了魔术般的施工效率。

今年7月，李鹏副总理在全国施工工作会议上提出全国推广鲁布革经验。

"鲁布革冲击"迅速波及全国施工界。

其实，人们对它知道得仍然很少。

一石击起——

鲁布革是靠“开放”冲撞出来的。

1984年4月，水电部决定在鲁布革工程采用世界银行贷款。这笔贷款虽只是工程总投资的一小部分，但却如一石投水。

根据使用贷款的协议，部分项目实行国际招标。鲁布革工程原由水电部14工程局施工，已开工3年。为了使用世行贷款，工程三大部分之一——引水隧洞工程这块“肥肉”被从14局的“饭碗”中捞出来，投入了国际施工市场。在中国、日本、挪威、意大利、美国、联邦德国、南斯拉夫、法国8国承包商的竞争中，日本大成公司以比中国与外国公司联营体投标价低3600万元中标。同时，挪威和澳大利亚政府决定向工程提供赠款和咨询。于是形成一项工程三方施工的格局：一方是挪威专家咨询，由14局三公司承建的厂房枢纽工程；一方是由澳大利亚专家咨询，由14局二公司承建的首部枢纽工程；一方是由日本大成公司承建的引水系统工程。

国际招标随之而来的是合同制管理，鲁布革工程两种管理模式并存：一种是以云南电力局为业主，鲁布革工程管理局为业主代表及“工程师机构”，日本大成公司为承包方的合同制管理；一种是以鲁布革管理局为甲方，以14局为乙方的投资包干管理。

局部突破，使小小的鲁布革成了个混合物；四方八国，两种模式，于是产生了摩擦、较量……

中国施工管理人员对合同制管理是陌生的。一条运输路，合同规定由中方提供三级碎石路。由于翻修不当，造成日方汽车轮胎损失严重，于是日商提出索赔200多条汽车轮胎。开始时管理局的同志直摇头：到底是资本家啊，逐渐他们懂得了：这就是合同制管理——一经确定就不可动摇。而在那种单纯强调“风格”没有确立合同关系的体制下，自家“兄弟”间反而又有扯不完的皮。为一件不大的事，双方可以吵得口干舌燥，吵个没结没完。最带有刺激性的是，中国工人在大成管理下，创造了惊人的效率。日本大成公司派到中国来的是30人的管理队伍，从14局雇了424名（平均计算）劳务工人。他们开挖23个月，单头月平均进尺222.5米，相当于我国同类工程的2至2.5倍；全员劳动生产率4.57万元每人每年（不包括非生产性人员及各类服务人员）。去年8月，在开挖直径8.8米的圆形发电隧洞中，创造了单头进尺373.7米的国际先进纪录。消息传到东京大成总部，总部竟以为电传有误，要求重传。1986年10月30日，隧洞全线贯通，比合同计划提前了5个月。大成公司副总裁亲赴工地祝贺，并向中国劳务工人鞠躬致谢！

而14局承担的首部枢纽工程，1983年开工，由于种种原因，进展迟缓，世界银行特别咨询团1984年4月、1985年5月两次来工地考察，都认为按期截流难以实现。

近距离的对比，面对面的“较量”，没想到初战竟是如此结果！鲁布革人被震动了！

水电部部长钱正英来到工地，话语沉重：我们既要坚持对外开放方针，学习国外先进技术和管理经验，又不能在外国人面前丢中国人的脸……

“中国人，不可捉摸”

鲁布革人置身在历史与现实的反差中，怨气、冤气、不服气，在一古脑儿喷发……

想想吧：10年前，这里荆棘遍野，蛇兽出没，他们就奉命进山安营扎寨，开始工程前期准备。顺理成章，以后的程序应该是：等拨款、施工，移交运行单位——这叫自营制管理模式。建国以来，14局的职工转战浙江新安江、福建的古田河、会泽的以庄河、下关的西洱河……不都是用这种干法立下赫赫战功的吗？可现实在否认它。鲁布革工程管理局总工程师王音辉把自营制管理通俗比喻成“爸爸管儿子”的方法。没钱了，“儿子”变着法儿到“爸爸”兜里去掏，而工期则是弹性很大的，“五一”竣工，“七一”献礼，“十一”大捷，都是“胜利”。结果是：投资“无底洞”，工期“马拉松”，施工队伍越拖越庞大。公司每到一处都形成一座繁华的“城镇”，有学校、医院、幼儿园、托儿所、食堂、影院……

但是，真的否定这种体制又谈何容易，激起的情感是相当复杂的，一位中年工程师谈到施工招标，慷慨激昂：“让我们‘拉家带口’和外国人竞争？屁！农村包工队我们都争不过。说得多轻巧，‘你们臃肿，没战斗力’。难道我们愿意吗？难道这不是一种牺牲吗？我们就像山沟里的吉卜赛人，长年累月，过着‘流浪’生活，以山为家，以水为邻，吃住差点也罢了，关键是娃娃受不到良好教育，升不了学，就不了业。为了水电事业，我们献了青春献终身，献了终身献儿孙。没有人对历史负责，却要我们对现实负责，这公平吗？”

理智和感情在这里打架，这痛苦是深沉的，因为问题是尖锐的：难道中国人的潜能非得靠外国人来挖掘不成？——几乎每个平凡的鲁布革人都思考过这些本该是政治家思考的问题。民族自尊心、自信心被唤醒了！“为中国人争气！”一场没有裁判的角逐开始了。

14局鲁布革工程指挥部在首部枢纽工程发动了千人会战。指挥部离工地只有3公里，许多人一个多月没回去。局长们都是清晨4点多钟进被窝，脑袋沾沾枕头，七八点钟又下了工地。基层干部干脆在洞里铺块板，累了躺一会儿，醒了再干。工人中推迟婚期的，放弃奔丧的……使外国专家惊叹的奇迹终于创造出来了：1985年11月，大坝工程按期截流。

在庆功典礼上，一位外国专家说：“你们中国人，有时真令人难以捉摸。”

是的，按期截流进一步推动了施工者自己的“琢磨”。“会战，我们的优势。一靠领导带头，二靠强有力的行政组织，三靠科学地吸收外国专家建议。于是创造了这辉煌壮举。”

另一种看法恰好相反：“这恰说明了中国施工管理的弱点：均衡生产搞不好。会战总结起来总是成绩1、2、3、4、5、6、7，问题1、2、3。可这1、2、3造成的影响却远比七条成绩更深远。”

是的，就在截流出其不意地制胜的同时，厂房工程却莫名其妙地败北了，两次调整了领导班子，可工程进度还是上不去。

啊，鲁布革，你充满了可歌可泣的事迹，又提出了可思可考的问题！

“主人”—“奴隶”思辩

一位在大成公司干活的中国劳务工人坦率地说：“日本人的管理就是金钱加鞭子（指惩罚）。有的管理人员开口闭口‘我是开过工钱的’。工人抽烟时间稍长一点，就跳起脚来骂。我总认为是在我们中国的土地上，我们是主人，怎么又成了奴隶了呢？”这感受是强烈的，又是模糊的。在这里，流传着外国人哭鼻子的故事：隧洞工程开挖到40米时遇到了复杂的203地层，工程进展迟缓。负责这个断面的日本系长，七尺男子汉，掩面痛哭。厂房工程上不去，负责咨询工作的挪威专家魏克先生茶饭不思。一再垦求延长工作期，没得到应准，在欢送他的宴会上，他负疚地哭了。

还有一个故事：厂房工地急需钻头，挪威专家想方设法，用最快的速度从奥斯陆空运过来，却被闲置在某办公室里半个多月。挪威专家直摇头。尔后，一位挪威秘书小姐来工地，用手提箱提来40多个钻头。咨询组长夫人来工地探亲，亲自带来了急需的喷浆车配件……

这些事情究竟应该怎样解释？在日本大成分司，中国工人是被雇用者，却创造了比当“主人”时更高的效率。在中国土地上，外国人却表现了相当的责任感。

14局鲁布革工程指挥部负责人张基尧这样回答：“如果鲁布革工程干垮了，让我上经济法庭。我有理由：人财物的主动权一样都不在我手里，你要我负什么责？我们工作中出了问题，常说‘由于种种原因’，既然有‘种种’，自然要由有关人士共同负责，实际上是每个人都没了责任。我的责任感是靠时时想着党培养我这么多年的良心维持的。”啊，可爱的中国人，非改不可的旧体制！生活中的主人，从来都是责权利的统一者，实践者呼唤：给我这样一个体制！

大成公司的管理，正是在这个意义上被研究着。

中国劳务工人体验了两种管理，有些一致的感触。他们赞成大成管理机构精简，说：“一看咱们办公楼那么多就来气。”他们感慨日本管理中“现场第一”的观念，说“大成施工现场都停着吉普车，供工人办公事使用，以提高工作效率，我们的车都是领导‘视察’用”。

在一次座谈会上，有位工人说：“我们最好学习国外先进管理方法，但在人际关系上还是维持中国式的感情色彩，别搞‘金钱加鞭子’，动不动开除、解雇那一套。”有人当场出难题：“外国人能解雇你，也能多给你钱，中国干部不能解雇你，也不能多给你钱，你给谁干？”他笑了：“年轻时给外国人干，老了再给咱们干。”

新的，旧的，中国的，外国的，就是这样被人们掺在一起，咀嚼着，没有嚼烂，没有完全消化，但确实在咀嚼着。

“国情”不能被当作遁词

议论的同时在行动。

经水电部上报国务院批准，1985年11月，鲁布革工程厂房工地开始试行外国先进管理方法。

工程师黎汉皋被请出来担此重任,他痛痛快快答应了。经理问：“你凭什么干好？”

回答：“凭中国知识分子的良心。”反问：“你给我什么保证？”

经理：“实行承包合同制，经济独立核算，人员由你组阁。”

“那行！”黎汉皋走马上任了。

厂房建设指挥所成立了。从原来负责这项工程的三公司1500人中抽出429人，组成施工队伍，实行所长—主任—工长—班长—工人五级串联式管理。不设副职，党群团干部全部兼职，工人实行一专多能。指挥所成立以来，培训了21个工种，平均六人中就有一人取得了驾驶执照。一个过去需要40多人的班组，现在五六个人就够了。所长黎汉皋一抓工时利用率，二抓空间利用，三抓定额管理。指挥所成立40天，完成产值等于1984年全年总和。到1986年底，13个月中，不仅把工程原拖后的3个月时间抢了回来，还提前四个半月结束了开挖工程，安装间混凝土提前半年完成。去年11月赵紫阳总理和李鹏副总理视察工地时说："看来我们同大成的差距，原因不在工人，而在于管理，中国工人可以出高效率。"

如果是支报喜不报忧的笔，文章该在这里结束了。然而，我们不应掩盖黎汉皋们遇到的困难。

难在哪儿?

27公里长的黄泥河上，有五种工资制度。报酬最高的是日本大成公司的劳务工人；其次是承包日本川琦重工斜井钢管制作安装的安装公司；再次是实行工资含量包干加效益分成的厂房指挥所；第四是实行工资含量包干的职工；最后是一般工资。有工人说："在黄泥河挣钱，不是看谁能干，而是看给谁干。"大家住在一起，酒壶一端，无话不讲。

心理不平衡的能量是惊人的。——外国人承包的，不好左右。可你厂房指挥所能独立吗？你吃饭得进食堂，看病得上医院，有娃娃得上学……这么多人为你服务，你得奖金他不得，这了得？！于是怪事咄咄：工人去领水泵，不给，拿奖金来；到修配厂加工一个螺丝，不干，拿奖金来……

其实，就连日本人，"分配"这条指挥棒在工地也有点失灵。标书规定，日方可以决定中国劳务工人的工资，可真要调，行不通了。理由是在中国降工资等级可是件大事，将来没法做工作。无奈，日方让步，只升不降，提出了38人的晋级名单。中方一审核，又摇头，认定，光提这些人会引起工龄长，资历深的人的不满，于是中方提出了103人名单。两个名单一对照，重合部分只有四人，日方表示难以接受。双方就此终究未能形成一致意见。

……这类的事例，顺手可拈。改革，有时艰难得像在泥泞中行走，费大力迈出一步，待你拔出了脚，那脚印立刻又被周围的泥泞淤没了。难怪，虎将黎汉皋五次提出辞职！

有人无可奈何地说：这就是中国国情。

不，鲁布革人不服气。旧体制的短处毕竟不是全部的中国。“中国国情”，不应是放松改革的遁词，只能是奋力改革的依据。改革带来了阵痛，而阵痛中必将会诞生新的婴儿！

（原载1987年8月6日《人民日报》）

作品评析

讲述一个生动故事
见证一场“激烈冲击”

国有企业改革是中国经济体制改革的中心环节。从20世纪80年代起，国有企业的改革经历了放权让利、实行承包经营责任制、建立现代企业制度等阶段。在这个过程中，新闻媒体对曾经被视为国民经济主导力量的国有企业的价值判断逐渐演化。

1984年，我国首次利用世界银行贷款，首次按照国际惯例对引水系统工程实行国际招标，建成了鲁布革水电站。鲁布革工程全面引入竞争机制，其先进高效的建设实践对当时我国工程建设在管理体制、劳动生产率和报酬分配等方面产生了重大影响，促进了中国水电建设管理体制的改革，被称作“鲁布革冲击”。

1987年6月3日，全国施工工作会议决定，在建设领域全面推广鲁布革经验，推行招标制。8月6日，《人民日报》头版头条便发表了由杨飏撰写的深度报道《鲁布革冲击》，引起社会的强烈反响。由此，鲁布革冲击波引起广泛关注，影响深远。一时间，构建新体制成了社会各界热议的话题。

本文的作者善于讲故事，而且讲述了一个完整的故事：鲁布革水电站从勘探、招标、施工到最后建成，故事情节曲折生动、发人深省。文章一开头，就把读者带进故事里："据说，早年水力勘测人员惊喜地发现此地，问及地名，当地布依族人回答：'鲁布革！'本意为'不知道'，勘测人员误作地名，标入地图。如今，这个'不知道'，不仅全国闻名，而且为世界所知。"一个被少数民族称作"不知道"的地方，如今为何却声名远扬？文章开头的寥寥几笔，便吸引了读者的阅读兴趣。

如果说开头是序幕、小插曲，那么接下来才是故事的正式开场。作者按照时间线索架构文章，有条不紊地展开故事情节。文章首先描述"鲁布革冲击"发生的直接原因：1984年，作为水电部第一个对外开放窗口，鲁布革水电站引进世界银行贷款，将引水隧洞工程实行国际招标，日本大成公司击败了包括中国水电部14局在内的对手而最终中标。在中国的地盘，却引用外资、让外国人对工程进行管理，在当时可谓大胆之举。文章在简单介绍背景之后，并没有直接向前推进故事，而是埋下了一个问号。"局部突破，使小小的鲁布革成了个混合物，四方八国，两种管理体制，于是产生了摩擦、较量……"产生了什么较量、什么摩擦？中国的企业和外企同时施工，比拼？竞赛？谁的工作效率高？一连串的问题随之而来，读者的胃口再次被吊了起来。

但文章并没有继续卖关子，而是直接告诉读者：竞争环境下，中国的工程队输给了日本，而最带有刺激性的是，中国工人在大成公司的管理体制下，创造出了惊人的效率。随之，14局鲁布革工程指挥部开始扩大自主权，调整领导结构，推行新的管理体制。尽管大坝工程按期截流，但读者不禁要问：同样的施工人员，在不同的管理机制下，工作效率的差异如此之大，这究竟又是什么原因呢?

作者没有直接回答，而是让当事人现身说法：鲁布革工程管理局总工程师王音辉把中国的自营管理体制通俗比喻成“爸爸管儿子”的方法；而一位在日本大成公司干活的中国劳务工人坦言：“日本人的管理就是金钱加鞭子。”两种管理体制，两种截然不同的结果，对比鲜明，事实胜于雄辩!

一篇成功的报道需要具备可读性和知识性。既要讲好一个故事，娓娓道来、引人入胜，又要给读者某一方面的启示，让人思考、发人深省。《鲁布革冲击》并没有完全文学化地报告事件，而是文学化地聚焦观点。从表层拓展向深层，从事件拓展向认知。尽管作者没有正面表达自己的观点，但此处无声胜有声。正如文章最后说的那样：新的，旧的，中国的，外国的……就是这样被人们掺在一起，咀嚼着、思考着……

《鲁布革冲击》着眼于社会改革的宏观背景，具有历史纵深感、时代宽广度、深邃的思辨性，全面展示了新旧体制的摩擦和较量，产生了巨大的社会反响，造成全国性的“鲁布革冲击波”。这个“冲击波”对我国的水电建设乃至整个建筑业的影响和震撼是空前的，鲁布革经验对我国传统的投融资体制、施工管理模式、企业组织结构都提出了挑战。而对于我国项目管理发展而言，更是一个划时代的事件，它开启了真正意义上的中国项目管理的元年。

（曹辰波　韩爱平）

来自水的系列报道

今天，我们怎样认识水？

——来自水的报道之一

何加正

1992年，100多个国家元首和政府首脑在巴西里约环发大会通过的《21世纪议程》里，共同写下了这样的警句："水不仅为维持地球的一切生命所必需，而且对一切社会经济部门都具有生死攸关的重要意义。"

——题记

一个小孩用自来水冲洗手中的西红柿时忽发奇想，问妈妈：世界上为什么会有水，假如没有水呢？妈妈说：不能没有水，怎么能没有水呢？

这位母亲显然没有考虑过这个问题。（考虑了也不一定答得出。）

生活中，有多少人忽发过这个小孩的奇想，想过这个小孩想的问题呢？

大约20年前，当我们还不怎么关注外部世界的时候，世界上开了两个重要会议，一个是联合国人类环境会议，一个是联合国水事会议。当时发出一个令人不以为然的警告：水不久将成为一项严重的社会危机，石油危机之后的下一个危机便是水。

20年过去了，外国怎么样暂不去说它。中国怎么样呢？只举一个例子：黄河——中华民族的母亲河，历史上黄水滚滚，从未出现断流，80年代以来，却几乎年年可见河床干裂；去年竟断流达4个月之久，一年1/3时间成了一条干枯的巨龙。今年一开春，我们又接到了黄河断流的消息，比去年又整整提前了两个多月。干旱、缺水，威胁着黄河中下游大片大片的地区。

危机意识，是一个民族整体意识成熟的一个标志。今天，我们怎样认识水这个话题，是不是该每一个人都来认真想一想了？

从生存环境到面临的现实

中华民族是和水奋斗出来的民族。大禹治水不光记述了洪荒时代我们的祖先向自然宣战的一场惊心动魄的搏斗，更形成了中华民族万代相传的一种精神。其后数千年，中华民族的兴衰常常都和水紧密相连。治水成了历代统治者治国方略中之要略。

但水带给中华民族的沉重灾难总是没有尽头。史料记载，1949年前的2155年间，我国较大洪涝灾害发生1029次，差不多两年一次；较大旱灾发生1056次，也差不多两年一次。

新中国成立后，亿万人民在中国共产党的领导下，开展了前无古人的治水运动。数千年的历史长河中，46年只是短暂的一瞬，但在这一瞬间，我们在中华大地上修建起8万多座水库（历代只给我们留下23座大中型水库）；发展灌溉面积5亿多亩（历代只留下2.4亿亩）；建设大中型水利枢纽工程78座（原来只有都江堰等屈指可数的几个）；完成土石方上千亿立方米，如果筑成一米见方的长堤，可绕地球2500多圈。这是何等的英雄业绩！这不是哪个人心血来潮（尽管这当中有很多经验教训），而是生存环境向我们提出的必然要求。人们往往不太介意已经得到的东西。这种高瞻远瞩把握民族生存发展之需的卓见和勇气以及所付出的代价，永远值得称颂。

造物主没有给我们留下任何喘息的机会。为水而付出的代价虽然是巨大的，然而我们面临的威胁更大。既有水多的威胁，更有水少的威胁，不同的区域有不同的情况，不同的季节有不同的威胁。在农村，一半以上地区的农民还是在没有任何灌溉设施条件下种粮食，产量少得可怜，近于原始；更有部分农民靠守着雨水过日子。神州大地虽有水库星罗棋布，但差不多都是五六十年代的产物，很多水库带病运行，岌岌可危。黄河、长江上游乃至更多的地方严重的水土流失，在日益剥蚀着大地的肌体。去冬以来北方大部分地区少雨多风，以致枯死不少庄稼，春耕难以进行。整个华北地区笼罩在严重的水危机当中。在一些水乡泽国，因污染而出现了“富有的贫困”现象（有关危机的现状我们将专门论述）。

外国有少数学者提出了“谁来养活中国人”的问题，我们不能苟同。但他们在谈到中国粮食问题时差不多都提到了水的因素，这不能不引起我们的重视。重新认识水，已是中华大地上每一个人面临的紧迫课题。

从“农业命脉”到“基础产业”

新中国成立不久，毛泽东同志就提出“水利是农业的命脉”的英明论断。正是这一论断，使水利建设在中华大地上高潮迭起，持续了几十年。

把水和农业联系起来，是中国事实上还是一个农业社会这一现状决定的，也是贫困了几千年的中国人民，第一要解决吃饭穿衣问题这一现实决定的。今天仍不失其应有的意义 。

然而，现代化终究要叩响我们民族的大门。改革开放十几年，中国经历了一场经济和社会飞跃式的发展。随着工业经济在国民经济中主导地位的确立，水利，还仅仅是农业的命脉吗？

90年代初，富庶的太湖、江淮流域一场罕见的洪涝灾害以及其后接连不断发生的旱灾水灾，终于改变了水的地位。人们看到，淹没的已不仅仅是庄稼，更多的是机器、厂房，是布匹、纸张、工业原料……仅太湖、淮河流域，一次大水即造成数万家工矿企业受淹，水利、电力、交通、通信等基础设施和学校、医院等加上农业，直接经济损失达411亿元以上。

认识随着实践的推进而变化。一位领导同志在当时的一次会议上沉痛地说，看来，水利不仅是农业的命脉，而且是国民经济和社会稳定发展的重要基础和保障，水利是治国安邦的大事。

进而又有领导同志提出了“水利是基础产业”的论断。在1991年制定的《中华人民共和国国民经济和社会发展十年规划和第八个五年计划纲要》中正式写下了这样一句话：“要把水利作为国民经济的基础产业，放在重要战略地位。”这就正式确立了水利的地位。1995年，党的十四届五中全会通过的有关“九五”计划和跨世纪宏伟蓝图的《建议》中，人们注意到，关于基础产业又有了排列次序的变化。其表述是：“今后15年，必须在以下三方面取得明显进展：一是加强水利、能源、交通、通信等基础设施和基础工业建设……”水利，在此被列入基础产业的首位。

这是我们对自然认识的深化和改造自然目标的进一步明确。人们有足够理由相信，就像当年“水利是农业的命脉”形成共识而带来多年农田基本建设高潮一样，“水利是基础产业”一旦形成共识，也必将带来我国水利事业的巨大发展。

然而，这个共识有没有形成呢？从“农民的事业”到“全民的事业”，事实上，把水字和农字紧密联在一起的观念今天仍根深蒂固地留在人们脑子里。多数人仍然认为水是水利部门的事，是农业部门的事，是农民的事。

只知用水，不管水从哪里来更是常见现象。用水者不懂节约，污染者不愿花钱治理，对收水费不够理解……

水利投资不足，工程得不到应有重视，物资得不到保证，等等。我国水利事业因此正负重艰难地前行着。现在，黄河已见断流，华北水源告罄，西北干旱少雨，上游水土流失，沿海污染加剧；全国已有300多个城市缺水，其中严重缺水的108个。

难道我们真的要等到那一天，清晨起来，水龙头没了水；工厂没水停了工；因水源枯竭，大批企业不得不迁移；再深的井出不了水，种子下地发不了芽；因为水而影响实现社会主义现代化大业吗？

没有全民的水患意识，就难以有我国水利事业大发展；没有全民的理解和支持，没有全党和各部门的统一行动，水利事业就难以摆脱今日之窘状，我们生活中就会遇到更多水的难题。水利，到了该重新认识的时候了。水利，是全民的事业。让我们中华大地上所有儿女负起全民族水的责任吧！

（原载1996年4月25日《人民日报》）

创作札记

水是个永恒的话题

何加正

水利部新闻宣传中心约我就18年前的一篇报道《今天，我们怎样认识水》写点文字。说实话，这件事虽然记忆尚存，但这组报道究竟是如何策划的，具体怎么写作的，诸多细节早已淡忘了。毕竟时过境迁，现在来写札记，真的有些茫然。却之不得，盖因曾经的编辑记者生涯以及生涯中那份和水利挥之不去的感情；还有那段早已过去的编辑部的日日夜夜，以及忙忙碌碌的场景。因为约稿，思绪断断续续涌上心头。

水，是个永恒的话题。只不过和人的日常生活太过密切了，以至于使人们常常忽略了它的存在。就像生活在空气中的人往往忽略空气一样。只有当你处在一个特殊的环境，完全缺失了它的时候，你才会感觉到它对你生存的价值，才知道珍贵。人类是不是一定要等到生死存亡的时刻才想起维系你生命、生存的物质？18年前，我们之所以在《人民日报》推出“今天，我们怎样认识水”这样一个话题和系列报道，我想，一个很重要的原因，是和当时的时代背景大有关系的。中国的改革从农村开始，经历了70年代末80年代初的重大变革，中华民族历史性的第一次基本解决了数亿人口吃饭问题。世世代代都无法解决的难题得以解决，人们没有理由不欢欣鼓舞。但是，由此带来的对农业、对粮食有意无意的放松和对农业赖以发展的基础的高估，也埋下了“三农”持续发展的隐患。这个隐患之一就是与农业紧密相关的水利。人们也许出于对形势估计的乐观，也许是被改革开放迸发出来的巨大发展空间和无限发展潜力更多地吸引了，水利，水，这个人类生存发展最重要的基础和物质之一，在不知不觉之间逐步被人们所忽视。自然规律是不留情的。记得当年文章中有这么一段描述：“黄河——中华民族的母亲河，历史上黄水滚滚，从未出现断流，80年代以来，却几乎年年可见河床干裂；去年竟断流达4个月之久，一年1／3时间成了一条干枯的巨龙。今年一开春，我们又接到了黄河断流的消息，比去年又整整提前了两个多月。干旱、缺水，威胁着黄河中下游大片大片的地区。”这就是当年的现实。文章由于篇幅限制只举这一例，事实上问题还要严重得多。如果谈这组报道的价值，我想，也许就在于它对这种趋势性问题的揭示吧。

这组报道发表后，在社会上引起了积极的反响，一定程度起到了警醒世人的作用。水利部新闻宣传中心还将其编辑成册，公开发行，这更扩大了它的影响力。这里要特别感谢当时的钮茂生部长和新闻宣传中心张学俭同志，在我们写作过程中给予的重视和支持。不知道它对当时实际工作有没有推动？推动多大？作为一个新闻工作者，做了这么一点事，虽然不足挂齿，但如今回忆起来还是心存欣慰的。

关于新闻报道，人们总喜欢将其划分多少类。就有所谓正面报道、反面报道之分。我不知道这组报道算是正面报道还是反面报道。说是正面，文中报道的恰恰都是问题；说是反面，而报道又是正能量（借用当下的流行语）的一种张扬。其实，不管是正面报道还是所谓的反面报道，不在于这种形式上的划分，而在于它报道了什么，怎么报道。正面报道不一定就是社会进步的促进因素，“反面”报道也不一定就是社会发展的破坏力量。这里关键在于报道本身对于社会的价值和意义。而这个价值和意义来自于何处？来自于新闻人的责任感。责任感会告诉你该做什么，怎么做。

至于有关这组报道在今天同行之间有没有什么值得借鉴之处？时代不同了，今天和十多年前相比，媒体状态和舆论环境已经发生很大变化，肯定不能照搬往日的做法。不过，作为一个过来人，我想说，有些基本的东西可能还是值得注意的，比如，媒体人要始终关注现实，关注趋势，关注问题，关注发展；要有责任感，要勇于担当，要思考问题；要有和国家、民族共命运的那份情怀；要有正能量的积极心态，要把推动社会进步和事业发展作为出发点，等等，这些应该是不会过时的。无论你使用什么样的平台，通过什么样的渠道，在为哪家媒体服务，这些和责任感一样，还是媒体从业人员的一个基本前提。在方式方法上，要善于抓住问题，深入挖掘，把问题摆清，把道理说透。而要做到这点，前提是你自己对问题必须深入研究；要善于集中力量打“歼灭战”，无论是个人还是团队，一段时间，集中力量，做一次深入报道还是很有必要的；要善于宏观着眼，微观着手，平时注意培养自己的宏观思维和国际视野，这样才能发现问题，解决问题，才能站得高，看得远，写出令人信服的报道。善于从日常生活中被人们忽略的小事着手，引申出宏观的道理，也是新闻人应该培养的一种能力。可惜，我在这方面还很欠缺。如今，已经没有机会弥补了。说了这些，今天回想起来，还是不无遗憾。人往往是事后诸葛亮。经历多了，事后才会发现当初的不足。人们会在遗憾中度过一生，而恰恰就是这些遗憾，让我们一生前行，最终达到无憾。当然，我还是衷心希望今天的新闻人珍惜机会，把握机遇，尽量少留遗憾。再次感谢水利部新闻宣传中心让我有机会做一次本已忘却的回忆。

唤醒全民族的水忧患意识

——来自水的报道之二

江　夏

今年3月22日，联合国纪念世界水日的中心活动在我国举行。台上，一群小朋友展开了自己书写的条幅："我渴了"，"我和小金鱼需要水"，"没有水就没有我"，"珍惜生命从珍惜每一滴水开始"……声声稚嫩的呼唤让人动容。

尽管水的除害、减灾、兴利是全人类面临的共同课题，但解决好水的问题对我们国家仍然有特殊重要的意义。中国水利事业的地位近几年迅速攀升，从农业的命脉，到国民经济的基础产业和基础设施，再到党的十四届五中全会上，排位居能源、交通、通信等基础设施建设之首。每一次提法的改变，都进一步深化着这样一个认识：水利之兴衰，于国家之兴衰，实在有举足轻重的影响。我们付出了沉重的代价，才确立了这样的认识。

90年代以来的三场大水，年年增加的巨额损失，使新增国民生产总值的相当一部分打了水漂

一迈进90年代的门槛，老天爷就给人们来了个下马威，年年非涝即旱，且大水之年有大旱，大旱之年有大水。仅是三次流域性大洪水就造成惨重损失：1991年江淮大水，淮河、太湖流域一片汪洋，直接经济损失779亿多元；1994年，珠江、长江、辽河、黄河流域的部分支流发生了解放以来最大洪水，在受灾、成灾面积及受灾人口减少的情况下，直接经济损失骤增，达到1991年的两倍多；1995年，长江中下游的洞庭湖、鄱阳湖水系，松辽流域的辽河、浑河、太子河、第二松花江等相继发生了大洪水，其直接经济损失与1994年持平，直逼1700亿元。1700亿呵，一个多么惊人的数字，它意味着全国人民辛苦一年，新增国民生产总值的1／3打了水漂！这还是在全国大大小小水利设施的拼死护卫下，减灾几千亿元之后的结果。连年的自然灾害，连年的巨额损失，我们这个并不富裕的国家怎么承受得起？！可是，谁能想到，这些年我们在水利方面的投入，远远抵不上灾害损失掉的零头。

水多为患，水少成灾，水污染祸延子孙，水土流失贻害后世，与水有关的种种麻烦从四面八方涌来

近年来，“增加全民族水的忧患意识”的呼吁之声不绝于耳，可是对于水的忧患实在不应该仅仅停留在意识上，由水而生的种种灾难、麻烦已从四面八方挤压过来。

在各类自然灾害中，水灾造成的损失至今仍是第一位的。有防汛任务的省、市、自治区，常常从年头忙到年尾，每到汛期，如临大敌，不敢有丝毫闪失。日益严重的水土流失，使洪涝为害更烈。

在大江大河大湖的下游地区，人口密集、城市密集、财富密集，可是聚集于此的全国1/2的人口、1/3的耕地、创造70％工农业产值的企业，却全数处在洪水水位以下几米，甚至十几米。与此形成鲜明反差的是，我国的几大江河，多数只能防御10～20年一遇的洪水，黄河下游防洪标准最高，也只能防御60年一遇的洪水。

仅仅是大江大河的支流洪水泛滥，已经闹得险堤险段险象环生，经济损失巨大，一旦干流堤防决口，许多大中城市将难逃灭顶之灾，多年的建设成果可能毁于一旦。这“心腹之患”不除，怎么能有真正的国泰民安？！

在人们年年忙着防汛抗洪的同时，水荒的阴影却悄无声息地加快了脚步，从北方到南方，从海河跨过黄河，从局部蔓延到全国，而且缺水的程度年甚一年。

农业缺水，干渴的土地越来越多。进入90年代，每年农田受旱面积 4 亿亩左右，受旱面积和成灾面积都比50年代成倍增长。刚刚过去的1995年，本是大水之年，可旱魔依旧不依不饶。南方是先涝后旱，东北是东涝西旱，西北是春旱连夏旱，全国有3000多万亩土地几乎颗粒无收。

工业缺水，每年因此损失产值1200亿元。因为缺水，一些大中企业开开停停。山东淄博炼油厂，其水源地的地下水一度接近抽干。1991年深圳出现水荒，每天的损失就达2000多万元。

城市缺水，全国600多座城市，半数缺水，严重缺水的就有100多座。北京的地下蓄水层，在43年中下降了45米，出现了2100平方公里的漏斗区。

触目惊心的水体污染，使有限的水资源变得更加短缺。在过去的15年中，淮河及其支流曾发生过大小百余起污染事故，上游一半支流的河水，几乎完全失去利用价值。据统计，目前全国日排放污水超亿吨，其中80%以上未经任何处理，直接排入江河。

应该让大家更深刻地了解我们所处的水环境，共同营造珍惜、保护、节约水资源的社会氛围

水灾、水荒、水污染、水土流失……像一条条越勒越紧的绳索，威胁我们的生存，制约我们的发展。可是究竟有多少人真真切切地感受到了已经迫在眉睫的危机？

水利部部长钮茂生，不只在一个场合谈起过这件事：辽宁抚顺有家工厂，去年7月投产，8月份便遭了水灾，恒温恒湿的电脑车间一片泥泞，昂贵的仪器设备都泡了汤，“可是洪水水位还没超过窗台呀，几个麻袋就可以堵住的，可这么基本的防范意识、防范措施都没有……”。

一个更典型的例子是，南方的一座中等城市，一个夏天洪水几进几出，反复受灾，上年国民收入的1/4随水而去。事后方知，这座屡屡受洪水侵扰的城市根本没有设防。

黄河断流期间，从干涸的下游往上游走，大水漫灌的景象仍时有所见；下游的东营市，去年30万亩水稻因缺水插不了秧，损失上亿元；中游的德州市，为度过水荒，被迫减量供水，100多家工厂停产减产，损失工业产值6亿元，可是引一吨黄河水，居然只需要2厘钱！

有福气的首都居民，只要拧开水龙头，随时都有清水可用，而且水费便宜，任其流淌也不会心疼。可是有多少人知道，北京市人均占有水量只有世界平均水平的1/13，比大半国土是沙漠的以色列还少20%。

水忧患意识的普遍淡薄，这才是更值得忧虑的。居安尚且当思危，如果已经身处险境，还浑然不知，这难道不是更可怕的事情吗?

水情是国情的重要组成部分，应该让更多的人明了我们赖以生存的水环境，知晓我们解决水问题的特殊难度：

首先，频繁的水旱灾害是我们必须面对的基本水情，这是由我国特殊的自然地理条件决定的。甚至与一些同纬度的国家相比，我国的降水在时空分布上也更不均匀。全年60%-80%的降水集中在夏季的3个月，集中在人多地少的东南地区，结果往往暴雨成灾。但到了需要水的时候、需要水的地方又可能赤地千里。

其次，十二亿之众的人口，需要土地，需要粮食，需要生存空间，于是毁林开矿、垦草种粮、围湖造田的事情屡禁不绝，水土流失日益严重。由于泥沙淤积和人类的活动，过去蓄滞洪水的一些沼泽、湖泊日趋萎缩，有的甚至完全消失；不少滩地、河道种了庄稼、建起村镇，洪水被逼得无路可走，四处漫溢。这种人水争地的矛盾将会长期存在。

再次，我国的综合国力，决定了我们对水资源的开发利用程度和兴利除害的能力。如果有足够的实力，我们可以把坝修得高高的，把水库修得大大的，以拦洪蓄水。可实际上我国对水资源的开发利用率还不到20%。这方面的差距不是短时间能够消除的。

我们面临的形势相当严峻。水，已经日益成为影响全局的瓶颈。我国每年发生的自然灾害大半与水有关，且造成的损失占8成以上；每年粮食的丰歉状况与当年遭受水旱灾害的程度基本吻合；全国7000万贫困人口，其中绝大多数与缺水有关。增产粮食、绿化荒山、脱贫致富、发展工业、建设城市……一切经济活动都得算算水账，确定国民经济发展的规模、速度、结构和布局，必须把水的因素考虑进去。

警钟频频响起，一阵紧似一阵。该是唤醒全民族水的忧患意识的时候了！让我们尽快行动起来，调动经济、法律、行政等各方面的力量，共同营造珍惜水、保护水、节约水的社会氛围。为了我们民族的生息，为了我们国家的富强。

（原载1996年4月26日《人民日报》）

问题出在传统的水利投资体制上，一是投资者与受益者分离，地方吃中央的“大锅饭”，国家建一个工程等于背上一个包袱；二是投入与产出分离，出现“效益搬家”现象

辉煌中的尴尬

——来自水的报道之三

夏 珺

一

我国的水利是辉煌的。新中国成立46年多来，国家累计投资超过1400多亿元，兴建了一大批水利工程，水利行业形成了数千亿元的固定资产。单拿防洪来说，我国已经初步建成了一个比较完备的防洪体系，它保护着5亿人口、3000多万顷耕地和2/3的工农业总产值。90年代几次大的洪涝灾害中，水利工程经受了严峻的考验，发挥了巨大的减灾作用。这些都是有目共睹的事实。

然而，水利又是尴尬的。与快速发展的经济相比，作为国民经济的基础设施和基础产业，水利的发展依然滞后：

——大江大河大湖的防洪标准普遍偏低。黄河下游防洪标准是最高的，也只能抵御60年一遇的洪水，而长江中下游、淮河、海河、珠江、松花江、辽河、太湖等的防洪标准更等而下之，为10～20年一遇。

——水利工程老化失修严重，效益衰减，难以为继。我国现有大型水库374座（多数是五六十年代修建的），其中病险库就有111座；中型水库2500座，670座为病险库；小型水库8万多座，约40%存在病险，带病运行。据1990年对195处灌溉面积30万亩以上的大型灌区调查，其主要建筑物失效和报废的占19%，严重老化、损坏的占21%，渠道险工险段

占28%。1993年对174处大型泵站的调查表明，泵站严重老化的占20%，主电机、主水泵严重老化的占到22%～40%……

——水利行业贫困，职工贫穷，人才外流，队伍不稳。水利行业虽拥有数千亿元的固定资产，却绝不是“亿万富翁”，而像一个棒小伙子出大力、流大汗为别人奉献了几十年，自己累了一身病，却无钱医治，日渐衰弱……

二

水利为什么陷入了贫困的尴尬境地呢？问题出在传统的水利投资体制上。

我国水利的投资体制是在几十年的计划经济模式下形成的。水利长期以防汛、抗旱、农田基本建设为主，基本上是农业的附属。水利建设完全由国家包下来，且只讲投入，不讲产出，只讲社会效益、环境效益，忽视了水利作为一个产业自身的经济效益。在这种计划经济体制下，水利行业自身也养成了“等、靠、要”的依赖思想和“要、分、了”（要来钱分光了事）的运行方式，缺乏内在的发展动力。于是，便形成了“水利吃国家的‘大锅饭’，社会喝水利的‘大锅水’”的恶性循环。

这种投资体制最大的弊端是“两个分离”，一个是投资者与受益者分离。投资都由国家包揽，受益的却是地方，地方就吃中央的“大锅饭”，跑“部”“钱”进，没钱就伸手要。这样，国家建一个工程就等于背上一个包袱，加上维修费用，这个包袱就像滚雪球一样越滚越大，不堪重负。

另一个弊端是投入与产出的分离。国家对水利工程的投入所产生的经济效益，很多情况下间接地体现在与之相关的其他行业中，水利业内人士称之为“效益搬家”。如水利系统发电的上网电价低于非水利系统的上网电价，水利行业产生的经济效益就被人为地“搬”到了其他行业的账上。湖北省的综合上网电价为每千瓦时0.27元，非水利系统的隔河岩水电站上网电价为每千瓦时0.39元，而丹江口水利枢纽管理局所属的丹江电厂的上网电价自1968年第一台机组发电后的25年间一直为2分8厘，后经5次调价，直到今年2月1日才调至每千瓦时0.08元。“效益搬家”之严重，由此可见一斑。由于上网电价偏低，丹江电厂去年发电19亿千瓦时，亏损4000万元。此外，丹江口水利枢纽管理局每年还需投入3000万元用于防洪，但长期以来得不到任何补偿。

三

打破“水利吃国家‘大锅饭’、社会喝水利‘大锅水’”旧的投资体制，建立新体制的目标已经明确，即建立与社会主义市场经济相适应的多元化、多渠道、多层次的水利投入新体制。“多元化”，即国家、地方、集体、个人四个“轮子”一起转。“多渠道”，即政府的投入、银行贷款、引进外资、实行股份制、建立水利建设专项基金、发行债券等等。“多层次”，即中央、省、市、县、乡都要投入，而且是“谁受益、谁投入”。

鉴于水利既有社会公益型项目，又有生产经营型项目，投资的方式也不能萝卜、白菜一锅煮。对防洪等社会公益型项目，应以政府投入为主，但要明确划分中央与地方的事权，“中央投资办中央的事，地方的事情地方办”。这方面的改革已经起步。随着中央、地方两级财政体制的实行，水利投资以中央为主的状况开始得到改变。据了解，“七五”期间，水利部参与投资安排的190多个项目中，与地方合资建设的达168项。在水利总投入中，中央投入资金所占的比例，“六五”时期为48%，“七五”为32%，“八五”降到了23%。据悉，“九五”期间中央投资的比例还将进一步下降。现在这一块的问题是中央与地方的事权划分得不十分清晰，财政上也没有规范的转移支付制度，有待于进一步深化改革。

对于供水、水电等生产经营型项目，应理顺关系进入市场，通过生产经营实现自我维持、自我发展。供水、水电等生产经营项目完全可以

"以水养水，滚动发展"，深圳东深水库即是例证。"东深"是1963年开始建设的向香港供水的水库，30多年来，经过3期扩建，供水能力由首期的1.68亿立方米增加到目前的17.4亿立方米。可除首期工程国家投入3584万元外，后来的三次扩建没花国家一分钱，投资完全来自于水费收入，闯出了一条"谁受益、谁负担"的社会办水利的新路。"东深"之所以能滚动发展，关键是它真正进入了市场，找回了水的价值。目前，内地水库向城市自来水厂供水，水价一般在0.05～0.10元／立方米。以灌溉为主的水库其水价定在0.02元／立方米，每年大约还有一半的水费收不上来。水的价格长期与价值严重背离，水利企业连维持基本的生计都困难，又何谈发展！

"东深"水库也许有其特殊性，但却生动地说明，只要理顺价格及部门关系，解决好"效益搬家"问题，让本属于水利的效益回归水利自身，水利产业是完全能够以水养水、健康发展的。

（原载1996年4月29日《人民日报》）

创作札记

主流媒体要以深度取胜

夏　珺

5月底，接到水利部新闻宣传中心和黄河水利出版社编辑的约稿函，编辑同时附上当年的见报稿《辉煌中的尴尬》。看了稿子，像是与一位"失联"多年的老友重逢，首先感慨的是岁月的流逝，稿子写于1996年，倏忽间竟18年光阴从指缝中溜走了。

毕竟时间有点久远，当时采访、写作的一些细节已随风而去，变得模糊了。这是一组系列报道，给我的任务是写水利投资体制。重温了稿子，想起当年采访时的一个突出印象是，我国水利事业的发展既辉煌，又尴尬，脑子中突然蹦出一个题目："辉煌中的尴尬"，对，就是它了！

"辉煌中的尴尬"，是一对矛盾，也是问题的症结所在，从写作的角度说，它也是穿起全篇的一条线。稿子在写法上，自认为没有什么别出心裁，比较平实朴素。首先，开门见山告诉读者，新中国成立46年来，水利事业是辉煌的，同时又存在着尴尬，这是一对纠结的矛盾。那么，读者肯定要问一个为什么。接下来，就用事实和数据分析，回答水利事业为什么陷入了尴尬，原来是在几十年计划经济模式下形成的投资体制出了问题，其中突出的弊端是"两个分离"。再往下，就是探讨"怎么办"，即如何解决这对矛盾，提出改革的思路和对策，即打破"大锅饭"、"大锅水"的旧体制，建立与市场经济相适应的多元化、多渠道、多层次的水利投入新体制，并以深圳东深水库为例，说明只要理顺价格及部门关系，水利产业是可以做到以水养水的。你看，这篇报道的写法基本上是"是什么"、"为什么"、"怎么办"的三段论老套路，但是问题基本交代清楚了。我比较崇尚质朴、白描的写作风格，不喜欢花花哨哨、华而不实、玩弄词藻那一套。新闻作品，尤其是述评，要靠观点、思想和逻辑取胜，语言也要简洁、平实，把事情说明白就好。

《辉煌中的尴尬》是人民日报经济部策划的一组《来自水的报道》之三。这是一组研究问题的深度报道。报道见报后，得到了水利业内和外界读者的好评。我认为，这组报道的成功在于其思想深度，敢于直面问题，深刻剖析问题，提出对策建议，推动实际工作。这本《水利优秀新闻作品赏析》能收入此组报道，我以为也源于此。媒体的终极使命是推动社会进步，主流媒体更是责无旁贷。主流媒体就是要敢于和善于抓问题，这不仅是主流媒体的社会责任，其实也是其优势所在。传统主流媒体拼速度、比生动、论互动，都没法与新媒体相比，但它最大的优势就在深度，以优势取胜。在新媒体异军突起、"人人都有麦克风"的今天，这一点仍然具有现实意义。 回看这组写于18年前的深度报道，仍然在无声地印证着这一点。

水利投资因大江大河涉及国计民生，国家只要有可能，便全力以赴；田间设施，与农户柴米油盐密切相关，也日有起色；位于中间的相关灌溉设施，则显得落落寡欢——

7.5亿亩灌区在期待

——来自水的报道之四

蒋亚平

一

中国的水利事业正发生历史性转折。水利第一次被摆在基础设施建设的首位。国家在财力很不宽松的情况下，向一批大型水利工程项目投下重资。三峡、小浪底、万家寨等工程依序拉开帷幕，轰轰烈烈，振奋人心。

在这一番紧锣密鼓中，有一处领域，却显得相对冷清，这便是占我国一半耕地面积以上的灌区。

中国曾被喻为“治水社会”，其主要特征，便是灌溉农业，人们把依靠各种大小水利工程从事农业生产的地方，统称灌区。

1949年以来，我国灌溉面积由低标准的2.4亿亩，发展到7.5亿亩。灌溉面积占耕地的比重，由16.3%提高到52.6%。各类水利设施供水能力达到5400亿立方米。

人们发现，灌区发展与粮食增长之间，显示出密切的关系。同期，全国粮食单产由69公斤提高到271公斤，总产量由1132亿公斤，增长到4500亿公斤。目前灌区生产的粮食，占全国总产量的80%，棉花占90%，蔬菜占95%。

二

进入80年代以来，灌区已经逐渐失去往日那种蓬勃发展的势头，并暴露出越来越多的问题。

事实上1980年至1990年十年间，全国虽新增灌溉面积1.09亿亩，但扣除减少的1.26亿亩，同期净减700万亩。“八五”以来，情况有所改善。但1990年至1995年，全国灌溉面积仅净增1700万亩。在1990年至1994年，有9个省灌溉面积出现负增长，如江苏净减218万亩，广东减188万亩，黑龙江减95万亩，湖北减32万亩。

考虑到减少的灌区大都是南方一些传统的高产稳产农田，而新增的则是一些贫瘠地区，“八五”前 4 年净增的灌溉面积的效益，则要大打折扣。

一是灌溉设施老化，失修严重，效益递减。我国现在灌溉工程大多是五六十年代修建的，先天不足，后天失调，普遍老化损坏严重，效益衰减。据对195处大型灌区调查，骨干建筑物的完好率不足40%，有20%已报废和失效，众多泵站带病运行，高能低效。

二是投入不足。在水利基本建设中，灌溉工程的投入比重，由以前最高的31%，降到1994年的10%。水源紧缺和水质严重污染，使灌区问题显得更为突出。水源枯竭，“农转非”和地下水位大幅下降，使许多农田灌溉设施成为“无米之炊”。严重污染则使许多地方的农业生产用水如同“饮鸩止渴”。

三

灌区的严峻形势，在80年代末期已经引起有关方面注意。一是从领导和规划上重视，国家计委和水利部曾专门下达了灌溉面积发展计划；二是寄希望有偿用水、提高水费，以增加灌区自我发展能力。

执行的情况却差强人意。从“八五”前 4 年看，新增灌溉面积超过计划近900万亩，减少灌溉面积却超过控制指标的1500万亩。初步分析，距“八五”净增3000万亩的计划差300多万亩。据水利部农水处分析，主要原因在于城镇开发、工矿企业建设占地过多以及灌溉工程老化失修加剧，衰减速度递增。

“以水养水”的构想，由于一些国有企业效益低下，农产品价格未完全与市场并轨，地方财政拮据和水利工程所特有的社会福利性，很难实施。灌区的这种现状，与我国农产品尤其是粮食增长对水利的要求，产生了严重的冲突。按照国家农业增长和经济发展需要，“九五”期间规划应净增灌溉面积5000万亩。但是，有关专家指出，至少到目前为止，由于发展新面积投资缺乏，又没有强有力的措施控制减少，这一任务很难完成。

四

我国水利建设的投资，大致可分为三块：一是治理大江大河，包括兴建各类综合水利工程；二是田间水利设施配套；第三便是灌区内的各种渠道、泵站等设备、设施的建设。

90年代以来，在水利总投资不足的情况下，能够增加的投入，绝大部分用在大江大河大工程和田间设施上了，对灌区的投入没有相应增长。这就很可能在我国整个水利设施建设中，出现一个断点。正如人们比喻的：城市的水厂是一流的，家中的龙头是齐全的，当中的各种管道却残破不全。结果是水厂和龙头的效益都不能有效发挥。

水利投资结构上的这种不均衡，与目前投资体制大有关系。大江大河，大型工程，涉及国计民生，国家只要有可能，便全力以赴。田间设施，与农户柴米油盐密切相关，近年又有农业综合开发强有力支持，日有起色。

位于中间的相关灌溉设施，则显得落落寡欢，中央政府希望地方多多关照。资金紧缺的地方政府，则大都把有限的资金投入到回报更高的地方。指望目前负责灌区设施经营的水利有关部门独挑大梁，目前看来甚为艰难。水费偏低、水费难收，只是问题的一个方面。更重要的是，相当一批灌区的水利企业现状，类似目前的一些国有大中型企业，机制不活，包袱甚重，养活庞大的职工队伍已为不易，很难有余力投入资金进行必需的设备更新和技术改造。

五

记者在采访中发现，几乎所有相关人士认为，在传统的思路里，针对上述灌区各种问题，于大事无补，关键还是要在下面四个问题上，有所改变，有所突破。

首先，还是要真正坚持把水利建设放在基础设施建设首位。为此需要进一步调整国民收入的分配格局，在保证落实农民利益前提下，切实执行有偿用水，等价用水的规定，唯有这样，灌区的发展才能进入良性循环。

另一个引人关注的问题，是水利投资的结构。这个问题的实质是如何实现水利建设从粗放型到集约型的转变。大型水利工程设施仍是我国基础设施建设的最薄弱环节，应进一步加强。与此同时，能否从中挤出一部分用于灌区的设备更新、技术改造，甚至能否考虑暂缓投资一些有待进一步规划的大型项目，将这部分资金用以解决灌区问题。

第三个问题已经引起各方重视。由于我国水资源紧缺状况日益明显，灌区建设也不能再走以前粗放型的老路，而应下大决心发展节水灌溉。为此，水利灌溉设施的设计和修建，必须作出根本性改变。

在某种意义上，最为紧要的则是如何深化水利改革，使灌区逐步步入自负盈亏、自我发展的轨道。由于水利的特殊性，这一问题似乎被有意无意地暂搁一旁。此关不过，灌区无望。

事情正在出现转机。水利部农水司司长张岳告诉记者，在经过多年努力后，从1995年开始，国家计委每年划出4000万元专款，用于大型灌区的工程改造试点。尽管是杯水车薪，却是个好开头。但愿这是一场序幕，我国未来的灌区发展会好戏连台！

（原载1996年4月30日《人民日报》）